FÜR DEN LAIRD!

DIE HÜTER DES STEINS

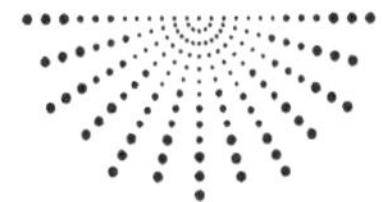

TANYA ANNE CROSBY

Übersetzt von

ANGELIKA DÜRRE

Verlag: Oliver-Heber Books, Traverse City, MI, USA

Deutsche Erstausgabe 2016

Übersetzt von Angelika Dürre

Redaktion: Christina Löw

0 9 8 7 6 5 4 3 2 1

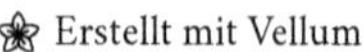

LOB FÜR TANYA ANNE CROSBY

„Voll historischer Details, Leidenschaft und waghalsiger romantischer Abenteuer ist dieser neueste Band der *Die Hüter des Steins*-Reihe eine beeindruckende Leistung unter den schottischen Liebesromanen. Die Geschichte und die Romanfiguren werden die Leser von Anfang bis Ende verzaubern. Ich war vollkommen begeistert."

— JULIANNE MACLEAN, USA TODAY-BESTSELLERAUTORIN

„Crosby lässt Welten entstehen, die Sie mit ihren vielschichtigen Figuren und ihrer abwechslungsreichen und detaillierten Geschichte sofort in den Bann ziehen. Absolut fesselnd!"

— KATHRYN LE VEQUE, USA TODAY-BESTSELLERAUTORIN

„Crosbys Figuren gehen dem Leser nicht mehr aus dem Kopf ..."

— PUBLISHERS WEEKLY

„Crosby hat eine Geschichte geschrieben, die Ihre Seele berührt und für immer in Ihrem Herzen wohnt."

— SHERRILYN KENYON, #1 NYT-BESTSELLERAUTORIN

„Tanya Anne Crosby ist eine Meisterin ihres Genres ..."

— LAURIN WITTIG, BESTSELLER-AUTORIN

„Liebe, Ehre, Spannung, Leidenschaft ... all die guten Dinge, die wir an einer Highlander-Liebesgeschichte schätzen."

— SUZAN TISDALE, BESTSELLERAUTORIN VON ROWANS LADY

„Bezaubernde Landschaften, atemberaubender Verrat und herzerwärmende Leidenschaft verkünden Tanya Anne Crosbys triumphierende Rückkehr in das alte Schottland."

— GLYNNIS CAMPBELL, BESTSELLERAUTORIN

DAS KÖNIGREICH DER PIKTEN

DIE 7 FÜRSTENTÜMER DER SÖHNE CHRUITHNES

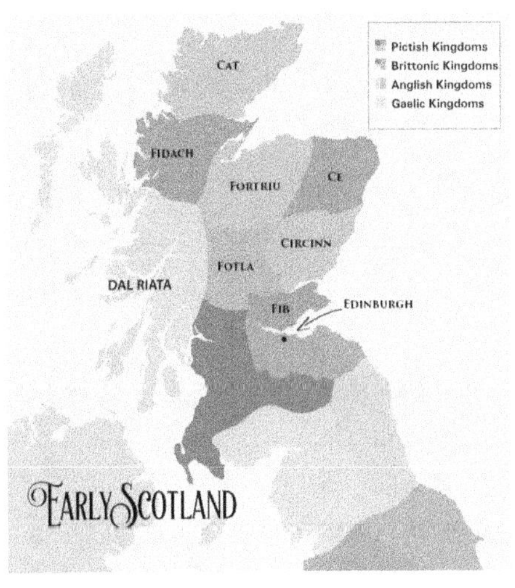

BIBLIOGRAPHIE DER REIHE

Es war einmal eine Highland-Legende

Highland Fire

Das Schwert des Königs

Für den Laird!

PROLOG

DUBHTOLARGG 1130

Im Norden frischte der Wind auf.

Der achte Sohn Malcom Ceann Mors, der gleichzeitig der sechste Sohn der Margaretsons war, setzte seine Drohung, den Norden zu erobern, in die Tat um, indem er seine Hand nach Moray ausstreckte. In diesem Augenblick versammelte David mac Maíl Chaluim seine Truppen – Männer, die der Krone Schottlands treu bleiben würden.

„Ich beabsichtige zu gehen", sagte der junge Mann. Als sie die bekannte Stimme hörte, drehte sich die alte Frau am Eingang zur Höhle plötzlich um.

Sie wandte sich zu dem jüngeren dún Scoti. Una stützte sich schwer auf ihren Stab. Die Klappe auf ihrem schlechten Auge war abgenutzt und ihre Haut so schrumpelig wie die einer Dörrpflaume. Ihre Haut war so blass, dass Keane fast bei ihr bleiben wollte. „Ich weiß", sagte sie und ein Lächeln umspielte ihre blauen Lippen.

Sie wusste natürlich immer alles.

Una war Teil ihres Clans, solange Keane zurückdenken konnte. Sie war ihrer aller Mutter, ihre Heilerin, ihre Älteste. Sie war die am längsten lebende Hüterin des Steins von Scone. „Möchtest du dich einen Moment zu mir setzen?"

„Heute nicht", antwortete Keane.

Und morgen auch nicht, denn dann würde er schon fort sein.

„Nun denn", seufzte sie und schien zu verstehen.

Wenn er jetzt zögerte, würde er vielleicht niemals gehen. Seine Schwester Lael hatte ihn nach Keppenach beordert, um ihr zu helfen, den Frieden zu wahren, während ihr Mann mit Schottlands König in den Krieg zog.

Die alte Frau hielt ihren Blick fest auf ihn gerichtet, wobei ihr grünes Auge schimmerte. „Ich habe deinem Vater und auch deinem Bruder gesagt, dass ein Mann oftmals sein Schicksal auf dem Weg findet, den er eigentlich vermeiden wollte."

Alle Männer müssen für das, woran sie glauben, einstehen. Das war Keane so klar wie den meisten anderen. „Ich habe keine Angst, Una. Ganz gleich, was mein Bruder auch glauben mag."

Sie nickte und der Stein im Griff ihres Stabes funkelte in der Dämmerung. Wenn ein Teil von Keane gehofft hatte, dass sie ihn aufhalten würde, bestätigte ihr Blick nur die Notwendigkeit, dass er gehen musste. „Wirst du für mich mit Aidan sprechen? Wirst du ihm erklären, warum ich gehen muss?"

Die alte Frau zuckte mit den Schultern. „Dein Bruder ist weder dein Aufpasser noch dein König. Aber wenn du ihm Gelegenheit dazu gibst, wird er dich vielleicht überraschen."

Während er noch zögerte, wurde der Himmel immer dunkler.

„Aidan würde es niemals verstehen", sagte Keane.

Der *Laird* der dún Scoti nahm Veränderungen nicht

gerade schnell an und ebenso wenig würde er Keanes Entscheidung akzeptieren, das Tal zu verlassen, wenn das Umland voller Konflikte war. Aidan hatte Angst, dass das Königreich Schottland sich auf Dubhtolargg stürzen würde, obwohl sie doch hier in den Mounths wahrlich vergessen worden waren. So konnte Keane sich wenigstens bei seiner Schwester nützlich machen. Hier ging er bei der Aufgabe, die ihm zugeteilt worden war, langsam ein.

Una seufzte erneut und es hörte sich so schwer an wie der Stein, der tief in ihrem Berg versteckt war. „Du musst deinen eigenen Weg gehen, Keane dún Scoti. Aber höre auf dein Herz und nicht auf deinen Kopf."

Keane nickte ernst. Für seinen Geschmack waren schon zu viele Worte gesprochen worden. Er wollte einfach nur hören, dass er ein Recht darauf hatte, sie alle zu verlassen. Nun, da er dies erfahren hatte, ging er zu der alten Frau und umarmte sie heftig. Sie wackelte dabei ein wenig auf ihren Beinen und klopfte ihm behutsam auf den Rücken. „Ob du ihm nun gegenübertrittst oder nicht, ich bin mir sicher, dass du wissen wirst, was zu tun ist, wenn die Zeit kommt."

„Keine Angst", versicherte er ihr. „Du hast uns wohl gelehrt."

In der Dämmerung funkelte das gute Auge voll unvergossener Tränen. „Nay. Du hast deinen Weg ganz gut allein gefunden", versicherte sie ihm stoischer, als er sie je zuvor erlebt hatte – wie eine Mutter, deren Kinder fortgingen und sie dem Zahn der Zeit überließen.

„Mit ein wenig Hilfe", versicherte er ihr. Er streckte die Hände aus und schüttelte Una vorsichtig an den Schultern, um seine Aussage zu untermauern. „Keiner von uns wäre ohne dich zurechtgekommen, Una. Eines Tages kehre ich zurück. Darauf gebe ich dir mein Wort."

Sie sah ihn traurig an, als wüsste sie etwas, das Keane nicht klar war. „Jetzt geh schon", scheuchte sie ihn. „Mach dich auf den Weg, bevor ich dir noch gehörig auf den Kopf schlage."

Sie schwang den Stab, um dies noch zu verdeutlichen. Aber die bekannte Geste brachte Keane nur zum Lächeln – nicht, weil sie es nicht getan hätte, weit gefehlt, sondern, weil sie es schon tausend Mal getan hatte und jedes Mal aus Liebe.

Aber das war es nun. Die Verabschiedung war vorbei. Keane umarmte sie noch einmal und eilte dann den Hügel hinunter. In der Dunkelheit packte er seine Taschen und überließ es seiner Schwester Cailin, die Neuigkeiten zu verbreiten: Ein weiterer Wolf des Piktenlandes hatte das Tal verlassen.

KAPITEL EINS

DEZEMBER 1135

KINNEDDAR CASTLE, AILGINSHIRE

Die Männer Morays waren Krieger, ihre Frauen waren schön und furchtlos, das Herz und die Seele der Männer von Moray. Ihre Augen waren honigfarben und ihr Haar so strahlend wie ein Licht im Winter. Man erzählte sich, dass selbst die Götter in so viel Anmut und Schönheit verliebt waren.

Aber Anmut war nicht gerade Lianaes Stärke und sie war auch nicht so schön wie ihre Mutter und ihre Schwester es gewesen waren. Ihr Haar war eher blond als rot und ihre Augen hatte die Farbe unreinen *uisges* – kein Vergleich zu den hellen, leuchtenden Augen ihrer Schwester Elspeth. Nichtsdestotrotz war sie die jüngste von zwei noch lebenden Frauen in einer langen Reihe von Moray-Königinnen. Die andere war ihre zahnlose Tante Gruaidh.

Lianae war nicht die erste Wahl des Earls gewesen. Aber es musste auch gesagt werden, dass *er* wiederum gar keine Wahl war. So lange sie ihre Lenden gürtete, gab es noch die Möglichkeit, dass die Nachfahren des Óengus wieder mächtig werden würden. Dies war die Sehnsucht in den alten Fürstentümern. Auch wenn König David sich als ein gütiger König feierte, umgab er sich doch mit Schurken wie William FitzDuncan und verschloss die Augen vor ihren bösen Taten. So wollte er also regieren. Die anderen sollten seine Drecksarbeit machen und er hüllte sich in den Umhang eines Heiligen.

Sankt David – pah!

Stück um Stück wurde das Land von Moray an Englands zweifelhafte Adlige verschenkt und der Mann, der hier vor ihr saß, war der schlimmste Verräter unter ihnen. Er nannte sich de Moray. De Moray, nicht von Moray, denn obwohl er der Sohn eines schottischen Königs war, war er keinen Deut besser als der normannische Thronräuber.

Wie sein Vater vor ihm und auch König David war FitzDuncan von den Engländern dazu erzogen worden, den Launen eines englischen Königs zu dienen. Schon jetzt war er durch seine Mutter Uhtreda der Patriarch von Northumbria, was ihn zu einem der reichsten Adligen in Nordengland machte und König David wollte ihm auch noch den Titel eines Earls von Moray verleihen.

Der Neffe König Davids, Sohn eines ermordeten Königs und Mörder ihrer Schwester, war in hellblauen Brokat gekleidet, trug einen Hut und ein Paar lächerliche rote Schuhe, die so spitz waren wie seine Nase. Er ignorierte Lianae und sprach direkt mit ihrem Bruder: „Ihre Unverschämtheit kann auf keinen Fall geduldet werden“, sagte er in seinem näselnden normannischen Dialekt. Dabei spähte er auf seine dünne schnabelartige Nase herab.

Entsetzt stellte sie fest, dass ihr Bruder Lulach sich

FitzDuncans Aussprache anpasste und die singende Sprechweise des Moray-Dialekts vermied. „Keine Angst, mein Lord ...Wenn Lianae ihr großes Glück realisiert, wird sie schon gefügig werden."

Mein Lord? Mein Lord! Sie verachtete die normannische Aussprache der Worte ihres Bruders. Die Schmerzen in ihrem Gaumen flammten wieder auf und Lianae erhob sich ruckartig. „Ich bin doch kein Hund! Ich werde nicht *gefügig werden*! Haben wir nicht schon gesehen, zu was dieser Mann in der Lage ist? Liebst du deine Schwester denn gar nicht?"

Ganz abgesehen von ihrem eigenen immer größer werdenden Unglück! Während sie sprachen, lag Elspeths Leichnam oben und wurde langsam kalt. An ihrem Hals waren die Verletzungen zu sehen, die ihr der Earl höchstpersönlich zugefügt hatte. Wenn Lianae an diesem Morgen nach den Feierlichkeiten der Nacht zuvor nicht zu ihr gegangen wäre, hätte er seine Sünden leicht verbergen können – aber dann wäre sie auch nicht in dieser unhaltbaren Situation.

FitzDuncans Wache streckte die Arme aus und drückte sie zurück auf ihren Stuhl, wobei er sie als Warnung so fest an der Schulter packte, dass es wehtat.

FitzDuncan sah sie verbittert an. Zweifellos war die Hälfte seines Zorns in dem Missfallen begründet, die *falsche* Moray-Schwester bekommen zu haben. Er hätte seine Hände bei sich behalten sollen! Wenn er jetzt allerdings Lulach überzeugen könnte, eine neue Verbindung zu akzeptieren, wusste Lianae bereits jetzt, dass er sie den Tag bereuen lassen würde, an dem sie seine Frau würde. „*Cil-onaidh*", zischte sie leise.

Der Mann war ein Idiot und ein Dummkopf.

Ebenso wie ihr Bruder Lulach.

„Lianae, bitte", flehte Lulach. Nach einer langen inständigen Stille wandte er sich ab, um den mächtigen Adligen erneut anzusprechen: „Vergebt ihr, mein Lord.

Sie ist nur verängstigt. Wir haben natürlich nicht vermutet …"

Lianae wartete, bis ihr Bruder ausgeredet hatte. *Was denn, Lulach?* Sie hatten nicht vermutet, dass Espeths neuer Ehemann sie in der Hochzeitsnacht erwürgen würde. *Sprich es aus, Lulach,* flehte sie stumm. *Akzeptiere das, was passiert ist. Gib zu, was du mir, deinem eigenen Fleisch und Blut, antun würdest!*

Fürwahr, wenn der Earl überhaupt Reue wegen der Ereignisse empfand, die zum Tod ihrer Schwester geführt hatten, so konnte man kaum etwas davon in seinem Gesicht erkennen. In seiner Stimme schwang Grausamkeit mit – eine kaum unterdrückte Gewalttätigkeit, die sich als Langeweile präsentierte, obwohl Lianae sie wahrnehmen konnte. Ihre Nerven waren so angespannt wie die überdehnten Sehnen eines Bogens. „Ängstlich oder nicht. Das Mädchen wird lernen, wo ihr Platz ist."

Das Mädchen?

Lianae war kein Mädchen. Sie war eine Prinzessin von Moray!

Lernen, wo ihr Platz ist?

Und welcher Platz sollte dies sein? Sich opfern und seine Frau werden, nun, da er die andere ermordet hatte?

„Ich werde es *nicht* tun", keifte Lianae wieder, aber sie hätte genauso gut auch schweigen können. Die Männer unterhielten sich weiter, als sei sie gar nicht anwesend.

„Aye, sie wird es tun", versprach ihr Bruder und Lianae konnte ihre Zunge kaum noch im Zaum halten. Ihr Land war geschändet und ihr Bruder verführt worden von – was? Frieden um jeden Preis?

Vor fünf Jahren machte David mac Maíl Chaluim seine Drohung wahr, die alten Fürstentümer zu unterwerfen, und er tötete ihren Vater beim großen Abschlachten bei Stracathro in Forfarshire. Nur zwei seiner Brüder überlebten das Massaker und nun erwies sich Lulach, der nach ihrem Großvater mütterlicherseits benannt war, als ebenso erbärmlich wie sein Namensvetter. Es war dumm von ihm, zu glauben, dass David von Scotia ihm für diese Vermählung eine Gefälligkeit gewähren würde. Es war ein Vertrag, der vergeblich abgeschlossen wurde, denn sobald Lianae ihr Eheversprechen gegeben hatte, würde sie nicht nur in der Ehe mit einem verlogenen, mordlustigen Unmensch gefangen sein, sondern auch im Einvernehmen mit ihrem Todfeind. Das alte Fürstentum würde für immer verloren sein, denn nicht nur war William Elspeths Mörder, sondern auch der Kommandant der Armee, die Moray seinem rechtmäßigen Herrscher – ihrem Vater – entrissen hatte.

„Ihr wisst doch sicher, Lulach … dass es auch andere gibt, die ich auserwählen könnte – ansehnlichere Frauen, die sich dankbarer zeigen würden."

Lianae öffnete den Mund, um ihm zu sagen, dass er das spitze Ende seiner Schuhe in seinen gepanzerten Arsch schieben könnte, aber ihr Bruder blickte sie flehend an. Die Wache des Earls hielt sie immer noch an der Schulter fest und kniff sie schmerzhaft.

„Aye, Mylord", erwiderte Lulach, „aber Lianae ist die letzte von Óengus' Töchtern. Als solche kann sie helfen, eine Rebellion abzuwenden."

„Gruaidh ist mehr als willens."

Lianae verdrehte die Augen, als er ihre Tante erwähnte.

„Aye, wenngleich Gruaidh Euch wohl keine Kinder mehr gebären kann, und sie ist auch nicht so … ansehnlich."

Der Earl schaute kurz zu Lianae. „Das ist Eure Schwester ebenfalls nicht, sobald sie den Mund aufmacht."

Sie biss die Zähne zusammen bei der Erinnerung an den kurzen Moment, den sie mit dem Earl allein verbracht hatte. Lianae hob die Hand an den Bluterguss auf ihrer Wange und drängte Lulach, die Verletzung zur Kenntnis zu nehmen, aber ihr Bruder weigerte sich, sie noch einmal anzuschauen.

Es zerriss ihr das Herz. *Oh Lulach,* wollte sie fragen, *was ist aus deinem Mut geworden? Wo sind jetzt deine Skrupel und dein Weitblick?*

„Ich werde sicherstellen, dass sie versteht, was ihre Pflicht ist."

Der Earl warf noch einen weiteren verbitterten Blick auf Lianae. „Sorgt dafür."

„Aye, mein Lord … und würdet Ihr uns bitte einen Moment allein lassen?"

Der Earl seufzte mit gelangweilter Miene, aber er schob seinen Stuhl vom Tisch weg. Dann stand er auf, nickte Lianae mit schlecht gelauntem Blick kurz zu und in diesem sah sie etwas Kaltes und Unheilverkündendes. Er warnte sie ohne Worte und sie wusste bereits, welche Gefahren damit verbunden waren. Hatte ihre Schwester ihn irgendwie zornig gemacht? Vielleicht würden sie niemals wissen, was in dem Zimmer passiert war. Ihre Hand fest an die Wange gedrückt, erzitterte Lianae angesichts der Bilder, die ihr in den Kopf kamen. Die Lippen und die Haut ihrer Schwester waren so blau gewesen wie das saphirfarbene Kleid, das sie bei ihrer Vermählung getragen hatte. Und doch würde Lulach sie verkaufen für … was?

Die Verzweiflung nahm ihr den Atem, wie auch die letzten Proteste.

Ihr Bruder erhob sich nun ebenfalls und Lianae musste es demnach auch tun – nicht aus Ehrerbietung, sondern, um zu gehen. Wieder schob die Wache des Earls sie zurück auf ihren Stuhl, wobei er seine starken Finger in die Kuhle an ihrem Schlüsselbein grub. Sie öffnete den Mund, um vor Schmerz zu schreien, aber sie gab keinen Laut von sich, zumindest nicht in der Gegenwart dieser Ungeheuer.

Fremde! Mörder!

Erst als der Earl von Moray sich vom Tisch abwandte, ließ sein Stiefellecker Lianaes Schulter los und entfernte sich. Er folgte seinem Herrn wie der Hund, der er zu sein schien. Eine Sache stand fest: Lianae würde den Earl *nicht* heiraten, aber sie kannte die sture Miene ihres Bruders und sie wusste, dass er nicht nachgeben würde. Es würde niemandem etwas nützen, weitere Proteste zu äußern. Nay, sie musste einen anderen Weg finden …

Lulach wartete, bis der Earl und seine Männer die Halle verlassen hatten, bevor er sich ihr zuwandte. „Lianae", sagte er ruhig. „Du *musst* lernen, den Mund zu halten. Wenn du nur darauf achten würdest, könntest du viel erben, meine Schwester."

Lianaes Finger ballten sich so fest zur Faust, dass die Fingernägel sich in ihre Handfläche gruben.

Einst hatte sie Lulach für seine liebenswürdige Art verehrt. In diesem Augenblick erschien ihr seine Sanftheit eher eine Schwäche zu sein und das schmale, etwas hängende Kinn ein verräterisches Zeichen dafür. Die Türen zur Halle wurden eine nach der anderen geschlossen und der schwere, raue Klang schallte von der Decke der Halle zurück. Für sie hörte es sich an wie das Schließen einer Zellentür.

„Ich will den Thronräuber nicht heiraten", sagte Lianae ruhig.

Ihr Bruder seufzte: „Lianae, er hat seinen Platz auf die gleiche Weise erobert, wie es einst die Männer von Moray taten, nämlich mit dem Schwert."

„Nay", erwiderte Lianae. „Er wurde von König David ernannt, der auch nicht besser als ein Fremder ist. Er wurde unter der Vormundschaft Henrys erzogen. *Alle* diese Männer wurden darauf vorbereitet, unseren Platz einzunehmen, und mit der Zeit werden sie jeden Mann und jede Frau von Moray vernichten."

„Er ist der Erbe Duncans und in ihm fließt königliches Blut", erinnerte Lulach sie.

„Wohl eher auf seinen Händen!", rief Lianae zornig.

„Ach, Lianae, sei doch gerecht. Sein Vater war eine Zeit lang unser König."

„Ach, sei' s doch selber!", sagte Lianae und sah ihren Bruder ungläubig an. „Verstehst du es denn nicht, Lulach? König Duncan wurde von seinem eigenen Bruder ermordet und wenn die Gerüchte stimmen, würde William trotzdem mit David gemeinsame Sache machen! Das sollte dir doch alles über den Charakter dieses Mannes sagen. Er würde sich so leicht an die Mörder seines Vaters verkaufen. Auf jeden Fall ist er nur ein Mistkerl und seine Mutter ist auch eine Fremde. Sie sind alle nur Henrys Lakaien!"

Lulach runzelte die Stirn. „Es ist höchste Zeit, dass wir Frieden schließen, Schwester. Óengus ist tot –"

Lianae lachte rau „Das weiß niemand besser als Elspeth!" In ihren Augen sammelten sich Tränen, als ihr die Bilder erneut in den Sinn kamen. Das zerrissene Kleid ihrer Schwester, die geöffneten hervortretenden Augen. FitzDuncan war noch nicht einmal so anständig gewesen, ihre schönen bernsteinfarbenen Augen zu schließen. Die Erinnerung daran drohte Lianaes Haltung mehr zu erschüttern als die Diskussion der letzten Stunde.

Ihr Bruder ignorierte ihre Tränen. „Unsere Brüder, tot ..."

„Nay!"

Lulach und sie schauten sich erhitzt an und Lianae versuchte, abzuschätzen, was er wohl wusste. Weder Ewen noch Graeme waren seit Monaten gesehen worden, aber Lianae wusste, dass sie dort draußen sein mussten und nur auf die richtige Gelegenheit warteten. Óengus hatte sie gut ausgebildet.

„Verstehst du denn nicht, Lianae? Wir können nicht mehr weiterkämpfen – nicht, wenn wir überleben wollen."

Und da war es.

Die Miene ihres Bruders war voller Angst und Lianaes Herz zog sich zusammen bei dem Gedanken an den Mann, der er hätte sein können. Sie wusste, dass es nicht wirklich sein Wunsch war, sie mit einem Ungeheuer verheiratet zu sehen. Aber Lulach war nicht stark genug, um sich gegen diese abscheulichen Männer zu behaupten. Sie wollte ihm wirklich verzeihen, konnte es aber nicht. Er würde sie nur allzu leicht verkaufen. Ihre Schwester – ihrer beider Schwester – war bereits tot. Lianae würde vielleicht das gleiche Schicksal ereilen – und für was? Für Lulachs Selbstsicherheit? Um seine Geldkisten zu füllen? Warum?

Es gab nur einen Weg, diesem Schicksal zu entkommen. Sie musste ihren Bruder annehmen lassen, dass sie bereit war, nachzugeben. Er hatte sich schon entschieden. „Wann?", fragte sie und schluckte ihre Trauer hinunter. „Wann soll ich diese fürchterliche Tat begehen?"

„Heute Abend."

„Heute Abend!"

Ihre Augen füllten sich wieder mit Tränen.

„Lianae", flehte ihr Bruder. Trotz seiner Jugend hatten sich neue Falten in seine Stirn gegraben, wo vorher keine gewesen waren. Auch seine Frau war frühzeitig gealtert, aber Lianae konnte den beiden nicht helfen. Sie hatte jedoch die feste Absicht, sich selbst zu helfen. Sie war nicht bereit, ein Opfer zu werden. Ihr Körper wäre am liebsten aufgesprungen und schreiend nach draußen gelaufen, aber sie blieb sitzen.

Als sie zum Balkon sah, erspähte sie eine Gestalt, die

am Geländer stand und nach unten sah. William FitzDuncan war kein Mann, der Risiken einging. Niemand in der Erbfolge konnte sich beruhigt zurücklehnen. Seit dem Tag, an dem Kenneth MacAilpín die Söhne von sieben Piktenvölkern ermordet hatte, hatte Scotia keinen dauerhaften Frieden mehr erlebt. Vetter ermordeten Vetter, Brüder töteten Brüder und Schwestern waren nichts weiter als Gegenstände, die man verkaufen konnte.

Fieberhaft dachte sie über einen Plan nach.

Das Badehaus war eine schmutzige, schweißgetränkte Pfütze, ein unbescheidenes Gebäude, das nach dem Abzug der römischen Legionen stehen geblieben war. Es war der letzte Ort, an den irgendjemand zum Waschen gehen würde. Aber dort musste Lianae heute Abend irgendwie hinkommen.

Unter dem Badehaus gab es ein Wirrwarr an Rohren, durch die das süße Wasser der Highland-Bäche floss. Die Rohre waren inzwischen alle versiegelt und das Bad an sich wurde einmal die Woche von einer Prozession unglücklicher Diener befüllt. Doch Lianae kannte den Zugang zu den Rohren. Von dort könnte sie in den Wald entkommen, aber sie durfte keinen Verdacht erregen. Sie würde nur mit den Kleidern an ihrem Körper fliehen müssen. Und wenn sie jetzt zustimmte, würde man sie nur noch einmal in ihre Kammer gehen lassen, um ihr Hochzeitsgewand – Elspeths Hochzeitsgewand – zu holen. Sie erschauderte, denn der Gedanke an das verhasste Kleid bereitete ihr Magenschmerzen. Ein Kloß bildete sich in ihrem Hals, aber sie zwang sich, zu sprechen: „In Ordnung, aber erlaube mir zumindest ein Bad vor der Vermählung. Wie du siehst, bin ich schmutzig."

Lulach hob eine Augenbraue.

Erinnerte er sich?

Elspeth und sie waren früher immer vom Wald

durch die Rohre zum Badehaus gegangen, um zu erspähen, was dort vor sich ging. Sie hatten erfreut gekichert über das, was sie dort lernten. Nicht alles war so prickelnd. Fürwahr, sie hatten keine Ahnung gehabt, wie gerne Männer pupsten, wenn mehr als zwei von ihnen in einer Wanne saßen.

Lulach starrte sie an. Und Lianae hob ihre Hände. „Willst du, dass er seine Nase wegen meines Gestanks rümpft? *Sieh mich an*", flehte sie und hoffte, dass er ihre Blutergüsse auch sehen würde. „Ich bin direkt vom Aufpassen auf *deine* Kinder gekommen. Kein Wunder, dass er mich den ganzen Morgen angestarrt hat, als hättest du ihm einen Haufen Scheiße unter die Nase gehalten!"

Lulach seufzte und gab sofort nach, „Keine Tricks, Lianae", warnte er sie. „Wenn du dich nicht überwinden kannst, es für dich selbst oder für mich zu tun, dann denke doch bitte an deine Neffen. Alan findet vielleicht noch einen Weg, unseren Vater stolz zu machen."

Gekleidet wie ein Sassenach? Nay, niemals! Óengus würde sich im Grab herumdrehen.

Lianae kniff die Augen zusammen. „Aus Liebe zu ihnen bin ich nicht weggegangen, als ich die Möglichkeit hatte", erinnerte sie ihn. Sie liebte die Kinder ihres Bruders, als wären es ihre eigenen. Aber Lulach hatte dem neuen Earl die Lehenstreue geschworen und sie bezweifelte, dass FitzDuncan ihnen etwas antun würde, denn er brauchte die Unterstützung der Bevölkerung. Als rechtmäßig geborener Sohn von Óengus war Lulach hoch angesehen. Selbst nach seinem Tod liebten die Leute von Moray ihren Vater immer noch sehr.

„In Ordnung, ich werde das Bad vorbereiten lassen."

Lianaes Herz machte einen Freudensprung. „Ich danke dir. Der Earl wird es dir danken", verbesserte sie sich ruhig und versuchte, nicht zu kreischen, als ihr Bruder in die Hände klatschte. Die Türen der Halle wurden weit geöffnet und nicht nur ein kräftiger Mann, sondern gleich zwei kamen herein, um Lianae aus der Halle zu begleiten. Sie zogen sie hoch und schleiften sie weg.

„Vergiss dich nicht", warnte Lulach. „Und trödele nicht."

„Reg dich nicht auf, *Bruder*. Ich werde meine Pflicht tun", erwiderte sie ohne Schuldgefühle.

Es war ihre *Pflicht*, einen Fluchtweg zu finden.

Fast sofort formte sich ein Plan in ihrem Kopf. Lianae brauchte nur ein paar Augenblicke allein im Badehaus – lang genug, um den Gang zu öffnen und ihn zu betreten. Der Eingang sollte selbst nach so vielen Jahren einfach zu finden sein. Man konnte kaum erwarten, dass der neue Earl und seine Entourage die Geschichte dieser Ländereien oder der Gebäude darauf bereits kannten. FitzDuncan hatte sein gesamtes Leben in England verbracht und diese Unwissenheit würde Lianae heute sehr dienlich sein.

Draußen im Flur stellte sich der Earl Lianae in den Weg. Er lächelte sie dünnlippig an und ergriff sie am Arm, bevor sie die Möglichkeit hatte, an ihm vorbeizukommen. „Ab heute Abend wird dein Bruder keine Macht mehr darüber haben, was ich mit dir mache, Lianae. Du wirst deine weiche, samtige Zunge in Zukunft besser einsetzen."

Lianae erschauderte.

Mit dieser Reaktion war er zufrieden, grinste sie an und ließ sie los. Hitze durchströmte Lianaes Wangen, aber dieses eine Mal hielt sie den Mund. Ihr Herz hämmerte, während sie zurück in die Halle zu ihrem Bruder schaute. Lulach hatte zugesehen und blieb von ihrem flehenden Blick unberührt. In dem Augenblick erkannte sie, dass er für sie verloren war. Aber sie war auch schlau genug, zu wissen, dass Wut ihr jetzt nicht weiterhelfen würde. Vielleicht wäre Verführung besser.

Ihre Mutter war eine Sirene gewesen, die mit jedem gesprochenen Wort verzauberte, und so trat sie an die Seite Fitz Duncans und fuhr sich mit der Zunge über die Unterlippe. Mit mehr Tapferkeit, als sie tatsächlich fühlte, sagte sie: „Macht Euch keine Gedanken, *Laird*“, sie musste bei ihrer Unterwürfigkeit schlucken, „ich weiß, was ich mit meiner weichen, samtenen Zunge anstellen kann. Ich bin schließlich eine junge Frau von Moray.“

FitzDuncans Pupillen weiteten sich und seine Augen wurden nachtschwarz. In den Tiefen seines Blicks leuchtete etwas Helles und er lächelte, als er sich zu Lianae beugte, um ihr ins Ohr zu flüstern: „Eure Schwester war schwach. Ihr fehlte die Stärke einer Königin. Aber ich wollte schon immer einmal eine Frau von Moray bis auf die Knochen häuten, um zu sehen, aus was sie wirklich gemacht ist. Liefert mir einfach einen Grund“, warnte er sie und gab den Weg frei.

Er ließ sie im Flur stehen und kalter Schweiß brach aus ihr heraus. Angst und Zweifel lähmten ihre Glieder. Natürlich würde dieser Mann sich nicht von Verführungskünsten erweichen lassen. Er war immun gegen den Charme einer Sirene. Er würde mit ihr machen, was er wollte, und sie würde niemals etwas dagegen tun können. Wie Elspeth, die viel schöner als sie gewesen war, würde sie durch die Hand Fitz Duncans sterben.

Mit einem Kichern tief in seinem Hals und amüsiert von der Angst in ihren Augen ging der Earl zurück in die Halle, um die Planungen für seine Vermählung zu Ende zu bringen. Lianae verharrte so lange, bis der Diener des Earls sie schließlich unhöflich an ihrem Rücken vorwärts schubste.

Gott steh mir bei.

Sie würde nur eine einzige Chance zur Flucht haben.

Und wenn sie scheiterte …

Sie würde nicht scheitern.

Lianae blickte nicht zurück, um zu sehen, ob der Mörder ihrer Schwester und ihr Bruder sie immer noch beobachteten. Ohne ein weiteres Wort erlaubte Lianae von Moray – letzte noch lebende Tochter von Óengus, dem Fürsten von Moray – den Männern des Thronräubers, sie wegzuführen.

KAPITEL ZWEI

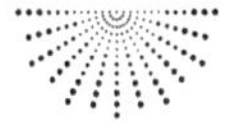

DUBHTOLARGG

Obwohl es noch lange nicht die passende Jahreszeit war, flatterte ein riesiger Brombeerspinner um den Tisch herum, weil er vom kräftigen grünlichen Licht des Kristalls angezogen wurde. Finster dreinblickend warf Una ihr kariertes Tuch über die Kristallkugel. Sie konnte es nicht aushalten, länger bei den Bildern zu verweilen, die hinter der leuchtenden Fassade schimmerten. Ohne das Licht des *keek stane* schlug die ausgebremste Motte mit ihren übergroßen Flügeln und flog auf die einzige Fackel in der Grotte zu, während Una die ihr offenbarten Bilder überdachte.

Für fast alle anderen schien der *keek stane* nur ein hübscher Kristall zu sein. Aber für jene mit *da shealladh*, der Gabe des Hellsehens, offenbarte er manchmal sogar zu viele zukünftige und vergangene Dinge und auch solche, die noch im Zwielicht verharrten. Der Trick bei der Sache war, zu unterscheiden, bei welchen Zukunftsbildern sie den Lauf der Dinge noch verändern konnte. Heute waren ihre Visionen so klar gewesen wie die Seen der Feen auf der Insel Skye, was aber nur bedeutete, dass die von ihr gesehene Zukunft nun unabänderlich war.

Dies nahm ihren alten Gliedern den Schwung und eine Traurigkeit überkam sie. Heute fühlte sich sogar ihre Haut müde. Sie hing lose an ihrer uralten Gestalt, als wenn sie dort nicht mehr länger sein wollte. Una hatte mehr Schmerzen in ihrem kleinen Zeh, als die meisten Menschen in ihrem ganzen Leben erlitten. Und nun wurde die Zeit knapp...

Clach-na-cinneamhain durfte niemals gefunden werden.

Der Schicksalsstein war kein Segen mehr für die Menschen. Der schwarz geäderte Basaltstein, der einst den Gälen gehört hatte, war erfüllt von einer Macht, die das Vertrauen, das er Männern einflößte, um einiges überstieg. Er war über Erin nach Scotia gebracht und von einer Piktenpriesterin gesegnet worden. Durch die Macht, mit welcher der Schicksalsstein ausgestattet war, waren Männer dazu verdammt, scheußliche Taten im Namen Albas zu begehen. Una hatte gesehen, wie weit sie für einen Vorgeschmack von Unsterblichkeit gehen würden, und so hatte sie den Stein vergraben und dann ihre Hüter ganz genau ausgewählt. Aber wenn sie ihn nun in den Händen Sterblicher beließ, sorgte sie dafür, dass das Wasser in Scotias Flüssen für immer rot gefärbt blieb.

Was tun... Was tun...

Leider war dies nichts, womit sie Aidan belasten konnte, denn ihre Prophezeiung würde nur Zorn und Angst erzeugen. Und schlimmer noch, wenn Aidan von Keanes Rolle an dem Ende der Reise des Steins erfuhr, würde er diesem die Schuld geben. Der jüngere dùn Scoti musste seinen vorgezeichneten Weg jedoch weitergehen. Sie sahen sich nicht gern als Söhne Scotias, aber genau das waren sie – Pikten, Gälen, Schotten. Dies waren alles nur andere Namen für ein und dasselbe. Ein Dorn war auch mit einem anderen Namen immer noch ein Dorn.

Tausend kalte Finger piksten sie an ihrem Körper wie tausend tote Angehörige, die sie stumm anklagten. „Ich weiß", sagte sie ein wenig irritiert. „Ich weiß. Ich werde dafür sorgen, dass der Stein zerstört wird. Seid jetzt still und lasst mich nachdenken!"

Der Brombeerspinner kehrte zum Tisch zurück, als wollte er nur gehorchen. Dabei schlug er mit seinen vogelartigen Flügeln. Er landete auf dem Tuch über dem Kristall, saß da und starrte Una an, wobei er seine haarigen Flügel bewegte und mit seinen hornartigen Fühlern wackelte.

Die Höhlen, in denen sie lebte, waren überaus massiv und der Stein war im tiefsten Gewölbe begraben. Vor einigen Jahren war Aidans neue Frau durch einen Verwerfungsgraben in das Gewölbe gefallen, aber dieser war nun schon lange aufgefüllt und jetzt gab es nur noch einen Weg in die Grotte – durch Unas Arbeitskammer, in der sie nun stand. Der Zugang war nur über eine unter ihrem Arbeitstisch verborgene Falltür möglich. Aber die Tür lediglich zu verschließen, war keine ausreichende Maßnahme.

Feuer reichte auch nicht. Der Stein würde nicht brennen und es würde auch den Fluch nicht aus seinen Basaltporen tilgen. Außerdem würde sie trotz des *Zaubers*, den sie besaß, den schweren Stein niemals allein nach draußen befördern können. Aber selbst, wenn sie es schaffen würde, wäre es unmöglich, ein Objekt dieser Größe ohne Aufsehen zu bewegen. Die Hüter des Steins waren nun schon viel zu lange mit ihrer Aufgabe betraut. Sie würden ihn nie aufgeben.

Fürwahr, es war ein Dilemma selbst für die Götter, zu denen Una definitiv *nicht* gehörte. Sie war schließlich nur eine bescheidene Dienerin der Menschen.

Mit einem wehmütigen Lächeln dachte sie an

Aidans Familie, die wahrlich die letzten Hüter des Steins waren. Lìli, Ria und das neue Kind, das Lìli nun bekam. Der Weg der jungen Cailin war noch unbekannt. Und Keane war immer ein süßer, lieber Junge gewesen, obwohl sein Herz härter geworden war. Catrìona war als Erste gegangen. Sie hatte den zweiten Sohn des Brodie-Clans geheiratet. Und Lael war auch geflohen, um den *Laird* von Keppenach zu heiraten. Und zu guter Letzt war da noch Sorcha ... liebste Sorcha...

Schon bald würden alle Hüter frei sein, im ganzen Land herumzuwandern und jeder könnte sich einem neuen Clan anschließen. Ach, aber das Schicksal der Menschen konnte nun nicht mehr geändert werden – weder in diesem Zeitalter noch im nächsten.

Die Tränen brannten in ihren alten Augen und blieben in den Falten ihrer Haut hängen. Man nannte sie Krähenfüße, aber nach so vielen Jahren waren sie fast so tief wie der Brunnen von Lilidbrugh – jener lang vergessene Ort, dessen Antlitz nun in den Tiefen ihres Kristalls auftauchte. Dies war der Ort, in jener Wiege ihres Clans, wo der jüngere dún Scoti seinem Schicksal entgegentreten würde.

Schon bald ...

Verstört und müde wandte sich die alte Frau zu ihrem Arbeitstisch, gerade noch rechtzeitig, bevor Sorchas lange Beine von der Kammer darüber in die Grotte hinabstiegen. Zweifellos suchte sie Una, denn Lìli hatte sie schon vor Stunden den Berg hinaufgeschickt, um einen Wickel für die kleine Ria zu holen. Unerwartet war sie vom Kristall abgelenkt worden.

„Una!“, rief das Mädchen und machte sich nicht die Mühe, sich erst nach ihr umzuschauen.

Der Brombeerspinner erhob sich und flog davon.

„Hier bin ich, Kind. Bitte, schone meine Ohren!“, beschwerte sich Una und einer Note in ihrer schroffen

Stimme nach zu urteilen, wusste sie, dass sie damit auf verlorenem Posten stand.

Sorcha hüpfte von der Leiter in die Grotte und runzelte die Stirn. Mit dreiundzwanzig war das jüngste dún Scoti-Mädchen wohl kaum noch ein Kind. Ihre blauen Augen, die denen ihrer Schwester so glichen, waren klug und schienen viel älter. Sie betrachtete ihr junges Mündel durch ihr tränendes Auge.

„Oh! Störe ich?", fragte Sorcha und ihr Blick wurde von dem Kristall, der unter dem Tuch glühte, angezogen.

„Nay."

„Wir dachten, dass du vielleicht Hilfe brauchst ..."

Una hob eine dünne Braue. „Um einen Wickel den Berg hinunterzutragen? Hältst du mich für lahm, Kind?"

Sorcha antwortete mit einem schiefen Lächeln und Unas Stab zuckte, weil er sie strafen wollte, blieb aber in ihrer Hand. In solchen Augenblicken vermisste sie Keane noch mehr. Die dún Scoti-Mädchen waren alle kerngesund und schlagfertig, aber Una wollte sie nie auf den Kopf schlagen. Schade, dass auch Kellen nicht da war, denn er wäre ein passender Ersatz gewesen. Nun ja, Lìlis sechzehn Jahre alter Sohn würde schneller zum Mann reifen, als er sollte, und Lìli würde über die Entscheidungen, die ihr Mann in Chreagach Mhor getroffen hatte, wütend sein. Sie seufzte und ihre Verzweiflung äußerte sich als kalter Luftzug, der von den darüber liegenden Höhlen in die Grotte fegte. Dabei bauschten sich Sorchas blaue Röcke und das Feuer der Fackel flackerte so sehr, dass die Flamme einen langen Bogen bildete. Mit einem zweifelnden Blick auf den *keek stane* gab Una zu: „Ich wurde abgelenkt, wenn du es unbedingt wissen willst."

Trotz ihrer übermäßigen Neugier wusste Sorcha, dass sie besser nicht nach dem Klumpen unter dem

Tuch fragen sollte, aber Una beschloss, dass der jetzige Zeitpunkt für die Enthüllung dessen, was sie wissen musste, so gut wie jeder andere war. Auf ihren Stab gestützt ging sie zum nächsten Stuhl und setzt sich, um ihre Schülerin zu mustern. „Was macht Rias Ausschlag?"

„Lìli sagt, er wäre besser, obwohl sie gereizt ist."

„Lìli oder Ria?"

Sorcha lachte leise. „Beide, wenn du es unbedingt wissen willst."

Sie griff nach einem ihrer Zöpfe – eine nervöse Geste, mit der sie ihre Hände beschäftigen wollte – und getrieben von ihrer unersättlichen Neugier für den Kristall trat sie näher an Unas Arbeitstisch heran. Er rief sie nun, denn auch sie war ein *taibshear* – eine Seherin. Aber es war eine Sache, das Wissen zu besitzen, und etwas ganz anderes, sich dessen bewusst zu sein und den Wunsch zu haben, es zu benutzen. Es gab Menschen mit dieser natürlichen Veranlagung, die allerdings weder ihrer Intuition trauten, noch einen offenen Geist oder ein offenes Herz besaßen …

Selbst jetzt, da sie am anderen Ende des Raums saß, fühlte Una die Energie des Kristalls und sie wusste, dass er bald von anderen Augen betrachtet werden würde. Es war nur fraglich, ob Sorcha die Anziehung auch spürte. War die junge Frau stark genug, um ihre innere *Magie* anzunehmen?

Sie beobachtete das Mädchen, das sie von klein an aufgezogen hatte, und einen Augenblick später fiel ihr Blick auf das oberste Regal. „Sorcha, Liebling, erinnerst du dich an das Buch, das wir immer zusammen gelesen haben?"

Das Buch war aus Schafshaut gemacht und in Leder gebunden. Die uralten Symbole darin waren mit Blut gemalt. Es war ziemlich alt und empfindlich. Wenn man die Gabe des Sehens nicht hatte, war es unmöglich zu lesen. Für diejenigen ohne *da shealladh* erschienen die Seiten einfach leer. Aber Sorcha kannte sie – fast von Beginn an. Selbst als Kind hatte sie Dinge gesehen, die andere nicht wahrnahmen.

Sorcha folgte Unas Blick auf das oberste Regal und erwiderte: „Natürlich erinnere ich mich."

Una lächelte liebevoll. „Versprichst du, es gut zu verwahren?"

„Das werde ich! Aber Una –"

„Dùin do ghob somaltag." Sei still, Kind, sagte die alte Frau sanft.

Entschlossen, ihre Aufgabe auszuführen, schlug Una mit ihrem Eschenholzstab auf den steinernen Boden der Grotte, wodurch Nebel von unsichtbaren Stellen aufstieg. Eine Kälte kam auf, die schneller bis zu den Knochen durchdrang als nasskalter Regen. Und trotz des wirbelnden Rauchs wirkte die Luft abgestanden wie vor einem lodernden Feuer, das den Sauerstoff in seine Flamme saugt. Sorcha bemerkte die Veränderung und wie ein achtsames Reh bereitete sie sich vor, zu fliehen.

Una hatte sich den Menschen erst ein oder zwei Mal in ihrer wahren Gestalt gezeigt. Jedes Mal hatte sie einen hohen Preis dafür gezahlt. *Das nächste Mal würde das letzte Mal sein.* Sie starrte ihr junges Mündel an und wollte, dass Sorcha dablieb.

Keine Angst, Kind.

Der einschmeichelnde Ton in Unas Stimme glitt wie eine Schlange durch die neblige Höhle.

Während sie zusah und fast erwartete, dass das Mädchen wie ein Falter davonflog, begannen sich die Schultern des Mädchens zu entspannen. Hinter ihr auf dem Tisch glühte der *keek stane* ein wenig heller und seine mächtige Magie schien durch den gewebten Stoff wie durchsichtige Lichtfäden.

Nimm das Tuch vom keek stane, wies Una sie an, ohne ihre Lippen zu bewegen.

Überrascht von dem Befehl drehte Sorcha ihren Kopf, um das Tuch in Augenschein zu nehmen, und blickte dann wieder ängstlich zu Una.

Nimm das Tuch weg, wiederholte Una.

Während Sorcha blinzelte, hob sich ihre Hand wie von selbst, aber vorsichtig, zu dem Tuch. Una beobachtete, wie ihre Finger abwartend in der Nähe des Stoffs schwebten...

Nimm das Tuch weg, suggerierte sie erneut.

Die klaren blauen Augen des Mädchens leuchteten im warmen Licht der Grotte. Ihr Blick traf Unas und diese lächelte beruhigend. Sie war recht zufrieden. Sorcha verstand vielleicht nicht, was sie da wusste, aber, aye, sie wusste es...

Sieh in den Kristall und sag mir, was du siehst.

Sorcha konnte wieder sprechen. „Wirklich?"

Die alte Frau tippte nur einmal mit dem Finger gegen ihr Kinn.

Vorsichtig, als hätte sie Angst, dass sie das alles nur träumte und Unas Stab gleich auf ihrem Kopf landen würde, nahm Sorcha das Tuch zwischen ihre Finger. Die alte Frau stand ruhig von ihrem Stuhl auf, um sich neben ihre Schülerin zu stellen. Dabei war sie schneller, als es ihre alten Knochen eigentlich erlaubten. Aber wenn Sorcha ihre Annäherung gespürt hatte, so schien es sie nicht zu stören, und sie wandte sich auch nicht zur Seite, um die alte Frau neben ihr zur Kenntnis zu nehmen. Der *keek stane* hielt sie vollkommen in seinem Bann.

Vorahnung wurde in der steinernen Kammer zu einer lebendigen, atmenden Kreatur. Una konnte sehen, wie sich die nebligen Ranken der *bruadar* – der Vision – nach dem Mädchen ausstreckten. Sie waren wie Arme, die sich danach sehnten, sie zu umschließen. Sorchas Herzschlag war wie ein eisernes Ticktack und es schlug im gleichen Rhythmus wie Unas. Una lieh ihr die Kraft des *bruadaraiche* – des Träumers.

Als hätte sie Angst, dass sie ihre Meinung ändern könnte, zog Sorcha an dem Tuch und es glitt vom *keek stane* und offenbarte einen konkaven Kristall, von dem der ganze Dunst im Raum auszugehen schien. Der noch im Kristall gefangene Nebel wirbelte heftig und nahm verzweifelte Formen an.

Una wartete geduldig, bis sich die Energie beruhigt hatte, und verlangte dann: „Sag mir, was du siehst."

Eine ganze Zeit lang war Sorchas Blick unergründlich und dann beruhigte die Neugier ihren Herzschlag und sie schlüpfte an Una vorbei um den Tisch herum, damit sie besser in den uralten *keek stane* schauen konnte.

Dort in dem Kristall fügten sich Formen zusammen ... Aber diese *bruadar* war nicht für Una. Also richtete sie ihren Blick weiterhin auf Sorcha. Durch die Beleuchtung des wechselnden Lichts des Kristalls erschien das dunkle Haar des Mädchens so blau wie ihre Augen. Ihre Haut nahm die durchsichtige Tönung einer Perle an. Einen Augenblick später hob Sorcha die Augen vom Kristall und sah Una an.

Unas Augenbrauen zuckten amüsiert. „Sprich. Sag mir, was du siehst."

„I-ich bin mir nicht sicher", sagte Sorcha.

„Es ist besser, ohne Sicherheit zu sehen, als der Blindheit nachzugeben."

Sorcha war schon lange an Unas mysteriöse Belehrungen gewöhnt und schaute wieder hinunter in den *keek stane* und starrte in die sprudelnden Verwirbelungen. Sie schluckte spürbar. „Ich sehe einen Turm."

Una hob eine Augenbraue. „Einen Turm aus Stein?"

Sorcha nickte.

„Einer von normannischer Art oder eher wie die, die von unseren Vorfahren errichtet wurden?“

„Nicht normannisch.“

„Was noch?“

„Ein Wolf und ein vierbeiniger Vogel.“

„Was noch?“, schnauzte Una sie an.

„Ich bin mir nicht sicher“, sagte Sorcha und knabberte an ihrer Unterlippe.

„Du musst dir merken, dass Sicherheit das Ende der Träume bedeutet. Beeile dich und sag mir, was du noch siehst.“

Die Bilder schwanden unwiederbringlich und Sorcha schüttelte den Kopf. „Ich habe sonst nichts weiter gesehen“, sagte sie und wirkte verwirrt.

Verärgert schnalzte Una mit ihrer Zunge. „Jetzt ist es zu spät!“ Sie nahm das Tuch vom Tisch, warf es gereizt über den *keek stane* und verbarg so den Kristall.

„Was bedeutet es?“

„Es bedeutet das, was es bedeutet.“

„Was ist das für ein Kristall?“

„Es gibt ein unsichtbares Leben, das uns erträumt, Sorcha, eines, das unser Schicksal kennt. Der Kristall gewährt einen flüchtigen Blick durch Cailleachs Auge. Aber du musst die *bruadar* entschlüsseln.“

Sorcha blickte hoch in Unas Gesicht, auf die Klappe, die Unas fehlendes Auge verbarg. Enttäuscht wandte Una ihr Gesicht ab. „Geh und nimm das Buch mit in dein Zimmer.“

„Warum?“, erwiderte Sorcha. „Ich kann es nicht lesen.“

„Aber das wirst du.“

„Una … mir gefällt die Art nicht, wie du sprichst. Es ist, als ob du uns verlassen wolltest.“

Die Sehnen an Unas Nacken und Schultern zogen sich zusammen. Die Anspannung forderte ihren Tribut. Ein weiterer Winter würde sie umbringen. Sie brauchte eine lange Pause. Im Moment reizte sie selbst der Gedanke an den Abstieg vom Berg nicht mehr.

„Tha mi cho sgìth ri seann chù", sagte sie. *Ich bin so müde wie ein alter Hund.* Langsam, als hätte sie Angst, dass ihre Knochen bei der Anstrengung brechen könnten, ging sie zurück zu ihrem Stuhl und setzte sich wieder. „Bring du den Wickel nach unten, Sorcha."

Sorcha runzelte unglücklich die Stirn. „Aber warum, Una? Ich kann das nicht."

„Ach, Kind! Geh! Du brauchst keine alte Frau mit zitternden Händen, um einen einfachen Wickel anzulegen – nicht, wenn du stark bist und fähig, es selbst zu tun."

„Aber ..."

„Es gibt kein *Aber*, Sorcha. Bring den Wickel zu Lìli. Sie weiß, was damit zu tun ist. Und nimm mein Buch auch mit. Schütze es mit deinem Leben."

Stirnrunzelnd wanderte Sorchas Blick zu dem hohen Regal, wo sich das Buch eigentlich befinden sollte. Überrascht keuchte sie, als sie sah, dass es verschwunden war. Nun lag es neben ihr auf dem Tisch. Sprachlos strich sie mit den Fingern über den alten Ledereinband und eine längst überfällige Erschöpfung legte sich über Unas Knochen. „Sag Lìli, dass ich später komme."

„In Ordnung", erwiderte Sorcha nachgiebig.

„Und sag ihr, dass sie zwei Teller mehr für das Abendessen hinstellen soll."

Sorcha drückte das Buch an ihre Brust. „Es kommen Gäste?"

„Nicht ganz."

Sorcha schüttelte den Kopf. „Immer diese Geheimnisse", beschwerte sie sich. „In Ordnung, Una. Ich sage ihr Bescheid und stelle sicher, dass sie auch einen Trank für dich braut. Du siehst nicht so gut aus." Mit diesen Worten nahm sie das Buch und küsste Una liebevoll auf die Stirn. Der Kuss war süß und voller Liebe und Una sah sie dankbar an. Aus der Nähe betrachtet war der Beweis unbestritten, selbst für ihre müden alten Augen. Nachdem sie in den *keek stane* gesehen hatte, hatte eines von Sorchas Augen die Farbe eines Blattes im Frühling angenommen, während das andere seine klare blaue Farbe behalten hatte. So viele Worte lagen der alten Frau noch auf der Zunge, aber sie hielt den Mund und schluckte die Gefühle, die in ihrem Hals aufstiegen, hinunter. Sie tätschelte ihrem Mündel den Arm. „Geh. Ich komme nach."

Sorcha nickte, ihre Arme umschlangen das alte Zauberbuch. So ging sie hinüber zur Leiter. Als sie sich aus der Grotte stemmte, erlosch die Fackel in der Kammer und Una blieb im Dunkeln sitzen. Der Brombeerspinner kam zurück und fächelte die Luft vor Unas Nase, bevor er sich auf dem Griff ihres Stabes niederließ.

„Wir müssen uns vorbereiten", sagte sie und der Brombeerspinner verhielt sich absolut ruhig.

KAPITEL DREI

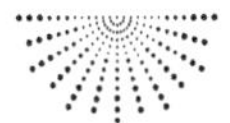

Nachdem er seine Position im Verhältnis zum Càrn Dearg – dem höchsten Gipfel der *Am Monadh Liath* – eingeschätzt hatte, schlängelte sich Keane dún Scoti mit seinem Pferd so nahe an den Rand der Klippe, wie er sich traute. Der Wind zerzauste sein schwarzes Haar und das Fell seines schweren Umhangs kitzelte sein Kinn.

Man konnte *sie* leicht verfehlen, wie *sie,* eingebettet zwischen den roten und grauen Hügeln, versteckt im Kiefernwald lag. Aber je näher er kam, desto leidenschaftlicher flüsterte *sie* zu seiner Seele.

Voller Erwartung schlug sein Herz schneller. Das Pferd spannte sich zwischen seinen muskulösen Oberschenkeln an. Beithirs rechter Vorderhuf stieß gegen den Fels und vereinzelte lose Steine rieselten an der Seite der Klippen hinunter ... Und dann sah er *sie.*

Lilidbrugh.

In sich zusammengekauert lag sie unter dem Wechsel von Sonne und Mond in der Dämmerung, eingeschnürt von Unkraut und Gestrüpp, das an ihren Steinen kratzte. Die uralte Ruine befand sich am Rand des großen Waldes im Norden, wo seine Vorfahren einst gegen die römischen Legionen gekämpft hatten.

Sie war nicht vom Alter geschwärzt worden, sondern von der Asche, mit der sie nun schon seit fast 200 Jahren im Wind und Regen der Highlands gescheuert wurde. Die Burg stand da, zerschlagen und lädiert, und klammerte sich an ihren Untergrund.

Bis zu ihrem Untergang war sie der alte Sitz Fidachs gewesen, das Herz seines Clans, zu der Zeit, als ihre Länder die Namen von Cruithnes Söhnen getragen hatten – Cat, Fidach, Ce, Fotla, Circinn, Fortriu und Fib. Eins nach dem anderen waren die sieben Fürstentümer der Pikten an die Schotten oder Gälen gefallen und der letzte Schlag wurde vor fünf Jahren gegen Fortriu geführt, das den Schotten als das Königreich von Moray bekannt war. Wie er es angekündigt hatte, stürzte David mac Maíl Chaluim das Fürstentum und entriss den Verbündeten und Erben seines Bruders den Norden. Allen Widrigkeiten zum Trotz war der jüngste Sohn von Malcom Ceann Mor nun der einzig wahre König über ganz Scotia.

Pinke und lilafarbene Ranken flochten sich ihren Weg durch die dunklen Silhouetten der Tannen wie Finger, die durch das Haar eines Liebhabers strichen.

Die Priesterin hatte einst behauptet, dass der Aufstieg ihrer Leute vorbei wäre und die Sonne nun unterginge. Schon bald würde sich kein Lebender mehr daran erinnern, woher die dún Scoti einst gekommen waren. Sie waren die Letzten der Bemalten – jene Menschen, die von den Römern einst Pikten genannt wurden. Sie trugen den Herzschlag ihrer Vorfahren in ihrem Blut und das Lied ihrer Leute in ihren Herzen. Aber wie das Licht an diesem Tag war auch ihr Lied im Begriffe, sehr schnell zu verschwinden.

Auf der dem Wind abgewandten Seite unten am Bach hörte Keane, wie seine Männer unablässig schwatzten. Keiner von ihnen machte sich übermäßig Gedanken, dass er gehört werden könnte. Er für seinen

Teil war so verzaubert von der Ruine, dass er gar nicht bemerkte, dass sein Freund sich ihm näherte. „Was ist *das?*", fragte Cameron.

„Lilidbrugh", antwortete Keane und sein Mund sprach den Namen liebevoll aus.

„Lilidbrugh?"

„Aye." Die weiße Lilie von Fidach, benannt nach dem seltenen Stein, aus dem sie gemeißelt worden war. Der weiße Quarz, der auf dem Land in der Nähe des Flusses Ness gefunden und von dort hierhergebracht worden war. Und dort, im Burghof, hatte einst ein aufwendiger Springbrunnen gestanden, der von den süßen Quellen der Highlands gespeist wurde. Der Springbrunnen war nun v ersiegt, Stück um Stück abgebaut und die Grundpfeiler abgeschlagen, um daraus Schmuckstücke für die Neugierigen zu schleifen.

„Du gaffst sie an wie den Arsch einer Frau! Ist es das, was uns hier an diesen gottverlassenen Ort führt? Das ist nur noch ein Haufen Geröll, Keane."

Keane lächelte und sagte nichts weiter. So wie den Schicksalsstein, der in ihrem Tal versteckt war, gab es weitere Dinge, über die man nicht reden sollte. „Wo sind die anderen?", fragte er.

„Die haben zum Pinkeln am Bach gehalten."

„Alle?"

„Alle zusammen. Dreckskerle."

Offensichtlich war sein Freund schlecht gelaunt und im Gegensatz zu Keane verbesserte der Anblick weiter unten seine Stimmung keineswegs. Aber Cameron MacKinnon, ebenso wie seine Clansleute in Chreagach Mhor, hatte sich weit von der Vergangenheit entfernt. Sie waren nun eher Schotten, wenn man ehrlich war. Würde Keane jedoch jeden Mann und jede Frau, die sich von der alten Welt entfernt hatten, aussondern, hätte er gar keine Freunde mehr. Er und seine Leute waren nun die Fremden. Dún Scoti war ihr

Name für seinen Clan – *Bergschotten* – ein profaner Begriff, um eine Handvoll Menschen zu beschreiben, die nach dem Tod von König Aed vor ungefähr 250 Jahren in die Mounths geflohen waren.

„Die Dreckskerle sind da unten wahrscheinlich damit beschäftigt, die Größe ihrer Schwänze zu vergleichen."

Keane versuchte, sich nicht vorzustellen, wie dreizehn erwachsene Männer mit ihren entblößten Schwänzen dastanden und in den winzigen Bach pinkelten. Seine Schultern bebten jedoch vor Heiterkeit.

Cameron antwortete mit einem missmutigen Brummen. „Es scheint mir, als sollten diese Idioten sich fragen, ob es weise ist, in den Bach zu pinkeln, aus dem sie trinken werden."

„Dummköpfe", sagte Keane, jedoch ohne viel Nachdruck.

Und jetzt kam Cameron zum Kern des Problems. „David hat uns gegeneinander ausgespielt wie zwei kleine Jungen in einem Kloster voller Mädchen", schimpfte er.

„Führe und sie werden dir folgen, Cameron."

„Ich habe es versucht."

Wie eine Möhre, die einem Esel vorgehalten wird, sollten sie beide das Zahlungsversprechen des Königs untereinander ausmachen, aber Keane hatte kein Interesse daran, um Titel zu zanken. Er musterte seinen Mit-Hauptmann, der schon seit fast zehn Jahren sein Freund war. Obwohl sie aus unterschiedlichen Clans stammten, hatten die Umstände sie zu Brüdern gemacht. Cameron war ein MacKinnon, ein Vetter seines Clan-Chiefs, und Keane war ein jüngerer Sohn. Obwohl Keane durch seine Abstammung einen höheren Rang besaß, war er erst vor Kurzem in Davids Dienst eingetreten und dieser vertraute ihm überhaupt nicht.

Dieses Gefühl beruhte auf Gegenseitigkeit.

Obwohl Cameron schon am längsten im Dienst des Königs stand, neigte er dazu, über die Dinge zu grübeln, anstatt sich aufzuraffen und das, was ihm nicht gefiel, zu ändern. Ach, der Mann brauchte dringend ein Rückgrat. Zum Paradebeispiel: Seit mehr als zehn Jahren umwarb Cameron nun schon Keanes Schwester Cailin und nach all diesen Jahren hatte er noch immer nicht um ihre Hand angehalten. Stattdessen verbrachte er die Nächte damit, sich zu beschweren, dass Keanes Bruder sich nicht überwinden würde, ihn für würdig zu halten. Das würde niemals passieren.

„Du kannst das leicht behaupten“, beschwerte sich Cameron. „Dich würden sie nicht auf die gleiche Art und Weise testen.“

Keane wusste, dass dies bloß so war, weil die Männer eher Angst vor ihm hatten, denn sie, wie so viele andere, hielten ihn nur für einen dún Scoti-Barbaren. Sie ahnten ja nicht, dass er schon mit drei Jahren Latein gelernt hatte und die Geschichte schon mit sieben beherrscht hatte. Er wusste mehr über die Politik Scotias als nur die groben Grundsätze und nur, weil sich sein Clan isolierte, hieß dies nicht, dass er die Verhältnisse in seinem Land nicht kannte.

Aber ein Teil der Schuld lag auch bei ihm. Er hätte die Zöpfe und das Waid schon längst ablegen können, aber es war ihm recht dienlich, daran festzuhalten. Außerdem hatte es Cameron kaum etwas eingebracht, dass er sich angepasst hatte.

Mit einem sehnsüchtigen Seufzen blickte er hinunter auf die Ruinen. Obwohl von der alten Festung nur noch wenig übrig war, sah Keane sie nicht, wie sie jetzt war, sondern wie sie in der Zukunft aussehen könnte. Sein Herz pochte wie das eines unerfahrenen Jünglings. Zur Hölle mit ganz Scotia – einschließlich des Tals –, wenn er für den Rest seiner Tage hierbleiben könnte, direkt dort unten …

Was, wenn er es wiederaufbauen könnte? Einen Turm nach dem anderen errichten? Eine Mauer hochziehen? Ihre Substanz war noch gut. Er malte sich aus, wie sie in ihrem früheren Glanz mit Türmen so hoch wie die Klippen, dem wiederaufgebauten Brunnen und dem bis zum Glänzen geschrubbten weißen Stein aussehen würde...

Könnte dies vielleicht seine Belohnung sein?

Aber was sollte mit Cameron geschehen?

Während er nach unten starrte, erhärtete Keane sein Herz. Er hatte Cameron mehrere Gelegenheiten gegeben, ihren zusammengewürfelten Haufen zu bändigen. Ihre gutmütige Rivalität konnte sich leicht ins Gegenteil wenden. Überall waren Freundschaften schon wegen Frauen auseinander gerissen worden ... zufällig war Keanes Lady aus Stein.

„Hast du das gesehen?"

Obwohl er abgelenkt war, registrierten Keanes Augen die Bewegung unten und automatisch zog er einen Pfeil aus seinem Köcher.

„Da unten ist jemand", sagte Cameron.

„Ich sehe ihn", antwortete Keane.

„Könnte es sein?"

„Vielleicht."

Sie hatten zwei Kundschafter verfolgt, in der Hoffnung, eine plündernde Rebellenbande, die dem Fürsten Óengus treu geblieben war, aus der Deckung hervorzulocken. Aber nur Cameron und er wussten davon. Der Rest der Männer glaubte, sie wären auf dem Weg nach Dunràth, um eine Nachricht des Königs an seinen Vogt zu überbringen. Dunràth war zwar nur ein kleines Gut, aber David zögerte scheinbar, William FitzDuncan ein weiteres Lehen zu verleihen, denn es war seit der Schlacht von Stracathro in Forfarshire ohne einen *Laird*.

Sie hatten die Kundschafter um die Mittagszeit aus

den Augen verloren und doch konnte Keane noch keine Versuche seiner Männer beobachten, irgendjemanden zu suchen, oder irgendeine nervöse Unruhe angesichts der Aussicht, dass Spione gefangen genommen werden könnten. Soweit er es ausmachen konnte, schienen sie sich keiner Intrige bewusst und zum größten Teil waren sie ein weichherziger Haufen von Dummköpfen, die sich um wenig mehr scherten, als ihre Bäuche zu füllen und unter dem Sternenhimmel zu pinkeln.

Aber selbst wenn es die Kundschafter wären, denen sie gefolgt waren, konnte man nicht wissen, ob die rebellischen Söhne des Óengus tatsächlich existierten. Laut sämtlicher Berichte waren die Söhne des Óengus schon seit über fünf Jahren nicht mehr gesehen worden. Sie lebten nur noch in Gerüchten, um Lagerfeuer und am Bett kleiner Kinder – so wie Feen, Kobolde und ähnliche Gestalten.

Und doch waren manche dieser Geschichten wahr, denn bis zu diesem Augenblick hatte auch Lilidbrugh nur in der Erzählung einer alten Frau existiert …

Im schwindenden Licht sah er etwas Silbriges aufblitzen und spannte seinen Bogen, wobei er den Pfeil einlegte. Unter ihm blieb Beithir bewegungslos, da sie ihre Befehle aus der Haltung Keanes ablesen konnte. Manchmal kannte das Tier ihn besser als er sich selbst.

Neben ihm stieg Cameron von seinem riesigen Pferd, mit seinen schwerfälligen Beinen und den großen haarigen Hufen, ab. Er tätschelte seinen Rücken und drängte es wieder zum Bach, um seinen Posten einzunehmen. Ein steiler, felsiger Weg führte den Berg hinunter. Falls Keane sein Ziel traf, würden sie schnell nach unten eilen müssen und Cameron würde besser zu Fuß laufen, während Beithir in den Mounth aufgewachsen war.

„Ich sehe nur einen Mann, keine zwei", sagte Cameron.

Keane schaute der Gestalt in der Richtung seines Pfeils nach und überlegte, wer es sein könnte. Lilidbrugh war kein Ort, der gewöhnlich von vielen Menschen aufgesucht wurde. Die meisten Leute übersahen die Ruine und nahmen nur war, was aus ihr geworden war. Soweit er wusste, kam niemand mehr hierher. Sie lag vergessen an einem abgelegenen Ort, an den Menschen sich nicht trauten. Es gab Gerüchte, dass die Feen auf der Lauer lagen, um unvorsichtige Seelen zu verfluchen.

Aber *jemand* war da...

Keane konnte das Gesicht nicht erkennen, aber die Gestalt war schlank und wurde fast von einem hellblauen Umhang verschluckt. Wie dumm war das denn? Einen festlichen Mantel zu tragen, insbesondere angesichts des bald hereinbrechenden Schnees. Wenn sich der Mann wenigstens in gewöhnliche Farben gekleidet hätte, würde es als nicht lohnenswert erscheinen, für diese Beute hinabzusteigen, aber laut Gesetz durfte ein Bauer solche Kleidung gar nicht tragen. Der Dummkopf hätte genauso gut mit riesigen Säcken voll Gold winken können.

Im Augenblick war sein Ziel gut dreihundert Yards entfernt.

Keane war nicht der allerbeste Bogenschütze, aber auch nicht der schlechteste. Der lebenslange Wettkampf mit seinen gnadenlosen Schwestern hatte seine Fähigkeiten sehr verbessert. So wie Lael eine Meisterin im Umgang mit ihren Messern war, konnte Cailin hervorragend mit ihrem Bogen umgehen. Sie konnte ein Ziel aus einer Entfernung von zweihundertfünfzig Yards treffen. Keanes bester Versuch lag bei zwanzig Yards weniger. Er war viel besser mit dem Schwert. Und doch, bei einer nach unten zeigenden Flugbahn könnte er es schaffen, obwohl sein Ziel ohnehin sehr viel mehr mit jemandem – oder etwas –beschäftigt zu sein schien, der oder das ihm folgte ... Also wartete er, um zu sehen, wer noch kommen würde.

Es kam niemand. Der Mann war allein.

Er wartete auf die perfekte Gelegenheit, während der Idiot die halbhohe Mauer entlang hastete. Schließlich drückte er sich flach gegen eine Stelle und blieb ruhig stehen. Keanes Augen fixierten einen kleinen rubinroten Beutel in seiner Hand und er lächelte, denn dieser Beutel bot Keane das perfekte Ziel. Was auch immer er enthielt, es war wertvoll genug, dass der Mann sonst nichts bei sich trug. Cailin würde es einen unmöglichen Schuss nennen, aber Keane war kein Mann, der einer Herausforderung aus dem Weg ging. Er hatte niemals die Absicht, dem Mann Schaden zuzufügen. Er wollte nur, dass er dort stehenblieb und so visierte er den Beutel an und ließ den Pfeil fliegen.

Die Umgebung kam Lianae nur wenig vertraut vor, aber sie kannte den Ort. Vielmehr wusste sie von der Angst, den er den Herzen der Menschen einflößte.

Sie keuchte leicht, als sie sich durch die mit Gestrüpp bedeckten Ruinen schlich. Sie stolperte und zuckte zusammen, wenn ihre nackten Füße auf scharfe Kanten traten.

Für Dezember war es recht warm. Bis jetzt war der Mangel an Schuhen nur ärgerlich gewesen, aber jetzt sehnte sie sich nach ihrer Fußbekleidung – nicht nach den mit Rüschen besetzten Pantoffeln, die sie im Badehaus zurückgelassen hatte, sondern nach ihren eigenen robusten Lederstiefeln. Ihre Füße schmerzten. Es wurde zwar inzwischen zu dunkel, um nachzusehen, aber Lianae war sich sicher, dass sie nun auch bluteten.

Es war unvermeidbar. Es war besser, dass ihre Füße bluteten als der Rest ihres Körpers.

Arme Elspeth.

Nun, da sie allein war, ohne Anzeichen von Verfolgern, ließ sie es zu, dass sich ihr Zorn in Trauer verwandelte. Die Schmerzen in ihrem Herzen wurden zu einem Kloß in ihrem Hals, der ihr den Atem zu nehmen drohte. Sie schluckte und blickte über die schmerzhaften Erinnerungen hinaus in die Schatten der Nacht, wobei sie ihre Umgebung genau musterte.

Verlassen.

Verflucht.

Dies waren die Ruinen von Lilidbrugh – dem letzten Sitz der Söhne des Fidachs. Umgeben von Wald fassten die schlanken hohen Säulen einen scheinbar längst vergessenen Burghof ein. Geröll lag um die bröckelnden Fundamente wie die fallengelassenen Röcke einer Frau. Der teilweise gepflasterte Hof war rechteckig und in der Mitte befand sich ein klaffendes Loch – ein offener Schlund, der darauf wartete, gefüttert zu werden. Der Anblick ließ Lianae erschauern, denn hierher brachten die Leute angeblich ihre Wechselbälger für die Feen.

Sie hatte einmal eine Mutter kennengelernt, die sich sicher war, dass ihr Kind, das einfach nicht durchschlafen konnte und an Bauchschmerzen litt, ein Wechselbalg wäre. Sie hatte ihr Baby hier zurückgelassen. Am nächsten Tag war das Kind verschwunden, aber es war kein anderes dort abgelegt worden und die Mutter war untröstlich. Lianae hatte nur gehofft, dass die Wölfe das arme Baby nicht entdeckt hatten, oder dass es nicht in den tiefen, dunklen Brunnen gefallen war. Sie betete, dass stattdessen eine gute Frau das Kind gefunden und mit nach Hause genommen hatte.

Càrn Dearg stieg vor ihr auf in der Dämmerung. Die Kiefernwälder in der Umgebung lagen nun im

Schatten und ähnelten zitternden Gespenstern. Mit zunehmender Dunkelheit fror Lianae immer mehr. Man sagte, dass das Wetter in dieser Gegend so unbeständig wäre wie ein Highland-Mädchen – lieblich und sonnig im einen Moment, stürmisch im nächsten. Sie fühlte, dass sich ein Sturm zusammenbraute. Dieses Gefühl ging ihr bis in die Knochen. Zitternd widerstand sie dem Verlangen, ihren Umhang zusammenzuziehen. In diesem Augenblick war sie viel mehr damit beschäftigt, ein Versteck für die Nacht zu finden. Es wurde dunkel und hatte begonnen zu schneien.

Sie schaute noch einmal zum Brunnen. Sie würde sicherlich nicht *dort drinnen* nächtigen, obwohl das immer noch viel besser war, als die Aussicht, als Frau des Earls de Moray zu enden. Seine Männer waren irgendwo da draußen, wahrscheinlich nicht weit entfernt.

Sie stand da, um zu verschnaufen, und wartete, dass sich ihr Herzschlag beruhigte. Und die ganze Zeit über schienen die Schatten die zerklüfteten Ränder von Lidbrughs Mauern zu verwüsten. Die Steine selbst leuchteten in einem seltsamen Licht – zweifellos nur ein Streich des fahlweißen Steins und der frischen Puderung durch den Schnee. Aber es war zermürbend genug, dass sie sich fragte, ob es weise gewesen war, an einen solchen Ort zu gehen. Sie war offensichtlich nicht immun gegen Aberglauben, sondern nur praktischer veranlagt als die meisten anderen.

Verdammte Feen.

Verdammte Flüche.

Sie musste nur eine Nacht hier verbringen – bis die Männer des Earls die Suche aufgaben. Und sie war sich sicher, dass sie es niemals wagen würden, diese Ruinen zu betreten. Fürwahr, wenn sie sich als Männer nicht trauten, würden sie davon ausgehen, dass kein Mädchen jemals den Mut dazu hätte. Doch ihre Beherztheit verließ sie schnell, als der Himmel über ihr die Farbe eines Blutergusses annahm.

Sie schluckte ihre Trauer und eine neue Welle der Angst hinunter. Dann fand Lianae eine freie Stelle an der Mauer und lehnte ihren Kopf an, während sie nach verräterischen Geräuschen lauschte und abzuschätzen versuchte, ob jemand in der Nähe war. Eine alterslose anhaltende Stille war ihre einzige Antwort – eine Stille, die immer länger wurde und scheinbar von der weißen Lilie selbst verschluckt wurde.

Auf einer halbhohen Mauer saß ein Krähenschwarm. Die Vögel öffneten ihre grimmigen Schnäbel, aber ihr Krächzen wurde vom aufkommenden Wind zum Schweigen gebracht. Selbst ihr eigener Atem war lautlos geworden und nur sichtbar durch den feinen grauen Dunst, der nahe ihrer Lippen schwebte, doch es war nichts zu hören. Langsam und vorsichtig bewegte sie sich die Mauer entlang, betrachtete den Burghof. Dabei spielte ein Finger mit der Satinschnur, die ihre Börse zusammenraffte. Und dann flogen die Krähen plötzlich und ohne Vorwarnung auf. Das war ein schlechtes Zeichen.

Bevor sie sich von der Mauer wegschieben konnte, um loszurennen, hörte sie ein Zischen und dann einen Schlag direkt neben sich. Ein Pfeil hatte es knapp verfehlt, sich unterhalb des Daumens in ihr Fleisch zu bohren.

Die Krähen schlugen ihre glänzenden schwarzen Flügel in der Luft über ihr. Nun kreischten sie und Lianaes Blick wanderte zum oberen Ende der Klippen, wo sie zwei Männer sah, die einen steilen Weg hinuntereilten – einer auf dem Pferd und der andere etwas langsamer zu Fuß. Sie versuchte loszurennen, aber der Pfeil hatte sein Ziel in einem dicken Ast hinter ihrem seidenen Beutel gefunden.

Ihr Herz blieb stehen. „Oh, nay", jammerte sie, als

sie die Männer rufen hörte. Sie gab einen kleinen Schrei der Warnung von sich und versuchte dann erneut vergeblich, den Beutel loszubekommen. Der Pfeil saß so tief in dem versteinerten Holz, dass er sich überhaupt nicht bewegte. „Nay!“, rief sie erneut. Ihr Umhang hing auch fest. Es wäre einfach genug gewesen, ihn abzustreifen und zu fliehen, aber wenn sie ihren Umhang zurückließe, wäre sie bis zum Morgen erfroren. Und wenn sie ihren Beutel zurückließe, könnte sie genauso gut wieder nach Hause gehen.

Zu Hause. Lieber Gott, wo ist das?

Der Inhalt ihres Beutels würde ihr Freiheit und Neuigkeiten kaufen. Er sollte sie wieder mit ihren Brüdern vereinen. Sie fluchte leise in ihrer Muttersprache, ergriff den Pfeilschaft und zog mit aller Kraft daran, wobei sie ihn verzweifelt hin und her bewegte.

Ihr wurde klar, dass die Männer, die den Berg hinuntereilten, wahrscheinlich nicht im Dienst des Earls standen, doch das machte es nicht wirklich besser. Sie war keine alberne englische Maid, aber sie war auch kaum darauf vorbereitet, sich mit bösen Fremden auseinanderzusetzen. Mit einem letzten kräftigen Zug zog sie den Pfeil heraus, wobei sie Elspeths Umhang ein wenig zerfetzte. Der Beutel zerriss ebenfalls und die Zaubersteine kullerten in den Schnee. Ihr Herz zog sich zusammen, als sie verschwanden.

„Oh, nay!“

Sie beeilte sich, so viele wie möglich einzusammeln, da ihr bewusst war, dass ihr nur mehr Sekunden blieben. Diejenigen, die unter einen Brombeerbusch gerollt waren, gab sie auf, schnappte sich, was sie konnte, und rannte los, in der Hoffnung, später zurückzukommen, um den Rest zu holen.

Hinter ihr hörte sie das Trappeln von Hufen und zu ihrem Entsetzen sah sie, dass der Reiter ihr auf den Fersen war – ein schwarzhaariger blaubemalter Teufel, der auf einem schneeweißen Tier ritt, das den Boden unter seinen Hufen aufwühlte.

Lianae stürzte über den Burghof auf den Brunnen zu. Sie war sich nicht sicher, was sie vorhatte, aber das erschien in diesem Augenblick als das geringere Übel.

KAPITEL VIER

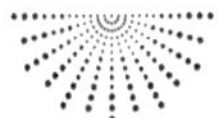

Er verfolgte eine Frau.

Keane bemerkte es erst, als er das Mädchen schon fast überholte, und der Schock machte sich wohl in seiner Haltung bemerkbar. Beithir scheute, als er die Arme ausstreckte, um das Mädchen hochzuheben. Dabei ließ sie ihren Umhang und noch etwas anderes fallen, stieß ihren Ellbogen gegen Keanes Schläfe und wand sich frei, wobei sie eine Fülle an Flüchen ausstieß. Bei dieser Aktion verpasste sie die Öffnung des Brunnens nur knapp. Sie landete auf dem schmutzigen Teil des Burghofs, an dessen Rändern etwas Schnee lag, und fluchte, als sie sich aus der Reichweite von Beithirs Hufen rollte. *„Thoir ort!"*, schrie sie. *Hinfort mit Euch! „Mac bhàdhair fhuileach!"*

Sie sprach die alte Sprache – recht gut sogar, vermutete Keane, als sie seine Ohren weiter geißelte. Er war geschockt von der Wildheit ihres Temperaments und rieb sich seine verletzte Schläfe, während die Frau ihn wütend anstarrte. Er konnte kaum etwas sagen und schon gar nicht auf ihre zornigen Flüche antworten.

In der Mitte der Ruinen erschien das Abendlicht unwirklich, als würde es der Dunkelheit jenseits der Burgmauern trotzen. Wie sie da auf dem Boden ausgestreckt lag mit ihrem rotgoldenen Haar, das sich hinter ihr ausbreitete, stach das saphirblaue Kleid scharf gegen die dünne Schneedecke hervor.

„Ihr hättet Euch umbringen können", schimpfte er.

Ganz zu schweigen, dass sie ihn mit dem Schlag ihres Ellenbogens hätte blödsinnig machen können. Seine Ohren klingelten immer noch und nicht nur wegen ihrer Flüche.

„Ich?", erwiderte sie. „*Ihr*! Ihr hättet *mich* fast umgebracht! Verdammte Schotten", sagte sie und kräuselte ihren Mund wie eine Wölfin.

Keane saß auf seinem Pferd und sah das Mädchen stirnrunzelnd an. Ihm fehlten die Worte. Ihr Dialekt war ausgeprägt, aber ihm nicht geläufig, und doch verstand er ganz klar, dass sie die Schotten nicht mochte.

Fürwahr, das tat er auch nicht.

Aber das tat jetzt eigentlich nichts zur Sache.

Cameron kam nun verspätet und zu Fuß im Burghof an. Keane warf einen Blick auf das Kleid des Mädchens – die Art und Weise, wie ihre Brüste aus dem Mieder quollen – und er hatte das plötzliche Bedürfnis, ihn wegzuscheuchen. „Ich bin kein Schotte", versicherte er ihr.

„Nay?" Sie warf Keane einen zweifelnden Blick zu. „Warum tragt Ihr dann die Uniform des *Königs*? Haltet Ihr mich für blöd, weil ich ein Kleid trage?"

„Ein Kleid?", entgegnete Keane. „Ach, Mädchen, Ihr tragt doch kaum irgendetwas. Das ist bestenfalls ein Nachthemd."

Ihre Augenbrauen zuckten und ihr Gesichtsausdruck änderte sich von ängstlich zu ungläubig. Sie stemmte sich auf einen Ellenbogen hoch, in ihren rotblonden Locken hing noch Schnee und ihr Gesicht war rot angelaufen. „Damit Ihr es wisst, dieses Kleid ist aus feinster flämischer Seide."

Keane verzog das Gesicht. „Seide?"

„Die *f-feinste*", wiederholte sie und ihre Zähne begannen nun zu klappern, da sie ohne Umhang im nassen Schnee lag.

„Aye, nun, das wird Euch in kalten Nächten sicher wärmen", sagte Keane beißend. „Was habt Ihr gegen gute schottische Wolle?"

In ihren honigfarbenen Augen zeigte sich Verärgerung. „Und Ihr werdet mir verzeihen, dass ich mich nicht nach Eurem Geschmack gekleidet habe." Ihr Tonfall wurde hochmütig, während sie ihr Kleid glattstrich und soweit herunterzog, dass es ihre Knöchel bedeckte. „Ich habe keinen Besuch erwartet, versteht Ihr?"

Jetzt war es an Keane, sie ungläubig anzuschauen, denn ganz im Gegenteil – sie schien doch *jemanden* zu erwarten –, auch wenn es ein ungebetener Gast war.

„Seid Ihr Euch da sicher?"

„Wie m-meint Ihr das?"

„Nun, es scheint mir, als würdet Ihr vor jemanden davonlaufen – vielleicht vor Eurem Bräutigam, so wie Ihr ausseht. Und Ihr müsst ihn ganz schön geärgert haben, dass Ihr ohne Eure Schuhe weggelaufen seid." Er hob eine Augenbraue, während er in Richtung ihrer nackten Füße nickte.

Sie zitterte nun heftig und funkelte Keane aus zusammengekniffenen Augen an. „Ich bin vor *Euch* weggelaufen, Ihr tölpelhafter Knappe! Es ist das Elend einer Frau, sich vor schändlichen Männern retten zu müssen."

Keane schlug sich mit der Hand gegen die Schläfe, um das Geratter in seinen Ohren zu beenden. Dann glitt er aus seinem Sattel und schob Beithir aus der Gefahrenzone. Das Mädchen schien bereit zu sein, dem Tier einen ordentlichen Schlag zu versetzen – oder jedem anderen, der dumm genug war, sich ihr zu nähern. Fürwahr, mit ihren *uisge*-farbenen Augen, die voll flüssigem Feuer waren, sah sie eher aus wie eine Wilde.

„Beruhigt Euch", versicherte er ihr. „Ich habe heute nicht vor, irgendjemanden zu schänden – noch nicht einmal eine solche Schönheit, wie Ihr es seid."

Argwöhnisch beobachtete sie ihn. „Nay?"

„Nay, Mädchen."

Keane wusste, dass Cameron gleich bei ihnen sein würde, und er bückte sich, um ihren Umhang aufzuheben, bevor Cameron sie so … *entblößt* sehen könnte.

Er war mit Hermelin gefüttert und der saphirfarbene Samt war neu und hervorragend verarbeitet. Er passte perfekt zu ihrem Kleid. Aber er war sich ziemlich sicher, dass ihr Spion keine Frau sein würde, obwohl sie scheinbar mehr Mut hatte als zehn Männer. Sie war jedoch eine wohlhabende Frau.

Woher war sie gekommen? Und was zur Hölle tat sie hier in Lilidbrugh? Er hielt ihr das Kleidungsstück hin. „Euch ist doch sicher kalt, oder nicht?", fragte er trocken und warf ihr den Umhang zu. „Zieht Euch etwas an, bevor Ihr erfriert."

FÜR WEN HIELT ER SICH EIGENTLICH?

Lianae blickte den Fremden mit Verachtung an, als sie ihren Umhang auffing, und war erleichtert, dass es tatsächlich schien, als würde er Abstand halten.

Sie hatte sich wahrlich noch nie gerne vorschreiben lassen, was sie tun sollte. Ihr Vater hätte es niemals getan und ihre Brüder auch nicht, außer Lulach – ab dem Tag, an dem er seine Seele an die Schotten verkauft hatte. Aber, aye, ihr war verdammt kalt – so kalt, dass ihre Zähne wie Trommeln hinter ihren zitternden Lippen aufeinanderschlugen.

Sie biss die Zähne zusammen, damit diese zu klappern aufhörten, und wich zurück, wobei sie versuchte, zum Stehen zu kommen, als der Kamerad des Mannes in voller Rüstung schliddernd zum Halt kam. Zu spät bemerkte Lianae, dass ihre Knöchel – und die Schrammen daran – entblößt waren, und sie zog ihre Füße unter die Falten ihres Gewandes, um sie vor neugierigen Blicken zu verstecken. Ihr tiefer Ausschnitt machte ihr weit weniger Sorgen als ihre Prellungen. Das Dekolleté könnte ihr zum Vorteil gereichen, die Verletzungen wären nur ein Zeichen ihrer Schwäche – nicht, dass es einen Unterschied gemacht hätte, bei einem Mann, der nur auf seinen Schwanz hörte. Der zweite Schotte, der nun angekommen war, trug ebenfalls Davids Uniform und sie beäugte beide mit ziemlicher Verachtung.

Es war ja nur wegen David mac Maíl Chaluim, dass sie in dieser unhaltbaren Lage war. Vor David hatten sie und ihre Familie ein ruhiges, friedliches Leben geführt und pflichtbewusst ihr Gut bewirtschaftet. Auch wenn ihre Blutslinie herabgesetzt worden war und ihre Leute nicht die geringste Chance hatten, ihre Ärscher auf dem blöden Stein von Scone zu wärmen, so waren sie doch recht glücklich gewesen, ihr Leben in Frieden zu verbringen. Nun, da Graeme und Ewen beide auf der Flucht waren und Lulach seine Nase schon so weit im Hintern des Earls de Moray stecken hatte, bezweifelte Lianae, dass er außer Scheiße noch irgendetwas anderes riechen konnte.

„Au", rief sie beim Versuch sich aufzurichten. Schmerz schoss durch ihren rechten Knöchel – allerdings nicht von den vorherigen Verletzungen. Dieser Schmerz war neu.

Was für ein *craidhneach* war nur aus ihr geworden!

Wie erbärmlich es ihr auch ging, irgendwie schaffte sie es, aufzustehen, wobei sie ihren Umhang mit hochzog und um ihre Schultern schwang.

Der Schnee unter ihren Zehen war von Blut verfärbt, aber Lianae gab vor, es nicht zu sehen. Ihre Knie fühlten sich auch verschrammt an, aber sie traute sich nicht, sich zu beschweren, während sie den schweren Umhang um ihre Schultern schlang und den Schnee abklopfte. Sie betete zu jedem beliebigen Gott, der bereit war, ihr zuzuhören, dass diese Männer ihr keinen Grund liefern würden, weglaufen zu müssen.

An ihrem Oberschenkel hatte sie einen Dolch befestigt. Diesen trug sie immer bei sich und niemand wusste davon, sofern sie sich nicht gerade vor jemandem auszog, und das hatte sie noch nie getan, obwohl ihr der Earl an jenem Morgen, als er ihre Schwester ermordet hatte, gefährlich nahegekommen war. Wenn Lulach ihn nicht aufgehalten und davon überzeugt hätte, sie erst zu heiraten, hätte sie ihm ihren Dolch in seinen Rücken gerammt, während er versucht hätte, seine Männlichkeit in einen Ort zu stecken, wo diese nicht hingehörte.

„Nun", sagte der Neuankömmling. „Was haben wir denn hier?" In seiner Hand schwang er ein riesiges Schwert, das fast so groß wie Lianae war.

In einer schnellen Bewegung griff Lianae hinter sich, unter ihren Kleidersaum, und zog den Dolch aus seiner Scheide. Sie hielt ihn vor sich und warnte beide Männer. „Es wird Euer schlimmster Alptraum, wenn Ihr versucht, mich anzurühren."

Einen Augenblick lang blieben beide Männer still und starrten sie verdutzt an, doch dann wagte es der schwarzhaarige Teufel mit den geflochtenen Haaren und der Waidfarbe im Gesicht, lauthals zu lachen, und Lianae funkelte ihn unheilvoll an. „Ungehobelter Mann! Die meisten Kinder sind mit fünf aus dem Alter heraus, in dem sie sich mit Bildern bemalen. Entwachst Ihr dem nie, oder seid Ihr einer von diesen Kissenbeißern, von denen ich gehört habe?"

Kissenbeißer?

Keane brauchte eine ganze Zeit, um zu verstehen, von was sie da sprach – und noch mehr, warum ein Mann in ein Kissen beißen wollen würde. Und zudem hatte er außer den Mitgliedern seines Clans und einer Handvoll Priester noch niemand kennengelernt, der sich bemalte, und letztere besaßen seinem Wissen nach keine Kissen. Sie schliefen auf blanken Liegen. Ein Mann konnte nur in ein Kissen beißen, wenn er seinen Hintern in die Luft streckte und –

Cameron begriff es schneller und lachte schallend los. Er riss vor lauter Fröhlichkeit die Arme hoch. Bezüglich der Farbe meinte sie wohl Waid, die blaue Tinktur, die er trug, um sich immer daran zu erinnern, wo seine Wurzeln lagen– dass, egal, wie weit er im Dienste Davids aufstieg, er trotzdem ein einfacher Mann war und mit den Lastern an Davids Hof nichts zu tun hatte. Abgesehen davon, dass die Farbe seinen Feinden eine Heidenangst einflößte, half der Waid auch, Infektionen zu verhindern. Aber was das Kissenbeißen betraf – dies war ihm aus eigener Erfahrung nicht bekannt. „Amüsant", sagte Keane scherzhaft.

Cameron lachte weiter und Keane ignorierte ihn, den albernen Scherzen des Mädchens begegnete er mit Gleichmut. Stattdessen hatte er plötzlich ein übermächtiges Verlangen, dem Mädchen zu beweisen, dass die dún Scoti-Männer nicht die Wilden waren, für die sie von den meisten Leuten gehalten wurden. Wenn man den englischen Stil ihres Kleides berücksichtigte, dann war sie wahrscheinlich eine Lady aus dem Hause Moray. Und trotz seiner ursprünglichen Absichten war hier schon genug Blut vergossen worden. Er schaute auf die Flecken, die sie im Schnee hinterlassen hatte, und bot der Lady seine Hand. „Ich wollte Euch keinen Schaden zufügen. Wir dachten, Ihr wärt ein Spion aus Óengus Lager."

Etwas Unlesbares flackerte in dem honigfarbenen

Blick auf und Keane nahm an, dass es Angst war. „Óengus von Moray ist tot“, sagte sie schnell.

„Aber nicht seine Söhne, behauptet man.“

„Aye, nun, ich habe *keine* Angst vor Óengus Söhnen!“

Aber das hatte sie; Keane konnte die Angst in ihren Augen erkennen – ein kummervoller Blick, der untrüglich war. „Ihr dürft Euer Messer behalten, reicht mir nur Eure Hand.“

Immer noch betrachtete sie Keanes ausgestreckte Hand, als wäre sie eine giftige Natter, die ihren Kopf aus dem Gras erhoben hätte, und dann humpelte sie einen weiteren Schritt rückwärts. „Mir wäre es lieber, Ihr würdet gehen“, sagte sie. „Ich brauche keine Hilfe von einem *Schotten*.“

Zu Keanes Überraschung war nur wenig Milderung im Verhalten des Mädchens zu spüren. Selbst jetzt ließ sie sich nicht von ihm einschüchtern. Verletzt und frierend, zerschrammt und humpelnd, funkelte ihr Blick so hell wie das seltsame Licht, das ihnen zwischen den blassen Steinen von Lilidbrugh leuchtete.

Sie *war* jedoch verletzt; er konnte die Schmerzen in ihrem Gesicht ablesen, als sie einen Schritt zurückwich, selbst wenn sie nicht die Absicht hatte, es zuzugeben. Weitere rote Flecken waren dort zu sehen, wo sie hintrat, und ein Geruch nach Eisen stieg in seine Nase. „Ihr seid verletzt“, beharrte er.

„Es ist nicht Euretwegen.“ Sie fuchtelte mit dem Messer vor Cameron herum, der nicht mehr lachte. „Und auch nicht wegen Euch.“

Furcht kehrte in ihren Blick zurück – aber es war nicht die Angst eines unglücklichen Mädchens, sondern die eines gefangenen wilden Tiers. Selbst ein süßes kleines Kaninchen könnte ernsthaften Schaden mit seinen Zähnen anrichten, wenn es Angst hatte.

Mit seinem Schwert fuchtelnd schnitt Cameron

eine imaginäre Linie in die Luft. „Dies ist kein Ort, an dem eine Frau sich allein aufhalten sollte“, verkündete er und verschreckte sie offensichtlich noch mehr, denn sie ging einen weiteren Schritt zurück und zuckte dabei vor Schmerz zusammen.

Im Gegensatz zu Cameron ließ Keane sein Schwert in der Scheide stecken und verfluchte Cameron als einfältigen Dummkopf. „Wir sind Ehrenmänner“, versicherte er dem Mädchen. „Macht Euch keine Sorgen. Wir werden dafür sorgen, dass Euch kein Schaden widerfährt.“

„Steckt Euer Messer weg“, verlangte Cameron.

Temperamentvoller, als er es eigentlich vorhatte, wandte sich Keane zu seinem alten Freund um. „Geh! Sag den Männern, dass sie den Hügel herunterkommen sollen. Ich kümmere mich um das Mädchen!“

Überrascht senkte Cameron sein Schwert. „Du willst sie *hier unten* haben? Warum?“

„Warum nicht?“

„Aber sollten wir sie nicht *nach oben* bringen, wo wir besser Wache halten können?“

„Nay“, schnauzte Keane ihn an.

Das Mädchen beobachtete, was Cameron tun würde – wahrscheinlich, um abzuschätzen, wer von beiden das Sagen hatte. Sie war in keinem Zustand, die Klippen wieder hinaufzulaufen, und Keane wollte sie nicht auf sein Pferd zwingen. Sie vertraute ihnen nicht und wer konnte ihr das verdenken? „Ich sagte, *geh*“, forderte Keane Cameron nun etwas energischer auf. „*Jetzt*.“

Cameron verzog das Gesicht. „Ach, Keane, diese Ruinen sind –“

„Verflucht?“, fragte das Mädchen mit einem leichten Grinsen. Sie schaute von Cameron zu Keane und wieder zurück und forderte beide ganz klar heraus – *weil sie Bescheid wusste*. Sie wusste genau, wo sie war, und so war es unwahrscheinlich, dass sie hierhergelangt war, nachdem sie sich verlaufen hatte. Nay, sie versteckte sich vor jemandem.

Cameron steckte sein Schwert wieder in die Scheide, aber in seinem Ton schwang eine gewisse Bitterkeit mit. „Wenn ich etwas dazu sagen dürfte, ich –“

„Aber du hast nichts zu sagen“, antwortete Keane.

Die beiden Freunde starrten einander an und man musste dem Mädchen zugutehalten, dass sie genug bemerkte, um zu wissen, dass tiefer liegende Spannungen zum Höhepunkt kamen. Sie trat noch einen Schritt zurück, da sie offensichtlich nicht zwischen zwei Männer geraten wollte, die ihre Kräfte maßen.

Keane schaute wieder zu dem Mädchen. So schmutzig sie auch war, sie war recht hübsch – mehr als rechtens für ein Mädchen war. Aus ihrer Haltung konnte man schließen, dass sie zweifellos adlig war und einem Mann von gleichem Stand angeboten worden wäre. Ihr Kleid war so fein, dass es ein Brautkleid sein musste. Also bedeutete das, dass sie entweder direkt *nach* der Vermählung oder *davor* geflohen war ... So oder so würde jemand sehr erfreut sein, wenn ihm das Mädchen zurückgebracht würde.

Dankbar genug, um ihn mit einem Haufen Steine zu belohnen?

Sein Blick schweifte über die Ruinen von Lilidbrugh. Selbst in ihrem heruntergekommenen Zustand war sie ein größerer Schatz als irgendwelche Ländereien, die er vielleicht gerne sein Eigen genannt hätte. In diesem Augenblick überkam Keane ein dunkles, lüsternes Gefühl, eines, das er so gern geleugnet hätte, obwohl er dies nicht konnte – nicht solange er vom Geburtsort seines Clans umgeben war.

„So ist es dann also?“, fragte Cameron mit zusammengebissenen Zähnen.

Keane neigte sein Kinn. „So ist es", stimmte er zu. Warnend kniff er die Augen zusammen. „Geh jetzt."

An Camerons Kiefer zuckte ein Muskel. Seine lockere Haltung wich plötzlich einem starren Rücken und geballten Fäusten. „Nun denn", sagte er und wandte sich zum Gehen.

Er schritt ohne ein weiteres Wort davon und Keane beobachtete ihn dabei. Aber was sein Freund nicht gesagt hatte, war an der Haltung seiner Schultern abzulesen. Es war eine Nachricht, die Keane kaum missverstehen konnte. Bedauerlicherweise für Cameron war es absehbar gewesen, dass alles so verlaufen würde. Es machte keinen Sinn, das Unvermeidliche weiter hinauszuzögern. Keane hatte die Führung übernommen.

KAPITEL FÜNF

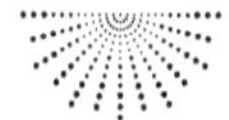

Als sich die Nacht senkte und das Zwielicht verschwand, wurden die Wälder hinter den Ruinen schwarz und Unheil verkündend, hüllten sich in Nebel und umgaben sich mit wechselnden Schatten. Das Zirpen der kurzflügligen Beißschrecken wurde lauter.

Lianae zitterte und zog den Umhang höher, um ihren Nacken gegen den beißenden Wind zu schützen. Ihre Füße waren schon fast erfroren, aber dagegen konnte sie jetzt nichts unternehmen, außer sie mit ihrem Kleid von dem kalten Luftzug abzuschirmen. Es war schon Glück gewesen, dass das warme Wetter so lange angehalten hatte. Aber jetzt lag eine Kälte in der Luft, die einen Wetterwechsel vorhersagte. Der Winter war endlich angekommen.

Ihr Blick fiel wieder auf den dunkelhaarigen Fremden. Sie fühlte sich gleichzeitig von ihm angezogen wie auch abgestoßen. Fürwahr, es war kaum etwas Zivilisiertes an diesem Mann. Wenn seine Mannschaft auch eher Englisch als Schottisch erschien, so war *er* doch etwas ganz anderes – ein Geist aus Lianaes Vergangenheit. Im Gegensatz zu den anderen trug er kein Kettenhemd und auch keine Bundhaube An seinem Sattel hing kein glänzender Schutzhelm. Sein langes Haar war an den Schläfen geflochten und hing ansonsten offen, sodass es im Wind umhergewirbelt wurde. Er trug ein ledernes Schutzhemd zu einer abgewetzten grauen Tunika. Sein Umhang war grob im Gegensatz zu denen, die andere in seiner Stellung trugen. Er bestand vorwiegend aus grauen Wolfsfellen und war an den Schultern dick gepolstert. Und obwohl er in keinster Weise wie die anderen aussah, war es Lianae klar, dass er der Anführer war.

Das war er tatsächlich.

Er stand da, die Arme in die Seiten gestemmt, und beobachtete jede von Lianaes Bewegungen, hielt aber Abstand. Ab und zu brüllte er seinen Männern Befehle zu.

Während er sie bewachte, marschierte die schäbige Truppe Schotten die Klippen hinunter und begab sich daran, ein Lager für die Nacht aufzuschlagen, die Pferde unter einer provisorischen Plane unterzustellen, die Hufe zu überprüfen und Reisig zum Feuermachen zu suchen.

Alle seine Männer trugen die Uniform des *Königs*, einige über ledernen Schutzhemden, andere über Kettenhemden. Keiner sah wirklich wie ein Schotte aus, sie wirkten eher wie Engländer, wenn man es recht betrachtete. Sie trugen silberne Bundhauben und glänzende Schutzhelme aus Metall, die ihre öligen schwarzen Köpfe bedeckten.

Seltsamerweise hatte Lianae überhaupt keine Angst vor *ihm* – nicht im Geringsten –, obwohl sie spürte, dass seine eigenen Männer dazu neigten. Jeder einzelne von ihnen tat, was er befahl, ohne sich zu beschweren, obwohl sie diesem Ort gegenüber ein wenig misstrauisch schienen. Sie erkannte die Furcht an ihrer Körperhaltung und an der Art, wie sie über ihre Schultern zu den umliegenden Wäldern schielten und erschraken, wenn jemand in ihre Nähre kam. Es war schon fast komisch, zu beobachten, wie erwachsene Männer Angst vor den eigenen Schatten hatten.

Tatsächlich spürte Lianae, dass nicht einer an diesem Ort bleiben würde, wenn es nach ihnen ginge, aber selbst der Mann, der den mit Waid bemalten Anführer herausgefordert hatte, schien nicht mehr geneigt zu protestieren. Stattdessen hielt er sich abseits, grübelte allein am Feuer und beobachtete, wie es brannte. Wild an einem langen Ast schnitzend, warf er die Späne in die Feuergrube, doch ab und zu sah er auf, um seinen Befehlshaber aus zusammengekniffenen Augen zu mustern.

Zwischen den beiden Männern herrschte eine große Spannung. Lianae merkte sich die Informationen, um sie bei Bedarf zu einem späteren Zeitpunkt zu verwenden.

Aber immer wieder wurde ihr Blick von dem Mann mit den Zöpfen angezogen und sie spürte seine Blicke so sicher wie den Ruf der Zaubersteine, die von unter dem Schnee und dem Gestrüpp nach ihr verlangten.

Sie hatte einige dort fallengelassen, wo er sie in seine Arme gezogen hatte – in seine starken Arme, die kräftiger als der Stamm eines kleinen Baumes waren. Er war stark und schnell und hatte sie mit wenig Anstrengung hochgehoben – etwas, das noch kein Mann getan hatte – noch nicht einmal ihr Vater, als sie drei Jahre alt gewesen war.

Bislang betrachtete sie seine Stärke als einen Segen, denn noch hatte sich niemand getraut, sich ihr zu nähern. Also suchte sie weiterhin nach ihren Steinen und blieb in der Nähe des Ortes, wo sie diese hatte fallenlassen. Ihre Füße waren fast taub, aber sie konnte die glatten, runden Steine trotzdem unter ihren Zehen spüren. Die Zeit drängte; für den Moment lag der Schnee nur knapp einen halben Zoll hoch. Wenn es allerdings so heftig weiterschneite, würden bis zum Morgen zwei Fuß oder mehr liegen und dann wären ihre Steine alle verloren. Als sie umherhumpelte, entdeckte sie zwei von Uhtredas Steinen und steckte sie in die Tasche, die in den Saum ihres Kleides eingenäht war. Sie forschte weiter und bückte sich ab und zu, um ein wenig Abfall aufzuheben und dann wieder wegzuwerfen, damit sie niemand verdächtigen konnte, dass sie irgendetwas hortete. Falls sie bemerkten, was für einen Schatz sie besaß, gab es keine Garantie, dass sie ihr erlauben würden, diesen zu behalten. Und Lianae wollte nicht glauben, dass man ihr diese Steine geschenkt hatte, nur damit sie diese so leichtfertig verlor. Glücklicherweise kümmerten sich die meisten Männer nur wenig um sie ... außer *ihm*.

Sie versuchte weder an *ihn* noch an die Männer des Earls, die noch immer irgendwo da draußen waren, zu denken und im Geiste zählte sie die schon wiedergefundenen Steine – insgesamt drei –, weniger als die Hälfte, die sie ursprünglich gehabt hatte. Ein paar lagen noch an der Mauer, wo *er* einen Pfeil durch die Börse geschossen hatte.

Einmal sah sie ihn herüberschlendern und seinen verdammten Pfeil herausziehen. Dann stand er an den Brombeerbüschen und inspizierte die Befiederung. Sie hielt die Luft an, als er sich bückte, um etwas vom Boden aufzuheben – vermutlich Überreste von Lianaes Börse. Er sah sie direkt an und steckte dann den Pfeil zurück in den Köcher – vielleicht, um die Befiederung später wiederzuverwenden – und dann stopfte er den Fetzen ihrer Börse in seinen Gürtel. Aber danach machte er sich nicht die Mühe, den Boden zu seinen Füßen abzusuchen und als er sich auf den Weg machte, um sich um sein Pferd zu kümmern, atmete Lianae endlich die Luft aus, die sie solange eingehalten hatte.

Eine ganze Zeit lang beobachtete sie, wie er die

Flanke seines Pferdes mit liebevoller Hand bürstete. Dann ging er nach vorn und streichelte das Maul der Stute und schien ihr etwas ins Ohr zu flüstern. Fasziniert von seiner Zärtlichkeit im Umgang mit dem Tier gab Lianae die Jagd nach den Steinen auf und setzte sich auf die Stufen einer zerstörten Halle, um ihre Füße zu untersuchen. Dabei bemühte sie sich, im Geiste zu bestimmen, wo die restlichen Steine sein könnten.

Wie viele hatte sie aufgesammelt, bevor sie losgerannt war? Sie hatte noch keine Gelegenheit gehabt, sie zu zählen. Vielleicht hatte sie schon alle und der Rest war drüben unter den Brombeerbüschen, wo die Männer des Königs ihre Plane ausgebreitet hatten.

Aber sie sagte sich, dass sie sich keine Sorgen machen musste. Selbst wenn sie zufällig einen ihrer Steine fanden, wüssten die meisten dieser Sassenach liebenden Idioten gar nicht, was sie da hätten. Diese Tatsache verschaffte ihr ein wenig Erleichterung – eher als der Zustand ihrer armen Füße es tat.

Trotz der aufsteigenden Kälte, blutete die Unterseite des einen Fußes weiterhin aus einer Schnittwunde unter ihrem Zeh. Sie überlegte kurz, den Saum ihres Kleides zu zerreißen, um ihre Füße zu verbinden, aber das Kleid schützte ihre Beine vor dem Wind. Sie würde sich keinen Gefallen tun, wenn sie ihre Kleidungsschichten schwächte. Also würde sie sich vorerst einfach auf ihre Füße setzen, um sie zu wärmen, und morgen würde sie eine neue Lösung ersinnen.

Zweifellos würde sie fliehen müssen, aber vor dem nächsten Tagesanbruch würde sie nirgendwo hingehen. Sie spürte, dass diese Männer in der Zwischenzeit keine wirkliche Bedrohung für sie darstellen würden – zumindest eine sehr viel Geringere, als das, was sie *da draußen* von den Männern des Earls absehen konnte. Aye, für den Augenblick würde sie warten. Und selbst wenn die Männer des Earls zufällig das

Licht ihres Lagerfeuers erspähten, würden sie doch eher fernbleiben.

So oder so, Lianae hatte keine Angst mehr. Lange bevor Lilidbrugh ein sicherer Hafen für Feen geworden war, hatte es einfachen Männern gehört. Es gab eine Legende über ein Relikt, mit dem die dún Scoti an dem Tag verschwanden, als sie in die Mounths flohen. Keiner wusste genau, was es war, aber Lianae hegte so ihren Verdacht.

Das Schwert des *Righ Art*, das einst unter den Sìol Ailpín verlorengegangen war – jenen Highland-Clans, die behaupteten, vom ersten König abzustammen – war erst vor Kurzem gefunden worden. Laut der Legende war das Schwert Kenneth MacAilpín am Tag seiner Krönung geschenkt worden. Das Schwert war ungefähr zur gleichen Zeit verschwunden, wie der Umsturz stattgefunden hatte, der König Aed das Leben kostete. Aber dann tauchte das Schwert vor zehn Jahren wieder auf und wurde David von Scotia erneut von einem unbedeutenden Schotten von Chreagach Mhor geschenkt – ein Mann namens Broc Ceannfhionn. Und sobald David es in Besitz genommen hatte, verwendete er das Schwert des Hochkönigs und Chiefs aller Chiefs natürlich, um seine Forderungen weiter zu untermauern. Tatsächlich schwang er es an jenem Tag bei Stracathro in Forfarshire, als viertausend Männer von Moray starben, einschließlich Lianaes Vaters. Die Nachricht von Óengus' Tod verbreitete sich schnell und die Trauer darüber tötete ihre Mutter, besonders als ihre Brüder Graeme und Ewen danach vermisst wurden.

Natürlich bezichtigte David mac Maíl Chaluim die beiden der Feigheit und entzog ihnen ihr Geburtsrecht, wobei er ihre Titel an Männer wie William FitzDuncan vergab.

Und Lulach, der erst fünfzehn war, als ihr Vater und

ihre Brüder in den Krieg zogen, nahm sich eine englische Braut. Der Rest war Geschichte, oder so hieß es jedenfalls.

Beim Gedanken an ihre Brüder, Graeme und Ewen, füllte sich ihr Herz mit Sehnsucht. Sie hatte sie seit über fünf Jahren nicht gesehen, aber ein Tag nach der Beerdigung ihrer Mutter hatte sie eine weiße Lilie auf deren Grab entdeckt. Weder Lianae noch Elspeth hatten sie dorthin gelegt und Lulach war es definitiv auch nicht gewesen, denn dieser dachte leider nur selten an jemand anderen als sich selbst. Die Lilie hatte sie nach Lilidbrugh, zu der weißen Lilie von Fidach, geführt ...

Lianae spürte, dass ihre Brüder hier waren ... *irgendwo.* Sie fühlte es in ihren Knochen, ebenso wie sie die Gegenwart von Uhtredas Zaubersteinen wahrnahm.

Sie würde es so gern erleben, dass die Schotten vertrieben und William FitzDuncan nach England zurückgeschickt würde, wo er hingehörte. Außerdem verdiente FitzDuncan den Tod, aber es war Lianae zuwider, ihm gute Moray-Erde zu bieten, unter der er begraben werden könnte. Es wäre besser, er kehrte nach England zurück. Sie würde lieber hier bei diesen idiotischen Schotten erfrieren, als wegzugehen und sich der Gnade Williams zu unterwerfen. Sie suchten zweifellos immer noch die Hügel und Täler nach ihr ab, allein schon, um Uhtredas Zaubersteine zurückzubekommen. Wie ein Geschenk Gottes hatte die Börse gestern Abend im Badehaus gelegen. Die zänkische Mutter des Earls benutzte die alten Bäder oft und in ihrer Eile, das Badehaus für Lianae zu sichern, bevor der Priester kam, mussten sie die alte Frau hinausgescheucht haben. Die Börse war wohl von einem ihrer Diener liegengelassen worden und sobald Uhtreda bemerkte, dass sie weg war, würde sie zweifellos rasen vor Wut; denn man erzählte sich, dass sie die Steine verwendete, um ihr Alter zu verbergen. Bei dem Gedanken allein musste Lianae schon die Augen verdrehen. Wahrscheinlich war jegliche Magie, die Uhtreda besaß, eher auf dem Geldbeutel ihres Vaters begründet. Sie war schließlich die Tochter des Grafen von Northumbria und die Gemahlin eines Königs. FitzDuncans Vater würde der Frau noch dazu reichlich finanzielle Mittel hinterlassen haben.

Sie hob einen Finger an die schmerzende Stelle auf ihrer Wange und überlegte, wo ein Mann wie FitzDuncan es gelernt hatte, so ein Teufel zu sein. Die Verletzung an sich war nicht besonders ernst – dafür war es der Schmerz in ihrem Herzen umso mehr. Aber manchmal spürte sie immer noch den Faustschlag des Earls, nachdem sie ihm gesagt hatte, dass sie eher sterben würde, als einen Verräter wie ihn zu heiraten. Dann hatte er sie auf das Bett geschubst ... neben ihre Schwester ... Und er hätte sie dort an Ort und Stelle genommen, wäre Lulachs Frau nicht losgelaufen, um ihrem Mann Bescheid zu sagen, und ihr Bruder daraufhin angerannt gekommen.

Er hatte FitzDuncan gebeten zu warten.

Zu warten?

Zu warten!

Nun, er konnte bis ans Ende seiner Tage warten – bis er in seinem Grab kalt wurde und die Würmer sich über seinen dreckigen Schwanz hermachten. Egal, was passierte, sie würde diesen verhassten Mann niemals heiraten – und Lulach, der gierige Dummkopf, sollte verdammt sein.

Sie war gerade dabei, sich umzusetzen und ihre Beine im Schneidersitz zu überschlagen, wobei sie das Kleid und den Umhang wie ein Zelt unter sich feststeckte, als der „Wolfmann“ kam, um ihr Nahrung anzubieten. Er hielt eine in eine Serviette verpackte Mahlzeit in seinen Händen.

„Was ist das?"

„Essen", antwortete er einfach, wie es ihre Mutter getan hätte.

Lianae runzelte die Stirn. Sie blickte hinüber zu dem dunklen Loch mitten im Burghof. Er sah nicht sehr zivilisiert aus. Könnte es sein, dass all die Wechselbälge für ihn dorthin gelegt worden waren? „Ihr esst nicht zufälligerweise Babys, oder?"

„Wohl kaum." Sein Lächeln krümmte sich wie das eines schelmischen Jungen. „Es ist nur Pferd", sagte er.

So, wie er sich um seine geliebte Stute gekümmert hatte, bezweifelte Lianae die Wahrheit dieser Behauptung. Aber sie sah trotzdem hinüber zur Plane und zählte im Geiste die Pferde. Sie hatte bis drei gezählt, bevor sie ihn lachen hörte – ein tiefer Klang, der ihr einen eigenartigen Schauer über den Rücken schickte.

„Pferd des Waldes", erklärte er.

Lianae verzog das Gesicht. „Pferd des Waldes?"

„Moorhuhn. Sie sind groß, dumm und langsam, aber trotzdem schmackhaft – insbesondere, wenn man die Alternative betrachtet."

„Und was für eine Alternative wäre das?"

„Hungern", erwiderte er grinsend.

Unterhaltsam. Aber verdammt, Lianae weigerte sich, zu lachen, obwohl sein Lächeln ihr fast den Atem verschlug. Er sah dabei einfach ein bisschen zu gut aus. Doch, aye, sie hatte wirklich Hunger. Sie nahm das Essen an, streckte die Hand nach der Serviette aus und dankte ihm mit leiser Stimme, obwohl sie sich auch gekränkt hätte äußern können. Aber abgesehen davon, dass er sie vom Boden aufgesammelt und dann wieder hingeworfen hatte, hatte er sich ihr gegenüber wenig zuschulden kommen lassen. Und selbst das entsprach nicht ganz der Wahrheit, denn sie hatte ihm auf den

Kopf geschlagen und sich losgerissen. Danach hatte er nur auf sie hinuntergestarrt, als wäre *sie* der Täter gewesen.

Und nun stand er da, rieb sich den Kopf und sah mit seinem wölfischen Gesicht auf sie herab und sie verspürte einen kleinen Anflug von Bedauern.

Noch nicht einmal sein mürrischer kleiner Freund hatte ihr Schaden zugefügt. Sie hatten sie einfach in Ruhe gelassen, während sie ihrer Arbeit nachgingen, und außer den beiden hatte sie sonst niemand angesprochen. Soweit Lianae wusste, waren sie über ihre Anwesenheit ebenso überrascht wie sie von ihnen …

Allerdings stellte sich die Frage: Was machten diese Leute hier an einem Ort wie Lilidbrugh? Ihr kam der Gedanke, dass sie vielleicht nach ihren Brüdern suchten – aber das wäre wohl ziemlich unwahrscheinlich, oder nicht?

Der Wolfmann stand eine ganze Zeit lang da und beobachtete sie. Lianae versuchte, ihn zu ignorieren, was nicht sonderlich schwer war, als das Moorhuhn einmal vor ihr lag, denn sie war regelrecht ausgehungert. Sie hatte seit der Hochzeit ihrer Schwester vor zwei Tagen nichts mehr gegessen. Und obwohl sie für Lianaes Hochzeit sicher noch ein „Festmahl" aus den Resten zubereitet hätten, war sie nicht geblieben, um daran teilzunehmen.

Wie praktisch das doch gewesen sein musste.

FitzDuncan ermordete eine Ehefrau und hatte noch eine als Ersatz. Er hätte zwei Festmahle für den Preis von einem servieren lassen können.

Ach, aber von dem Augenblick an, wo sie Kinneddar Castle verlassen hatte, war sie nicht einmal lang genug stehengeblieben, um über ihre Füße nachzudenken – was man an dem armseligen Zustand, in dem sie nun waren, ablesen konnte. An einer Stelle hatte sie Angst gehabt, dass sie sie fangen würden, aber dann war sie in den Kiefernwald geschlüpft und lange dem Bach gefolgt, um ihre Fährte zu verbergen und dabei die Spürhunde in die Irre zu führen. Dort, in dem Flussbett, hatte sie sich wahrscheinlich die Füße zerschnitten.

Ungeachtet jeglicher Manieren verschlang sie das Essen, das er ihr gab, und dachte bei sich, dass dies der beste Vogel war, den sie jemals gegessen hatte.

Dem Herrn sei Dank, dass sie groß, dumm und langsam waren!

Fasziniert beobachtete Keane, wie das Mädchen in den Flügel des Moorhuhns biss, als hätte sie schon seit Wochen nichts zu essen bekommen.

Sie war wahrlich ein Widerspruch an sich, gekleidet in ihre feinen englischen Kleider und ohne sich über ihre nackten Füße zu beschweren. Sie aß wie eine Vertriebene und sprach wie eine Adlige. Sie hatte das Benehmen eines Soldaten und die Ausdrucksweise einer Königin. „Ihr solltet mich nach Eurem Fuß sehen lassen“, schlug er vor.

Sie sah zu ihm auf, mit vom Fett glänzenden Lippen, und er sehnte sich danach, diese sauber abzulecken – eine lächerliche Vorstellung und er überlegte, ob das Mädchen mit dem Schlag auf seinen Kopf sein Hirn benebelt hatte.

Sie hielt das Moorhuhn vor sich und sah mit starrer Haltung zu ihm auf. „Könnt Ihr nicht gut genug sehen, von wo Ihr steht?“

Keane hob eine dunkle Augenbraue. Sie hatte eine scharfe Zunge – ähnlich wie seine Schwestern. „Ich meinte nur, dass Ihr mir erlauben solltet, mich um Eure Wunde zu kümmern, Mädchen. Euer Fuß scheint zu bluten.“ Er wies mit seinem Kinn auf den sie umgebenden Schnee, aber durch den Neuschnee waren die

Flecken fast alle weg. „Es ist nicht notwendig, dass Ihr Euch um mich kümmert", sagte sie stur und wandte sich wieder ihrem Essen zu, wobei sie sich Mühe gab, ihn zu ignorieren.

Stures Mädchen.

„Euch muss doch kalt sein?", fragte er und weigerte sich, von ihr ignoriert zu werden. Er setzte sich neben sie auf die Stufen und rutschte an sie heran, ob es ihr passte oder nicht. Tatsächlich erinnerte sie ihn sehr an Catrìona, mit ihren funkelnden Augen und ihrer rotgoldenen Mähne. Keine seiner Schwestern würde jemals auch nur im Geringsten nachgeben, außer man konnte ihnen beweisen, warum sie dies tun sollten. Das Problem dabei war, dass kein Fortschritt erzielt werden konnte, wenn niemand etwas riskierte. Dies war etwas, das auch Cameron noch lernen musste.

Er faltete seine Hände zwischen den Knien und war sich wohl bewusst, dass sie ihn aus dem Augenwinkel beobachtete. Aber er stellte keine Bedrohung für sie dar und sie brauchte seine Hilfe, ob sie es nun zugeben wollte oder nicht – und offensichtlich wollte sie das nicht.

Scheinbar ohne seine Gegenwart neben ihr wahrzunehmen, aß sie weiter und ignorierte Keane. Er nahm den Duft ihres Haares wahr: Rosmarin und Lavendel, eine berauschende Kombination ... nur ein wenig mehr als ihr Abendessen. Sein Magen knurrte.

Er hatte seinen Anteil abgegeben, da er nicht wollte, dass das Mädchen nichts bekam, und er hatte auch nicht vor, noch einmal auf die Jagd zu gehen. Er würde auch seine Männer heute Nacht nicht darum bitten. In Anbetracht dessen, mit wie viel Vorsicht sie diesem Ort begegnete, musste er davon ausgehen, dass diejenigen, denen er erlaubte, das Lager zu verlassen, nicht zurückkehren würden. Da Cameron und er sich jetzt uneins waren, würde das Schicksal derjenigen, deren

Köpfe David fordern würde, weil sie ihre Posten verlassen hatten, nun unglücklicherweise allein auf Keanes Schultern lasten – sollte er versagen und jemanden gehen lassen.

Was Cameron betraf ... er schaute zu seinem alten Freund hinüber und beobachtete, wie dieser an seinem Stock herumschnitzte und sich bemühte, einen neuen Schaft anzufertigen, obwohl er die Fähigkeit dazu gar nicht besaß. Keane hatte schon oft versucht, es ihn richtig zu lehren, aber was er übermäßig an Stolz besaß, fehlte Cameron MacKinnon manchmal etwas an Verstand. Der Mann tat ihm leid, aber – ob nun beabsichtigt oder nicht – die Machtverhältnisse hatten sich hier und heute verschoben.

Etwas hatte sich verändert.

Bis heute hatte Keane noch nicht in Erwägung gezogen, das, was ihm geboten wurde, anzunehmen und das Einzige, was ihn an seinem Posten gehalten hatte, war die einfache Tatsache, dass es zu Hause nichts mehr für ihn gab – und für Cameron ebenso wenig, der gehofft hatte, eines Tages ein eigenes Leben zu halten, damit Aidan ihn für Cailins Hand als würdig erachten würde. Nun saß er nachdenklich da, beobachtete ein fremdes Mädchen beim Essen ... und überlegte, was er tun sollte.

Keane war fünfundvierzig Jahre alt und nicht viel mehr als ein Vagabund, der noch nicht einmal ein eigenes Bett besaß und keine Chance hatte, jemals eine Frau ernähren zu können.

Eine schwache Erinnerung stieg in ihm auf – von einem Mädchen, das er einst geliebt hatte ... Aber er war nun nicht mehr der jugendlich frische Kerl mit dem reinen Herzen, der ein einfaches Mädchen geliebt hatte.

Keane musterte das Mädchen neben ihm. Aus irgendeinem Grund ließ sie seine Gedanken an Orte wandern, wo sie nicht hingehen sollten ... Aber es war nicht nur ihr Aussehen. Sie war wahrlich hübsch, aber er fühlte sich eher vom Feuer in ihren Augen angezogen – etwas, das die arme Meara niemals besessen hatte, seine Schwestern jedoch im Überfluss. Er spürte, dass dieses Mädchen dem Mann, dem es gelang ihr kratzbürstiges Herz zu gewinnen, eine gute Frau sein würde – ähnlich wie bei seinen Schwestern.

Bedauerlicherweise gehörte sie schon einem anderen ...

Ihr feines englisches Kleid verriet ihm dies.

Sie zitterte ein wenig und Keane sehnte sich danach, seine Arme um sie zu schlingen, um sie warmzuhalten. „Euer Mann vermisst Euch doch sicherlich?", fragte er.

Sie antwortete nicht, zögerte aber, bevor sie den nächsten Bissen nahm.

Was Keane wirklich wissen wollte, war, ob jemand zu Hause auf sie wartete. „Wenn Ihr mir nur sagt, wo Ihr hingehört, sorge ich dafür, dass Ihr sicher zurückgebracht werdet."

Sie hörte auf zu essen und funkelte Keane böse an.

„ICH *GEHÖRE* NIRGENDWO HIN", SAGTE LIANAE UND wählte ihre Worte sorgfältig. „Zu *keinem* Mann."

Ein winziges Lächeln erschien auf den Lippen ihres Fängers und sie zitterte erneut – aber nicht aus Angst. In seinem Blick lag ein Wissen, das Lianae zur Vorsicht gemahnte, denn er übersah nichts. Sein Blick fiel auf das luxuriöse Gewand – weniger auf ihre Figur, bemerkte sie, denn es war nichts Lüsternes in der Musterung, und sie begriff, dass er sich über ihr Kleid Gedanken machte. Sein Blick wanderte zurück zu ihrem Gesicht und blieb an ihrer Wange hängen. Er kniff die Augen leicht zusammen.

Sie überlegte, ob er auf ihren blauen Fleck schaute

und ob dieser überhaupt noch zu sehen war, und sie widerstand dem Drang, ihr Gesicht zu berühren. Stattdessen zwang sie sich, zu essen.

„Seid Ihr sicher, Mädchen?"

Lianae war mit den Nerven am Ende und fuhr ihn an: „Natürlich bin ich mir sicher, Ihr dummer Mann! Wenn ich irgendwohin gehörte, wüsste ich das dann nicht am besten?"

Wütend biss sie noch einmal in das Moorhuhn und kaute unter seinem aufmerksamen Blick. Mit jedem Moment wurde sie verwirrter. Es war eher die Art, wie er sie anschaute, die ihren Puls rasen ließ und ihre Gedanken durcheinanderbrachte. Sein Gesichtsausdruck schien voller Sorge, aber Lianae wusste es besser, als dass sie irgendjemandem zu diesem Zeitpunkt getraut hätte.

Geh weg, betete sie stumm.

Wenn sie ihm sagte, wer sie war und wo sie herkam, würde er sie zweifellos zum Earl zurückbringen. Oder wenn sie hier und jetzt zugab, eine Rebellin zu sein, würde er sie vielleicht töten. Wenn sie ihn darum bat, sie zu Ewen und Graeme zu geleiten, würde er sie als Rebellin erkennen und an seinen König übergeben. Oder noch schlimmer: Er könnte sie benutzen, um ihre Brüder aufzuspüren. Tot oder lebendig könnte man die Söhne von Óengus in Gold aufwiegen – sie waren mit Sicherheit wertvoller als eine Handvoll Zaubersteine.

Nay, es war besser für sie, ihm nichts zu sagen.

Sollte er doch denken, was er wollte.

Irgendwo da draußen warteten Graeme und Ewen auf sie. Lianae musste sie nur entdecken. Und sobald sie ihre Zaubersteine wiedergefunden hatte, würde sie die nötigen Mittel besitzen, um Informationen zu kaufen.

Morgen.

Morgen würde sie einen Weg finden, fortzugehen – sobald der Earl seine Suche aufgab.

„Ach, Mädchen, irgendwohin müsst Ihr doch gehören?", drängte der Mann weiter. Und dieses Mal war sein Tonfall schmeichelnd – wie das Irrlicht mit seinem warmen hellen Leuchten, das unglückliche Opfer in ihren sicheren Tod lockte. Lianae zuckte mit den Schultern und aß weiter. Seine Gegenwart irritierte sie und sie wusste kaum, warum dies so war. Bis jetzt war er sogar freundlich gewesen.

Vielleicht war es, weil ihr sein Antlitz gefiel – ein fein geschnittenes Gesicht mit einem ausgeprägten Kinn und hellgrünen Augen, die sie dazu einluden, ihre Achtsamkeit aufzugeben.

Das werde ich nicht tun.

Nach einer Weile nahm er eine Hand voll Schnee und begann, diesen zwischen seinen Handflächen zu formen. „Ich würde schätzen, dass Ihr aus gutem Hause seid, so wie Ihr ausseht?", ließ er nicht locker.

Ach, er hatte ja keine Ahnung.

Lianae warf ihm aus dem Augenwinkel einen schneidenden Blick zu, da sein Tonfall immer noch fragend war und sie keine Absicht hatte, ihm Antworten zu geben.

Sie war eine Tochter von Óengus von Moray. Ihr Urgroßvater MacBeth war ein Mann des Volkes gewesen. Als König hatte er Scotia siebzehn Jahre Frieden beschert – der einzige Frieden, den ihr Volk gekannt hatte, seit Kenneth MacAilpín seine piktischen Fürsten ermordet hatte. Heutzutage war die eine Hälfte von ihnen von William Rufus ersetzt worden und die andere Hälfte durch seinen Halbbruder Henry. Sie waren alle Gefolgsleute der Engländer – aus diesem Grund hatte MacBeth Duncan abgesetzt. Kein Mann von Moray könnte guten Gewissens einem dreckigen Sassenach folgen. Aye, sie stammte aus adligem Hause, aber da ihre Brüder immer noch auf der Flucht waren, würde man sie nur als Bedrohung sehen. Und wenn man sie nicht festhalten oder gegen Ewen und Graeme benutzen könnte, würden man sie töten.

„Ich bin nur eine einfache Frau von Moray", sagte sie lieblich und erwiderte seinen Blick.

Aber das war ein Fehler, denn ihre Augen wurden sofort von dem Waid fasziniert ... von der Wolfsschnauze, die unter seinem Hemd hervorlugte. Das Maul öffnete sich über den Sehnen an seinem Hals und über einer der Venen an seiner Kehle zeigten sich die Zähne. Selbst in dem seltsamen Zwielicht um sie herum konnte sie den Waid klar erkennen. Die Söhne Fidachs waren angeblich die Söhne des Wolfes...

Sie befanden sich in Lilidbrugh...

War es ein Zufall, dass er von diesem Ort angezogen worden war?

Aber nay, die Söhne Fidachs waren alle schon lange fort, so hieß es jedenfalls. Trotzdem biss sie noch einmal in das Moorhuhn und kaute nachdenklich. Sie war sich der Gegenwart des Mannes neben ihr äußerst bewusst.

Er formte weiterhin den Schnee mit seinen Händen, wobei er die Muskeln in seinen Armen und die Sehnen an seinem Hals anspannte. Dadurch sah die Wolfstätowierung aus, als würde das Tier seine langen, mächtigen Kiefer bewegen. Tatsächlich war er eher ein junger Wolf, entschied sie – mit großen sehnsüchtigen Augen, die an ihrem Herz zerrten. Aber in dem Moment, wo sie ihren Schutzschild herunternahm, würde er springen.

Es war eine seltsame Geschichte, denn kein Schotte, dem Lianae *jemals* begegnet war, hatte die Waid-Farbe seiner Vorfahren getragen. Fürwahr, ihre eigenen Leute benutzten den Waid ihrer Ahnen nicht mehr. Und doch hier war dieser Mann, der ihn trug ... zusammen mit Davids Uniform. Und er war hier in der verlorenen Stadt der Pikten. Es war eindeutig ein Rätsel.

Verwirrt wandte Lianae den Blick ab. „Ihr erwartet doch nicht, dass ein Mädchen sich einem Mann offenbart, den sie gar nicht kennt?"

Er zwinkerte ihr zu. „Wenn sie Hilfe bräuchte, würde sie es tun", sagte er und spielte weiter mit dem Schnee in seiner Hand. Gleichzeitig fuhr er mit der Spitze seines Stiefels dort über den Boden, wo Lianae ihre Suche konzentriert hatte. Selbst mit Neuschnee war ihre Wühlerei noch sichtbar. Plötzlich hielt er inne. Lianae betete, dass ihre Steine nicht der Grund dafür waren. Sie waren leicht zu erkennen, wenn sie sich unter einem Fuß befanden, weil sie rund und glatt waren.

Sie beendete ihre Mahlzeit, wischte sich den Mund ab und legte die Serviette zur Seite. Sie wusste nicht wie, aber in ihrem Herzen war ihr klar, dass irgendetwas unter seinem Stiefel war. „Ich sagte bereits, dass ich das nicht tue."

„Ich glaube aber, dass Ihr das tut."

Sie schaute ihm ins Gesicht und sie suchte nach irgendeinem Zeichen, dass er *etwas … wusste.* Aber sie sah nur noch mehr Fragen – und einige davon waren vielleicht ihre eigenen. Also ließ Lianae ihn Farbe bekennen. Sie hob ihr Kinn. „Wenn Ihr das glaubt", forderte sie ihn heraus, „dann lasst mich frei und Ihr werdet schon sehen, wie lange ich bleibe."

In seinen Augen erschien ein Lächeln, jedoch nicht auf seinen Lippen.

„Ihr seid hier keine Gefangene."

Überrascht, dass er dies sagte, runzelte Lianae die Stirn. „Nay?"

„Habe ich Euch mit Stricken oder Ketten zurückgehalten?"

Lianae schüttelte den Kopf und bemerkte enttäuscht, dass er die Wahrheit sprach.

„Habe ich meine Leute beauftragt, Euch bewachen lassen?“

Wieder schüttelte sie den Kopf, denn das hatte er nicht getan – nur er selbst hatte sie nicht aus den Augen gelassen.

Er verzog den Mund zu einem Lächeln und bewegte seinen Stiefel zur Seite, streckte eine Hand in den Schnee, fühlte, als würde er nach etwas suchen, und schien es dann gefunden zu haben. Er nahm die Hand wieder hoch und förderte einen von Uhtredas Steinen zutage.

Lianaes Augen weiteten sich.

„Irgendetwas sagt mir, Mädchen .... Hättet Ihr gehen wollen, wärt Ihr schon weg.“

KAPITEL SECHS

„Der gehört *mir*", sagte sie und streckte die Finger aus, um den Stein aus Keanes Hand zu nehmen. Wut machte sich in ihrem Gesicht breit, als er ihn festhielt und sie dabei musterte.

Auch wenn diese Steine selten waren, so kannte er sie doch. Sie waren klein und mit Symbolen verziert und erinnerten an Spielsteine, die in einem Spiel, in dem fünf gebleichte Knochen eines Schafsknöchels in einen Beutel gelegt wurden, verwendet wurden. Jeder Knochen hatte vier Seiten mit unterschiedlicher Form und Wertigkeit. Die Spieler warfen sie aus dem Beutel und der mit dem höchsten Wert gewann. Aber diese Steine waren nicht so einfach zu entschlüsseln– ebenso wenig wie das Endergebnis des Gewinners des Spiels. Manchmal rollte man sie und das Schicksal war nicht so gnädig. Una hatte einen ganzen Beutel voll in ihrer Grotte und holte sie hervor, wenn Aidan sie um Antworten von den Göttern bat. Der einzige Unterschied zwischen diesen und Unas Steinen war, dass Unas andere Markierungen trugen. Nichtsdestotrotz waren sie wertvoll genug, um sie zu stehlen, besonders, wenn man wusste, um was es sich handelte und wie man sie benutzte. Ob Lianae dies alles nun bekannt war oder nicht, sie verstand ganz klar den Wert der Steine, denn sie war ohne ihre Schuhe, aber mit der Börse geflohen, wobei ihr die Schuhe bei diesem schlechten Wetter den besseren Dienst erwiesen hätten.

Und ganz nebenbei hatte sie die letzte Stunde damit verbracht, den Burghof auf der Suche nach den fehlenden Steinen abzugehen, obwohl sie zumindest hätte versuchen können, wegzulaufen. Tatsächlich schien sie sich mehr Gedanken über den Verlust ihrer Zaubersteine zu machen als darüber, dass sie in Gesellschaft fremder Männer war.

Keane lächelte ein wenig und gab trotz seines Verdachtes den Stein frei. Sie umschloss ihn besitzergreifend mit ihrer Faust. Aus der Nähe sah man ganz klar, dass sie einen blauen Fleck im Gesicht hatte, direkt unter ihrem Wangenknochen.

Hatte sie die Steine gestohlen? Waren sie die Bezahlung für Gefälligkeiten ihrerseits gewesen? Ein Hochzeitsgeschenk?

Irgendwie glaubte er das nicht.

Er zog einen Knäuel roten Samtstoffs aus seinem Gürtel und breitete ihn aus, um ihr einen weiteren kleinen Zauberstein zu zeigen, der in den Falten ihres zerrissenen Beutels hängengeblieben war. Keane reichte ihr den Stein. „Habt Ihr sie gestohlen?", fragte er sie geradeheraus.

„Nay."

Nichtsdestotrotz erblich sie bei der Frage, was ihn nicht davon abhielt, offen mit ihr zu sprechen. „Man muss sich schon fragen, warum ein so hübsches Mädchen ohne Schuhe, in einem Hochzeitskleid und nur mit einem Umhang und einem Samtbeutel voller Zaubersteine weglaufen würde."

Sie errötete recht hübsch und wandte ihren Blick ab, wobei ihre geballte Faust weiß wurde. Keane sah zu, wie sie die beiden Steine, die er gefunden hatte, in ihrem Kleidersaum verstaute. Inzwischen waren ihre Wangen richtig rot geworden. War es ihr peinlich, dass er sie hübsch genannt hatte?

Oder hatte sie vielleicht noch mehr zu verbergen?

Etwas anderes als Zaubersteine ...

„Was glaubt Ihr, warum das wohl sein könnte?“

Keane ließ die Frage im Raum stehen, ebenso wie den Nebel, den sein Atem verursachte, bis er sich ziemlich sicher war, dass sie niemals antworten würde. Dann beschloss er, ihr eine Pause zu gönnen – nicht, dass er glaubte, jemals mehr von dem Mädchen zu erfahren, wenn sie es nicht wollte, denn sie hatte die gleiche sture Haltung wie seine Schwester Lael. Er erkannte eine Mauer, wenn er eine sah. Wenn er keine härtere Gangart einschlagen wollte, konnte er es für den Moment genauso gut auf sich beruhen lassen.

Wenn er andererseits auf ihre Erlaubnis warten wollte, dass er sich um ihren Fuß kümmerte, würde sie diesen noch vor dem Morgen verlieren. Keane nahm seinen Umhang ab, offenbarte seinen wollenen *Breacan* und riss, ohne weitere Erklärung bezüglich dessen, was er vorhatte, von jedem Ende einen langen Streifen ab. Glenna, die Weberin, würde ihm drohen, sein Gemächt zu verunstalten, weil er ein gutes Tuch ruinierte. Wenn er sie jedoch nett genug bat, würde sie ihm ein neues weben.

„Was macht Ihr?“

„Ich mache ein Paar Pantoffeln.“

Sie klang erstaunt. „Warum?“

Keane schaute sie direkt an, wobei er eine Augenbraue hob. „Vielleicht, um Eure Füße zu wärmen?“

„Aber warum würdet Ihr so etwas tun?“

„Weil Ihr friert und ich nicht möchte, dass Ihr Eure Zehen verliert. Nun gebt mir Euren Fuß“, forderte er sie auf, als er sich vor ihr bückte und seine Hand ausstreckte.

Er konnte klar erkennen, wie ihr Stolz mit ihrem Unbehagen kämpfte. Zweifellos passte es ihr gar nicht, dass sie gesagt bekam, was sie tun sollte – selbst wenn es nur zu ihrem Besten war. Aber dann endlich gab sie nach. „Welchen?"

„Den rechten."

Sie zog ihren linken Fuß unter ihrem Kleid hervor und streckte ihm diesen hin. Fast hätte er über ihre gegensätzliche Reaktion gelacht. Er machte sich nicht vor, dass sie es aus irgendeinem anderen Grund tat, als ihm zu zeigen, dass sie immer das Sagen hatte.

Aber Keans Lächeln verschwand, als er die Sohlen ihrer Füße untersuchte. Sie waren natürlich schmutzig, aber trotz des Drecks und der Dunkelheit konnte er die offenen Wunden ausmachen, die sich an ihren Fersen und den Fußballen gebildet hatten. Es war noch nicht klar, woher sie gekommen war, aber dem Zustand ihrer Füße nach zu urteilen, stammte sie von weit her.

Leise vor sich hin fluchend strich Keane vorsichtig mit seinen Fingern über ihre Fußsohlen und versuchte, den Schmutz so weit wie möglich zu entfernen. Morgen würde er dafür sorgen, dass sie ihre Verletzungen im Bach auswusch. Im Augenblick war es viel wichtiger, dass sie gewärmt wurden. Er schob ihren Rock hoch, um den Wollstoff um sie zu wickeln, erstarrte aber, als er die nächste Wunde sah.

Sie war schwarz und umgab ihren Knöchel wie eine Kette aus Waid. Er untersuchte die Stelle einen unbehaglichen Augenblick lang, wobei ihm klar wurde, dass man eine solche Wunde nur auf eine Weise bekommen konnte. Aber das war keine Art für einen Mann, seine Frau zu nehmen – kein Wunder, dass sie geflohen war.

Zorn stieg in ihm auf, aber er sagte kein Wort. Sie war angespannt und wartete darauf, dass Keane eine Bemerkung machte. Doch er wickelte den Wollstoff einfach nur um ihren Fuß und Knöchel, wobei er das

Ende oberhalb der Wunde vorsichtig feststeckte und aufpasste, sie nicht noch mehr zu verletzen.

Und dann bat er sie nochmals, ihren rechten Fuß auszustrecken. Dieses Mal tat sie sofort wie gebeten und er begann eilends damit, den Fuß auch zu verbinden, wobei ihm auffiel, dass sie hier an genau derselben Stelle eine noch dunklere Verletzung hatte.

Hurensohn!

Keane wollte wissen, wie sie die Wunden erhalten hatte, aber er brauchte eigentlich keine Antworten. Er wusste genug, um zu schlussfolgern, dass, was auch immer der genaue Grund für diese Verletzungen war, dies alles etwas mit dem Kleid, das sie trug, und dem blauen Fleck auf ihrer Wange zu tun hatten. Wenn sie die Steine bei ihrer Flucht hatte mitgehen lassen, umso besser für sie. Bei den Göttern – er würde ihr helfen, den Rest der Steine zu finden, und der Himmel sei dem Teufel gnädig, der Hand an eine Frau legte. Keane würde ihn töten.

„Danke", sagte sie, als Keane fertig war.

Hier, in dem seltsamen Licht um sie herum, wirkte ihr Gesicht fahl, was den Bluterguss umso auffälliger machte. Keane konnte sich nicht mehr zurückhalten und streckte die Hand aus, um den dunklen Fleck in ihrem Gesicht zu berühren. Aber sie ergriff seine Finger. Sie schauten einander an.

„Wie ist das passiert?", fragte er und bemühte sich, seinen Zorn zu zügeln.

„Wahrscheinlich bei dem Sturz, den ich wegen Euch hatte." Sie schob seine Hand beiseite.

Es war unmöglich, dass Keane ihr *diesen* Bluterguss zugefügt hatte. Aber er stritt nicht mit ihr. Vielleicht würde sie tatsächlich noch ein paar mehr bis zum nächsten Morgen haben, aber der auf ihrer Wange war jetzt schon dunkelblau gegen ihre blasse Hautfarbe. Er war mindestens einen Tag alt. Aus welchem Grund sie auch log, sie wollte offensichtlich nicht mit ihm über ihre Probleme sprechen.

„Ihr erwartet doch nicht, dass ein Mädchen sich einem Mann offenbart, den sie gar nicht kennt?“

Das erschien ja recht vernünftig, aber Keane würde ihr nicht helfen können, wenn sie nicht darüber sprach. Nur weil er sie nicht so gut kannte, bedeutete das nicht, dass er den Bastard, der Hand an sie gelegt hatte, nicht umbringen würde – Ehemann oder nicht. Ein starkes Beschützergefühl stieg in ihm auf, als er dem Mädchen seinen wollenen *Breacan* reichte. Dann zog er seinen Umhang wieder an und stand auf. „Ich werde Euch morgen bei der Suche nach den restlichen Steinen helfen. Vielleicht seid Ihr dann eher geneigt, mir zu verraten, woher Ihr kommt?“

Sie runzelte die Stirn. „Vielleicht“, sagte sie.

Und wieder trafen sich ihre Blicke und konnten sich nicht voneinander lösen.

„Oder vielleicht sagt Ihr mir zumindest, wohin ich Euch bringen soll?“

Dieses Mal nickte sie.

„Werdet Ihr mir zumindest Euren Namen verraten, Mädchen?“

Schneeflocken fielen auf ihre Wimpern, aber sie hielt seinem Blick stand und blinzelte nur einmal. „Lianae“, sagte sie nach einer ganzen Weile.

„Lianae“, flüsterte Keane und wiederholte den Namen mit der gleichen Ehrfurcht, die er Lilidbrugh hatte zuteilwerden lassen. „Ich bin Keane“, erklärte er ihr und hörte auf, bevor er seinen Familiennamen noch hinzugefügt hätte. Zum ersten Mal in seinem Leben fühlte er sich wie ein Mann zwischen zwei Welten.

Ich gehöre nirgendwo hin, hatte sie gesagt. Ihm ging es ganz genau wie ihr. Er gehörte weder nach Dubhtolargg noch zu dem Mann, dessen Uniform er trug. In dieser Beziehung waren sie also Seelenverwandte.

Aber zu Keanes Betroffenheit sah er ein verräterisches Glitzern in ihren Augen und dieser Anblick verwirrte ihn noch mehr. Sie war wütend auf ihn, wenn sie doch hätte Angst haben sollen, und zeigte Tränen anstelle von Dankbarkeit. Ihre Beine und ihre Wange waren verletzt und die Unterseiten ihrer Füße waren mit Wunden übersät. Trotz ihres pfiffigen Verhaltens war ihr Schweigen wohl kaum typisch für eine wohlgeborene Dame. All die Frauen, denen er an Davids Hof begegnet war – diejenigen, die ähnlich wie sie gekleidet waren –, waren so voller Beschwerden, dass Keane sich gefragt hatte, ob es überhaupt noch Frauen gab, die wie seine Schwestern waren: körperlich und seelisch starke Frauen.

„Nun, Lianae", sagte er, „Es steht Euch frei zu gehen. Aber es wird im Laufe der Nacht noch kälter werden und wenn Ihr möchtet, könnt Ihr mein Nachtlager teilen."

Gewappnet gegen die Behauptung, die ihm gar nicht entgegen geschleudert wurde, fügte er hinzu: „Zum Wärmen, versteht Ihr? Ich habe drei Schwestern", versicherte er ihr, als würde allein diese Tatsache sie beruhigen.

Wieder nickte sie und ihre Augen glänzten feucht.

Keane wandte sich ab, damit er sie nicht länger beschämte, indem er verharrte und ihre Tränen sah. Er hatte das Gefühl, dass sie stolz war. Und schlimmer noch, er hatte den Verdacht, dass seine Freundlichkeit sie irgendwie verletzte. Er wollte nicht wissen, was das offenbarte.

SOBALD ER WEG WAR, WISCHTE LIANAE IHRE TRÄNEN AB. Sie erinnerte sich daran, dass sie die Tochter ihres Vaters war und eine Tochter von Moray nicht weinen sollte.

In der noch dunkler werdenden Nacht wurden die Ruinen in ein seltsames Licht getaucht, ähnlich einem Heiligenschein. Der Glanz glich weniger Feuer, sondern besaß eine eher strahlende Qualität, ähnlich der Illusion von Tageslicht auf einer verschneiten Landschaft. Frost hatte die moosbedeckten Steine überzogen und verschaffte der Ruine ein schillerndes Äußeres. Es war ein seltsamer Anblick, der angesichts der Gesellschaft, in der sie sich befand, noch eigenartiger erschien.

Er wusste, welcher Natur ihre Zaubersteine waren. Das war Lianae aufgefallen. Sie nahm einen aus ihrem Kleidersaum, um sich die Markierungen genauer anzusehen.

Ihre Wikinger-Vorfahren hatten solche Steine verwendet, um die Zukunft darin zu lesen, aber jeder kleine Stein wäre mit einer anderen Rune markiert worden ... nicht wie diese.

Könnten sie ein Zahlungsmittel zur *Anderswelt* sein?

Nun, da ihr *König* ein Anhänger des *Glaubens* war, war es nicht mehr üblich, den Toten Steine auf die Augen zu legen, um *Sluag*, den Gott der Anderswelt zu bezahlen. Diejenigen, die sich noch im Land der Lebenden befanden, konnten durch die Steine die Kräfte der Anderswelt anzapfen und damit Kranke heilen. Und doch, für einige wenige, die zwischen dieser und der nächsten Welt lebten, waren die Steine angeblich Verbindungen...

Einige wurden als größere Steine hergestellt und dann als *keek stanes* benutzt. Aber Uhtredas waren nicht so groß. Sie besaßen die Größe kleiner Kieselsteine und jeder hatte eine einzige Markierung – zwei Monde mit einem Blitz dazwischen.

Vielleicht konnten sie zur Heilung verwendet werden.

Auf jeden Fall gehörten sie nun ihr und Lianae weigerte sich, sie wieder aufzugeben. Glücklicherweise schien niemand ein Interesse daran zu haben, sie ihr wegzunehmen – oder überhaupt an ihr interessiert zu sein, wenn man ehrlich war. Als sich alle Schotten auf ihr Nachtlager begeben hatten, erwartete sie fast, dass derjenige namens Keane sie zu seinem Bett rufen würde, aber dem war nicht so. Wie er es versprochen hatte, konnte sie frei herumlaufen, aber Lianae hatte nicht den Wunsch, allein fortzugehen, trotz des Gefühls, dass ihre Brüder vielleicht in der Nähe waren.

Morgen vielleicht.

Seufzend stand sie von der Stufe auf und suchte die Gegend noch einmal nach ihren Steinen ab. Am nächsten Morgen, wenn sie etwas mehr sehen könnten, hatte Keane versprochen, ihr zu helfen, den Rest zu finden. Aber bis dahin ... sie sah sehnsüchtig zu seinem Nachtlager.

SIE SUCHTE VERGEBENS.

Trotz des seltsamen Scheins um sie herum gab es einfach nicht genug Licht, um eine gründliche Suche durchzuführen, insbesondere jetzt mit dem Neuschnee.

Es war nur Zufall gewesen, dass Keane den einen unter seinem Stiefel aufgespürt hatte – so vollkommen rund und glatt. Als er den einen Stein in den Falten ihres Beutels entdeckt hatte, wusste er, wonach sie suchte. Morgen früh würden die verbleibenden Steine mindestens zwei Fuß tief unter Schnee begraben sein und vor dem nächsten Frühjahr würde niemand sie finden.

Trotzdem hatte er versprochen, ihr zu helfen und das würde er auch tun. Aber in der Zwischenzeit wünschte er sich sehnlichst, dass sie zu ihm unter die Decken kam.

Selbst von seinem Nachtlager aus, konnte Keane sehen, wie sie unter dem schicken Umhang trotz seines zusätzlichen *Breacans* zitterte. Und ungeachtet ihrer Drohungen zu gehen, war sie geblieben. Inzwischen war er sich ziemlich sicher, dass das, was *da draußen* auf sie wartete, ihr viel mehr Angst einjagte als Keane oder seine Männer.

Stures Mädchen.

Er wünschte, dass sie nachgeben würde. Obwohl er im Umgang mit seinen Schwestern gelernt hatte, dass ein Mann nur so weit gehen durfte, um seinen Willen durchzusetzen. Er hatte diese Grenze ein paar Mal überschritten und seine Schwestern hatten ihn ziemlich grob wieder in seine Schranken verwiesen.

Diesbezüglich erinnerte ihn Lianae am ehesten an Lael, obwohl sie eine Sanftheit hatte, die seine Schwester nicht besaß. Sie war eher wie die Frau seines Bruders – kratzbürstig, aber anmutig in ihrer Art. Sie erweckte mit ihren feinen englischen Kleidern in jeder Beziehung den Anschein einer Lady und doch hatte sie Feuer – ein Charakterzug, der sehr gut zu den dún Scoti-Frauen passte. Die vielen Jahre in den Mounths und die autonome Lebensweise hatte den dún Scoti-Frauen einen weniger komplizierten Geschmack beschert, aber sie waren trotzdem durchaus in der Lage, die Männer an der Nase herumzuführen. Starke Frauen wurden von den Männern seines Clans geschätzt und in früheren Zeiten war es tatsächlich so gewesen, dass die Königswürde nicht über die väterliche Linie verliehen wurde, sondern durch die mütterliche.

Lianae erinnerte ihn an eine Königin. Wie Eisen von einem Magneten fühlte er sich von ihr angezogen.

Sie saß auf einer zerstörten Stufe und wärmte ihre Hände mit ihrem Atem, obwohl ihr Blick auf das Lagerfeuer gerichtet blieb. Ab und zu sah sie über ihre Schultern zu dem dunklen Wald hinter ihr, aber dann starrte sie wieder sehnsüchtig auf die Flammen.

Stures Mädchen, dachte er wieder.

Voller Stolz und zu eigensinnig für ihr eigenes Wohl würde sie eher erfrieren, als sich zu seinen Männern an das Feuer zu begeben. Nun, sie würde nirgendwohin gehen, stellte er fest. Und er hatte seinen Männern absolut klargemacht, dass sie sie in Ruhe lassen sollten. Wenn dem Mädchen erst einmal kalt genug war, würde sie zweifellos sein Bett aufsuchen. Sie erschien ihm nicht gedankenlos oder dumm und in Nächten wie diesen waren Männer und Tiere schlau genug, um nicht allein zu schlafen. Selbst die Pferde standen aneinandergedrängt unter der Plane und auch seine Männer lagen zusammen, hatten ihre Nachtlager nebeneinander aufgeschlagen, um Körperwärme und Decken bestmöglich zu nutzen. Aneinandergedrückt und in einem Gewirr von Gliedmaßen konnte Keane garantieren, dass sich keiner von ihnen über Füße, die zwischen den Decken wanderten, beschweren würde. Tatsächlich war er sich sicher, dass einer der beliebtesten Orte für kalte Zehen unter dem Arsch eines anderen Mannes war – nicht, dass er welche an seinem eigenen Arsch haben wollte.

Das war jedoch nicht der Anlass, warum er sein Nachtlager so weit entfernt von den anderen aufgeschlagen hatte. Es gab zwei Gründe dafür: Nun, da er seine Position als ihr Anführer einnahm, war es wichtig, dass jeder der Männer wusste, wo sein Platz war. Zuvor hatten Cameron und er eine starke vereinigte Front gebildet, die sie beide stützte, wenn sie ungewiss waren. Aber der zweite Grund war der gewichtigere: dass er viel besser erreichbar war, wenn er getrennt von den Männern lag. Deshalb hatte er eine Stelle gefunden, die etwas versteckt vom Rest der Nachtlager war, unter einer beschädigten Traufe, die ihnen eine gewisse Privatsphäre bieten würde. Auch wenn seine drei Schwestern sich alle für ebenbürtig hielten, waren sie nie besonders erpicht darauf gewesen, in der Nähe der Männer zu schlafen. Selbst Lael, die sich so gar nicht für ebenbürtig mit Keane hielt, sondern für besser als die meisten Männer, würde nicht so weit in ihrer Wachsamkeit nachlassen, dass sie behaglich unter erwachsenen Männern schlafen könnte. Nur Kellen hatte jemals ihr Nachtlager teilen dürfen – in erster Linie, weil Aidan sich weigerte, sein Bett mit einem Fünfjährigen zu teilen, und irgendwie hatte Kellen sich mehr zu Lael hingezogen gefühlt als zu seinen anderen Schwestern, als er zuerst in Dubhtolargg angekommen war. Meistens war es so, dass Lael sich einen Platz für sich allein gesucht hatte.

Keane drehte sich auf den Rücken, legte eine Hand unter seinen Kopf und starrte in die sternenlose Nacht, wobei er an Lìlis Sohn dachte. Er müsste inzwischen sechzehn sein, aber er hatte ihn seit fünf Jahren nicht mehr gesehen, nicht seit dem Tag, an dem er das Tal verlassen hatte. Von allen vermisste er seine Schwester Cailin am meisten. Den Großteil ihres Lebens waren die beiden unzertrennlich gewesen.

Die Nacht war ruhig, aber es lag ein Stechen in der Luft, das noch kälteres Wetter erwarten ließ. Schnee fiel auf seine Wimpern, aber das war ihm egal. Im Tal hatte er viele Nächte wie diese verbracht ... Und er fragte sich, was seine Schwester Cailin wohl jetzt zu ihm sagen würde, wenn sie ihn sehen könnte ... Wie er inmitten eines Geröllhaufens schlief, nur damit er sagen konnte, er habe eine Nacht in der Wiege seines Clans verbracht.

Dann dachte er an Meara, das Mädchen, das er einst zu lieben glaubte. Aber es gelang ihm nicht, sich ihr Gesicht ins Gedächtnis zu rufen. Nach so langer Zeit war es ihm nicht mehr möglich. Sie war vierzehn gewesen, als sie einem Fieber erlag, dass sie sich durch verunreinigtes Brunnenwasser zugezogen hatte. An einem Tag kicherte sie und beobachtete ihn an Caoineags See und am nächsten lag sie auf dem Scheiterhaufen.

„Darf ich?", fragte eine sanfte, weibliche Stimme und unterbrach seine Träumereien.

Keane blinzelte und sah nicht Meara, sondern Lianae, die nur wenige Fuß von ihm entfernt stand. Es bestand keine Ähnlichkeit zwischen den beiden. Meara hatte schönes schwarzes Haar und grüne Augen gehabt, während Lianae ihn eher an eine polierte Statue erinnerte. Mit verschränkten Armen und heftig zitternd starrte sie ihn sehnsüchtig an – oder vielmehr seine Decke und nicht ihn.

Alle Gedanken an Meara verschwanden sofort.

Lächelnd hob Keane die Decke, um sie willkommen zu heißen.

KAPITEL SIEBEN

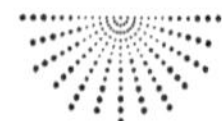

Am Morgen präsentierte sich die ganze Welt weiß bedeckt und eine wässerig aussehende Sonne versuchte, sich durch eine dicke Wolkendecke zu mogeln. Die Ruinen waren halb unter dem Schnee begraben und dieser lag so hoch, dass es schwierig war, zu unterscheiden, wo sie aufhörten und die Landschaft begann.

Die Bäume rundherum waren vom Frost gezeichnet und die Äste der Tannen beugten sich unter der schweren Last herunter. Bei jedem Windstoß fielen große Eisbrocken aus dem Gehölz. Das unbeständige Wetter änderte sich schon wieder, aber wenn sie sich jetzt in diesem Sturm auf den Weg machten, würden sie sich wahrscheinlich bis zum Mittag die Eier abgefroren haben – etwas, worauf Keane keine Lust hatte, besonders jetzt, da sie so schön mollig und warm waren. Unten im Burghof zwischen den halb eingestürzten Mauern war seine Truppe gut vor dem Wind geschützt. Eingegraben unter den Decken und mit einem warmen Körper neben ihm hatte er wie ein warmer, fauler Hund geschlafen und bis jetzt waren die meisten seiner Männer auch noch nicht aufgestanden.

Offensichtlich zögerten sie, sich aus ihrem Nachtlager hervor zu buddeln.

Ohne das andauernde Schneegestöber wahrzunehmen, saß ein rotes Eichhörnchen in der Nähe seines Lagers. Sein rötlichbrauner Schwanz zuckte, während es nach Tannenzapfen unter dem Schnee grub. Komischerweise erinnerte ihn dies an Lianae, wie sie nach ihren Steinen suchte. Das Eichhörnchen eilte davon, als Keane die Decken richtete – schade. Er hatte Hunger und hätte sich das kleine Tier, am Spieß über dem Feuer gebraten, gut zum Frühstück vorstellen können. Ach! Aber er war viel zu zufrieden, um sein Lager zu verlassen, und er war sich der Frau, die neben ihm schlief, viel zu bewusst...

Lianae.

Es war ein guter Name, schön und stark, so wie sie es war.

Er hätte niemals gedacht, dass sie unter ihrer furchtlosen Fassade Spuren von Misshandlungen tragen würde.

Was für ein Mann würde einer Frau etwas zuleide tun?

Wenn Keane die Gelegenheit bekäme, dem Ungeheuer gegenüberzutreten, würde er ihm Gründe genug geben, sein Verhalten zu bereuen. Es war unmöglich, zu wissen, ob er sie gegen ihren Willen genommen hatte, aber ihre Verletzungen bedeuteten auf jeden Fall eins: der Bastard hatte es mindestens versucht.

Keane für seinen Teil beabsichtigte, das Vertrauen, das das Mädchen ihm entgegenbrachte, damit zu belohnen, dass er ihr bewies, dass nicht alle Männer brünstige Tiere waren.

Zumindest versuchte er dies.

Seine Lüsternheit war nur schwer zu leugnen, wo doch sein Schwanz voll erigiert und pochend unter den Decken stand. Trotz seiner besten Absichten war seine Morgenlatte nicht einfach so entstanden.

Der Duft von Lianaes Haar war wie ein Liebestrank – einer, der zu seinem Körper in einer Sprache sprach, die dieser ganz klar verstand. Es war schon lange her, seit er sich so verzweifelt danach gesehnt hatte, seinen alten Freund einer besseren Verwendung zuzuführen …

Ohne etwas von seinem Kampf um die Kontrolle über seinen Körper zu bemerken, drehte sich Lianae unter den Decken und rückte ein wenig näher an seinen heißen Körper heran. Keane widerstand dem Drang, den Arm auszustrecken und sie an sich zu ziehen. Er merkte, dass ihr gar nicht bewusst war, was sie da tat, und er wollte sie bestimmt nicht wecken. Aber wenn sie sich noch enger an ihn drückte, würde sie merken, dass nicht alle seine Schwerter sicher in ihren Hüllen steckten …

Er zog sich vorsichtig wieder etwas zurück und überlegte zum hundertsten Mal, ob es nicht vielleicht sinnvoller wäre, eher früher als später aufzustehen – allein schon aus dem Grund, dass er dann noch mit Cameron unter vier Augen sprechen könnte.

Bis jetzt war nur Cameron aufgestanden und kümmerte sich um das Feuer – oder genauer gesagt, er bereitete es für ihren Aufbruch vor. Er schob Schnee über die Glut und auf seinen Schultern lagen Schneeflocken, die er nicht wegwischte. Er arbeitete ruhig und brütete die ganze Zeit vor sich hin.

Sie mussten immer noch über das sprechen, was passiert war, aber Keane machte sich keine allzu großen Sorgen. Sie waren schon zu lange befreundet, und wenn Cameron jemals Cailins Hand gewinnen wollte, würde er es nicht wagen, Keane herauszufordern – insbesondere, da alles, was Cameron jemals erreichen wollte, allein auf eine Sache abzielte: Cailins Gunst zu erlangen. Und er konnte sie immer noch haben, wenn der Mann nur merken würde, dass er schon alles besaß, um sie für sich einzunehmen. Reichtum war seiner Schwester egal. Außerdem war es ihr gleichgültig, ob ein Mann einen Adelstitel trug. Sie hatte, wie alle seine Schwestern, einfachere Bedürfnisse. Sie alle wollten starke, treue Männer, die sich um sie kümmerten, und sonst nicht viel mehr. Bis Cameron das aber klarwerden würde, würde Cailin ihn nicht mehr wollen – unabhängig von Aidans Wünschen. Sein Bruder, der *Laird,* würde diese Entscheidung niemals für Cailin treffen. Aber dies war nichts, was Keane einem Mann, der es nicht gewohnt war, Frauen über sich selbst zu stellen, einfach erklären konnte; insbesondere solange Cailin noch unentschlossen war. Für diesen Mann war Aidans Zögerlichkeit, Cameron zu akzeptieren, das Einzige, was er zu seiner Ehrenrettung vorbringen konnte. Cameron war überzeugt, dass das der einzige Grund war, warum Cailin sich noch nicht in seine Arme geworfen hatte. Aber das stimmte nicht. Niemand sagte seinen Schwestern, was sie tun und lassen sollten – wen sie heiraten sollten –, und wenn dem so wäre, hätten Lael und Cat niemals das Tal zum Heiraten verlassen können.

Nay, Cameron musste noch viel lernen.

Fürwahr, Keane war viel zögerlicher, sich Aidans Autorität zu widersetzen, als jede seiner Schwestern es jemals gewesen war. Schließlich war er einst der Erbe seines Bruders gewesen.

Nicht mehr.

Jetzt hatte er … *was?* Noch nicht einmal einen Sinn und Zweck, wenn er ehrlich war. Er hatte Camerons Streben nach Pracht und seinen Visionen darüber gelauscht – dem Zuhause, das er für Cailin und die Kinder, die sie vielleicht großziehen würden, bauen wollte – und dabei hatte er sich erschöpft und gelangweilt vom Leben gefühlt. Im Tal hatte ihn das Gefühl geplagt, in der ihm zugedachten Rolle zu verkümmern, und selbst diese Mission hatte sich als stumpfsinnig herausgestellt. Denn trotz der Befürchtungen Davids, dass die Söhne des Óengus planten, das Fürstentum der Mormaer wiederherzustellen, solange Henry in Frankreich beschäftigt war, herrschte in den nördlichen Territorien Ruhe.

Er versuchte, nicht an die Frau, die sich unter seine Felldecken kuschelte, zu denken, und betrachtete stattdessen ihre Umgebung. Im kalten Morgenlicht war Lidbrugh ein trostloser Ort. Kein Wunder, dass seine Männer darauf erpicht waren, von hier wegzukommen. Sie würden viel lieber bei ihren Familien sein, wo das Feuer im Kamin brannte und der gewohnte „Auld Reekie"-Eintopf vor sich hin köchelte. Wie Keane waren sie nicht mit dem Herzen bei ihrer Aufgabe, unabhängig davon, was David ihnen zugesichert hatte. Diese Versprechen würden in diesem Moment nicht ihren Hunger stillen. Auch konnten sie ihnen die Knochen nicht wärmen und Keane überlegte für seinen Teil, warum er einem König diente, dem er nicht vertraute. Das Mädchen neben ihm war der einzige Nervenkitzel, den er seit Beginn seines Dienstes für die Krone verspürt hatte.

Vor zehn Jahren hatte David mac Maíl Chaluim seine Schwester Catriòna mitten in der Nacht aus ihrem Bett entführt. Er nahm sie mit nach Süden und beabsichtigte, sie den Engländern als Mündel an ihren Hof zu geben. Dies war kein Mann, der Vertrauen hervorrief, und doch hatte er in den letzten Jahren gelernt, dass David nicht einmal absichtlich grausam war. Er fällte seine Entscheidungen zum Wohl des Königreiches, so behauptete er. Dies war etwas, was Keane wohl glauben konnte, auch wenn er mit den Methoden nicht einverstanden war. Wie bei einem Schachspiel bewegte David die Figuren auf dem Brett. Aber für jede seiner

Entscheidungen gab es gute Menschen, die dafür zahlen mussten – wie sein Bruder.

Aidans Vermählung mit Lìleas MacLaren hätte auch leicht fehlschlagen können. Unter der Androhung, ihren erstgeborenen Sohn zu verlieren, war Lìli geschickt worden, um Aidan in seinem Bett zu ermorden. Wenn sie sich nicht in Aidan verliebt hätte und die Integrität und den Mut besessen hätte, die Wahrheit zu sagen, wäre alles anders gekommen … Keane wäre der *Laird* des Clans geworden.

Zum Glück war er es nicht.

Aber Scotias König hatte auch eine andere Seite, denn als David nach dem Überfall auf Keppenach hätte Gerechtigkeit fordern können, hatte er Lael und Broc Ceannfhionn unendliche Gnade erwiesen – und noch mehr. Anstatt sie zu hängen, wie er es hätte tun können – und wie man es schon versucht hatte, bevor Jaime Steorling sie befreite –, gab er Broc die Burg Dunloppe und befahl Lael, den *Schlächter*, Davids vertrautesten Hauptmann, zu heiraten. Nun schien Lael ihre Messer gegen kleine Kinder eingetauscht zu haben und lief ihnen überall hinterher, während ihr Mann, der *Laird*, weiterhin ein Berater seines Königs war. Aber für Keane war in dieser Vereinbarung kein Platz. Er war nur ein Grenzsoldat, sonst nichts. Aber jetzt, so fürchtete er, sehnte er sich nach etwas anderem …

Lianae bewegte sich neben ihm und Keane versuchte, nicht an ihren Hintern zu denken, dessen Form er nun –trotz der Sperrigkeit ihres Gewandes und obwohl er immer weiter zurückwich – sehr gut kannte, denn sie hatte ihren Po gemütlich an ihn gedrückt. Er brauchte sie also nicht berühren, um sich die Form desselben vor Augen zu führen. Sie bewegte sich weiter rückwärts und wieder fluchte Keane leise. Bei den Sünden *Sluags* – er war schließlich auch nur ein Mann.

In dem Augenblick, als er merkte, dass sich sein

Schwanz rührte, rutschte er weiter zurück und wiederholte dies jedes Mal, wenn sie schläfrig in Richtung seiner Lenden strebte.

Bei dem pfeifenden Wind hatte Lianae Angst, unter den warmen Decken hervorzukommen. Also kuschelte sie sich noch tiefer hinein. So fühlte sie sich warm und gemütlich und so war es einfach, sich vorzustellen, dass sie noch zu Hause bei ihrer Mutter und ihrem Vater war und ihre älteren Brüder niemals in den Krieg gezogen waren. An diesem Morgen träumte sie von Lulach, als er zehn und sie selbst neun Jahre alt gewesen war. Sie spielten und lachten zusammen nahe der Getreidespeicher und sahen zu, wie die jungen Katzen die Hennen von ihrem Futter verscheuchten. Aber es war nun schon so lange her, dass solch eine Unschuld Bestandteil ihres Lebens gewesen war.

Oh, Lulach …

Ihr Herz schmerzte.

Warum?

Anstatt den Earl für das, was er Elspeth angetan hatte, zahlen zu lassen, hatte er Lianae zum gleichen Schicksal verdammt! Ihr Vater hätte sich so sehr geschämt und ihre Mutter – konnte er sich nicht mehr erinnern, was sie ihr angetan hatten? Aye, sie war vor Trauer gestorben, aber *sie* hatten sie wahrlich dazu getrieben, indem sie sie mit Bildern der Köpfe ihrer hübschen Söhne quälten, wie diese auf einem Schlachtfeld verrotteten. Sie behaupteten, dass die Köpfe ihrer Söhne aufgespießt worden waren, um den Ort zu markieren, an dem MacBeths mörderische Erben endlich besiegt worden waren.

Konnte Lulach sich nicht daran erinnern?

Warum konnte er sich nicht daran erinnern?

Lianae hatte sich natürlich geweigert, ihre Lügen zu

glauben. Wenn sie ihren Vater auf einer Bahre nach Hause getragen hatten, hätten sie dann nicht auch ihre Brüder gebracht? Dies war für sie der Beweis, dass Graeme und Ewen noch am Leben sein mussten. Aber dies war alles wahrlich ein Alptraum und sie wollte jetzt nicht aufwachen ... denn im hellen Tageslicht lebten die wahren Dämonen. Sie schluckte ihren Kummer herunter und kuschelte sich wieder unter die Decken. Plötzlich spürte sie eine warme Hand auf ihrem Oberschenkel, die sie vorsichtig, aber bestimmt nach vorne schob.

„Haltet inne", sagte eine männliche Stimme.

Sein warmer Atem blies sanft und warm über ihren Nacken.

Keane.

Lianae brauchte einen schläfrigen Augenblick, um genau zu realisieren, wo sie sich befand. Das Einzige, was sie davon abhielt, unter den Decken hervorzuspringen, war die bittere Kälte. Als sie ihren Kopf herausstreckte, wurde sie fast von ihr erschlagen. Aber dann, sobald ihr bewusst wurde, wer da neben ihr lag, war sie sich ziemlich sicher, dass sie genau dort bleiben wollte.

Es war jetzt so kalt, dass einem das Fleisch gefrieren konnte. Zitternd steckte Lianae den Kopf unter die Decke und betete, dass die Sonne scheinen möge. Wenn es auch nur annähernd so kalt gewesen wäre, als sie von Kinneddar Castle geflohen war, wäre sie vielleicht nie losgelaufen – oder wäre schon bald nach ihrer Flucht in der Kälte zu Tode gekommen. *Verdammt sei der Anstand!* Seine Männer schliefen vielleicht alle noch, aber Lianae zweifelte nicht daran, dass sie bereits gesehen hatten, dass sie unter Keanes Decken lag. Sollten sie doch reden, was sie wollten. Sie war freiwillig zu ihm gekommen und die einfache Tatsache, dass er sie nun wegschob, verwirrte sie.

Mochte er sie nicht?

Es war nicht unbekannt, dass eine Frau für den männlichen Schutz mit ihrem Körper bezahlte, und Lianae wäre vielleicht dazu bereit gewesen, wenn es dazu gekommen wäre. *Vielleicht.* So sehr hatte sie gefroren! Die einfache Tatsache, dass sie sich noch nie in einer solchen Lage befunden hatte, war eher ein Beweis für den Respekt, den ihr Vater selbst vom Grab her noch gebot … Aber dieser Mann hatte *keine* Ahnung, wer Lianae überhaupt war, und doch schob er sie weg – als stieße es ihn irgendwie ab, sie zu berühren. Das machte nur wenig Sinn, wenn man bedachte, wie er sie am Abend zuvor behandelt hatte.

Sie bewegte sich unter den Decken und drehte sich, um ihren Möchtegern-Eroberer anzusehen. Dann erinnerte sie sich plötzlich, dass er wegen ihres Scherzes, dass er Kissen beißen würde, überhaupt nicht beleidigt gewesen war. „Macht Ihr Euch nichts aus Frauen?", fragte sie verblüfft.

Als er ihre Frage hörte, erstickte Keane fast.

Zur Hölle. Wegen ihres Duftes war sein Schwanz in diesem Moment so hart, dass er sich nicht traute, das Mädchen noch näher an sich heran zu lassen. Um ihrer beider Wohl hielt er sie auf eine Armlänge von sich weg.

Sie starrte ihn unschuldig blinzelnd an und wartete auf seine Antwort – nay, sie forderte eine, ehrlich gesagt – und Keane staunte, dass sie bei dem Beweis, der zwischen ihnen lag, eine solche Frage stellen konnte.

Aber natürlich, wie konnte sie das wissen?

Hübsch runzelte sie die Stirn. Er merkte, dass sie die Frage nicht abfällig gemeint hatte, und der Blick in ihren Augen schien aufrichtig zu sein. Sie wollte wissen, ob er Männer bevorzugte, und er war fast geneigt, sich vorzubeugen und sie als Antwort bis zur Besinnungslosigkeit zu küssen. In ihren Augen lag jedoch eine solche Unschuld, die im direkten Gegensatz zu der dreisten Frage stand.

Keane schluckte schwer und war sich bewusst, dass die Männer sich nun von ihren Lagern erhoben und neugierige Blicke in ihre Richtung warfen. Er starrte hilflos in ihre *uisge*-farbenen Augen.

Gold mit einem kleinen grünen Ring. Es waren die bezauberndsten Augen, die Keane jemals gesehen hatte. Sie war hübsch und im Gegensatz zu Lilidbrugh war sie doppelt so schön wie am Abend zuvor, mit ihren dunklen goldroten Augenbrauen, die sich perfekt über ihren mandelförmigen Augen bogen. Ihre Haut erinnerte Keane an die Blütenblätter von Rosen … weich und makellos. Und diese schmollenden Lippen. Sie hatten die Farbe von reifen Vogelbeeren im Herbst – wenn auch etwas spröde wegen des Wetters. Er sehnte sich danach, sie mit seiner Zunge zu benetzen. Aber der Bluterguss auf ihrer Wange war jetzt dunkler und dieser Anblick kühlte seine Leidenschaft erfolgreich.

Sie wartete immer noch auf eine Antwort und Verwirrung zeigte sich in ihren hübschen Augen, und obwohl Keane es eigentlich nicht wollte, schmiegte sie sich an die Hand, die er zwischen ihnen unter der Decke ausgebreitet hatte, und stellte so seine zweifelhafte Barriere auf die Probe.

„Ach, Mädchen, ich mag Frauen ziemlich gern“, versicherte er ihr. Und dann musste er etwas sagen, was ihm schwerer fiel als alles andere zuvor: „Jetzt verlasst bitte mein Lager.“

Er würde nicht nur die Kälte bereuen.

Das Mädchen blinzelte überrascht und die Verwirrung in ihren Augen verzehnfachte sich nun. „Ihr wollt, dass ich gehe?“

Keane nickte etwas unbehaglich und schüttelte halb

seinen Kopf, während sie weiter an seiner Hand lehnte. Die Form ihres Bauches neckte ihn ohne Gnade und er sehnte sich nach nichts mehr, als seine Hand nach unten gleiten zu lassen und die köstliche Spalte zwischen ihren Oberschenkeln zu erkunden .... und tiefer, zu den weichen Hautfalten, die er so dringlich wie ihre Lippen kosten wollte.

Nay, er *wollte* nicht, dass sie ging, aber es war längst Zeit für sie beide, aufzustehen, und schon lange überfällig für seinen *alten Freund* sich wieder zu beruhigen. Das Blut floss heiß in seinen Adern und untergrub seine Entscheidung ...

„Jetzt?", fragte sie und Keane stöhnte innerlich. Zu jedem anderen Zeitpunkt ... wenn nicht gerade eine ganze Kompanie Soldaten zugesehen hätte ... Wenn sie nicht ganz so unschuldig geklungen hätte – oder wenn sie ihn vielleicht nicht mit so viel Dankbarkeit im Blick angeschaut hätte, als wenn sie ihn für seinen guten Willen bezahlen wollte ...

Und trotz all seiner Vorbehalte ließ er sie an seine Seite schlüpfen und sehnte sich nach der Berührung ihres warmen, süßen Körpers, der sich gegen seinen presste.

Er wollte sie küssen. Das tat er wirklich.

Mehr als alles andere ...

Und diese Lippen schienen um den Beweis seines Verlangens zu betteln. Oh, Gott, er wollte sie mehr als jedes andere Mädchen, nachdem er sich je gesehnt hatte – sogar mehr als Meara an jenem ersten Tag. Beim Stein, er hätte ein ganzes Dorf mit der Hitze seiner Lenden wärmen können.

Sie bewegte sich noch näher an ihn heran und lehnte ihr Gesicht an seines. Keane fluchte lautlos, aber nur, weil sein Entschluss weiter geschwächt wurde. Er versuchte, sich zum Sprechen zu zwingen – sie zu warnen, aufzustehen –, jetzt sofort, bevor er seinen Kopf ganz verlor. Aber sie verzog ihren Schmollmund nur ein ganz klein wenig und er knurrte tief in seinem Hals.

Nur ein Kuss?

In Anbetracht seiner Männer, die gierig zuschauten, war die Chance gering, dass er sie hier und jetzt nehmen würde, und doch, wenn das Mädchen wollte, dass er es küsste … wer war er, ihr dies abzuschlagen?

Keane streckte die Hand aus, um ihre Wange zu berühren …

Dieses Mal stieß Lianae ihn nicht zurück.

In dem Augenblick wurde Lianae klar, was sie tun musste.

Die Antwort auf all ihre Gebete kam, als sie in Keanes kühne grüne Augen starrte … Es war ja nicht, als würde sie ihn in eine Ehe mit ihr locken … Der König würde es niemals erlauben, denn dieser Mann war nichts als ein niederer Grenzsoldat mit einem gutaussehenden Gesicht und einem freundlichen Wesen. Und doch war er viel eher wie der Mann, mit dem sie sich vorgestellt hatte, ihre Jungfräulichkeit zu verlieren – so gar nicht wie der Earl. Und je länger sie darüber nachdachte, desto mehr wurde ihr klar, dass es das Richtige war …

Sie war nicht ganz unwissend. Jungfräulichkeit war nur ein Vorteil, wenn man einen König heiraten wollte, und selbst dann hielt es nicht alles, was es versprach. Ihre Mutter hatte sich auf jeden Fall nicht einen Tag in ihrem Leben beschwert.

Diesen Mann zu küssen und ihn an ihre Brust zu drücken, war *nicht* das Schlimmste, was ihr passieren könnte. Denn sollten sie es schafften, sie einzufangen, könnte sie dem alten Lustmolch von einem Earl sagen, dass sie ruiniert war, dass ein anderer Mann sie lange vor ihm besessen hatte. Sein empfindlicher englischer Stolz würde es niemals zulassen, die Reste eines anderen Mannes anzunehmen, und er würde sie vor ihrer gesamten Sippe und ganz sicher vor seinem König zurückweisen. Und dann wäre sie vielleicht frei, gar niemand zu heiraten.

Er wollte sie küssen.

Sie erkannte das Verlangen in seinen Augen.

Und plötzlich wollte sie ihn auch küssen … und es war keineswegs eine List.

Aber sie hatte noch nie einen Mann geküsst.

Noch nicht einmal das Geräusch der Männer, die sich von ihren Nachtlagern erhoben, konnte sie nun zurückhalten. Denn damit hätte sie all die Zeugen, die sie brauchte, um zu beweisen, dass sie die Wahrheit sprach.

Und außerdem waren sie zum größten Teil gegen neugierige Blicke abgeschirmt, halb versteckt hinter einer Schneewehe, wo einst eine bröckelnde Mauer gestanden hatte. Lianae konnte niemanden sehen, also ging sie davon aus, dass die anderen sie wahrscheinlich auch nicht sehen konnten – zumindest nicht ganz.

Sie streckte sich kühn und presste ihre Lippen auf Keanes Mund, wobei sie beim Duft seiner männlichen Haut scharf einatmete – Pferd und Mann und *etwas anderes* … etwas, das sie noch nie gerochen hatte. Wie sie da eng umschlungen lagen, roch er seltsam nach Pollen, wie das süße, berauschende Aroma, das ihre Nase jedes Frühjahr reizte. Aber das war sein Wesen, ein verlockendes Aroma, das ihren Puls hochjagte und ihr Herz wie einen unglückseligen Gefangenen gegen ihren Brustkorb schlagen ließ.

„Ach, Mädchen", sagte er und ließ seinem Protest ein langes verwirrtes Stöhnen folgen.

Ermutigt von seiner Reaktion – von ihrem Willen, sich vom Earl zu befreien – sank Lianae in seine Umarmung, wobei sie nach unten griff, um seine Hand zwischen ihnen herauszuziehen, damit sie spüren konnte, wie er sich voller Leidenschaft mit seinem Körper an sie presste . Sie hatte gar nicht die Gelegenheit gehabt, ihre Schwester zu fragen, wie es sich anfühlen sollte, aber so hatte sie es sich immer vorgestellt.

Und mehr Ermutigung schien er auch nicht zu brauchen. Seine Arme umschlangen sie und Lianae drückte sich noch mehr an ihn und war über das erstaunt, was sie da vorfand. Ach, aber nay, der Mann mochte Frauen *sehr* – und sie ganz besonders, bemerkte sie. Worte allein würden ihr jetzt nicht dienlich sein, also sagte sie nichts. Stattdessen rückte sie noch näher an ihn heran und presste ihren Körper noch vollständiger gegen seinen.

Er stieß ein kehliges Geräusch aus und strich mit seiner Hand über Lianaes gesamten Körper, wobei er innehielt um seine Hand auf ihren Po zu legen und sie hungrig an seine Erektion zu ziehen. Lianae schrie leise auf und ihr Körper zog sich an geheimen Stellen zusammen. Ihre Lippen wurden weicher, seine Zunge fand ihre und bewegte sich plötzlich in ihrem Mund. Verwirrt von dieser Geste und berauscht von seinem Geschmack lag Lianae einen Moment ruhig und entspannte sich in seiner Umarmung – als wenn sie wollte, dass er aufhören sollte. Doch bevor er sich zurückziehen konnte, schob sie ihre Zunge zwischen seine Lippen, wobei sie ihn nachahmte und leise stöhnte, als er seinen Mund öffnete, um sie zur Erkundung hereinzulassen …

„Oh, nein … Mädchen“, stöhnte er, hörte aber nicht auf. Seine Hände erforschten Lianaes Kurven weiter und tanzten über ihren Oberschenkel. Sie war zu sehr versunken in dem Augenblick, um genau zu wissen, was da passierte, und Lianae genoss die Berührung seiner starken Hände, die ihr Fleisch erforschten. Obwohl sie noch Jungfrau war, wusste sie genau, dass sie sich nicht gerade wie eine verhielt, aber in diesem Moment war ihr das ziemlich egal. Es war für einen guten Zweck, versicherte sie sich selbst und die einfache Tatsache, dass sie es so sehr genoss, war eine wunderbare Überraschung.

Er verlagerte sein Gewicht, sodass er mit gespreizten Beinen auf ihr unter der Decke zu liegen kam, und Lianaes Herz schlug schneller, als sie zu ihm aufsah und ihre Blicke sich trafen. Mit einem wissenden Lächeln stupste sie sanft gegen seine Lenden … und drängte ihn, weiterzumachen.

„Du bist eine kleine Sirene“, flüsterte er. „Sicherlich ein Geist …“

Schöne Feen, die Männer verführten, sie zu reiten, und sie dann in das wilde Meer stießen.

„Hör nicht auf“, flüsterte Lianae an seinem Mund. „Hör nicht auf.“

Er umschlang sie noch einmal und Lianae war erstaunt über seine Kraft. Das Gefühl seines harten Körpers stand im schroffen Gegensatz zu dem Zwischenfall mit dem Earl und dieses Mal betete sie nicht darum, dass jemand sie retten sollte … Und doch tat es jemand. In dem Augenblick, als er sich über sie beugte, um sie wieder zu küssen, fluchte jemand ausgiebig und zerstörte den Zauber gründlich.

„Ach … es tut mir so leid, Mädchen“, sagte er und fuhr mit seinen langen Fingern durch die Haare an ihrem Hinterkopf und zog sie vorsichtig von ihm weg. Er hielt sie nieder, damit sie ihm nicht folgen konnte.

Und das war’ s dann. Er war schneller aus der Decke, als Lianae blinzeln konnte.

Ihr Möchtegern-Retter war fort.

KAPITEL ACHT

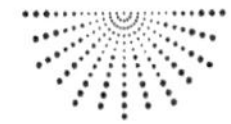

Der Klang des Horns eines Hirten kündigte ihre Ankunft an.

Kellen dún Scoti richtete sich in seinem Sattel auf; er ritt neben seiner neuen Braut – er auf einer schneeweißen Stute und sie auf einem schwarzen Berber.

Sein Vater ritt mit seinem Hauptmann vorweg und wurde nun schneller, begierig darauf, nach Hause zu kommen. Kellen ging es genauso, obwohl er überängstlich war, was seine Mutter zu der hübschen Frau an seiner Seite sagen würde.

Die letzten paar Wochen hatten sich als ein wunderbares Abenteuer erwiesen und er kam als ein neuer Mann nach Hause. Dennoch schaute er nervös zu seiner hübschen jungen Frau und fühlte sich viel weniger erwachsen, als ihm lieb war.

Würde seine Mutter Constance mit offenen Armen empfangen? Würde sie über die gegenwärtige Situation wütend sein? Würde sie ihm zugestehen, dass er mit sechzehn ein erwachsener Mann war, und ihm erlauben, seinen eigenen Hausstand zu gründen?

Oder würde sie ihn vor seiner MacKinnon-Frau beschämen?

So oder so wusste Kellen, dass seine Mutter enttäuscht sein würde. Schon allein, weil sie nicht bei seiner Vermählung hatte dabei sein können. Aber letztlich hoffte er, dass sie es als einen Segen empfinden würde; denn durch seine Heirat mit Constance hatten sie nun Blutsbande zu dem MacKinnon-*Laird*, einem Mann, der im gesamten Norden großen Respekt genoss. Dies waren turbulente Zeiten und es würde ihnen allen guttun, sich zu verbünden.

Unter einem großartigen blauen Himmel schlängelte sich der weiße Berghang malerisch in das Tal, das auf drei Seiten von Felsen umgeben war und auf der vierten von einem wunderschönen See. Unten im Bergkessel, eingefasst von kahlen Vogelbeerbäumen, standen steinerne Katen in mehreren Reihen. Eine davon würde schon bald ihm gehören. Heute erschien ihm das Tal ähnlich wie an dem Tag, als er im zarten Alter von fünf Jahren zuerst dort hingekommen war. Im Sommer würden alle jene Bäume blühen und im Herbst hingen sie voller hellroter Beeren, die sich bis zum Frost an ihre Äste klammerten. Selbst jetzt waren die letzten sturen Früchte von Frost überzogen und schimmerten in der schwindenden Sonne wie Edelsteine.

Er grinste, denn der Ausdruck auf dem Gesicht seiner Frau war das Warten wert, und sie trug ein wunderschönes Lächeln auf den Lippen, als sich die kleine Truppe dem Dorf näherte und seine Leute einer nach dem anderen aus ihren Katen kamen, um sie zu Hause willkommen zu heißen.

Draußen auf dem See stand ein riesiges Gebäude mit einem kegelförmigen Dach. Dies war der *Crannóg*, von dem er seiner Frau erzählt hatte, wo er und seine Familie wohnten. Als sie noch in Chreagach Mhor gewesen waren, hatten Kellens Geschichten sie fasziniert und er hatte es nicht abwarten können, ihr den *Crannóg* zu zeigen – obwohl sein Vater ihm bereits eine eigene

Kate versprochen hatte. Es war schließlich nicht angemessen, dass ein Mann unter dem Dach eines anderen mit seiner Frau schlief – hatte sein Vater gemeint. Es war nur recht und billig, dass Kellen sein eigenes Zuhause bekam; unter der Bedingung, dass seine Mutter zustimmte.

„Es ist so schön, wie du es beschrieben hast", gestand Constance und der süße Klang ihrer Stimme erfreute Kellen.

„Nicht schöner als du", entgegnete er.

Er war ganz schön weit gekommen seit Keppenach.

In Keppenach war er nur ein kleiner Junge gewesen, ganz allein, ohne Freunde und Geschwister. Sein Zimmer war kalt gewesen und sein Bett hart wie Stein. Wenn er dort noch länger geblieben wäre, hätte sein Onkel ihn vielleicht getötet. Weder er noch seine anmutige Mutter hatten Liebe von Rogan MacLaren erfahren, doch Kellen dachte kaum noch an diesen abscheulichen Mann. Sein richtiger Vater war gestorben, als er noch ein kleines Kind gewesen war, und Aidan war der einzige Vater, den Kellen je wirklich gekannt hatte. Stuart MacLaren war ein guter Mann gewesen, aber Kellen war viel eher ein dún Scoti, als er je ein MacLaren gewesen war – obwohl er mit seinem Stiefvater nicht blutsverwandt war. Über die Jahre hatte er gelernt, dass Familienbande nicht durch Blut, sondern gegenseitigen Respekt und Liebe geschmiedet wurden. „Du wirst meine Schwester und Tanten mögen", versicherte er Constance.

„Wenn sie wie Cat sind, glaube ich das auch", stimmte sie ihm glücklich zu. „Und du hast vielleicht schon bald eine weitere Schwester", sagte sie und meinte damit das neue Baby seiner Mutter. „Was hältst du davon, Ehemann?", fragte sie lächelnd.

Wie ein Keimling sich in der Sonne aufrichtete, so saß Kellen noch ein wenig aufrechter im Sattel, als er die liebkosende Bezeichnung hörte. „Ich hoffe, es wird ein Junge", gab er zu. Es würde gut sein, wenn ein kleiner Junge da wäre, um seinen Platz einzunehmen – um seines Vaters willen. Gleichgültig, wie sehr sein Stiefvater ihn auch liebte, er wusste, dass es Aidan doch sehr quälte, dass er keinen Erben von seinem Blut hatte. Sie hatten schließlich ein Vermächtnis weiterzugeben und in Kellens Adern floss nicht das Blut der Hüter. Einen Augenblick lang schwieg er und versuchte, sich seine Mutter mit einem kleinen Kind vorzustellen. Es war ein seltsamer Gedanke – insbesondere, falls Constance und er auch Nachwuchs erwarteten; obwohl er vermutete, dass seine Mutter noch nicht so alt war, wie sie sich gerne gab.

Wie würde das gehen?, fragte er sich. Sein Sohn oder seine Tochter wäre der Neffe oder die Nichte seiner neugeborenen Schwester. Verwirrend, obwohl es noch verwirrender war, seine Stiefschwester Sorcha auch als seine Tante zu betrachten – eine Tatsache, die nur wenigen Auserwählten bekannt war. Da Kellen nicht mit ihnen verwandt war, hatte seine Mutter ihm diese Wahrheit sehr schnell verraten, damit er Sorcha gegenüber niemals unziemliche Absichten haben würde. Bislang wusste Sorcha es selbst noch nicht und Kellen hatte Verschwiegenheit geloben müssen. Aber Dubhtolargg war voller Geheimnisse – nicht zuletzt das, welches den Stein beinhaltete, der von Scone gestohlen worden und nun in ihrem Berg versteckt war.

„Und deine Tante Lael hat wirklich den teuflischen Schlächter geheiratet?"

Kellen schaute sich um, um zu sehen, wer vielleicht mitgehört haben könnte. Er sprach etwas leiser, als er sich seiner Frau zuwandte, und legte einen Finger auf die Lippen. „Pssst", sagte er. „Ich würde den Namen hier nicht verwenden. Lael findet das nicht so gut."

„Oh", antwortete Constance. „Wird sie auch hier sein?"

„Nay", sagte Kellen. Er hätte sich gewünscht, dass dem so wäre. Seine älteste Tante war ihm mit Abstand die liebste. Lael hatte ihn als Erste in den Arm genommen und ihn in jener Winternacht, als er in das Tal kam, beschützt, indem sie ihr eigenes Leben riskierte. Tatsächlich hatte er es schon mehrfach bitter bereut, dass er Constance überhaupt von dem Schlächter erzählt hatte, denn sowohl seine Mutter wie auch sein Vater hatten ihn so viele Male gewarnt, keine Geschichten aus dem Tal herauszutragen. Aus diesem Grund hatte er ihr auch noch nichts von dem Stein von Scone erzählt. Er hatte viele, viele Jahre hier gelebt, bevor er jemals etwas über den Schicksalsstein erfahren hatte – und erst, als er alt genug war, um seinen Wert zu begreifen. Und dies war die erste Warnung, die sein Vater ihm noch vor der Trauung mit auf den Weg gegeben hatte.

Die Geheimnisse des Tals bleiben im Tal, hatte er mit ernster Stimme gesagt.

„Sein Name ist Jaime", korrigierte er sie.

Constance nickte folgsam, obwohl ihre Worte eine andere Sprache sprachen. „Mach dir keine Sorgen, Ehemann. Ich werde den Namen des Schlächters nicht wieder erwähnen."

Ehemann.

Sie hatte es wieder gesagt und Kellen merkte, wie er errötete. „Sehr gut", entgegnete er und plusterte sich auf. „Er hat meine Tante vor der Hinrichtung gerettet", erklärte er Constance. „So haben sie sich kennengelernt. Er schnitt sie vom Galgen ab, sah ihr in die Augen und verliebte sich in sie – zumindest sagt mein Onkel das." Constance blinzelte hübsch und ihre langen blonden Haare wehten leicht in der kühlen Brise. „Ein wenig wie du und ich", erklärte er weiter. „Ich wusste, dass ich dich liebte, sobald ich in deine schönen blauen Augen sah."

Constance errötete und lächelte. „Du kannst gut reden und hast so viele aufregende Geschichten zu erzählen. In Chreagach Mhor passiert nie viel."

Kellen runzelte die Stirn. „Was ist mit FitzSimon?", fragte er sie und bezog sich auf das Martyrium, das sie gerade erst hinter sich gelassen hatte. Ihr Cousin Malcom hatte seine Stiefmutter vor dem sicheren Tod durch einen Bruder bewahrt, von dem sie gar nichts wusste. Dabei hatte Malcom seinen eigenen Großvater getötet. Kellen hatte nun gehört, dass Malcom möglicherweise ein dreimal so großes Schloss wie Keppenach in Northumbria erben würde. Ob es dazu kommen würde oder nicht, oblag einer königlichen Entscheidung. Nichtsdestotrotz war Kellen mit seinem Schicksal zufrieden. Seine winzige Kate in Dubhtolargg war tausend Schlösser irgendwo anders wert und er konnte es kaum abwarten, ein Zuhause mit seiner hübschen Braut zu schaffen. Aber er konnte sehen, dass Constance immer noch nachdenklich an ihrem Daumen knabberte – eine Angewohnheit, die ihn sehr an seine Tante Sorcha erinnerte.

„Glaubst du, dass deine Mutter mich mögen wird, Kellen?"

Kellen wollte ihre Frage so gern bejahen. Seine Schwester und seine Tanten würden sie schnell in ihre Herzen schließen. Aber seine Mutter ... das war etwas ganz anderes. Obwohl sie selten jemanden ablehnte, hatte sie schon vor langer Zeit andere Vorschläge für Kellens Leben gemacht. Sie würde es vielleicht nicht gut finden, dass ihre Pläne durchkreuzt wurden, und könnte Constance die Schuld dafür geben, wie sich die Dinge entwickelt hatten.

Aber die Wahrheit war: Kellen hatte Constance vor ihrer Vermählung niemals unziemlich berührt. Sie hatten sich nur allein in den Stall zurückgezogen, um sich in Ruhe zu küssen. Er hatte ihr nicht unter ihrem Rock angefasst oder seine Hand auf ihre Brust gelegt – nicht vor der Hochzeitsnacht. Tatsächlich ließ ihn der Gedanke daran immer noch erröten und er hasste das, denn er sollte doch ein Mann sein.

Sie waren nun nah genug, dass er seine Mutter aus dem *Crannóg* kommen sehen konnte, unverwechselbar mit ihrem Bauch und ihrem wankenden Gang. Ihm wurde schlecht, selbst als sie winkte und den langen Steg entlangeilte, um sie zu begrüßen.

„Mach dir keine Sorgen, Constance. Sie wird dich so lieben, wie ich es tue“, sagte er und betete zu Gott, dass es wahr werden würde. Wie auch immer es ausginge, sie würden es schon bald wissen, denn da unten wartete der Moment der Wahrheit auf sie.

Der Proviant war fort.

Als er die Nachricht hörte, änderte sich Keanes Laune von optimistisch zu unheilvoll – ähnlich wie das Wetter. Im Laufe des Morgens verschwand die Sonne, die zunächst noch zu sehen gewesen war, so vollständig wie der Inhalt ihrer Taschen. Die umliegenden Klippen schützten sie nun nicht mehr vor dem eisigen Wind. Die Äste der Bäume schlugen um sich und schüttelten die Schneelast ab. Wenn es Spuren nach dem Diebstahl gegeben hatte, waren diese nun dahin. Der Wind wurde stärker und verschob die Schneeverwehungen, was es unmöglich machte, zu sagen, ob sich jemand in das Lager gestohlen hatte oder aus ihm heraus.

Wie passend, dachte Keane.

Donal und der kleine Alick standen vor ihm und kratzten sich an ihren großen Köpfen. An ihren Nasenhaaren hingen Eiszapfen. Die übrigen Männer stritten lautstark untereinander und produzierten dabei viel zu viel Körperhitze, um Eiszapfen wachsen zu lassen.

„Brude, *du* warst der Letzte, der sich am Proviant zu schaffen gemacht hat. *Du* warst der Erste, der heute Morgen aufgestanden ist!"

„Das war ich nicht! Es war Cameron. Ich habe mir nur ein wenig zu essen geholt. Nach zwei Abenden mit Moorhuhn hatten wir noch viel übrig", erklärte Brude. „Ich hatte Lust auf einen Keks nach all dem Fett."

„Aye, wenn du nicht deine eigene Pisse aus dem Bach getrunken hättest, bräuchte dein Magen vielleicht nichts zur Beruhigung, oder?"

„Lasst uns sehen, wie viel er heute Morgen kackt, und dann werden wir wissen, wie viel er genommen hat. Ich habe auch Bauchschmerzen und ich habe kein Essen gestohlen."

„Du kleine Petze!"

„Es war das verdammte Moorhuhn – Alick, der faule Hund – hat es wahrscheinlich bereits tot gefunden."

„Nay! Habe ich nicht!"

Brude ging nun zum Angriff über: „Woher will einer von euch Hurensöhnen wissen, was ich gemacht habe? Außer ihr habt hier gesessen und jede einzelne meiner Bewegungen beobachtet wie scharfäugige Adler – und warum würdet ihr das tun wollen, wenn ihr nicht vorhattet, selbst ein wenig Essen zu stehlen?"

„Es waren die Feen", warf der alte Teasag bekümmert ein. Der Mann erinnerte Keane sehr an den alten Fergus daheim im Tal. „Die Bauchschmerzen sind die Buße für das Wildern auf ihrem Land. Meinem geht es auch nicht gut."

„Was für eine Buße? Das ist hier nicht die Heilige Kirche, du Dummkopf. Wir sind keine Sassenachs!"

„Aye, es ist wie die Heilige Kirche", behauptete

Teasag. „Dieser Ort", er breitete die Arme aus, um ganz Lilidbrugh einzuschließen, „befindet sich nicht mehr im Reich der Menschen."

Murdock verzog das Gesicht. „Ach, du Dummkopf! Was für eine Fee würde etwas mit einem Haufen kaputter Steine zu tun haben wollen? Halte lieber die Klappe, bevor ich dir die Knochen breche!"

„Aye, wir haben keine Lust mehr, dir zuzuhören, du Teebeutel."

Während alledem war Cameron still geblieben und hatte sich damit beschäftigt, die kleine Plane, die sie zum Schutz der Tiere verwendet hatten, zu falten.

„Haltet eure Münder", befahl Keane schließlich – bevor noch jemand sein Messer zog. Der Schnee war nass. Es bestand keine Notwendigkeit, ihn rot zu färben, obwohl Keane durchaus Verständnis für diese Neigung hatte. Im Augenblick war ihm kalt und abgesehen davon, dass er blaue Eier hatte, war er wütend auf diesen Haufen Dummköpfe, der wie alte Waschweiber stritt.

Sie waren losgezogen mit Proviant für zehn Tage. Nach sechs Tagen im Sattel und ein paar durch die Jagd ergänzten Mahlzeiten hätten sie noch genug für über eine Woche übrighaben müssen. Mit ein bisschen Glück hätte Keane dafür sorgen können, dass sie noch genug gehabt hätten. Aber jetzt war *alles* weg, als hätte tatsächlich eine Fee alles Essbare weggezaubert.

Mit vierzehn Männern und einer Frau, ohne Gebäck und ohne gesalzenes Schweinefleisch, ohne Käse und ohne Getränke, außer ein wenig Bier, war es ausgeschlossen, dass sie blieben, um Lilidbrugh weiter zu erkunden.

Gleichermaßen war es keine Option, das Mädchen dahin zurückzubringen, von wo es geflohen war – selbst wenn sie möglicherweise von Verbündeten kam, die sie mit einem Fest und Eimern voll Bier willkommen heißen würden –, außer, wenn er einen Krieg anzetteln wollte.

„Leert eure Flaschen“, befahl er seinen Männern. „Füllt sie mit Schnee.“ Das war besser als das Wasser aus dem Bach, wenn man die Bauchschmerzen eines jeden und sein eigenes Wissen über die Gefahr, schmutziges Wasser zu trinken, bedachte.

„Ach, Keane! Das Bier ist das Einzige, was meine Eier davon abhält, bei diesem Wetter zu erfrieren“, beschwerte sich Teasag.

„Leert eure Flaschen“, befahl Keane erneut. Auch wenn sein Tonfall rau erscheinen mochte, so wusste er doch besser als jeder andere, wie schnell sie erkranken konnten.

Sein Befehl löste eine Fülle an Flüchen aus, er blieb aber nicht lang genug, um zu sehen, dass er befolgt wurde. Das erwartete er einfach. Es war ihm egal, wenn sie das Bier in einem Zug hinunterstürzten. Dann würde es sie wenigstens für eine Weile wärmen und in diesem ernüchternden Wetter gab es kaum eine Möglichkeit zur Trunkenheit. Die meisten Menschen tranken kaum freiwillig Wasser, doch das Bier würde sie schneller entwässern, und er wollte, dass sie dann gutes, sauberes Wasser parat hatten, egal, wie sehr sie protestierten.

Sie würden alle froh sein, weiterzukommen. Aber die Planänderung gefiel Keane überhaupt nicht. Er hatte sich auf einen geruhsamen Vormittag eingestellt, um mit Cameron zu sprechen und sich danach zu orientieren, bevor er Lianae geholfen hätte, ihre verlorenen Steine zu finden und zu entscheiden, was mit ihr geschehen sollte. Jetzt war alles ein einziges Durcheinander.

Aber eine Sache stand fest: Er würde den Bastard, der es gewagt hatte, sie anzufassen, töten – und zwar nicht nur, weil er schlechte Laune hatte. Und auch nicht wegen dem, was zwischen ihnen an diesem Vormittag passiert war. Sie weckte in ihm einen starken Beschützerinstinkt. Sie hatte ihn beim Aufwachen mit so viel Dankbarkeit angesehen – mit so viel Bewunderung –, dass er sich, wenn Donal ihn nicht abgelenkt hätte, vollständig in ihren Armen verloren hätte. Erst jetzt, da sein Kopf etwas klarer war, bemerkte er, was sie damit bezweckte – sie wollte ihm danken, dass er ihr zu Hilfe gekommen war.

Der Gedanke allein verursachte ihm schon Übelkeit. So wollte er *niemals* eine Frau haben.

Trotz der Vielzahl an Mädchen, die ihre Hintern an seinem Schoß gerieben hatten, war die letzte Frau, mit der er geschlafen hatte, Meara gewesen. Wenn seine Männer herumhurten, machte er nicht mit. Er zog es vor, sich selbst einen runterzuholen, da ihm die Konsequenzen davon, seinen Samen dort einzupflanzen, wo er nicht heiraten konnte, nur allzu bewusst waren. Bis zum heutigen Tag war Meara die einzige Frau, bei der er eine Heirat in Erwägung gezogen hatte, und die Götter hatten dies verhindert.

Jemand hatte sie sabotiert.

Wer?

Keiner war von der Aussicht, das Lager bei Lilidbrugh aufzuschlagen, besonders erfreut gewesen, aber außer Cameron hatte keiner den Mund aufgemacht, um sich zu beschweren. Gleichermaßen hatte niemand gewusst, dass er gerne bleiben wollte. Also konnte das Vorantreiben ihres Aufbruchs auch nicht der Grund für den Diebstahl sein. Keane war fast versucht, alle ihre Satteltaschen zu leeren, nur um sicher zu sein, dass der Dieb nicht unter ihnen war. Wenn er aber so etwas ohne Beweise tat, gab es kein Zurück von einer solchen Anklage. Dann würde seine halbmilitärische Truppe von Schotten ganz die Fassung verlieren. Sie waren ja schon jetzt gereizt und bereit, ihre Gruppe aufzulösen, weil es bis zu diesem Zeitpunkt keinen klaren Anführer gegeben hatte. Das wollte Keane ändern.

Sein nächster Gedanke galt Cameron, der scheinbar die ganze Nacht wach gewesen war und weiter gegrübelt hatte, wenn man nach seinem müden Aussehen ging. Er war sich jedoch sicher, dass Cameron so etwas nie tun würde. Selbst wenn sie keine Freunde gewesen wären, wusste Keane doch ganz genau, was ihn von einer solchen Sabotage abhalten würde: Cailin.

Nun gab es noch drei Möglichkeiten und keine davon war angenehm.

Es hätte einer seiner Männer sein können, in der Hoffnung, sie von ihrem Ziel abzulenken. Wenn dies allerdings der Fall war, würde der Mann mit den anderen leiden, bis er seinen Bauch wieder füllen könnte. Und es wäre einfach genug, jemanden zu fangen, wenn er sich dauernd zum Pinkeln und Kauen davonschlich.

Es könnte auch sein, dass der Dieb derjenige war, der nach Lianae suchte. Aber warum hatte er sich nicht zu erkennen gegeben? Warum in das Lager kommen, ausschließlich Essen stehlen und dann die Person zurücklassen, die man ja eigentlich finden wollte?

Außer sie hätten gar nicht gewusst, dass Lianae da war, und hätten einfach nur Proviant gebraucht. Aber wenn sie ihrer Spur schon so weit gefolgt waren, warum ließen sie dann ein Lager, auf das sie stießen, außen vor, ohne etwas Neues in Erfahrung zu bringen?

Es sei denn, sie wussten, dass sie da war, befanden sich jedoch selbst in der Unterzahl und wollten so seine Männer außer Gefecht setzen. Aber wenn dem so war, warum hatten sie neben dem Essen nicht auch ihre Pferde genommen?

Nay. Das machte alles keinen Sinn und die Möglichkeiten waren schier endlos.

Die vernünftigste Erklärung war, dass es sich um die Männer handelte, die sie verfolgt hatten, bevor sie auf die Ruinen stießen. In diesem Fall war das Problem weniger, dass jemand in das Lager gehuscht war, sondern dass sich jemand wieder davongeschlichen hatte. Und da im Moment alle anwesend waren, konnte es in der Tat sein, dass sie einen Spion in ihrer Mitte hatten, der sich mitten in der Nacht davongestohlen hatte, während sie schliefen, um sich mit den Spähern zu treffen und dann zurückgekommen und wieder in sein Nachtlager geschlüpft war – in der Hoffnung, dass niemand es bemerkt hätte. Aber warum den Proviant nehmen? Um seinen Verbündeten Vorräte zu geben?

Eins war sicher: Der Inhalt ihrer Satteltaschen war nicht durch Zauberei verschwunden – gleichgültig, was Teasag behaupten mochte.

Was auch immer der Grund für das Verschwinden ihres Proviants war, sie konnten nicht länger verweilen. Sie mussten jetzt aufbrechen und das verbleibende Tageslicht nutzen; was allerdings bedeutete, dass sie keine Zeit hatten, um nach den Zaubersteinen zu graben. Keane hasste es, das Mädchen zu enttäuschen, aber es ließ sich nicht ändern. Er erlaubte Lianae, zu suchen, solange sie noch konnte. Dann rief er seine Männer zusammen und sie machten die Pferde bereit. Er hatte nicht die Absicht gehabt, ihr zu sagen, dass sie weniger Zeit haben würde, aber sie wusste es bereits.

Auf den Knien grub sie in Schneehaufen herum und er fluchte leise, als er an ihr Essen gestern Abend dachte – und an seinen leeren Bauch – und er überlegte, wie lange sie wohl im Sattel durchhalten würde. Sein Magen knurrte bereits und bei dem Sturm war es Zeitverschwendung zu versuchen, auf die Jagd zu gehen. Selbst das Eichhörnchen, das er morgens gesehen hatte, war so schlau gewesen, sich Schutz zu suchen. Frühestens morgen würden sie eine ordentliche Mahlzeit erjagen können. Er nahm Cameron zur Seite und gab ihm die Befehle unter vier Augen, um die Situation zwischen ihnen nicht weiter zu verschlimmern. Ob er nun loyal war oder nicht, Cameron würde seinen Stolz behalten.

„Wenn sich die Gelegenheit ergibt, überprüfe bitte Murdocks und Brudes Taschen. Einer oder auch beide haben etwas zu verlieren, wenn wir Dunràth erreichen.“ Beide standen unter Verdacht des Hochverrats, obwohl es noch keinen Beweis gab.

„Sollten wir weiterreiten?“

„Dunràth ist höchstens noch einen Tagesritt entfernt. Der Zweck der Mission war es eigentlich, auf dem Weg zu trödeln, um den Spion hervorzulocken – also, nein. Ich hatte eher an Dunloppe gedacht, wo wir neuen Proviant aufnehmen können.“

„Die Männer werden Verdacht schöpfen, da sie ja nichts über unsere Mission wissen. Warum nicht Ailgin oder Nairn – oder sogar Keppenach? Alle diese Befestigungen sind näher und Jaime würde sich ohne Frage um unsere Bedürfnisse kümmern.“

Das würde Broc auch, obwohl Cameron offensichtlich seinen Cousin nicht einbeziehen wollte. Der Zufall wollte es, dass Dunloppe Broc Ceannfhionn gehörte, der die Burg im Namen der MacEnraigs führte. Er war David durch seinen Schwur untertan, aber nicht durch seine Abstammung. Wenn Keane die Notwendigkeit verspüren sollte, sich David wegen des Mädchens zu widersetzen, dann wollte er an einem möglichst neutralen Ort sein. Während er über diese Tatsache nachdachte, sah Keane über die Schulter zu Lianae, die immer noch auf Händen und Knien herumkroch und die Schneewehen durchwühlte. Ihr Kleid war nun feucht und die Haare flogen ihr ums Gesicht. Ungeachtet des Schnees, der ihr um den Kopf wehte, setzte sie ihre Suche fort.

Er traute sich nicht, nach Keppenach zu gehen – noch nicht.

Jaime Steorling war David sehr viel loyaler und Keane wollte seine Schwester nicht in eine Lage bringen, in der sie ihrem Mann trotzen müsste.

„Dunloppe ist die bessere Wahl“, beharrte er.

Cameron nickte mit angespanntem Kiefer und Keane wusste, dass er verstand. Einen Augenblick schien es, als wollte er die Sache ausdiskutieren, aber dann schüttelte er den Kopf und ging.

Keane wusste um die Lage, in die er Broc brachte. Aber bis er nicht sicher wusste, wovor Lianae davongelaufen war, wollte er sie nicht weiterer Gefahr aussetzen. Es war unvermeidbar. Er beabsichtigte auch nicht, sie einfach David zu übergeben. Nun ja, der letzte Ort, an den er sie bringen könnte, war gleichzeitig der sicherste: ins Tal. Obwohl sein Bruder ihm niemals etwas verwehrt hatte, wusste Keane sehr wohl, dass er ihm dies verweigern würde, wobei er sich nicht ganz im Klaren war, was *dies* war. Letztlich würde für Aidan nur zählen, dass Keane Zwietracht in sein kostbares Tal gebracht hätte.

Er gab Liane noch ein wenig Zeit, um nach ihren Steinen zu suchen, und ging sie dann holen. „Wir müssen aufbrechen“, sagte er.

Beim aufbrausenden Wind war es fast unmöglich, zu sagen, ob sie ihn gehört hatte oder nicht, aber sie blieb auf den Knien und furchte verzweifelt durch den Schnee.

„Lianae“, sagte er etwas lauter. „Der Schnee ist viel zu hoch; du wirst deine Steine niemals finden.“

Als sie nicht aufsah, berührte Keane ihren Arm. Sie schüttelte ihn ab. Da er nicht abgewiesen werden wollte, ergriff er sie am Arm und zog sie hoch auf die Füße. „Wir müssen aufbrechen“, sagte er etwas eindringlicher.

Ihre Augen waren voller unvergossener Tränen. „Du hast es versprochen!“

„Das weiß ich und ich wollte dir ja auch helfen, aber jetzt müssen wir los"

„Nay!", rief sie und schüttelte ihn erneut ab. „Du kannst ja gehen – ich muss es nicht!"

Nur eine Verrückte würde bei diesem stürmischen Wetter ohne Nahrung und Unterschlupf zurückbleiben. Selbst Cailleach hätte mit diesem Ort nichts zu tun haben wollen. Das Beste, was sie nun tun konnten, war, weiterzuziehen und woanders Schutz zu finden. Bis zum Abend würde es noch kälter sein, also sah Keane das Mädchen mitleidig an, hob die Hand an ihr Gesicht und strich mit dem Daumen über den Bluterguss auf ihrer Wange. „Willst du wirklich bleiben? Ich würde dafür sorgen, dass dir nichts passiert, Lianae."

Er konnte sie nicht zum Gehen zwingen – nicht ohne Gewalt –, aber er war sich nicht ganz sicher, ob er sie einfach zurücklassen könnte. Wenn sie ihn zu einer Entscheidung zwang, würde er eher die Männer fortschicken, als sie zu zwingen, dahin zu gehen, wo sie nicht hingehen wollte. Aber das brächte ganz neue Probleme mit sich. Glücklicherweise schien ihr Zorn bei seiner Berührung dahinzuschmelzen. Sie hob ihre Hand zu seiner. „Du verstehst nicht ", sagte sie und ihre Augen flehten ihn an. „Ich *brauche* diese Steine."

„Warum?"

„Ich brauche sie eben."

Sie hütete ihre Geheimnisse ebenso gut, wie Dubhtolargg es tat, aber Keane waren Heimlichkeiten auch nicht fremd. Er konnte sie in ihren Augen sehen, auch wenn sie nicht zu entziffern waren. „Sind sie dein Leben wert, Lianae? Was ist mit den Männern, die dich verfolgen? Willst du, dass sie dich hier finden ... *allein?*"

Mehr als alles andere wollte Keane ihr helfen, ihre verdammten Steine zu finden. Was ihren Goldwert betraf, so waren sie wertvoller als sein Pferd, aber dies war nicht die richtige Zeit dafür. Der Sturm verschlimmerte sich und sie hatten einen zusätzlichen Mund zu stopfen und keinen Proviant. Dunloppe war nur zwei Tagesreisen entfernt.

„Wir werden zurückkommen", sagte er und meinte es auch so. „Ich schwöre es."

„Wir?"

„Wir", bestätigte er mit einem Nicken. „Du hast mein Wort, Lianae." Und bei diesem Versprechen nickte sie ihm zu und reichte ihm ihre Hand.

KAPITEL NEUN

Wir.

Die Art, wie er das Wort sagte, hörte sich für Lianae fremd an.

Als ihr Vater und ihre Mutter noch lebten, da hatte es ein *Wir*-Gefühl gegeben, aber das *Wir* war irgendwie anders gewesen. Ihr Vater war eine Führungsfigur gewesen, ein geringerer *Ri, ein unbedeutender König*, und ihre Mutter hatte sich um seine Nachkommen gekümmert. Das *Wir* setzte sich aus mehr als nur zwei Personen zusammen.

Sie dachte darüber nach, als sie mit Keane im Sattel saß. Sie ritt hinter ihm und sein Körper hielt den schlimmsten Teil des Sturms von ihr ab. Dadurch, dass sie im Wald blieben, mieden sie den Wind, aber er schirmte sie auch vor der wenigen Sonne ab. Kalt und durchnässt lehnte Lianae zitternd und nach Wärme suchend an Keanes Rücken.

Aber sie machte sich nichts vor.

Wo auch immer sie hin ritten, sie war nur einen Herzschlag davon entfernt, an den Earl zurückgegeben zu werden – wie ein Stück Hausrat. Es waren nur noch wenige ihrer Leute übrig und noch weniger waren willens, den Zorn des schottischen Königs zu riskieren.

Und doch, in Lilidbrugh zu bleiben, war auch nicht in ihrem besten Interesse. Ungeachtet dessen, ob Keane sein Versprechen hielt, ihre Zaubersteine zu bergen.

Nach einem milden Beginn glich der Winter jetzt eher einem tobenden Wildschwein. Es wurde mit jeder Minute kälter. Aus dem Schneegestöber am vorherigen Abend war nun schneidende Kälte geworden, die sie aus einem schwarzblauen Himmel angriff. Sie hatten ihr Lager sehr schnell zusammengepackt und in kürzester Zeit hatten sie auf den Pferden gesessen und sich auf den Weg gemacht.

Währenddessen hätte Lianae auch ein Geist sein können, denn es war, als wäre sie für alle außer Keane unsichtbar. Keiner der anderen Männer traute sich, sie anzusehen, schon gar nicht sie anzusprechen oder unfreundlich zu behandeln.

Keane.

Sie hatten Angst vor ihm.

Man konnte die Hand kaum vor Augen sehen, aber sie wusste, dass es insgesamt vierzehn Männer waren. Sie konnte nur sechs erkennen – derjenige namens Cameron schaute Lianae immer mal wieder mit zweifelndem Blick an und dann waren da noch fünf weitere. Diese Handvoll Männer blieb Keane am nächsten und bildete eine Gruppe. Die anderen hingen zurück und formten einen weiteren Trupp. Und selbst in der Umgebung der Bäume blies der Wind so stark, dass Lianae die Arme um Keanes Brust schlingen und ihren Umhang unter ihren Armen einschlagen musste, damit er nicht im Wind flatterte.

Die Umarmung am Morgen war so ganz anders gewesen und die Erinnerung daran erwärmte nun leider nur noch ihre Wangen. Sollte er sie nun weniger achten wegen der Freiheiten, die sie sich genommen hatte, so sagte er es nicht und verhielt sich auch nicht so, als hätte Lianae ihn beleidigt. Wenn überhaupt, so kümmerte er sich noch mehr um sie, indem er immer mal wieder einen Arm nach hinten streckte, um sie im Sattel zu stabilisieren und ihre Beine näher heranzuziehen. Lianae machte sich nicht die Mühe, mit ihm zu sprechen, nicht einmal, um ihm zu danken. Trotz ihrer Nähe hätte er sie sowieso nicht verstanden. Sie hörte nur den heulenden Sturm zwischen den Bäumen, der wie eine zornige *Banshee* klang.

Kalter Wind fuhr ihr unter ihre Röcke und hin und wieder versuchte sie, diese zu richten, indem sie sie fester um ihre Beine wickelte – zum einen, um ihre Blutergüsse vor neugierigen Blicken zu verstecken, und zum anderen, um ihre Beine warmzuhalten. Aber egal, wie oft sie dies wiederholte, ihr Rock plusterte sich erneut in der Böe auf und schlug wild um sie. Und mit jedem Furlong, das sie ritten, fühlte sie den Verlust der Steine schmerzlicher. Sie wollte immer wieder prüfen, dass die verbleibenden Steine noch sicher in ihrem Kleidersaum waren, aber alles, was sie tun konnte, war, sich im Sattel vor der Kälte zu schützen. Dankenswerterweise hatte Keane ihr erlaubt, seinen dicken wollenen *Breacan* zu behalten und ihr größter Trost war, dass sie sein festes Tuch immer noch um ihre Füße gewickelt hatte. Ob er nun unzivilisiert war oder nicht, der Mann war ein Geschenk des Himmels.

Am frühen Nachmittag ließ der Wind schließlich ein wenig nach und der Himmel bekam eine andere Farbe als düsteres Grau. Endlich lugte die Sonne zwischen den dunklen Wolken und den Tannen hervor. Nach einer Weile rannte ein kleiner, grauer Hase vor ihnen her und Lianaes Magen beschwerte sich lautstark. „Wir rasten bald“, sagte er und tätschelte ihr Bein.

Als ihr klar wurde, dass er wahrscheinlich gehört hatte, wie ihr Bauch knurrte, errötete Lianae. „Danke“, sagte sie und fühlte sich ihm für seine Fürsorge verbunden. Er hatte bereits mehr für sie getan, als die meisten Männer unter den gleichen Umständen getan hätten. Bis jetzt hatte er sie noch nicht einmal gefragt, was sie so fern ihres Zuhauses machte. Und fürwahr, im Augenblick bereute sie, dass sie ihn für seine Freundlichkeit mit nichts als Unhöflichkeit belohnt hatte, als er wegen ihres Kleides fragte. „Wenn du es wissen willst, ich sollte heiraten“, beichtete sie etwas verspätet.

Er schwieg lange Zeit und Lianae wartete darauf, dass er darauf reagierte, wobei sie bereit war, ihm alles zu sagen, was er wissen wollte – außer zu enthüllen, wer sie war. Es war das Mindeste, was sie tun konnte, um ihre Unhöflichkeit wiedergutzumachen und ihn für seine Freundlichkeit zu entlohnen.

„Irgendwie kann ich mir dich nicht als pflichtbewusste Ehefrau vorstellen.“

Lianae lächelte, denn sie spürte, dass es nicht als Beleidigung gemeint war. Tatsächlich schwang ein Hauch von Bewunderung in seiner Stimme mit. „Du schmeichelst mir, glaube ich.“

Fürwahr, sie hatte sich nie vorgestellt, mit einem dicken, schmierigen Lord verheiratet zu sein. Es war immer Elspeth gewesen, für die eine Mitgift ausgegeben werden sollte. Lianae war mehr als zufrieden gewesen, das Gut ihres Vaters zu bewirtschaften, und Óengus schien glücklich genug damit zu sein, dass er ihr erlaubte, zu bleiben. Ihre Mutter hatte andere Absichten gehabt, denn sie sehnte sich nach einem Haufen Enkelkinder. Da ihre Söhne nicht übermäßig dazu neigten, ihr diese zu geben, hatte sie gehofft, dass sowohl Elspeth wie auch Lianae bald heiraten würden.

„Bist du deswegen geflohen? Weil du nicht heiraten wolltest?“

„Nay.“ Lianae hätte es ja getan, wenn auch nur, um ihre Mutter zu erfreuen. Aber bis vor ein paar Tagen hatte sie keine Ahnung gehabt, wie grausam Männer sein konnten. Glücklicherweise hatte ihre Mutter den Anblick von Elspeths toten Augen, ihren Halsverletzungen und blauen Lippen nicht mehr erlebt.

Keane fragte nicht weiter nach und Lianae ging nicht näher darauf ein. Für den Augenblick war genug gesagt worden und sie war erleichtert, dass er sie nicht drängte. Sie lehnte ihre Wange an seinen Rücken, nahm seine Wärme in sich auf und ließ zu, dass sein gleichmäßiger Herzschlag sie in den Schlaf einlullte.

Als sie nach einer Weile wieder aufwachte, konnte sie nicht sicher sein, wie lange sie geschlafen oder im Sattel gesessen hatte, sondern nur, dass ihr Bauch immer lauter knurrte und ihre Wimpern zusammenfroren. Aber jetzt war der Wind fort und sie konnte das Knirschen der Hufe hören, die immer weiter durch den Schnee marschierten. Das amüsierte sie: Ihre Großmutter hatte früher oft Geschichten über plündernde Wikinger erzählt, die sich still durch den Schnee schlichen. Laut Lianaes Erfahrung gab es nichts Stilles bei Schnee. Das Geräusch war eher ein lautes Knirschen und gerade jetzt bei vierzehn Pferden und sechsundfünfzig Beinen war der Krach unablässig. Aber es war nicht lauter als ihr aufgebrachter Magen.

Er tätschelte sie wieder. „Bist du wach?"

Lianae nickte schläfrig. „Aber ich wünschte, ich wäre es nicht."

„Warum, Mädchen?"

Sie schluckte mit einigen Schwierigkeiten und hielt sich an seinem Umhang fest, damit sie nicht vor Mangel an Essen und Schlaf vom Pferd fiel. Sie hatte Bauchschmerzen und allen anderen, außer Keane, schien es ähnlich schlecht zu gehen. „Es ist mein Bauch", sagte sie. Trotzdem hatte sie den Verdacht, dass die Männer unter etwas anderem als Hunger litten.

„Das tut mir leid", sagte er. „Es ist das Moorhuhn,

glaube ich. Wir finden schon etwas, das deinen Magen beruhigen wird. Das verspreche ich."

Lianae lächelte, denn er klang wie ihre Mutter, obwohl er wie ein mörderischer Barbar aussah. Noch nicht einmal ihre Brüder hatten sie jemals so verwöhnt und sie wünschte sich, dass seine Männer sie an diesem Morgen nicht unterbrochen hätten. Sie konnte den Geschmack seiner Lippen noch spüren und sie hatte keine Schwierigkeiten, sich an den verlockenden Duft zu erinnern. Sie musste nur einatmen...

Wie wäre es, den Rest ihrer Tage mit einem Mann wie Keane zu verbringen?

Mit Sicherheit besser als mit dem Earl. Lianae hatte das Gefühl, dass Keane die Menschen und die Dinge, die ihm lieb, wert und teuer waren, beschützen würde und keine Angst hätte, sich Männern wie William FitzDuncan zu stellen. *Nicht wie ihr Bruder Lulach.* Und er sah auch gut aus, selbst ohne edle Gewänder und nur in einfache Kleidung gehüllt –einem Krieger aus alten Zeiten gleich.

Tatsächlich erinnerte er sie ein wenig an die Wikinger-Krieger, von denen ihre Großmutter erzählt hatte, außer dass sein Antlitz dunkler war und sein Haar nicht golden – eher wie die Bemalten, die einst die Highlands bewohnt hatten. Sie waren nun alle fort, obwohl Lianae spürte, dass es sie noch gab – als würden sie sich wie die Männer und Frauen von Moray in der Öffentlichkeit verstecken.

Natürlich war es besser für die Leute von Moray, nicht aufzufallen. Sie waren zu wenige, um sich den Thronräubern zu stellen. Schon bald würden alle Männer Morays fort sein und wenn welche zurückblieben – wie Lulach –, würden sie ihre schönen Gewänder behalten, in ihre schönen Kirchen gehen und ihre Söhne und Töchter zu guten kleinen Sassenachs erziehen. Dies war das Schicksal, das sie voraussah …

wenn sie Ewen und Graeme nicht fand, damit diese das Fürstentum Mormaer wiederaufbauen konnten. Gerne stellte sie sich vor, dass sie nun zu Hunderten wären … und nur auf die Gelegenheit warteten, sich zu erheben, um das zurückzuerobern, was ihren Leuten gehört hatte.

Sobald Lianae eine Möglichkeit dazu bekam, würde sie die Zaubersteine bergen und einen Weg finden, zu ihren Brüdern zu gelangen. Vielleicht blieb genug Geld, sodass sie ihre Sache unterstützen könnte.

„Wie viele hast du wiedergefunden?“, fragte Keane, als hätte er ihre Gedanken gelesen.

„Fünf“, erwiderte Lianae.

„Wie viele hattest du zu Beginn?“

„Zwölf.“

Sie fühlte es mehr, als dass sie sah, dass er nickte, und wieder legte sie ihr Kinn an seinen Rücken. „Weißt du, was es für Steine sind?“

„Ja“, gab er zu.

„Hast du sie schon einmal gesehen?“

„Habe ich.“

„Ach, spricht du auch mal mehr als zwei Worte auf einmal?“

„Tue ich“, entgegnete Keane und wieder fühlte sie es mehr, als dass sie sah, dass er lächelte. Es lag in seiner Stimme. Die Muskeln in seiner Brust schienen sich unter ihren Händen zu entspannen.

Lianae lachte leise und überlegte, warum er so gezögert hatte, das anzunehmen, was sie ihm am Morgen angeboten hatte. Hatte er schon eine Frau? Diese Möglichkeit freute und frustrierte sie gleichermaßen, denn sie hatte noch nie einen Mann kennengelernt, der seiner Frau so treu war – und das musste etwas Gutes sein. Nur jetzt hatte sie sich vorgenommen, von Keane beschützt zu werden. Dafür musste sein Herz allerdings frei sein. „Also, wenn du Frauen so sehr magst, bist du doch sicher verheiratet?“

KEANE VERZOG BEI DIESER ARROGANT FORMULIERTEN Frage und der offenen Neugier in ihrer Stimme den Mund zu einem Lächeln. Sie sprach es eher wie eine Behauptung aus, als könnte es keinen anderen Grund dafür geben, dass er sie aus seinem Lager bugsiert hatte. Und aye, er wusste intuitiv, worauf ihre Frage abzielte: *auf den Kuss*. „Bin ich nicht“, antwortete er.

Er spürte, wie sie seufzte – ein langer, heißer Atemhauch an seinem Nacken. Er fühlte, wie er durch seine Kleidung drang. „Nun, das sind schon mal drei Worte“, sagte sie und Keane konnte seine Heiterkeit nicht unterdrücken.

Seine Schultern schüttelten sich vor Lachen. „Nay, Mädchen“, sagte er, um es klarer auszudrücken. „Ich bin nicht verheiratet.“

Vielleicht bildete er es sich nur ein, aber sie schien nach seinem Eingeständnis ein wenig näher zu rücken und trotz des einlenkenden Wetters freute ihn dies mehr, als er in Worte fassen konnte.

„Und du bist ganz sicher, dass du kein Kissenbeißer bist?“

Wieder unterdrückte Keane sein Lachen und räusperte sich. „Ganz sicher.“

„Aha, wir sind wieder bei zwei Wörtern. Macht es dich wütend, dass ich frage?“

„Warum sollte es mich wütend machen? Wenn du neugierig bist, wirst du es nie erfahren, wenn du nicht fragst.“

Sie seufzte wieder, legte ihre süße Wange an seinen Rücken und Keane atmete tief ein und genoss es, sie zu spüren. „Das habe ich meinem Vater früher auch immer gesagt“, meinte sie. „Wenn er sich beschwert hat, dass ich zu viele Fragen stelle.“

„Früher?“ Keane schaute über die Schulter und sah ihre hellroten Locken.

„Aye.“

„Weilt er nicht mehr unter uns?“

„Aye.“

„Und deine Mutter?“

„Tot.“

„Ach, Lianae, sprichst du auch mal mehr als ein Wort auf einmal?“

Sie lachte sofort und es war wie Musik in Keanes Ohren.

„Hast du sonst noch Familie?“

Ihre schlanken Arme umschlangen seine Brust – eine Geste, die sich wie eine Umarmung anfühlte, und dieses Gefühl sorgte für einen Kloß in seinen Hals. Aber er ahnte ihre Antwort, bevor sie wieder sprach, und das erfüllte ihn mit Traurigkeit.

Wie war es wohl, ganz allein zu sein?

Er hatte sich oft für einsam gehalten, aber die Wahrheit war, dass Keane eine Familie hatte, die ihn liebte und ihn zu Hause willkommen heißen würde, unabhängig von den Umständen seiner Rückkehr.

„Nein“, sagte sie nach einer ganzen Zeit.

„Keine Geschwister?“

„Ich *hatte* drei Brüder und eine Schwester.“

Mehr Informationen gab sie nicht preis und Keane brauchte ein paar lange Momente, um sein Verlangen weiter nachzufragen, zu besiegen.

„Man hat mir gesagt, dass meine Brüder und mein Vater bei Stracathro in Forfarshire gefallen sind und meine Mutter – nun, sie starb vor drei Jahren.“

„Und deine Schwester?“

„Ermordet.“

Diese Antwort hatte Keane nicht erwartet und da er

spürte, dass sie sich nun auf schmerzvolles Terrain zubewegten, machte er keinen Witz mehr darüber, dass sie nur mit einem Wort antwortete. Und doch schien sie in der Stimmung zu sein, zu reden. Also stellte er die Frage, auf die er eine Antwort wünschte. „Sag mir, Mädel ... Vor wem bist du davongelaufen?"

Ihr ganzer Körper erzitterte, ihre Finger lösten sich von seiner Brust und fielen zur Seite. Dennoch antwortete sie nicht und Keane runzelte darüber die Stirn.

„Wenn du es mir nicht sagst, habe ich keine andere Wahl, als dich dem König zu übergeben."

Ihr Ton wurde nun schnippisch. „Und das machst du mit allen fremden Frauen, denen du begegnest?"

„Natürlich nicht."

„Warum willst du *mich* dann *deinem* König übergeben?"

Keane entschied, dass an diesem Mädchen nichts einfach war. Tatsächlich könnte sie sogar die komplizierteste Frau sein, der er je begegnet war – seine Schwestern eingeschlossen. Was ihre Stichelei betraf – obwohl es keine sein sollte, fühlte er sich von ihrem Hinweis auf *seinen* König beleidigt. David mac Maíl Chaluim war nicht sein König.

Und dann war da noch Folgendes: Es gab einige, die über die Herrschaft Davids nicht erfreut waren – besonders in Moray –, aber mit jedem weiteren Tag war die Wahl nicht länger ihre. David mac Maíl Chaluim hatte Northampton und Huntingdon und den größten Teil der Lowlands für sich gewonnen. Nach dem Sieg bei Stracathro in Forfarshire regierte er Moray und einen großen Teil der Highlands. Nach all diesen Jahren konnte er sich nun rechtmäßig Hochkönig der Schotten und Chief aller Chiefs nennen. Ob es nun in Lianaes Absicht lag oder nicht, sie hatte mit ihrer einfachen Frage viele Informationen preisgegeben und nun war er froh, dass er Dunloppe als Ziel gewählt hatte. Trotzdem drängte er sie noch weiter. *„Mein* König?"

Er hörte die Verbitterung in ihrer Stimme. „Nun, das ist er doch, oder nicht?"

„David mac Maíl Chaluim *ist* der rechtmäßige König Scotias", erklärte er ihr. Es stimmte, gleichgültig, was man davon hielt. „Er ist auch *dein* König." Er wartete, ob sie nun beleidigt sein würde.

Aber sie sagte nichts und lehnte sich nicht wieder an seinen Rücken. Keane spürte die Trennung heftig. Es war ein eigenartiges Gefühl, wenn man bedachte, dass er das Mädchen erst weniger als einen Tag kannte. Aber jetzt war seine Neugierde entfacht. Wer war sie, dass sie David mac Maíl Chaluim nicht als ihren rechtmäßigen König akzeptieren wollte?

Sie war gekleidet wie eine Engländerin – oder zumindest wie eine Schottin unter dem Banner des schottischen Königs. Aber sie hatte sich ein Mädchen von Moray genannt ... nicht *de Moray*. Nach normannischem Stil war das *de* heutzutage ein absolutes Muss. Wenn man es das erste Mal hörte, hatte es noch keine große Bedeutung, denn nur eine hochgeborene Frau würde sich absichtlich *de Moray* nennen. Als eine Bürgerliche konnte sie leicht behaupten, ein Mädchen von Moray zu sein. Aber als Adlige die normannische Unterscheidung zu verwenden – oder eben nicht –, sagte sehr viel aus. Nach dem Tod von Óengus von Moray hatte William FitzDuncan versucht, das Fürstentum der Mormaer an sich zu reißen, aber die Bevölkerung hatte sich erhoben, obwohl FitzDuncan durch seine Blutslinie ein Moray war. Sein Vater war der König gewesen, der von MacBeth abgesetzt worden war. Der Thron Scotias hätte rechtmäßig ihm gehören sollen und doch hatte er sich mit David verbündet – eine Tat, die ihn im Norden äußerst unbeliebt machte und vor fünf Jahren zudem zu einer Revolte geführt hatte. Dies war eine Schlacht gewesen, an der Keane sich geweigert hatte teilzunehmen, denn er betrachtete die Männer von Moray viel eher als seine Verwandten als alle anderen Stämme in Scotia.

Keane war ein Mann weniger Worte, wie seine Männer bestätigen konnten, aber es war ihm auch äußerst bewusst, dass Schweigen Bände sprach. Sie ritten nun stumm, während er über die Feinheit von Worten nachdachte ... den gesagten wie auch den unausgesprochenen.

KAPITEL ZEHN

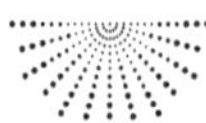

Es war eigentlich nicht Aidans Art, direkt zum *uisge* zu eilen, aber Lìli verstand, warum er es heute tat. Sie schmachtete selbst danach.

Er war nicht erfreut.

Sie war nicht erfreut.

„Sie ist noch ein Kind", behauptete Lìli.

„Sie heißt Constance, Lìli, und sie sind fast gleichalt."

Ihre Laune wurde noch schlechter. Ihr Mann nannte sie nur selten beim Namen, nicht *so*. Sie war meistens seine *Süße* – niemals Lìli, vor allem nicht mit diesem schrecklich ungeduldigen Tonfall.

Sie waren von Chreagach Mhor zurückgekehrt, mit einer Überraschung im Schlepptau. Ihr Mann und ihr Sohn waren gesund heimgekommen – dem Herrn sei Dank –, aber ihr Sohn Kellen hatte eine Ehefrau mitgebracht.

Eine Ehefrau!

Lìlis Meinung nach war das ein bisschen viel der Nächstenliebe. Sie waren losgezogen, um einem verbündeten Clan Vorräte zu bringen, und sie hatte diese seltene Solidaritätsbekundung ihres Mannes unterstützt. Aber *dies* war nicht, was sie gemeint hatte, als sie zustimmte, dass er das Tal so kurz vor der Geburt ihres jüngsten Kindes verließ. „Darum geht es nicht“, erwiderte Lìli, während Aidan sich einen Becher einschenkte.

Ihrem Sohn war durch die Belehnung Keppenachs an Jaime Steorling bereits sein Geburtsrecht genommen worden – nicht, dass sie Jaime die Burg missgönnte. Ihr Sohn wäre noch viele Jahre lang nicht alt genug gewesen, um sein Erbe anzutreten, und in der Zwischenzeit wäre das Anwesen ungesichert gewesen und weiter verfallen. Aber sie hatte bescheidene Hoffnungen für Kellens Zukunft gehabt und diese waren nun alle zunichte. Eines Tages würde ihr Vater sterben und bis jetzt hatte Padruig noch keine Erben. Scheinbar hatte Gott ihn für seine bösen Taten bestraft und ihn so unfruchtbar wie einen Stein gemacht. Aus diesem Grund hätte Kellen standesgemäß heiraten sollen, um sich in die Lage zu versetzen, das zu erben, was Lìli nicht erlangen konnte. Ihr Vater hasste sie möglicherweise immer noch – vielleicht zählte er Lìli für das, was er als einen Verrat erachtete, zu seinen größten Feinden. Doch sie war trotzdem sein Fleisch und Blut. Sie war eine Caimbeul, ob es ihm nun gefiel oder nicht.

Aber natürlich war sie hier in Dubhtolargg zufrieden. Das war nicht der Punkt. Es ging darum, dass ein Mann ohne eigenen Gutsbesitz immer anderen dienen musste. Und selbst wenn weder Gier noch Ehrgeiz vorhanden waren, so schwächte es trotzdem die Beziehung. So sehr sie auch die Wahrheit dieser Tatsache hasste, erkannte sie doch, wie dies Aidan und Keane auseinandergebracht hatte, obwohl die Brüder einst unzertrennlich gewesen waren. Ein Junge konnte erst ein Mann werden, wenn er das Haus seines Vaters verließ, und eines Tages würde Kellen seinen eigenen Weg gehen müssen, ob Aidan nun zustimmte oder nicht.

Auf jeden Fall war Dubhtolargg nicht mehr der sichere Hafen, der es einst gewesen war. Langsam aber sicher griff die Außenwelt auf sie über – mehr noch als vor ein paar Wochen, denn nun gab es ein zusätzliches Maul zu stopfen.

Aber eine neue Braut?

Wollte Aidan ihnen wirklich Laels Kate schenken? Außerhalb des Schutzes des *Crannógs*? Cailin war bereits in ihr eigenes Zuhause umgezogen. Als Nächstes würde es Ria sein und dann das Baby und dann würden sie und Aidan den *Crannóg* ganz allein bewohnen. Er war viel zu riesig für nur zwei Personen!

Aidan hob den Becher an die Lippen und stürzte den *uisge* in sich hinein, wobei sein Körper angespannt blieb. Lìli spürte die Spannung auch – in ihrem Bauch, wo sie diese im Moment nicht spüren sollte. Sie stritten sich selten. Dass sie ihren Mann mit solch barschen Worten begrüßen musste, besonders jetzt, wo sie doch so dankbar war, ihn wiederzusehen, ärgerte sie mehr, als er ahnen konnte.

In der Halle saß ihr Sohn und turtelte mit seiner süßen jungen Braut. Sie war wirklich hübsch, aber der Gedanke, dass Kellen eigene Kinder haben würde – er war doch selbst noch ein Junge!

„Warum hast du nicht Nein gesagt, Aidan?"

Seine dunkelgrünen Augen flehten sie um Verständnis an. „Die Beweise waren unanfechtbar, Lìli, insbesondere, da Kellen die Tat zugab. Sollte ich mit den MacKinnons eine Fehde beginnen?"

„Nun, nay", gab Lìli zu. „Aber du hättest –"

„Was hätte ich tun sollen? Was für eine Wahl hatte ich denn?" Wiederum flehte sein Blick um Verständnis und Lìlis Schultern sanken verzagt herab. Ihr kamen die Tränen. Sie ging rückwärts und setzte sich auf das Bett. Sie fühlte sich schwach auf den Beinen, während sie versuchte, das Gehörte zu verstehen. Man hatte ihren Sohn in den Armen eines Mädchens gefunden –

schmusend oben auf dem Boden von MacKinnons Scheune. Die Haare zerzaust und Heureste an den Kleidern. Sie waren ganz allein gewesen, um einander zärtlich zu berühren und wer weiß was noch zu tun!

Aber wer hatte sie die ganze Zeit im Blick gehabt? Niemand, so viel war wohl klar! Und doch ... es stimmte ... er war kein kleines Kind mehr, das man die ganze Zeit verhätscheln musste. Das zumindest musste sie zugeben. „Was ist, wenn sie schon schwanger ist?“, sorgte sich Lìli.

Ihr Mann sah sie mitfühlend an und appellierte an Lìlis ehrliche Gesinnung. „Dann haben wir schon bald einen Enkelsohn.“ Seine schönen, vollen Lippen bogen sich auf einer Seite nach oben, als wollte er ihr ein Lächeln abringen.

Lìli fühlte sich streitsüchtig und legte eine Hand auf ihren Bauch. „Ach, Aidan! Wir werden ein Kind und einen Enkel haben, die fast gleichalt sind.“

Aidan zuckte mit den Schultern. „Da sind wir sicherlich nicht die Ersten, meinst du nicht auch?“

Angesichts der Vernunft ihres Mannes und dem weichen Tonfall seiner ruhigen Worte gab sie sich geschlagen. Lìli streckte sich auf dem Bett aus, legte eine Hand auf ihren Bauch und kapitulierte in Anbetracht der Tatsachen. „Aber er ist noch nicht bereit, Vater zu werden“, jammerte sie.

Der Tonfall ihres Mannes war ruhig und versichernd. „Kellen ist ein guter Junge. Er wird einen guten Ehemann abgeben und ein sehr guter Vater sein.“ Und dann erinnerte er sie: „Er ist nur zwei Jahre älter, als ich war, als ich *Laird* dieses Clans wurde.“

Über diese Wahrheit dachte Lìli nun auch nach. An dem Tag, als ihr Vater den dún Scoti-Clan verriet, ergriff Aidan als vierzehnjähriger Junge neben seinem Vater sein Schwert, und nachdem sein Vater gefallen war, wurde er Chief. Also, aye, zwei Jahre jünger als

Kellen. Es war eine sehr traurige Geschichte – eine, für die ihr Mann ihr vielleicht niemals vergeben hätte, und doch hatte er es getan.

Ungebeten entstand ein Bild vor Lìlis Augen, wie ihr Vater über der Leiche von Aidans Vater stand und sein langer, grauer Bart voller Blutspritzer war. Padruig Caimbeul war unter dem Vorwand der Freundschaft nach Dubhtolargg gekommen, hatte an ihrem Tisch gegessen und mit ihnen getrunken, dann waren er und seine Krieger inmitten der Festlichkeiten aufgestanden und hatten die Hälfte der dún Scoti, die zu tief in ihre Becher geschaut hatten, abgeschlachtet. Es war das schlimmste Verbrechen unter Highlandern – unschuldiges Blut unter dem Dach eines anderen Mannes zu vergießen, wenn man in Freundschaft eingeladen worden war. Schon allein dafür würde ihr Vater in der Hölle schmoren.

Und wenn man sich vorstellte, dass ihr Vater das alles getan hatte, ohne etwas über den im Tal versteckten Stein zu wissen. Sie waren nur gekommen, um ihren monströsen Stolz zu befriedigen – um sagen zu können, dass sie den Erben des Schwarzen Tolargg in die Knie gezwungen hätten. Sie hatten Aidans Mutter geschändet und sie mit einem Baby im Bauch zurückgelassen. Und dieses Baby war Sorcha, wenngleich sie noch nichts über die Wahrheit ihres väterlichen Erbteils wusste. Lìli war zur Verschwiegenheit geschworen worden – wie auch der Rest des Clans –, bis zu dem Tag, an dem Aidan es für das Beste hielt, diese Information zu enthüllen. Ach, in Bezug auf Verstöße war Lìli kaum in einer Position, um Steine zu werfen.

Ihr Mann, der ihre Gedanken so gut lesen konnte, kam zu ihr und setzte sich auf das Bett, wobei er ihren Oberschenkel tätschelte.

Lìli lächelte trotz ihres Streits, denn sie kannte ihn nur zu gut. Wann immer er ihren Bauch berührte, war er zufrieden damit, Vater zu werden. Wenn er diesen runden Klumpen, der ihr Bauch war, vermied, hatte er Lust auf etwas anderes...

Er streichelte weiter ihren Oberschenkel. „Wirst du mir verzeihen?", fragte er. „Ich habe dich so vermisst, meine *Süße.*"

Líli atmete ein. Sie war noch keine alte Frau und trotz zweier Kinder und einem weiteren auf dem Weg lehnte sie es ab, sich wie eine alte Frau zu benehmen. Zur Antwort auf seine zärtlichen Worte spreizte sie die Beine ein wenig – eine Einladung, wenn er sie denn annehmen wollte. Sie war immer noch zu verärgert, um es zuzugeben, aber sie würde Aidans Friedensangebot willkommen heißen.

Ihr Mann kicherte. „Ich gehe davon aus, dass du dich trotz der Fehltritte unseres Sohnes freust, mich zu sehen."

Natürlich freute sie sich, ihn zu sehen – so sehr, dass ihre Brustwarzen unter dem Kleid hart wurden und sich danach sehnten, freigelassen zu werden. Immer noch schmollend wandte Lìli sich ab. „Ich freue mich", sagte sie und öffnete die Beine ein wenig weiter. „Ich denke, er ist nun einmal ein Mann, und Männer werden das tun, wozu sie veranlasst werden."

In den hellgrünen Augen ihres Mannes lag ein verruchtes Glitzern, das ihr fast den Atem nahm. „Und wozu werden Männer veranlasst?"

„Zu Dingen, die sie nicht tun sollten", antwortete sie kokett.

„Wie das hier?" Er schob einen langen Finger unter den Saum ihres Kleides und ihr Atmen verwandelte sich in Keuchen. Dort kitzelte er die Innenseite ihres Oberschenkels. „Sollte ich das hier nicht tun?"

Als Antwort darauf spreizte Lìli ihre Beine noch ein wenig weiter und streckte die Arme nach unten, um ihr Kleid langsam und verführerisch hochzuziehen. Dabei genoss sie das Gefühl, wie die weiche Wolle auf ihrer Haut nach oben glitt.

Aidan schmunzelte mit tiefer Stimme und sah auf sie hinunter, wie sie da auf dem Bett lag.

Lìli hatte Frühlingsgefühle verspürt und alles in Sichtweite geputzt. Das Zimmer war gemütlich hergerichtet, mit einem Feuer, das sie schon seit Tagen bereithielt. Selbst nach all diesen Jahren verspürte sie beim Anblick ihres Mannes, wie er sich so zielstrebig vor ihr auszog, ein Flattern in ihrer Brust. Er war kein Mann, der fleischlichen Genüssen abgeneigt war.

Mit sechsunddreißig sah Aidan immer noch sehr gut aus und sein Haar war so schwarz wie die Flügel eines Raben. Seine grünen Augen musterten sie kühn und suchten ihren Körper heim, ohne sie auch nur einmal anzufassen. Und doch spürte sie seinen Blick genauso, wie wenn sie seine großen, starken Hände fühlen würde.

Während er auf sie herabsah, nahm er sein Gemächt in die Hand und neckte sie damit. „Ist es das hier, was du willst, Lìli?"

Nun stand er nackt vor ihr und im Licht des Feuers erschien sein Körper kupferfarben. Er begann, seinen Schaft der Länge nach zu streicheln und lächelte sündhaft, als sein Daumen die glänzende Spitze liebkoste.

Lìli bekam eine Gänsehaut und fuhr sich mit der Zunge über ihre trockenen Lippen, doch sie wusste inzwischen mehr als einst darüber, wie man einen Liebhaber erfreute, und sie lächelte zurück und nickte ein einziges Mal.

Mehr war nicht nötig.

Ihr Mann ging auf ein Knie ... und hatte vor, sie zu küssen, bis sie feucht wurde. Er liebte ihren Geschmack, oder er behauptete es zumindest. Aber merkte er denn nicht, dass sie bereits feucht war? Seit dem Moment, als sie das Funkeln in seinen Augen und das unanständige Lächeln auf seinen Lippen gesehen hatte. Sie wölbte sich seinem weichen Mund entgegen und schwelgte in der Hitze seiner Zunge...

Aye, dies war eine gute Art, einen Streit zu beenden ... Eine gute Art, ihren Mann zu begrüßen ... Und selbst wenn sie sich nicht danach sehnte, ihn tief in sich zu spüren – was sie jetzt eindeutig tat –, hätte sie gewollt, dass er sie nahm. Schon allein wegen der Tatsache, dass sie dieses Baby endlich gebären wollte.

Jetzt.

„Liebe mich, Ehemann", verlangte sie.

Wie immer pflichtbewusst und niemals abgeneigt zu gehorchen, hakte Aidan seine Arme unter ihren Knien ein und zog sie zu sich an den Bettrand, wo er nur wenig Zeit verschwendete, bis er ihr sein warmes, dickes Fleisch gab. Lìli fühlte, wie er in sie hinein glitt, und schmolz auf ihrem Bett dahin.

Ich bin seine Meisterin und er ist mein Meister.

So war es und so sollte es sein.

KAPITEL ELF

Dunloppe war noch zwei Tagesritte in südwestlicher Richtung entfernt, in der Nähe des Grenzgebietes.

Sofern Cameron über ihr Ziel und darüber, wie sich die Angelegenheiten entwickelt hatten, erbost war, so sagte er es nicht und erweckte auch nicht den Anschein, als wollte er Keanes Autorität untergraben. Er blieb standhaft, ruhiger als sonst, aber davon abgesehen verhielt er sich wie immer. Wenn man bedachte, dass Keane schon mit dem Wetter zu kämpfen hatte, war er dankbar, dass er sich nicht auch noch mit seinem Freund oder seinen Männern auseinandersetzen musste.

Am späten Nachmittag war die Gruppe müde und bereit, das Lager aufzuschlagen. Keane erkannte ihre Erschöpfung an den herunterhängenden Schultern. Und obwohl sich, ebenso wie Cameron, niemand beschwerte, hatten sie auf dem Weg einige unvorhergesehene Pausen machen müssen. Aber diese Tatsache hatte nichts zu sagen: Welchen Hang diese Männer auch vorher zum Jammern gehabt hatten, er war nun vollständig überwunden. Keane war sich nicht sicher, ob dies gänzlich ein gutes Zeichen war, obwohl sie nun nicht mehr geneigt waren, ihre Führungsspitze auf die Probe zu stellen. Und doch geziemte es sich für ihn, sich um ihre Bedürfnisse zu kümmern, denn eins hatte er gelernt: Unglückliche Männer neigten eher dazu, wegzulaufen. Auch wenn es nicht gerade das Beste war, so früh am Tag bereits zu rasten, würde es auch keinen Sinn machen, weiter voranzudrängen.

Wie die Männer hielt auch Lianae durch, ohne sich zu beschweren. Sie ritt leutselig hinter ihm und ihre Laune war wesentlich weniger streitsüchtig als am Abend zuvor.

Sie fanden einen Platz in der Nähe eines Wäldchens mit Mehlbeeren. Angesichts des milden Winters hatten sie erst spät geblüht und an ihren Ästen hingen noch hellrote Früchte. Wie Vogelbeeren wurden auch Mehlbeeren im Allgemeinen erst nach dem ersten Frost geerntet, sobald sie die Gelegenheit hatten, überreif zu werden. Keane vermutete, dass sie inzwischen gut und weich, vielleicht sogar süß sein müssten. Aus den reifen Früchten könnte man einen wohltuenden Tee für ihre schmerzenden Bäuche brühen. Doch er war verwirrt, warum sie alle krank waren – außer ihm. Wäre der Proviant nicht gestohlen worden, würde er nicht so schnell auf Fremdeinwirkung tippen, aber so veranlasste es ihn, einen Verdacht zu hegen. Hatte jemand sie vergiften wollen? Oder war es vielleicht einfach nur das Moorhuhn, von dem er nichts gegessen hatte, da er seinen Anteil Lianae gegeben hatte? Aber jetzt knurrte sein Magen lauter als Taranis. Etwas Rotes rannte über den Schnee und schoss in ein nahegelegenes Gebüsch. Ein Rotfuchs auf Futtersuche, ebenso wie Keane. Wenn er noch viel länger wartete, würde er seine eigenen Gliedmaßen verspeisen. Er gab den Männern ein Zeichen und fand einen guten Platz, um die Reittiere anzubinden. Danach half er Lianae vom Pferd, bevor er sich neben Cameron stellte. „Ich habe Lust auf mehr als Moorhuhn", sagte er.

Instinktiv schaute Cameron zu Lianae und dann wieder zurück, ganz offensichtlich hatte er ihn missverstanden.

„Essen", sagte Keane schnell und Cameron grinste. Ein wenig amüsiert von dem Gedankengang seines Freundes befahl er: „Nimm Murdoch und Brude und schau, was du zu essen auftreiben kannst."

Cameron sah über die Schulter zu Brude. „Warum die beiden?"

„Weil sie bessere Bogenschützen sind als du und weil es besser ist, sie nicht aus den Augen zu lassen", erklärte Keane und forderte seinen alten Freund mit einem gewinnenden Lächeln heraus. „Ich nehme das Mädchen. Mal sehen, wer mit dem besseren Festmahl zurückkommt."

Cameron runzelte die Stirn. „Drei Männer gegen einen? Hat deine Mutter dich keine Bescheidenheit gelehrt, mein Freund?"

Obwohl sie sich schon so lange kannten, wusste Cameron wahrscheinlich nicht, dass seine Mutter bereits tot war, seit er zwei Jahre alt gewesen war, und dass sein Vater vor seinem ersten Geburtstag verstorben war. Außer seinem Bruder, der mit der Führung des Clans alle Hände voll zu tun hatte, und Una, die meist den Knauf ihres Stabes sprechen ließ, hatte niemand ihn irgendetwas gelehrt. Keane holte seinen Pfeil und Bogen hervor und schob den Köcher auf seinen Rücken, wobei er die spitze Bemerkung ignorierte und lieber eine weitere von sich gab. „Glaubst du, dass du etwas anderes als Moorhuhn zurückbringen kannst? Wenn man danach geht, wie oft wir heute angehalten haben, hat uns das letzte fast umgebracht."

„Außer dir?"

„Aye, nun, ich hatte meins dem Mädchen gegeben."

Er blickte zu Lianae und sah, wie sie Beithir streichelte, und er spürte Wärme in seiner Brust.

„Es scheint ihr gut zu gehen."

„Ich habe ihr nicht viel gegeben." Und doch stimmte es Keane nachdenklich ... Er blickte noch einmal zu Murdoch, der jetzt gesund und munter zu sein schien. Und abgesehen von Keane und Lianae war er der einzige in der Truppe, der nicht des Öfteren anhalten musste, um sich einen ungestörten Platz zu suchen, obwohl er sich über Bauchschmerzen beklagt hatte. Bei Lianae verstand er es, denn sie hatte kaum genug gegessen, aber Murdoch war derjenige gewesen, der gestern ihr Abendessen gejagt hatte. Er und Alick hatten die Mahlzeit gemeinsam vorbereitet. Murdoch hatte also erste Wahl bei seinem Fleischanteil gehabt. Und er war derjenige gewesen, der am Morgen den Proviant durchsucht hatte, als wäre er immer noch hungrig. Doch wenn er ihren Proviant gestohlen hatte, hätte er auch gewusst, dass nichts mehr da war. Vielleicht hingen die beiden Angelegenheiten nicht zusammen?

„Was gibt es zu gewinnen?"

Keane grinste. Es würde nicht das Kommando über die Männer sein. Dieser Preis war bereits gewonnen und jetzt stand zu viel auf dem Spiel. „Der Verlierer gibt die Hälfte des Proviants an die Gewinner ab. Ich schwöre, ich könnte heute Abend eine ganze Kuh verspeisen", sagte er.

Cameron runzelte die Stirn. „Ist das einschließlich des Anteils des Mädchens?"

„Nay", antwortete Keane und sein Tonfall duldete keinen Widerspruch. Als er sich erinnerte, wie Lianae ihr Essen gestern Abend verschlungen hatte, war er sicher, dass sie alle Nahrung, die sie bekommen konnte, brauchte. Wenn es nötig sein sollte, würde er ihr seinen Anteil wieder abgeben, obwohl er keinen Zweifel am Ausgang der Wette hatte – selbst bei den widrigen Umständen. Nicht einer dieser Männer – noch nicht einmal Cameron – konnte so gut mit dem Bogen umgehen wie er. Sie waren zum größten Teil geschickter mit dem Schwert.

Cameron sah ihn abschätzend und scharf an, aber es war Keane gleichgültig, zu welchem Ergebnis er kam. Er hatte vor, sich unter allen Umständen um Lianae zu kümmern, denn sie war der einzige Grund, warum er diese Führungsrolle überhaupt angenommen hatte.

„In Ordnung", gab Cameron nach. „Die Wette gilt." Er lächelte, als er sich abwandte, und ging hinüber zu Brude und dann zu Murdoch, um sie beide für seine Sache zu gewinnen. Keane sah zu, wie sie alle drei lachend im Wald verschwanden, und ging dann zu Teasag.

„Kümmere dich um die Pferde und zünde ein Feuer an. Schicke den kleinen Alick los, Feuerholz zu suchen und sage Donal Bescheid, dass er ein wenig Wasser kochen soll." Mehlbeeren konnten im ungekochten Zustand bitter sein und sie würden es ihm überschwänglich danken, sobald der Tee fertig war. In diesem Augenblick war er mehr als dankbar für das Wissen seiner Schwägerin um so einfache Dinge. Lìli hatte ihn in den letzten zehn Jahren viel gelehrt.

Als er seine Befehle erteilt hatte, fand er Lianae auf einem Felsen sitzend. Sie hatte die Beine angezogen, sodass ihre Füße nicht im nassen Schnee hingen. Er konnte es ihr kaum verdenken. Glennas Wolle war wetterfest, aber es war eben kein Leder und kaum dafür gedacht, als Schuhwerk zu dienen.

„Wie geht es deinen Füßen?", fragt er.

Ihre goldenen Augen waren weit aufgerissen und die Pupillen dunkel. „Besser", sagte sie leise.

„Gut genug, um zu gehen?"

Sie nickte und Keane nahm sie bei der Hand.

„Wo gehen wir hin?“

„Das Abendessen jagen.“

Sie war sehr schön im Winterlicht. Ihre rotgoldenen Locken waren hübsch zerzaust und ihr hellblaues Gewand verlieh ihrem Gesicht eine ätherische Blässe wie die einer Fee. „Was wollen wir jagen?“, fragte sie und humpelte neben ihm her.

„Hase, wenn wir Glück haben“, sagte er.

„Und wenn wir keins haben?“

Er lächelte ein wenig schief. „Moorhuhn.“

Sie erwiderte sein Lächeln. „Moorhuhn ist gut“, sagte sie.

Er nahm an, dass sich für das Mädchen in diesem Moment alles gut anhörte, aber sie würden das Moorhuhn wahrscheinlich meiden.

Er war es nicht gewohnt, mit Frauen zu spazieren – insbesondere nicht mit einer, die verletzt war – und so waren Keanes Schritte zu lang und sein Gang zu schnell. Also ließ er ihre Hand los und blieb stehen, um ihr eine Pause zu geben, wobei er so tat, als würde er die Sehne seines Bogens überprüfen. Er sah hinunter auf ihre Füße – auf das sich abwickelnde Tuch – und runzelte die Stirn. Dann legte er den Bogen über seine Schulter und hob sie hoch in seine Arme. „Aber zuerst müssen wir uns um etwas anderes kümmern.“

Vor Überraschung kreischend legte Lianae ihre Arme um Keanes Hals. Wieder runzelte er die Stirn, jedoch nicht, weil er die Berührung ihrer warmen, süßen Finger an seinem Nacken nicht mochte...

Seine Schwestern waren ganz und gar eigenständig. Er war nicht damit vertraut, auf das Unbehagen anderer Rücksicht zu nehmen, und er überlegte, wie viel er davon bereits übersehen hatte. Offensichtlich war Lianae nicht verwöhnt, aber er musste sich anstrengen, ihre Bedürfnisse vorherzusehen – wenngleich er kaum wusste, warum er geneigt war, dies für eine Frau zu tun, die er kaum kannte und auch wohl kaum wiedersehen würde, sobald er einen sicheren Ort für sie gefunden hatte. Seit gestern war es ihm ein wachsendes Bedürfnis und es war eine Sehnsucht, die ihm völlig fremd war.

Als sie sich den Mehlbeeren näherten, die voller hellroter Früchte mit kleinen weißen Mützchen waren, staunte sie laut: „Oh, wie schön!"

Keane knurrte zustimmend und setzte sie unter einem schneebeladenen Ast ab, um sich zu orientieren und nach dem Bach zu suchen. Sie hatte ihm immer noch nicht erzählt, was sie durchgemacht hatte, aber er vermutete, dass es ein ziemliches Martyrium gewesen sein musste – und doch bewunderte sie einfache Beeren.

Sie inspizierte einen tieferhängenden Ast und hielt ihre Hand vorsichtig unter die purpurnen Früchte, ihr Gesicht war voller Erstaunen. „Ich nehme an, dass du schon einmal hier warst?"

„Einmal."

Wann?"

„Auf dem Weg nach Norden."

„Ah", meinte sie und pflückte die gefrorenen Fruchte vom Ast. Danach stand sie da und sah sich die Beeren genauer an, zerdrückte eine zwischen ihren Fingern und hob diese dann an den Mund, um den Saft zu kosten. Diese kleine Geste ließ sein Gemächt zucken und das ärgerte ihn über alle Maßen.

Als er sich an den Weg zum Bach erinnerte, hob er sie ohne Warnung wieder hoch und trug sie hinunter zu dem kleinen Gewässer. Dort setzte er sie auf einen großen Felsen, nahm den Bogen von seiner Schulter und stellte diesen neben sie.

„Ich bin *keine* Invalidin", beschwerte sie sich.

Verwirrt über sich selbst antwortete Keane nicht sofort.

Das war sie wirklich nicht. Sie war viele Meilen ohne Schuhe gelaufen und hatte sich unterwegs die Füße zerschnitten. Es sollte keine große Überraschung sein, dass sie sich noch nicht beschwert hatte. Aber er konnte nicht aufhören, an sie zu denken – oder an irgendetwas anderes als den Geschmack ihrer Lippen.

Es war so unerwartet gewesen, dass sie ihn an diesem Morgen geküsst und sein Verlangen erregt hatte, und er hatte einen langen, berauschenden Augenblick gebraucht, bis ihm dämmerte, was sie vorhatte, doch dann hatte er plötzlich verstanden. Mit einer ihm bislang unbekannten Heftigkeit wollte er ihren Körper – genauso, wie er sich nach dem Geschmack dieser Beeren sehnte. Aber nicht alle Mehlbeeren waren süß und ein Teil von ihm gierte danach, herauszufinden, was er mit Lianae haben könnte.

Würde sie am Ende schroff sein?

Würde er nach ihr verlangen, nur um abgewiesen zu werden?

Keane war kein Mann, der seinen Samen überall verteilte. Ja, er wollte mit ihr schlafen, aber er wollte sie auch an sich binden – und das war unvernünftig. Sie war kein Hund, den man an die Leine legen konnte, und außerdem hatte er kein Zuhause, das er ihr bieten konnte.

Was ihn nun darüber nachdenken ließ, warum zum Teufel er sie nach Dunloppe brachte. Was sollte Broc mit dem Mädchen anfangen? Hoffte er, dass die zusätzliche Zeit, die sie beim Reisen gemeinsam verbrachten, ausreichen würde, damit er sich über alles klar werden würde? Glaubte er, dass er etwas finden würde, um sie davon zu überzeugen, bei ihm zu bleiben, obwohl er bettelarm war? Er war sicher, dass sie eine wohlhabende Frau war, und er war nur ein Grenzsoldat, der außer einem Haufen Männer unter seinem Kommando nichts sein eigen nennen konnte. Je mehr er darüber nachdachte, desto weniger klar konnte er denken und deshalb war es wohl besser, gar nicht zu überlegen.

Er bückte sich, um die Wassertemperatur zu testen, und sah dann zu Lianae hoch und schluckte den Kloß, der sich in seinem Hals gebildet hatte, herunter. Der unschuldige Blick, den sie ihm zuwarf, haute ihn schneller um, als Verführung es jemals gekonnt hätte. Er konnte kaum sprechen und zeigte auf den Felsen, wo er seinen Bogen abgelegt hatte. „Setz dich", forderte er sie schroffer auf, als er es beabsichtigt hatte.

Einen Augenblick lang dachte er, dass sie protestieren würde, aber sie hob nur eine goldene Augenbraue und humpelte schweigend zu dem Felsen. Dort setzte sie sich. *„Tha thu a' dèanamh cus odharmanachaidh"*, sagte sie ruhig und mit einem Lächeln.

Keane streckte die Hand aus, um ungefragt ihren rechten Fuß zu ergreifen, und war irritiert von seinem Mangel an Schlagfertigkeit. „Offensichtlich sprichst du die alte Sprache."

„Natürlich – und du auch, nicht wahr?"

„Aye."

Sie klang kokett. „Was habe ich denn gesagt?"

Keane wickelte weiter ihren Fuß aus der Wolle. „Du hast gesagt, ich sei wichtigtuerisch."

Sie lachte. „Und das bist du auch."

Keane zucke mit den Schultern und trotzdem trug er den Hauch eines Lächelns um die Lippen – bis er die Sohle ihres Fußes im hellen Tageslicht sah. Sie war noch nicht entzündet, obwohl sie schmutzig war und die Wunden voller Steinchen. Er war erstaunt, dass sie sich kein bisschen beschwert hatte, noch nicht einmal wegen der bitteren Kälte. Seine eigenen Füße waren trockener als ihre, da sie in Stiefelleder gehüllt waren, und selbst seine Zehen waren fast taub.

Er zog ihren Fuß ein wenig heftiger herunter, als er

es beabsichtigt hatte, und war wütend auf sich selbst, dass er sie bislang nicht nach ihrem Wohlergehen gefragt hatte. Er spritzte kaltes Wasser über ihren Fuß, wusch ihn, so gut er es konnte, und massierte ihn vorsichtig, um den Blutkreislauf wieder in Gang zu bringen. Er arbeitete zügig und zog zudem die kleinen Steinchen heraus. Dann schüttelte er die Wolle aus und wickelte ihren Fuß wieder ein, dasselbe machte er mit ihrem linken Fuß. Dabei schwor er sich, dass er ihre Füße nach seiner Rückkehr ins Lager besser einpacken würde. Glennas Tuch war dicht gewebt, wetterfest und warm, aber es war trotzdem durchlässig und er konnte nur eine begrenzte Menge von seinem Breacan abreißen, da sie sonst zu wenig hätte, um den Rest ihres Körpers zu wärmen. Aber er könnte ihren Verband am Feuer trocknen und den Fuß dann wieder verbinden, wenn der Stoff schön warm und trocken war. Später würde er ihr ein Paar Schuhe besorgen. Es war ihm völlig egal, was seine Männer davon hielten, dass er sich um das Mädchen kümmerte. Sollte doch einer von ihnen es wagen, etwas dazu zu sagen.

Es kam ihm gar nicht in den Sinn, sich zu fragen, wieso er glaubte, dass sie lange genug bei ihm bleiben würde, um sie mit Schuhen zu versorgen ... Keane fühlte sich mit dem Mädchen auf eine Art verbunden, die er noch nie erlebt hatte. Wenn man so darüber nachdachte, war dies das erste Mal in seinem Leben, dass er für irgendjemanden außer sich selbst die Verantwortung übernommen hatte – zumindest insoweit, als dass er wusste, dass er derjenige war, der sich um sie kümmern musste, vor allen anderen und sogar noch vor sich selbst.

Es dauerte eine ganze Zeit, bevor er merkte, dass das Wäldchen abgesehen vom Plätschern des Bachs still geworden war. Ihre Hand lag auf dem Felsen und hielt halbherzig den Zweig mit den gefrorenen Beeren. Bei einem Zucken ihrer Finger würden sie in den Schnee fallen. Keane sah mit einer kaum zu unterdrückenden Sehnsucht zu ihr auf.

In ihren Augen schimmerten Tränen und sie schluckte, bevor sie den Versuch unternahm, zu sprechen. „Es ist schon sehr lange her, dass jemand sich so um mich gekümmert hat, Keane. Danke."

Keane wusste nicht, was er sagen sollte. Sein Hals fühlte sich wie zugeschwollen an und hinderte ihn am Sprechen. Es schien richtig und natürlich, so zu handeln, aber wenn sie es so sagte, hatte er das Gefühl, als habe er eine Grenze überschritten ... oder eine Verantwortung übernommen, die nicht seine gewesen war. „Das würde ich für jedes Mädchen tun", versicherte er ihr.

„Ich verstehe", antwortete sie und der glasige Schleier in ihrem Blick verschwand. Sie hob die Beeren auf und musterte sie, wobei die Enttäuschung in ihren bernsteinfarbenen Augen zu sehen war.

In der Ferne konnten sie die Männer schwatzen hören, aber hier war die Luft so ruhig und dick, dass Keane sie mit dem Schwert hätte schneiden können. „Das sind Mehlbeeren."

„Ja, ich weiß", sagte sie schroff und Keane war froh um ihren eisigeren Ton, denn er konnte viel besser mit ihrem Zorn als mit ihrer Dankbarkeit umgehen.

TATSÄCHLICH WUSSTE LIANAE ES NICHT.

Sie hatte noch nie solche hellroten Früchte, die so voll und saftig waren, mitten im Winter gesehen. Sie kannte viele Beerensorten, aber nicht diese.

Es war nicht seine allwissende Haltung – oder sein wichtigtuerisches Verhalten. Es war eher der Gedanke, dass er sich nicht besonders zu ihr hingezogen fühlte ... nicht so wie sie sich zu ihm.

Seit dem grausamen Verlust ihrer Familie hatte Lianae nicht mehr so viel Zärtlichkeit empfangen. Wenn sie ehrlich war, musste sie zugeben, dass Keane etwas an sich hatte, das sie sich nach anderen Dingen sehnen ließ, die sie sich nicht wünschen sollte – schließlich kannte sie diesen Mann kaum.

Es war so einfach zu vergessen.

„Man kann einen guten Tee aus ihnen brauen, der den Magen beruhigt", erklärte er sachlich und ließ ihren verbundenen Fuß fallen, als wäre sie ein Kind, das Hilfe beim Anziehen brauchte.

Lianae war eine erwachsene Frau, aber er schien diese Tatsache nicht zu bemerken, und das ärgerte sie unheimlich. Sie war wohl kaum so schön, wie Elspeth es gewesen war, doch sie war auch kein Ungeheuer. Manche Männer hielten sie für hübsch und einige sprachen dies sogar aus.

Gruaidh kann vielleicht keine Kinder mehr bekommen, noch ist sie so ... ansehnlich.

Das ist deine Schwester auch nicht, wenn sie den Mund aufmacht.

Lianae runzelte die Stirn, als sie an William Fitz-Duncans Worte dachte. „Findest du mich hässlich?", fragte sie, bevor sie sich bremsen konnte. Sie hatte nie gelernt, anders als direkt zu sein – noch nicht einmal, wenn es ihr zum Vorteil gereicht hätte, den Mund zu halten. Sie hätte ihre Lektion aus ihrem Umgang mit dem Earl lernen sollen und doch ... sie *musste* es wissen.

Keanes Augenbrauen schossen nach oben und seine Augen schielten fast. Es hätte vielleicht sogar lustig ausgesehen, wenn Lianae nicht mit angehaltenem Atem auf eine Antwort gewartet hätte. „Nein", sagte er einen Augenblick später und sammelte sich. „Wie fühlen sich deine Füße an?"

„Gut", antwortete sie. *Lange nicht so angegriffen wie ihr Ego.*

Zornig zerquetschte Lianae eine Beere zwischen ihren Daumen und warf dann den Rest ziemlich launisch weg. Dabei überlegte sie, dass sie ein kleines Dummerchen war, weil sie überhaupt über *Gefühle* nachgedacht hatte, wo sie doch gestern erst einem schlimmeren Schicksal als dem Tod entronnen war.

Sie pflückte eine weitere Beere und hob diese an ihren Mund, um sie mit der Zunge zu testen. „Sind sie bitter?“, fragte sie und hörte sich dabei selbst bitter an.

Keane erhob sich von seinen Knien. „Manchmal.“

„Diese ist süß“, sagte sie und ließ die Beere über ihre Zunge gleiten.

„Wirklich?“

„Aye.“

Mit seiner Hand umschloss er ihr Handgelenk und zog sie vorsichtig hoch. „Es gibt eine viel bessere Art, sie zu essen“, sagte er.

Lianae traute sich, Keane direkt in die Augen zu sehen. Sie waren so unglaublich grün, ... so grün wie ein neues Blatt im Frühling und das Schwarz seiner Pupillen war ungewöhnlich tief – so tief und schwarz wie der Brunnen in Lilidbrugh. Wenn sie sich nur ein wenig vorlehnte, würde sie hineinfallen und unwiederbringlich verloren sein.

Keane nahm die Beeren aus ihrer Hand und zwickte sich eine winzige Frucht ab, biss vorsichtig darauf, als wollte er sie probieren, wobei er ihren Blick die ganze Zeit über erwiderte. „Süß“, stimmte er ihr zu und dabei krümmten sich seine Lippen auf einer Seite leicht nach oben.

Etwas in seinen Augen erschreckte Lianae. Ihr Herz schlug heftig, als er sich zu ihr beugte, so langsam, als wäre sie das Kaninchen und er der Wolf, als wollte er, dass sie blieb und seine Beute sein würde.

Das würde sie tun, bemerkte sie.

Er brauchte nur zu fragen.

Und dann zog er sie an sich heran und bot Lianae die Beere mit seinem Mund an. Er drückte sie fest an sich, bis ihre Lippen sich öffneten, um die Frucht zu empfangen. Als sie dies tat, schob er den Saft und die Beere tief in ihren Mund.

Für einen langen Augenblick vergaß Lianae zu atmen.

Seine weiche, warme Zunge erkundete die Tiefen ihres Mundes mit einem kaum zurückgehaltenen Hunger, wobei sie erst über ihre zitternden Lippen strich und dann über ihre Zähne. Diese Berührung ließ sie eigenartig erzittern. Wärme erfüllte ihre Brust und glitt dann ... *tiefer*.

Noch nie in ihrem Leben hatte sie solch eine berauschende, silbrige Wärme verspürt. Sie floss in ihre intimsten Stellen wie Honig. Die Beere schmolz in den Tiefen ihres Mundes und nach einer Zeit zog er sich zurück und sah sie direkt an.

„Lianae“, flüsterte er.

„Aye?“

„Fühlte sich das an wie ein Mann, der dich hässlich findet?“

Für einen langen Moment wurde die Welt um sie herum zu einem Flüstern gedämpft, während ihr eigenes Blut in ihren Ohren dröhnte. Ihr Herz schlug wie wild.

In kurzer Entfernung konnten sie Gelächter hören, ein Geräusch, das von dem Lager kam. Er zwinkerte ihr spielerisch zu. „Jetzt lass uns etwas zum Abendessen besorgen“, schlug er vor.

KAPITEL ZWÖLF

Keane brachte die größte Beute zurück – zwei Hasen, ein Moorhuhn und, um sicherzugehen, dass es keinen Zweifel gab, wer den Wettbewerb gewonnen hatte, legte er noch ein Eichhörnchen auf den Fleischberg.

An dem Moorhuhn war nichts zu ändern, denn es schien vor seiner Nase herumzutänzeln, als wollte es ihn in Versuchung führen. Selbst als er dem Tier den Rücken zuwandte, kreiste es um ihn, schlug mit den Flügeln und untergrub seine Entschlossenheit – ähnlich wie Lianae.

Er gab sein Bestes, das Versprechen ihrer Lippen und den Geschmack ihres Mundes zu ignorieren, aber schließlich gestand er sich ein, dass er schwach war. Sein Magen knurrte und erinnerte ihn daran, dass er leer war, und so spannte er den Bogen, ließ den Pfeil fliegen und da lag das Moorhuhn dann aufgespießt. Und doch konnte er trotz seines Hungers auf richtiges Essen nur an den Geschmack von Lianaes Mund denken.

Es gab keinen Zweifel, dass sie ihn ablenkte.

Er hatte sie gebeten, eine Schürze voll Beeren zu pflücken und zurückzutragen. Während der kleine

Alick und Donal die Beute häuteten, ausnahmen und zubereiteten, brühte Keane ein wenig Tee auf.

Wie Vogelbeeren konnten Mehlbeeren eine schädliche Wirkung haben, wenn man zu viele davon frisch aß, aber wenn die Samen herausgenommen und die überreifen Früchte gekocht wurden, konnten die dabei freigesetzten Bitterstoffe den Magen schnell besänftigen. Ein wenig würde schon reichen, damit sie alle nach einer geruhsamen Nacht am Morgen ausgeruht und bereit zur Weiterreise sein würden.

Während Keane den Tee vorbereitete, wanderte sein Blick häufiger, als er es sollte, zu Lianae. Zusammen waren sie eine gute Gemeinschaft. Sie war so gar nicht wie seine Schwester Cailin, die bei allem im Wettbewerb mit ihm stand. Nay, Lianae hatte ihm als seine Augen und Ohren sehr geholfen. „Schau!", hatte sie gesagt. „Ein Hase!" Und dann hatte sie zugeschaut, während Keane das Tier anvisierte, und sie hatte überschwänglich geklatscht, als er das Tier erlegt hatte. Er musste zugeben, dass er sie gern an seiner Seite hatte, und er verspürte den Drang, sie zu beschützen. Aber sie erneut zu küssen, war wohl ein schrecklicher Fehler gewesen, denn jetzt konnte er an nichts anderes mehr denken. Ein Schluck von dem Mehlbeertee erregte ihn nur. Sie saß nun neben ihm und lachte leise, während die Männer gemeinsam ein anzügliches Lied sangen und eine einzige Flasche bitteren Tee teilten. Nacheinander umklammerten sie das warme Metall und rollten es gierig in ihren Händen.

Der Mond stand heute Abend hoch und die Sterne waren an dem fast klaren Himmel alle sichtbar. Mit ein bisschen Glück bliebe ihnen weiteres schlechtes Wetter erspart und sie kämen im Verlauf des nächsten Tages in Dunloppe an. Bis dahin würde Keane besser wissen, was mit dem Mädchen passieren sollte.

„Und für was sollen die Mehlbeeren gut sein?“, fragte Brude.

„Um deinen Arsch zuzustopfen“, antwortete Murdoch brüllend vor Lachen.

Jetzt lachten alle Männer und Keane kicherte leise und sah zu Lianae. Sie errötete gerade heftig.

Sie lehnte sich zu ihm. „Ich brauche vielleicht mal einen Augenblick *allein* …“

Selbst im Mondlicht konnte Keane sehen, dass ihre Wangen so rot waren wie die Beeren zuvor – und er verstand sie sofort. Er musste sich zwingen, nicht mit ihr zu gehen, da er sie nicht außer Sichtweite lassen wollte. „Geh nicht so weit“, ermahnte er sie.

„Ich kann auf mich selbst aufpassen“, sagte sie, stand auf und strich ihren Rock glatt. Sie lächelte Keane an – ein umwerfendes Lächeln –, drehte sich auf dem Absatz um und humpelte los; ihr Gang war schon um einiges besser.

GESÄTTIGT UND OHNE MEHR TEE ZU BRAUCHEN, WAR Lianae von ihrem Platz neben Keane aufgestanden. Sie hatte ihren Überwurf zusammengezogen – zuerst den Breacan, den er ihr gegeben und nie zurückgefordert hatte, und dann ihren Umhang. Danach war sie von dem leichten kameradschaftlichen Geschwätz der Männer weggegangen.

Während sie sich schnell vom Licht des Lagerfeuers entfernte, fühlte sie sich schwindlig, selbst ohne die Hilfe von Schnaps, und tief in ihrem Inneren war ihr klar, dass es *jener Kuss* gewesen sein musste – dieser bemerkenswerte Augenblick am Bach, als Keane ihren Mund mit seinen Lippen berührte. Er hatte etwas an sich, das sie sich in seinen Armen verlieren ließ, und selbst jetzt fühlten sich ihre Beine wie Pudding an, während sie nach einem geschützten Platz suchte, um ihre Notdurft zu verrichten.

Fürwahr, wenn sie überlegte, wo sie gestern noch gewesen war, dann waren die Götter ihr wirklich gnädig gewesen. Von all den Männern, die ihr bei ihrer Flucht hätten begegnen können, hatte sie irgendwie *ihn* gefunden. Keane war ein guter Mann, entschied sie – gerecht, stark und in der Lage sowie bereit, seine Pflicht zu erfüllen. Bescheiden genug – aber gerade so eben. Niemand würde ihm einen Mangel an Selbstvertrauen vorwerfen können. Es strömte aus jeder Pore seines Körpers und doch war er nicht arrogant. Er war der geborene Anführer und sie beobachtete jede seiner Gesten mit Verwunderung. Er schrie seine Männer nicht an und warf auch nicht mit Drohungen um sich. Er hatte eine feste Stimme und gab seine Befehle, ohne sich noch einmal umzudrehen, um zu sehen, ob sie befolgt wurden. Und im selben Atemzug zeigte er Freundlichkeit und kümmerte sich um seine Leute, wie es eine Mutter tun würde. Lianae vermutete, dass sie den Grund dafür verstand, denn dadurch bekamen sie das Gefühl, dass er sie wertschätzte. Sogar sie selbst fühlte sich, als gehörte sie zu ihm – als würde sie ihn schon seit Jahren kennen – als wäre er ihr treuer Beschützer.

Es war ein eigenartiges Gefühl.

Obwohl ihr bewusst war, dass sie sich nicht zu sehr mit ihm beschäftigen sollte, konnte sie nicht anders – denn sofort nach ihrer Rückkehr ins Lager, noch bevor das Essen zubereitet oder der Tee gekocht wurde, hatte er als Erstes Lianaes Fuß ausgewickelt und ihre Bandagen am Feuer zum Trocknen ausgelegt.

Die Wolle war zwar wetterfest, wurde aber immer feucht, wenn sie zu lange darin lief, und er hatte versprochen, ihr sobald wie möglich ein gutes Paar Schuhe zu besorgen. Als der Verband trocken war, bestand Lianae darauf, ihre Füße selbst zu verbinden. Noch nicht einmal ihre Mutter hatte sie so sehr verwöhnt!

Und trotz all ihrer Gefühle hatte sie begonnen zu überlegen, bei der ersten Gelegenheit davonzulaufen, aber ihr fehlte das Verlangen danach, wegzugehen. So sehr sie auch froren und Hunger gehabt hatten, plötzlich gab es keinen sichereren Ort als bei Keane. Doch das ergab keinen Sinn. Sie kannte den Mann ja gar nicht.

Würde er sie so freundlich behandeln, wenn er wüsste, wer sie war?

Nicht einer seiner Männer schien das geringste Interesse zu haben, irgendetwas über sie herauszufinden. Entweder waren sie der Meinung, dass eine Frau in ihrer Gesellschaft von geringer Wichtigkeit war, oder es war ihnen wirklich gleichgültig, woher Lianae gekommen war. Leider Gottes, glaubte sie eher an Ersteres. Und wahrscheinlich dachten sie, dass sie eine Ausreißerin war, nicht mehr und nicht weniger. Ihrem Kleid nach zu urteilen, konnte man sie leicht für eine Sympathisantin der Engländer halten – wie König David und all seine Lakaien.

Nun wog sie ihre Möglichkeiten ab. Es war ja schön und gut, sich eine Zeit lang etwas vorzumachen, aber irgendwann würde der Moment kommen, wenn sie weggehen musste – gleichgültig, wie *sicher* sie sich bei Keane fühlte. Sie *musste* ihre verschollenen Brüder finden. Und selbst wenn es das Letzte war, das sie jemals tat, sie würde William FitzDuncan für das, was er Elspeth angetan hatte, bezahlen lassen. Nun, da sie nicht mehr unter FitzDuncans Kontrolle war, konnte sie Rache üben und diese würde sehr süß sein. Ungeachtet dessen, wie sehr sie Keanes Gesellschaft genoss, war das etwas, das er nicht für sie tun würde. Das wusste sie sicher. Wie freundlich er auch sein mochte, er war immer noch David mac Maíl Chaluim treu ergeben.

Und David war William FitzDuncans König. Daher war Keane ihr Feind, ob ihr diese Wahrheit nun gefiel oder nicht.

Man sehnte sich nicht danach, seinen Feind zu küssen.

Und doch tat sie es.

Und mehr als das.

Tatsächlich würde sie schon bald mit ihrem Herzen und nicht mehr mit dem Kopf denken, wenn sie nicht schnell wegging. Bei Cailleach! Sie dachte schon jetzt mehr mit dem Herzen. Wenn sie allerdings erst einmal ihre Brüder, Ewen und Graeme, gefunden hatte, würden diese genau wissen, was zu tun war. Sie hatte ihnen so viel zu erzählen – über ihre Schwester und über Lulachs Verrat.

Was Keane betraf, so schuldete sie ihm nichts, erinnerte sie sich selbst. Nicht mehr als Freundlichkeit. Trotzdem sehnte sie sich danach, ihm die Wahrheit zu sagen – oder zumindest so viel von der Wahrheit, wie sie enthüllen konnte, ohne ihre Sache zu gefährden. Doch sie konnte es sich nicht leisten, auch nur ein bisschen zu offenbaren.

Aber vielleicht könnte sie ihm sagen, dass sie ihre Brüder suchte – ohne ihm zu verraten, wer diese waren. Außerdem musste sie sein Ziel erfahren, damit sie Pläne für ihre Flucht schmieden konnte, bevor die Gelegenheit dazu vorbei war. Und obwohl Keane in ihrer Zukunft keine Rolle spielte – sie wagte es nicht, sich mit diesem Gedanken zu befassen –, gab es vieles, was sie gerne über ihn erfahren würde, ebenso wie sie ihm einiges gern erzählen würde.

Aber nicht *dies*!

In dem Augenblick, als sie mit der Verrichtung ihrer Notdurft fertig war, hörte sie jemanden durch die Büsche näherkommen. Sie beeilte sich, ihre Kleider zu richten und dachte, es sei Keane. „Es geht mir gut!“, rief sie.

„Ho, was haben wir denn hier?", fragte eine männliche Stimme.

Es war nicht Keane.

Erschrocken richtete Lianae ihren Blick auf eine dunkle Gestalt, die immer näherkam und deren Schritte laut durch den Schnee trampelten. Aber da war nicht nur einer, drei Schatten näherten sich und ihre Silhouetten waren dunkel gegen den mondhellen Himmel.

„Schaut doch mal", sagte der Mann. „Es ist ein kleines Mädchen."

„Aber kann sie pinkeln und einen Dolch schwingen, während sie sich gleichzeitig die Haare bürstet?"

Gedämpftes männliches Gelächter folgte der frechen Frage.

Lianaes Herz setzte einen Schlag aus. Keine der Stimmen klang auch nur im Entferntesten bekannt. Sie schluckte die in ihrem Hals aufsteigende Angst hinunter, da nun drei Männer zwischen ihr und ihrem Ziel standen.

„Sie besitzt etwas viel Tödlicheres als einen Dolch."

Keane!

Lianae war noch nie so dankbar gewesen, die Stimme eines Mannes zu hören. Sie eilte zu ihrem zweimaligen Lebensretter und war erleichtert, dass keiner der Fremden versuchte, sie aufzuhalten.

„So?", fragte der Neuankömmling. „Und was soll das sein? Ein hübsches Lächeln?" Er schien über Keanes Ankunft nicht sonderlich besorgt und einer seiner Männer kicherte.

„*Mich*", sagte Keane und in seiner Stimme schwang eine unmissverständliche Drohung mit.

„Ist das so?"

„Aye", sagte Keane und stellte sich vor Lianae und zum ersten Mal in ihrem Erwachsenenleben versteckte sie sich hinter einem Mann. Erst verspätet bemerkte sie, dass auch diese Männer die Uniform des Königs trugen.

„Beachte diese Zauderer gar nicht", sagte der Jüngste der drei. Er kam näher, um ihnen sein Gesicht zu enthüllen. „Wir kommen als Freunde ... mit einigen Neuigkeiten."

KAPITEL DREIZEHN

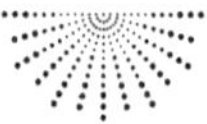

König Henry von England war tot, aber er war nicht durch ein Breitschwert gefallen, sondern an einem Klumpen Aal gestorben. Es gingen Gerüchte um, dass er vergiftet worden war, und er hinterließ keinen festgelegten Erben.

Eine Zeit lang hatte Henry seine Tochter unterstützt, Kaiserin Matilda, aber sie hatte inzwischen eine Rebellion gegen ihn angezettelt, und so kam es, dass in dem Moment, als Henry für tot erklärt wurde, sein Neffe, Stephen von Blois, nach England eilte, um den Thron zu besteigen, während Matilda in Anjou blieb und die Rebellen gegen ihren toten Vater unterstützte. Dies war nicht die Art und Weise, wie eine geliebte Tochter handeln sollte, und die Menschen in England brachten ihr nur wenig Liebe entgegen. Zum Pech für Davids Nichte wurde Stephen wie ein König willkommen geheißen und als neuer Landesherr angenommen. Stephen wurde am zweiundzwanzigsten Dezember gekrönt und damit war die Sache erledigt. Jedoch vielleicht noch nicht ganz ...

Die drei Boten waren von David mac Maíl Chaluim geschickt worden. Sie ließen sich am Feuer nieder und aßen mit zu Abend – worüber sich niemand beschwerte, weil sie außer der Nachricht ein wenig Brot und Bier mitgebracht hatten – verunreinigtes Bier und trockenes Brot, aber in einer so kalten Nacht wie dieser war sogar dieses Bier besser als Tee. Als er die Nachricht hörte, hatte selbst Keane Lust, an diesem Abend einen zu heben.

Der jüngste der drei Boten hatte die Nachricht verkündet. Keane erkannte ihn von Keppenach, wo er in Jaimes Dienst stand. Die anderen beiden dienten dem König direkt. Er schaute zu Lianae und überlegte, wie dies seine Pläne ändern würde. Dabei stutzte er eine Pfeil-Befiederung und schnitt sie zurecht, während er dem Bericht lauschte. Lianae saß neben ihm und lehnte an seiner Schulter – etwas, was ihn vielleicht erfreut hätte, wenn die aktuelle Nachricht nicht so ein unbestreitbares Gefühl von Schrecken mit sich gebracht hätte. In der Ferne heulte ein Wolf, es klang schwermütig und prophetisch.

„Matilda behauptet, dass sie niemals vor Stephen niederknien würde", sagte Luc, während der ältere Bote sich ein Stück Fleisch in den Mund schob und einen halben Laib trockenes Brot hinterher stopfte.

„Was glaubst du, bedeutet das für Schottland?", fragte Murdoch.

„Er ist ihr Onkel, weißt du", sagte der ältere Bote und meinte David. „Also schart er seine Lehensmänner um sich, selbst jetzt in diesem Moment."

Kraft seiner Heirat würde David mac Maíl Chaluim zweifellos ganz Northumbria beanspruchen, wenngleich Stephen von Blois sich mit Sicherheit dagegen wehren würde. Keane strich mit dem Daumen über die scharfe Klinge seines Messers und wandte sich mit seiner Frage an Luc: „Wo ist er jetzt?"

„Im Augenblick noch in Keppenach. Er wartet auf MacKinnons Antwort auf seinen Ruf zu den Waffen."

„MacKinnon?", warf Cameron ein. Er blickte kurz

zu Keane.

Der Bote nickte. „Sie haben Wagenladungen voller Getreide und ausreichend Männer geschickt, damit Chreagach Mhor wiederaufgebaut werden konnte – ich habe sie selbst verabschiedet. Alles, worum er jetzt als Gegenleistung bittet, ist MacKinnons Bündnistreue, sollte er sie brauchen."

Vor ein paar Wochen war Chreagach Mhor völlig abgebrannt – Lagerhäuser, Getreidespeicher, Vorräte –, alles war verloren gewesen. Keane wusste dies nur aus zweiter Hand, weil Aidan sich nicht die Mühe gemacht hatte, ihm eine Nachricht zukommen zu lassen. Zurzeit war sein Bruder nicht besonders gut auf ihn zu sprechen.

Cameron starrte auf seine Füße und führte an: „MacKinnon hat nur selten Partei ergriffen." Aber dass er seine eigene Clanzugehörigkeit nicht offenbarte, machte Keane neugierig.

Der bisher stille Bote äußerte sich jetzt und kämpfte dabei noch mit seinem vollen Mund. „Man erzählt ... Er wird es jetzt tun ... Seine Frau ist die Erbin von Aldergh, das in dem umkämpften Gebiet liegt ... Ihr Vater ist tot."

Das umkämpfte Gebiet war im Wesentlichen ganz Northumbria – Land, das David als Lehen hielt, wenn auch zuvor mit Henry als seinem Herrscher. Es war ein Arrangement gewesen, das beiden Königen passte, denn sie waren eng befreundet gewesen. Dies war bei Stephen von Blois nicht der Fall und David verschwendete keine Zeit, um seinen Forderungen Nachdruck zu verleihen. Wenn MacKinnon David den Lehenseid leistete, würde dieser ihm Aldergh gern überlassen. Wenn Iain dies tat, würde er sich ganz offensichtlich auf Matildas Seite schlagen. Es war auf jeden Fall ein Wagnis, denn niemand konnte sagen, ob sich Stephen auf Englands Thron würde halten können.

Cameron sah den Mann von der Seite an. „Und du meinst, dass FitzSimon tot ist?"

Der Bote nickte, seine Lippen glänzten vor Fett. „Das sagt Broc Ceannfhionn. Ich habe gehört, dass er von MacKinnons Bengel getötet wurde – der Junge, der vor einigen Jahren von FitzSimon festgehalten wurde."

„Malcom?"

„Aye, genau der." Der Bote wischte sich mit seinem schmutzigen Ärmel über den Mund. „Inzwischen ist er wohl kein kleiner Junge mehr."

Die Flammen warfen eine fiebrige Färbung auf die Gesichter um das Feuer. Außerhalb des Lichtscheins war die Nacht schon längst schwarz geworden.

„Stellt euch nur vor", sagte der ältere Bote. „Der Junge versenkt dreißig Zoll guten Stahls in seinen Großvater und bekommt auch noch die Beute. Ich würde sagen, dass das ein gut ausgeführter Racheakt war."

Einen Augenblick lang wurde es still im Lager, während jeder der Männer für sich darüber nachdachte. Scheinbar war Gerechtigkeit ebenso unbeständig wie das Wetter in den Highlands. Dann fragte Cameron: „Plant David also, seinen Anspruch auf Aldergh zu bestätigen?"

„So ähnlich", antwortete Luc. Die anderen beiden saßen da und starrten Keane über das Feuer hinweg an, wobei sie ihr Essen hinunterschlangen und Lianae musterten.

„Willie hier –", der ältere Mann zeigte auf seinen stillen Kameraden, „hörte ihn sagen, dass er plant, noch in dieser Woche Truppen nach Carlisle zu schicken."

„Wir ziehen in den Krieg", stellte Cameron fest.

„Aye, nun wird es Krieg geben."

„Krieg wird es immer wieder geben."

Jeder nickte bei der Verkündung dieser Wahrheit,

ihre Blicke ernst und voller Ungewissheit. In ihrer Mitte zischte und knisterte das brennende Feuer.

Keanes Laune war nun leicht angesäuert und so wandte er sich wieder seiner Befiederung zu.

Lianae legte eine Hand auf seinen Arm und drückte diesen leicht. Er wünschte sich, dass er genau wüsste, was er sagen musste, um ihre Ängste zu zerstreuen, denn der Gedanke, dass Scotia sich wieder im Krieg befinden würde – in einer niemals endenden Schlacht –, konnte keinen Mann und keine Frau unbesorgt lassen. Es war weniger als fünf Jahre her, dass sie ihre Waffen niedergelegt hatten.

Und doch, wenn David mit Northumbria beschäftigt war, würde er wenig genug über das Schicksal der Frau neben ihm zu sagen haben. Mit ein bisschen Glück und etwas mehr Zeit könnte er sich vielleicht selbst darum kümmern...

Er könnte sie dann nach Lilidbrugh zurückbringen, um ihre Steine wiederzufinden, und er könnte ihr bei der Entscheidung, wohin sie sich von da aus am besten wandte, helfen. Sie würde nicht zu ihrem *Ehemann* zurückgehen, soviel war sicher. Obwohl in seinen Träumen, vielleicht in das Tal?

In der Zwischenzeit würde David erwarten, dass sie zurück nach Keppenach kamen – nicht nach Dunloppe. Und nun gab es noch wichtigere Dinge zu berücksichtigen: Welchen Einfluss würde Scotias Krieg auf das Tal haben? Würde David Aidan endlich zwingen, sich auf eine Seite zu schlagen? Und wenn dem so war, was würde sein Bruder tun?

Keane kannte Aidan gut genug, um zu wissen, dass Aidan nicht in den Krieg ziehen würde, um Davids Interessen voranzutreiben. Einmal mehr würde er Scotias König trotzen und wie würde das ausgehen? Für Aidan? Für Lael?

Alle würden sie gezwungen sein, eine Seite zu

wählen.

Einschließlich Keane.

Was Lianae betraf, so überlegte Keane nicht zum ersten Mal: Wer waren ihre Leute? Wie passten sie in diese Schlacht, die David plante? Und offensichtlich war er nicht der Einzige, der überlegte...

„Was ist mit Euch, Mädchen? Was ist Eure traurige Geschichte?“, fragte der ältere Bote. Er starrte Lianae an.

Während sie an der Unterseite ihrer Fingernägel herumpickte, warf Lianae Keane einen nervösen Blick zu. „Ich habe keine Geschichte“, behauptete sie.

DER MANN VERZOG DAS GESICHT. „KEINE GESCHICHTE? *Jeder* hat eine Geschichte.“

Lianae schüttelte den Kopf.

König Davids Soldat betrachtete Lianae sehr lange, bevor er seinen Blick über den Rest der Männer schweifen ließ, als wollte er auch ihre Mienen mustern. Und nun schauten alle sie an, als er sich umwandte, um sie erneut anzusprechen. Dabei kniff er seine blauen Augen zusammen. „So, und was macht Ihr dann hier ... unter diesen armseligen Kerlen?“

Lianae blinzelte. „Ich?“

„Aye, Mädchen“, sagte er ein wenig ungeduldig und sein Tonfall war nun etwas herablassend. „Ich weiß, wie die anderen Tölpel hierhergekommen sind.“ Er bewegte seine Hand, um sie alle in seine Aussage einzuschließen. „Sie wurden auf Anordnung des Königs hierhergeschickt. Deshalb sind wir ja auch auf der Suche nach ihnen. „Aber was ist mit Euch?“

„Ich ...“

Lianae sah von einem zum anderen und war verunsichert, wie sie weitermachen sollte. Angst lähmte ihre Zunge. Sie wusste gerade nur sicher, dass sie diesen

Männern nicht offenbaren konnte, woher sie gekommen war. Im Moment waren sie alle damit zufrieden, die Engländer zu hassen, aber wenn sie sagte, wer sie war, würden alle sofort wieder anfangen, ihre Leute zu hassen. Sie schaute hilfesuchend zu Keane und betete still, dass er einschreiten und die Unterhaltung ein und für alle Mal beenden würde. Aber das tat er nicht. Ebenso wie die anderen schien er auf eine Erklärung zu warten. Lianae atmete zittrig ein und beschloss, alle mit einer Halbwahrheit zu besänftigen. „Ich ... suche nach meinen Brüdern."

Der ältere Bote runzelte die Stirn. „Nach Euren Brüdern?"

Lianae nickte und wandte ihren Blick sofort ab, wobei ihr Herz ein wenig schneller schlug.

„Und wo habt Ihr diese Taugenichtse getroffen?"

„Lilidbrugh", antwortete Lianae und schluckte. Es gab keinen wirklichen Grund, sich in der Nähe von Lilidbrugh aufzuhalten ... Außer man wollte einen Wechselbalg für die Feen dort ablegen ... *oder sich verstecken*.

Der junge Mann namens Luc sah Keane mit hochgezogenen Augenbrauen an. „Dieser alte Haufen Steine?" Er schaute dann wieder zu Lianae, sie nickte unbehaglich und wandte ihren Blick erneut ab. Ihre Erklärung hatte eine bedrückende Stille zur Folge und Lianae konnte fühlen, wie sich Spannung in der Luft aufbaute.

Der ältere Bote blieb hartnäckig: „Wo könnten Eure Brüder denn sein, Mädchen? Sind sie vielleicht Freunde der Feen?" Die Männer lachten unbehaglich. „Soweit ich weiß, sind nur sie dort zu finden."

Die meisten Männer waren sofort still und warteten, was Lianae zu sagen hatte.

Keane beobachtete sie auch und in seinen neugierigen grünen Augen spiegelte sich das Licht des Mondes.

Die Stille wurde nur vom leisen Wiehern der Pferde unterbrochen, die abseits der Wärme des Feuers standen. „Das weiß ich nicht", beichtete Lianae. „Ich habe sie schon länger nicht mehr gesehen ..."

„Ist das so?", fragte der ältere Mann. „Und Ihr sagt, dass Ihr zwei habt?"

„Zwei Brüder?"

„Ich spreche nicht von den Feen, Mädchen."

Die Männer kicherten wieder.

„Und wie heißen sie?"

Einen Moment lang war Lianaes Hals wie zugeschnürt und sie konnte nicht sprechen. Sie sah sich alle Gesichter genau an und überzeugte sich davon, dass sie diese Männer nicht kannte und diese sie ebenfalls unmöglich kennen konnten. Und so viele Menschen trugen die gleichen Namen. „Graeme und Ewen", antwortete sie schließlich.

Der älteste der drei Boten nickte langsam. „Und Keane hier ..." Er deutete mit dem Kinn in Keanes Richtung. „Er hat zugestimmt, Euch zu helfen, Eure Brüder zu finden?"

Lianae nickte unsicher und sah Keane etwas verspätet fragend an. Er hob eine Augenbraue, obwohl er ihr nicht widersprach, und sein Freund Cameron schaute sie beide aus zusammengekniffenen Augen an.

„Ich verstehe", sagte der Mann nach einem schmerzhaft langen Moment. Dann nickte er und wandte sich wieder seinem Stück Brot zu.

Lianae hatte weiter nichts zu sagen und so saß sie da und pickte den imaginären Dreck unter ihren Fingernägeln heraus. Nach der Jagd hatte sie ihre Hände gründlich am Bach gewaschen und sie waren nun äußerst sauber, aber sie wusste nicht, was sie sonst mit ihnen anfangen sollte, während so viele Augen auf ihr ruhten.

Im Lager wurde es nun still, scheinbar waren alle

gelangweilt von Lianaes knapper, phantasieloser Geschichte. Zugegebenermaßen war sie nicht so fesselnd wie der Tod eines Königs und dessen politische Folgen.

Nach einer Weile begann das Feuer zu schwinden und Cameron stand als Erster auf und entschuldigte sich mit der Behauptung, er würde nach mehr Holz suchen, um das Feuer über Nacht in Gang zu halten.

Murdoch erhob sich ebenfalls. „Ich gehe mit dir", sagte er und murrte wieder wegen seines Bauches. Die beiden flüsterten miteinander, als sie sich entfernten, und dann sprintete Murdoch plötzlich los in die Büsche.

„Nun, das war ein angenehmer Festschmaus", sagte der ältere Bote, während er beobachtete, wie die beiden Männer verschwanden. „Wir hatten ja keine Ahnung, dass ihr so nah sein würdet. Wir waren uns sicher, dass ihr inzwischen in Dunràth sein würdet."

„Das war Glück", sagte Keane und beließ es dabei. Er arbeitete weiter an der Befiederung. Nach einem weiteren nachdenklichen Moment erhob sich der Mann und wischte sich den Mund ab. Der Rest seiner Leute nahm dies als Zeichen, ihre Nachtlager zu richten und nach den Pferden zu sehen. Nur Lianae und Keane blieben am Feuer sitzen.

Keane hatte inzwischen einen kleinen Haufen an Moorhuhnfedern neben sich, die er verwenden wollte, oder das behauptete er zumindest. Lianae suchte nach etwas, das sie sagen konnte. Sie könnte ihm nun mehr erzählen – über ihre Brüder und dem Earl –, wenn er nur fragen würde. Es war ihr klargeworden, dass sie unbedingt einen Verbündeten brauchte, aber sie hatte immer noch Angst. Er stand schließlich im Dienst von König David …

Keane beobachtete sie aus dem Augenwinkel.

„Meine Brüder haben immer Habichtsfedern genommen", bemerkte sie, da sie die Stille als unbehaglich empfand.

„Das funktioniert ganz gut, wenn du deine Pfeile nur zum Anschauen brauchst."

Lianae hörte einen bestimmten Ton heraus – vielleicht Verachtung – und fühlte sich beleidigt. „Mein Bruder hat gesagt, dass die meisten Federn zu leicht zerfetzen."

„Und welcher Bruder war das?"

„Graeme."

Keane lächelte verkniffen und nickte. Dann meinte er: „Ein Bogenschütze muss das benutzen, was er für richtig hält. Sonst betreibt er das Ganze nur als Zeitvertreib."

Lianae kniff die Augen zusammen und wollte es ihm schon im Namen ihres Bruders übelnehmen. Er konnte ihre Brüder nicht kennen und hatte keine Ahnung, wovon er da sprach. Ihre Brüder waren keine fetten, reichen Männer, die ihre Bögen nur zum Zeitvertreib verwendeten. Nay, sie waren mutige Männer von Moray, die dafür lebten, ihren Leuten zu dienen.

„Mein Vater hat *niemals* Moorhuhn verwendet", versicherte Lianae ihm, obwohl sie gar nicht sicher sein konnte, ob dies stimmte. Aber ihr Vater hätte es am besten gewusst, denn er war ein großartiger Mann. Schade, dass sie das nicht sagen konnte, und so hielt sie den Mund und wollte doch so gern versichern, dass die Männer unter ihren Leuten keine Milchbubis waren – nicht wie ein König, der englische Stiefel leckte.

„Ach, Mädchen ... aber bis gestern wusstest du gar nicht, was Moorhuhn ist."

Lianae biss ihre Zähne zusammen und ballte die Hände in ihrem Schoß zu Fäusten. Das tat nichts zur Sache, aber sein zweifelnder Tonfall ärgerte sie. Sie fühlte, dass mehr hinter seiner Stichelei steckte, und er schien darauf zu warten, dass sie mehr erzählte.

Sollte er doch herumschnüffeln, so viel er wollte! Sie würde ihm nicht mehr sagen, als sie es bereits getan hatte. Es war offensichtlich ein Fehler, sich ihm anvertrauen zu wollen.

Die Gefühle, die sie für ihn gehegt hatte, waren wie weggeblasen und Lianae erhob sich von ihrem Platz neben ihm und sah hinüber zu seinem Nachtlager. Er hatte es unter einem herunterhängenden Ast einer Esche errichtet, für den Fall, dass es wieder zu schneien beginnen würde. Ach, obwohl er sie wütend gemacht hatte, war ihr klar, dass sein Bett der sicherste Schlafplatz war. „Nun ... Gute Nacht“, sagte sie.

Er lächelte sie hintergründig an, doch erreichte dieses Lächeln nicht seine Augen. „Ich komme gleich nach“, sagte er. „Schlaf gut, *Mädchen von Moray*.“

Schlafe du auch gut!, wollte Lianae so gerne erwidern, aber sie hegte den Verdacht, dass keiner von ihnen nach all dem Tee auch nur ein Auge schließen würde. Ohne ihm zu sagen, wo sie hinwollte, ging Lianae in Richtung Bach und schimpfte mit sich, dass sie sich einem von Davids Männern anvertraut hatte. Keane war ihr Feind – war immer ihr Feind gewesen – und nur, weil ihm das noch nicht klar war, machte es dies nicht unwahr.

KEANE BEOBACHTETE, WIE SIE WEGGING, UND WUSSTE instinktiv, wo sie hinwollte. Er fand es nicht gut, aber er konnte ihr nicht jedes Mal folgen, wenn sie ihre Notdurft verrichtete, und er konnte sie auch nicht davon abhalten, zu gehen. Es war ihm nur wichtig, dass ihr niemand zum Bach folgte, und so gab er sich damit zufrieden, auf ihre Rückkehr zu warten und das Kommen und Gehen seiner Männer zu beobachten.

Lianae kam ihm nicht wie eine Lügnerin vor, doch sie sagte auch nicht die Wahrheit – zumindest nicht die ganze Wahrheit. Es steckte viel mehr in ihrer Geschichte, als sie sie alle glauben machen wollte. Aber das hatte er sich schon längst zusammengereimt. Die Frage war nur: Was verbarg sie, das gefährlicher war als gestohlene Zaubersteine – die sie übrigens, wenn auch widerwillig, zurückgelassen hatte?

Er hatte einen halben Tag Zeit, um es herauszufinden, denn Keppenach war nur noch eine halbe Tagesreise entfernt. Tatsächlich hätten sie es ohne die Pause noch heute Abend dorthin schaffen können, nur hatte er gar nicht beabsichtigt, nach Keppenach zu reiten. Doch jetzt würden diese Männer mit oder ohne ihn nach Keppenach zurückreiten, um dem König Bericht zu erstatten, und wenn Keane sich nicht in ihrer Gesellschaft befand, würde er bei David in Ungnade fallen ... oder noch schlimmer.

Er dachte über die Geheimnisse des Mädchens nach, während er auf ihre Rückkehr aus dem Gebüsch wartete. Als er ihr helles Haar im Mondlicht erblickte, war er beruhigt und erst dann sammelte er sein Material für die Befiederung seiner Pfeile ein und packte alles weg. Er beobachtete, wie sie auf sein Lager schlüpfte, und irgendetwas tief in seinem Bauch war ganz aufgeregt bei dem Anblick. Sobald sie im Bett lag, sah er noch einmal nach seinen Männern, bevor er sich auf den Weg zu seinem Nachtlager machte und hineinkletterte. Lianae schlief bereits. Als er neben ihr lag, traute er sich, sie in seine Arme zu ziehen und umarmte sie beschützend. „Wer bist du, Mädchen von Moray?“, flüsterte er in ihren Rücken.

Sie antwortete nicht und Keane bemerkte, wie er seine Lippen gegen die Rückseite ihres Kopfes presste. Er gab ihr einen züchtigen Kuss, aber ihre einzige Reaktion war ihr leises, gleichmäßiges Atmen.

KAPITEL VIERZEHN

Seine Frage schmerzte Lianae tief in ihrem Herzen.

Aber nicht mehr als sein Kuss.

Jedes Mal, wenn er ihr seine Lippen darbot, berührte es einen anderen Teil in ihr und diesmal war es ihr Herz. Er streckte seine Hand aus und zog Lianae fest an seine Brust, dann ließ er den Arm weiter nach unten wandern, sodass dieser um ihre Taille zu liegen kam. Sie hielt die Luft an, weil sie Angst hatte, er könnte entdecken, dass sie hellwach war. Für einen sehr langen Moment weigerte sich ihr Herz, zur Ruhe zu kommen und Liane fürchtete, dass das heftige Schlagen sie verraten würde. Einen Augenblick später vergrub er sein Gesicht in ihrem Haar. Er sog ihren Duft tief ein und atmete dann mit einem kehligen Seufzer aus, wodurch sie eine Gänsehaut bekam. Es war die Umarmung eines Liebhabers – anders als alles, das Lianae je gekannt hatte.

Kein Mann hatte sie jemals so zärtlich gehalten.

Sie hatte das überwältigende Verlangen, sich in seinen Armen umzudrehen und ihn noch einmal zu küssen ... Aber die Angst ließ sie ruhig bleiben. Einen

Moment später hörte sie Keanes ruhiges und gleichmäßiges Atmen und wusste, dass er schlief.

Ach, es war an der Zeit zu gehen!

Was hatte sie sich nur dabei gedacht, als sie mitgekommen war? Männer wie Keane hatten nur wenig zu geben und sie war in keiner Position, etwas anzunehmen. Sie war eine Frau ohne ein Zuhause, sogar ohne ein Land und er hatte dem König die Treue geschworen.

Er ist dein Feind, versuchte sie sich selbst zu überzeugen, aber es fühlte sich nicht richtig an. Und doch schien ihr Plan, ihn zu verführen, plötzlich umso absurder. Bald würden sie nach Keppenach aufbrechen und Lianae konnte nicht mit ihnen gehen. Denn Keppenach war der letzte Ort, an dem sie sein wollte, insbesondere, wenn der König gerade dort residierte. Sie war in ihrem ganzen Leben noch nie so verwirrt gewesen.

Bleiben oder Gehen – sie war verloren, egal, welche Richtung sie einschlug.

Was wusste sie denn schon wirklich über Keane?

Ihn umgab ein noch größeres Rätsel als sie selbst. Er trug die Uniform des Königs, doch sie hatte bemerkt, dass er kein Interesse an der Politik des Königs hatte. Er prüfte sie bei jeder Gelegenheit und dann war er wieder freundlich zu ihr. Er hatte sie eine Lügnerin genannt und dann liebevoll auf den Kopf geküsst. Wer war dieser Mann, der sich in Wolfsfelle hüllte, aber scheinbar so sanft wie ein Lamm war?

Zitternd grub sie sich tiefer unter die Decken und musste zugeben, dass sein Aussehen wirklich nicht an weiche, wollene Lämmer erinnerte. Schließlich könnte er auch ihr Henker sein! Jetzt, bevor es zu spät war, musste sie einen Weg finden, wegzukommen...

Heute Nacht.

Sie war sich des Kommens und Gehens der Männer,

die alle unter demselben Übel litten, sehr wohl bewusst. Lianae drehte sich hin und her und wartete auf ihre Gelegenheit, um sich davonzuschleichen. Ihr war nicht übel wie den anderen und sie hatte keine Ahnung, was ihnen widerfahren war, aber sie hatte ihr Unwohlsein schon mehrfach als Vorwand für sich benutzt, um wieder und wieder davonzuhuschen – ein Teil ihres Instinkts, der sie drängte, zu gehen.

Jetzt – mehr als je zuvor – musste sie ihre Brüder finden.

Im Morgengrauen wurden Keane zwei Dinge sofort bewusst: Zum einen, dass es wieder schneite, und zum anderen, dass Lianae weg war. Zuerst vermutete er, dass sie an den Bach gegangen wäre, wie sie es schon ein- oder zweimal in der Nacht getan hatte.

Er hatte entgegen seiner Erwartung tief und fest geschlafen und hob nun den Kopf, fuhr sich mit der Hand durch die Haare auf dem Hinterkopf und schielte in den dicken Nebel. Es gab keinen Wind an diesem Morgen, aber der Schnee fiel so dicht, dass es schwierig war, weiter als seine eigene Schlafstätte zu sehen. Nur der Eschenzweig über ihm hatte verhindert, dass er mit Schnee bedeckt wurde. Sein schwerer Umhang lag zurückgelassen auf den Decken.

Keane war die Winter in den Mounths gewöhnt und wusste wie es war, im Schnee zu schlafen. Damals im Tal hatte er mindestens einmal pro Woche – sowohl im Frühling, Sommer und Herbst, wie auch im Winter – eine Wache auf dem Hügel übernommen. Das hatten alle getan, und selbst Aidan wachte hin und wieder, obwohl sein Bruder dies nun, da er Lìli in seinem Bett hatte, viel seltener tat.

Er stand auf und machte seinen Rundgang, weckte

einige seiner Männer, während er auf Lianaes Rückkehr wartete, damit sie weiterziehen konnten. Und dann bemerkte er, dass die Boten des Königs auch fort waren – es war nicht einer mehr da. Keane sah sich noch einmal um.

Cameron und Murdoch waren auch nicht in ihren Betten.

Wie lange war Lianae schon weg?

Sein Herz verkrampfte sich plötzlich vor Angst und er rannte los in Richtung Bach.

SEINEM VETTER BROC ZULIEBE HATTE CAMERON beabsichtigt, Lianae direkt zu David zu bringen.

Er wartete am Bach auf sie.

Schon zu oft in seinem Leben hatte er die falsche Entscheidung getroffen, aber er würde seinen Verwandten nie wieder in Gefahr bringen – auch nicht für Keane, der bei Weitem sein engster Freund war. Und nicht für Cailin, deren Zuneigung so wechselhaft wie das Wetter war. Am einen Tag küsste sie ihn, als gäbe es kein Morgen mehr, und am nächsten Tag würdigte sie ihn kaum eines Blickes.

Hübsches Mädchen, das einen zur Weißglut treiben konnte.

Eines Tages hoffte er, sie zu heiraten.

Aber nicht heute.

Heute verfolgte er drei Männer, deren Absichten nun vollkommen klar wurden.

Sie hatten Lianae unten am Bach aufgelauert. Genau wie Cameron es vorgehabt hatte, folgten sie ihr und ergriffen sie mit Gewalt. Von dort war es einfach, sich davonzuschleichen, ohne alle im Lager zu wecken. Sie hatten ihr den Mund zugehalten, die Arme gefesselt und sie wie eine Kriegsgefangene festgenommen.

Und vielleicht war sie das ja auch.

Er konnte nichts dagegen tun, ohne sich selbst zu enttarnen. Diese Männer waren keine Räuber. Sie waren Männer des Königs und hatten David die Treue geschworen, genau wie Cameron. Wenn er die Waffe gegen sie erhob und Lianae tatsächlich eine Spionin war, würde er sie alle als Verräter kennzeichnen – besonders jetzt, da Keane öffentlich zugegeben hatte, dass er ihr helfen würde, ihre verschollenen Brüder zu finden.

Was zur Hölle hatte sich der Mann dabei gedacht?

Keane war noch nie habgierig gewesen und Cameron hatte nie darüber nachgedacht, dass er vielleicht mehr wollte, als er bereits hatte. So hatte er Keane einen schlechten Dienst erwiesen, indem er dachte, dieser würde beiseitetreten und Cameron den Befehl über die Männer überlassen. Die dún Scoti führten ein einfaches Leben, reisten mit wenig Gepäck und schienen kein Interesse an wertvollen Dingen zu haben, soweit Cameron dies beurteilen konnte. Mit Jaimes Unterstützung hatte Keanes Schwester versucht, ihm eine bessere Stellung zu verschaffen, aber Keane würde eher einen Bären ausweiden, um dessen Fell zu tragen, als sich mit Sassenach-Gold zu schmücken.

Und jetzt wollte er plötzlich der Anführer sein?

Wegen ihr.

Aber so sehr es ihn auch ärgerte, er konnte den Drang verstehen, denn auch er hatte Liebeskummer hinter sich und Keane hatte schließlich genau wie Cameron das Recht, die Männer anzuführen.

Doch trotz seiner eigenen vereitelten Pläne, Lianae zum König zu bringen, war Cameron Keane gegenüber loyal. Sie waren schon zu lange befreundet, als dass er ihn hätte hintergehen können. Er wollte einfach seinen Vetter keinem Risiko aussetzen, indem er Keane erlaubte, dem Mädchen in Dunloppe Unterschlupf zu gewähren. Auch hatte er den Eindruck, dass Keane nicht ganz bei Verstand war. Er würde den Tölpel vor sich selbst retten.

Obwohl er sich in einem solchen Widerstreit befand, harrte Cameron im sich verschlechternden Wetter aus und verfolgte die Boten auf ihrem Weg nach Süden.

Zumindest würde er so nicht gezwungen sein, eine schwierige Entscheidung zu treffen.

Es schneite nun heftig genug, dass die Spuren der Hufe unter einer ordentlichen Menge Schnee vergraben sein würden. Je weiter sie nach Süden kamen, umso klarer wurde ihm, dass er jetzt nicht mehr umkehren konnte, obwohl er seinen guten Freund warnen wollte.

Da er darauf vertraute, dass Keane zuerst nach Keppenach zu reiten würde, fuhr er mit der Verfolgung fort. Ungeachtet seiner ursprünglichen Absicht war Dunloppe nun keine Option mehr, obwohl er sich nicht ausmalen wollte, wie Keane sich gefühlt haben mochte, als er aufwachte und Lianae weg war. Und noch schlimmer: Danach würde er bemerken, dass Cameron auch verschwunden war, und er sorgte sich, Keane könnte glauben, dass er ihn verraten hätte. Es tat ihm nun wirklich leid, dass er ihn nicht beiseite genommen hatte, um ihm zu sagen, was er bereits wusste...

Lianae von Moray war eine Tochter von Óengus.

Cameron hatte so etwas schon in Lilidbrugh vermutet, aber er war sich erst sicher, nachdem sie die Namen ihrer Brüder erwähnt hatte. Er hatte diese nur erkannt, weil Murdoch sie als die Rebellen genannt hatte, die in Dunràth festgehalten wurden – eine Tatsache, die noch nicht einmal Cameron und Keane mitgeteilt worden war. Ihnen war nur das gesagt worden, wovon David wollte, dass sie es wussten – dass Männer festgehalten wurden und einer, der mit ihnen ritt, im Verdacht stand, ein Spion zu sein. Murdoch war dieser Spion, denn er hatte genau gewusst, wer sie in Dunràth erwartete.

Was alles noch verschlimmerte, war die Tatsache, dass Cameron ein kleines Fläschchen *Dwale* in Murdochs Tasche gefunden hatte, was der Grund für ihre Bauchschmerzen sein könnte. Das Gift war einst von MacBeths Soldaten verwendet worden, um eine ganze Armee zu vernichten, und in Anbetracht von König Henrys Tod könnte dies ein weitverzweigter Plan sein, um diejenigen aus dem Weg zu räumen, die sich gegen Stephens Regentschaft stellen würden. Cameron hatte natürlich keine Beweise, aber er wusste tief in seinem Inneren, dass Murdoch nichts Gutes im Schilde führte. Er war selbst einmal eine hinterhältige Ratte gewesen, deshalb fiel es ihm leicht, eine andere zu erkennen. Um seine Theorie zu testen, gab er Murdoch ein klein wenig davon in dessen Essen und innerhalb weniger Augenblicke sprintete der Mann in den Wald. Die einzige Frage, die noch unbeantwortet blieb, war: Warum das *Dwale?*

Hatte er vorgehabt, die ganze Truppe zu vergiften? Wenn Murdoch die ganze Schar umbrachte und Männer zur Hand hatte, die ihre Kleidung mit den Ermordeten tauschten, könnte er leicht unter der Fahne des Königs Zugang zu Dunràth erlangen und Òengus' Söhne befreien.

War Lianae auch eine Spionin?

War Keane einer?

In seinem Herzen betete Cameron, dass dem nicht so wäre. Allerdings war es schon ein unglücklicher Zufall, dass Lianae nach Lilidbrugh kam, gerade als Keane so darauf erpicht war, den Haufen Trümmer einmal mit eigenen Augen zu sehen. Und dann war da noch dies: Keane war dem Mädchen sehr schnell zugetan gewesen. Alles in allem hinterließ die ganze Geschichte ein ungutes Gefühl bei Cameron, das er lieber nicht weiter untersuchen wollte. Er betete nur, dass Keane sich als unschuldig an jeglicher Missetat erweisen würde, auch wenn die Wahrheit ohnehin schon bald ans Licht kommen würde …

Keppenachs Mauern türmten sich vor ihm auf wie ein riesiges graues Gespenst, das aus dem Schnee herausragte. Durch den schwachen Wind hingen die Banner mit den wilden Löwen schlaff von Stäben auf der Burgmauer und die hellen Gold- und Rottöne waren in dem Schneetreiben kaum sichtbar.

Vor ihm rief einer der Boten der Wache auf der Mauer etwas zu und einen Augenblick später hob sich das mächtige Fallgitter. Die Tore stöhnten unter ihrer Last, als sie geöffnet wurden, und Cameron blieb in seinem Sattel sitzen und überlegte, was er nun tun sollte...

Ihnen nach drinnen folgen?

Oder zurückgehen, um Keane zu warnen?

Es blieben ihm nur Sekunden für die Entscheidung.

Wenn er hineinging, könnte er ihren Fall dem König vortragen, doch wenn er das tat ... würde Keane unwissentlich in einen Verrat hineinschlittern. Und wenn Keane schuldig war? Was passierte dann mit Cameron?

So oder so waren sie nun der Gnade des Königs ausgeliefert.

Mit Ächzen und Stöhnen strafften sich die Ketten wieder...

Süden war noch nie eine Richtung gewesen, in welche die dún Scoti gerne ritten.

Keanes Laune blieb angesäuert, während er durch hohe Schneewehen stapfte. Seine Männer sprachen kein Wort, aber jeder einzelne hatte ihn begleitet – außer Murdoch. Nach allem, was er wusste, war Murdoch möglicherweise bei Cameron.

Mürrischer Mistkerl.

Trotz Camerons offensichtlichem Widerstand war dies das Letzte, was Keane je von ihm erwartet hätte. Einen Kinnhaken vielleicht oder eine Prügelei im Schnee, aber Lianae zu entführen? Es war ihm bewusst, dass die Männer des Königs sie argwöhnisch betrachtet hatten, und er konnte ihr Handeln sehr wohl verstehen. Wenn er an ihrer Stelle gewesen wäre, hätte er vielleicht genau das Gleiche getan. Jedoch was seinen Zorn noch mehr als alles andere anfeuerte und seine Laune schlechter als je zuvor werden ließ, war die einfache Tatsache, dass Cameron ihn verlassen hatte. Ein Teil von ihm verstand, warum, aber es ärgerte ihn trotzdem.

Er hatte nur kurz überlegt, nach Norden zu reiten. Aber er glaubte nicht, dass Lianae dorthin zurückgehen würde. Sein Bauchgefühl sagte ihm, dass sie auf der Flucht war – und nicht nach ihren verschollenen Brüdern suchte, wie sie es behauptete. Die Verletzungen in ihrem Gesicht und an ihren Beinen ließen keinen Zweifel daran. Sie war auf der Flucht, sonst wäre sie niemals so unvorbereitet unterwegs gewesen. Und hätte sie zurückgehen wollen, hätte sie dies schon in Lilidbrugh gemacht, von wo aus sie den Weg nach Hause eindeutig kannte.

Wenn es an dieser Angelegenheit überhaupt etwas Gutes gab, dann war es dies: Seine Männer folgten ihm ohne Frage, obwohl sie sicher auch spürten, was vor ihnen lag.

Es dauerte nicht lang, bis sie an ihrem Ziel ankamen.

Die Tore von Keppenach wurden sofort geöffnet. Keane zögerte einen Moment, bevor er sein Pferd in den Hof trieb. In dem Augenblick, als sie im Burghof anlangten, wurden die Tore wieder geschlossen. Und obwohl sein Schwager der *Laird* der Burg war, kamen die Krieger des Königs in den Burghof und marschierten zu Keane und seiner Truppe. Er sah das Gesicht seiner Schwester hinter einem Turmzimmerfenster und wusste, dass die Lage ernst war. Selbst aus dieser Entfernung konnte er die Sorge in ihrem Gesicht sehen.

Sie waren umzingelt.

„Ruhig absitzen!", befahl er seinen Männern, denn trotz der Uniform, die sie trugen, waren nicht alle David treu. Das wusste er so gut wie jeder andere. Keane hob die Arme in die Luft und glitt aus dem Sattel, alle seine Männer taten es ihm nach.

Der *Laird* von Keppenach erschien mit verschränkten Armen und Unheil verkündender Miene auf der Schwelle zu seiner Burg. Ihm folgte David mac Maíl Chaluim.

„Keane dún Scoti!", verkündete der Marschall in dem Moment, als Keanes Füße den Boden berührten. „Auf Befehl von David mac Maíl Chaluim, Prinz der Cumbrier, Graf von Northhampton und Huntingdon, der *Righ Art*, der Hochkönig aller Schotten und Chief aller Chiefs, Nachfahre des Kenneth MacAilpín müssen wir Euch verhaften. Legt Eure Waffen nieder!"

Keane sah zu Jaime und dieser nickte, als er sein Schwert aus der Scheide zog und es zu Boden warf. Er nahm den Dolch aus seinem Stiefel und legte ihn ab. Und dann folgte noch das Messer an seinem Gürtel. Er warf es vor sich hin und es klapperte laut über den steinernen Burghof.

„Ich bin entwaffnet", meldete er und die Männer des Königs eilten nach vorne. Sie fesselten seine Arme auf dem Rücken und schleiften ihn vom Burghof weg.

KAPITEL FÜNFZEHN

Wie ein grimmiger Wind kam Lael in den Kerker gefegt. Dabei schleiften ihre langen hellblauen Röcke auf dem Boden aus grob gestampfter Erde. „Keane! Was hast du nur getan?"

Obwohl er sie seit mehr als einem Jahr nicht gesehen hatte, war ihr Gesicht unverändert. Mit zweiunddreißig und nachdem sie vier Kinder geboren hatte – eines neun, ein weiteres acht und zwei ganz kleine unter vier Jahre alt –, sah Lael immer noch wie ein Mädchen aus. Das letzte Mal, als er sie gesehen hatte, war sie mit Kind Nummer vier schwanger gewesen und er musste den jüngsten Nachwuchs noch kennenlernen.

Er lehnte sich zurück gegen die Kerkerwand. „Ich war mir sicher, dass ich bei meiner Rückkehr nach Keppenach gemütlich in deiner neuen Burg untergebracht würde, mit einem Kohlebecken neben meinem Bett. Stattdessen schmeißt du mich in euren Kerker." Er lächelte schief, aber seine Schwester schien in keinster Weise amüsiert.

Ihre Hände ergriffen die Gitterstäbe seiner Zelle. „Ich wünschte, du hättest diesen eher geschmacklosen

Teil meines Zuhauses nie gesehen“, klagte sie. „Ach, Keane! Ich mag diesen Kerker nicht.“

Keane zuckte mit den Schultern und war unsicher, was er dazu sagen sollte.

„Wenigstens hat man dich nicht in Ketten gelegt“, sagte seine Schwester und zeigte auf die Wand neben ihm, wo ein paar uralte, verrostete Eisen mit Handfesseln, die scharfe Kanten aufwiesen, in die Steinmauer eingeschlagen waren. So wie diese aussahen, würden sie den Arm eines Mannes verrotten lassen. „Broc war hier einst eingekerkert.“

Es gab nur wenige Menschen, die diese Geschichte nicht kannten. Die Troubadoure sangen immer noch davon. Vor zehn Jahren war seine Schwester an der Seite von Broc Ceannfhionn aus Dubhtolargg weggeritten mit der Absicht, Keppenach zu erobern. Stattdessen lagen plötzlich Schlingen um ihre Hälse. Im allerletzten Augenblick ritt der dämonische Schlächter wie ein schwarzgekleideter Teufel durch die Tore Keppenachs. Jaime schnitt sie vom Galgen ab und heiratete sie dann direkt. Camerons Cousin erhielt leider nicht den gleichen Empfang, trotz seines Glücks am Ende. „Hier in dieser Zelle?“

Lael nickte. „Aye“, sagte sie und wandte sich dann zu ihm. Tränen glitzerten in ihren dunkelgrünen Augen. „Erzähl mir, was passiert ist, Keane.“

„Haben sie es nicht schon berichtet?“

Trotz ihrer glänzenden Augen warf Lael ihm einen ungeduldigen Blick zu – die gleiche Unverfrorenheit, die er so gut kannte und liebte. „Ach, wäre ich hier und würde dich fragen, wenn ich es wüsste? Nay, Keane. Sie haben sich in Jaimes Privatgemach zurückgezogen, um die Angelegenheit zu besprechen – fern ab von neugierigen Ohren.“

„Einschließlich deiner?“

„Du bist schließlich mein Bruder.“

Keane versuchte zu lachen, aber es hörte sich verbittert an. „Das hat mir an euren Toren wirklich viel gebracht."

Laels Gesicht wurde ernst. Sie umfasste die Gitterstäbe mit beiden Händen. „Nimm es nicht auf die leichte Schulter, Keane. Dies ist eine *ernste* Angelegenheit und du hast den König nicht gerade in einer gnädigen Stimmung erwischt."

„Ist er das überhaupt jemals?"

Lael sah ihn wieder ungeduldig an und sie war in einer weitaus weniger heiteren Stimmung als Keane – und das hieß schon einiges. „Aye", sagte sie schnell. „Ich habe den Mann kennengelernt und er ist nicht der Bösewicht, den ich einst fürchtete."

„Und das sagt die Frau, die ihm damals ins Gesicht geboxt hat?"

Seine Schwester errötete. Aber sie meinte das ernst, bemerkte er, und sie stand im Begriff, den Mann zu verteidigen, den sie einst geschworen hatte zu töten. Genau den Mann, der ihre Schwester Catrìona mitten in der Nacht aus ihrem Bett entführt und sie dann nach Süden gebracht hatte, um sie an einen dicken englischen Grafen mit fettigen Haaren zu verheiraten. „Und jetzt willst du mir erzählen, dass du den *Trottel* magst?"

„Psssst!", flüsterte Lael und drehte den Kopf, um sicher zu sein, dass die Wachen nicht mithörten. „Sag so etwas nicht! Dies ist keine Zeit für Scherze, Bruder."

„Offensichtlich nicht. Mir scheint, du hast deine gute Laune zusammen mit deinem Verlangen nach Rache verloren."

„Aye, nun, zumindest trage ich nicht seine Uniform und breche mit jedem zweiten Wort meinen Treueschwur zu ihm!"

Es war klar, dass seine Schwester kein Blatt vor den Mund nehmen würde. Keane antwortete nicht, denn sie sagte die Wahrheit. Obwohl er unschuldig war hinsichtlich der Anklagepunkte, die gegen ihn erhoben wurden, war er in der Tat ein Heuchler, denn er hatte eine Stellung angenommen, die er im Handeln getreu ausführte, aber nicht im Geiste. Er diente einem König, an den er nicht glaubte.

Lael ließ die Gitterstäbe los und verschränkte die Arme, während sie einen Schritt zurücktrat, um sich ein Bild von seiner Zelle zu machen. „Wenn sie dich nicht bald freilassen, schicke ich dir Decken und etwas zu essen."

Keane nickte etwas ernster, da er bemerkte, dass seine Schwester ziemlich aufgewühlt war. Er wollte ihr nicht noch mehr Sorgen bereiten.

Sie zeigte auf die Zelle neben ihm. „Selbst nach all den Jahren kann ich nicht hierherkommen, *ohne* an *sie* zu denken. Hier wurde *sie* gefunden, musst du wissen."

Aveline von Teviotdale.

Obwohl seine Schwester den Namen nicht ausgesprochen hatte, wusste Keane instinktiv, wen Lael meinte. Aveline war Rogan MacLarens Geliebte gewesen, die dieser geschickt hatte, um Lìli in Dubhtolargg hinterherzuspionieren. Anstatt froh zu sein, dass sie weit weg von Rogan war, hatte das Mädchen Aidan angefleht, sie nach Keppenach zurückzuschicken, um Rogans Baby dort gebären zu können. Und dann war sie einfach verschwunden. Scheinbar hatte Rogan sie lebendig beerdigt. Als sie ihre Leiche entdeckten, hatte sie ein Tuch im Mund, ihre Hände waren knotig und die Finger zu Klauen gekrümmt, als hätte sie bis zum letzten Atemzug versucht, sich aus der Kiste, in der sie begraben war, zu befreien. Auf der Innenseite des Deckels befanden sich Kratzspuren, Blutflecken bedeckten das zersplitterte Holz und unter ihren schwarzen Nägeln steckten Holzsplitter.

Lael zog ihren Umhang fester zu, um sich gegen die Kälte in dem Kerker zu schützen. „Sie hatten mich mit in einer Zelle mit ihr eingeschlossen. Ich habe sie zufällig gefunden, als ich aus Langeweile gegraben habe."

Rogan MacLaren war schon lange tot, aber die Geschichten seiner Gräueltaten lebten weiter. Keane konnte den Schmerz immer noch in Laels Gesicht sehen. „Rogan war ein Mistkerl", sagte er.

„Da hast du recht", stimmte sie ihm zu. „Und wo wir schon dabei sind: Sag mir, dass du nicht wusstest, dass *sie* eine Tochter von Moray ist."

Der Schock schien sich auf Keanes Gesicht abzeichnen.

„Du wusstest es nicht?", fragte seine Schwester atemlos und sie war offensichtlich erleichtert, dass dem so war. Sie atmete lange aus und ihre Schultern entspannten sich ein wenig.

„Lianae?"

Lael nickte. „Es stimmt", sagte sie. „So viel hat sie vor dem König zugegeben und ich habe es mit meinen eigenen Ohren gehört."

„Eine Tochter von Òengus?", fragte Keane, um sicherzugehen, dass er nichts missverstanden hatte.

Lael nickte. „Von genau dem."

Keane schloss die Augen, lehnte seine Stirn gegen die Gitterstäbe und verarbeitete diese neue Information. Lange Zeit wusste er nicht, was er antworten sollte. Er dachte an die Verletzungen an Lianaes Beinen und ihm wurde klar, was diese bedeuteten. Der Mann, dem sie versprochen war, würde ein einflussreicher Mann sein ... Der Earl von Moray kam ihm in den Sinn – ein rechtmäßiger Thronanwärter. Obwohl FitzDuncan die Krone als ältester Sohn König Duncans hätte erben sollen, ließ er sich stattdessen bestechen und gab sich mit dem Titel des Mormaer-Fürsten zufrieden. Die Launenhaftigkeit des Mannes war berüchtigt. Im Feld konnte man ihn nur als grausamen Bastard bezeichnen. Und offensichtlich war er das auch in seinem Schlafzimmer. Man sagte, dass er Òengus von Moray eigenhändig während der Schlacht von Stracathro in Forfarshire getötet hatte …

FitzDuncan hatte Lianaes Vater getötet.

Waren sie schon verheiratet?

Bei dem Gedanken drehte sich Keane der Magen um.

Seine Schwester erkannte seinen Gesichtsausdruck genau. „Du hast dich doch nicht etwa mit ihr eingelassen, mein lieber Bruder", sagte sie. Dabei schüttelte sie den Kopf und lachte leise.

Keane kniff seine Augen zu und stieß seinen Kopf einmal gegen den kalten, harten Stahl. „Was hast du noch gehört?"

„Nicht viel", gab seine Schwester zu. „Obwohl ich dieses eine Mal den Mund gehalten habe, forderten sie mich auf, das Zimmer zu verlassen."

„Jaime?"

„Nay." Sie schüttelte den Kopf. „Es war David. Aber ich habe ihn noch nie so wütend gesehen und Jaime traute sich nicht, ihm wegen dieser Sache die Stirn zu bieten. Ich würde es auch nicht tun."

Lael zitterte wieder und dieses Mal verstand Keane, dass es wohl nicht wegen der Kälte war. Der Blick in ihren Augen war schmerzerfüllt und zum ersten Mal seit seiner Festnahme wurde ihm der Ernst seiner Lage wirklich bewusst.

Es war keine einfache Angelegenheit. Er hatte nicht nur einer Frau geholfen, ihren Pflichten, die ihr per königlicher Verfügung auferlegt worden waren, zu entfliehen – es waren Lianaes Brüder, die im Verdacht standen, die Rebellen anzuführen. Es waren ihre Leute, die sein Zug in den nördlichen Wäldern hatte aufspüren sollen.

Obwohl Lael einst hier gefangen gehalten wurde und irgendwie dem Galgen entkommen war, galt dies nicht als Beweis dafür, dass es Keane genauso ergehen würde. Da das Königreich in so großer Gefahr war, wäre es eine leichte Entscheidung für den König, seinen Frust einfach mit einer Handbewegung wegzuwischen. Er hatte genug mit Northumbria zu tun und Keane hatte seinerseits seine Loyalität nie offenbart. Wenn er David wäre, würde er zuerst *alle* Widerstände im Norden beseitigen, bevor er nach Süden reiste. Nur Cailleach wusste, welche Position der Mann jetzt einnahm. Und mit dem größten Teil Scotias unter seiner Regierung wäre noch nicht einmal Aidan eine Bedrohung. Und jetzt – erst jetzt – verstand Keane die wahre Torheit, dass er sich nie für eine Seite entschieden hatte. „Was glaubst du, wird er tun?"

„Das kommt darauf an."

„Auf was?"

„Was *sie* ihm jetzt erzählt." Sie sah Keane bedeutungsvoll an. „Lianae wurde gerade in das Privatgemach gebracht, als ich es verlassen musste."

„UNA! UNA! DAS BABY KOMMT!"

Da ihr bewusst war, dass jede Sekunde zählte, schrie Constance, so laut sie konnte. Sie stolperte über die eigenen Füße, als sie den steinigen Hügel hinaufrannte. Es lag noch genug Schnee, sodass sie die kleineren Steine nicht sehen konnte, und sie wusste nicht genau, wo sie hinlaufen sollte. Ach, aber alle anderen waren zu beschäftigt damit, Wasser abzukochen und sich auf die Geburt des neuen Kindes des *Lairds* vorzubereiten.

Eines Tages würden sie und Kellen ihr eigenes Kind erwarten.

Dieser Gedanke beschleunigte ihre Schritte – vorbei an den Posten am Hang des Hügels. Wie Statuen aus Stein schienen diese den Schnee gar nicht zu bemerken und Constance staunte, dass sie Tag und Nacht bei ihrer Wache über das Tal so verharren konnten, egal, was passierte. Sie hatte noch nie eine so unerschütterliche Loyalität erlebt wie bei diesen Männern – noch nicht einmal bei ihrem Onkel Iain, der für sich in Anspruch nehmen konnte, von der direkten Blutslinie Kenneth MacAilpíns abzustammen!

Fürwahr, es war kalt, obwohl die Sonne hell vom Himmel schien. Doch Constance freute sich, bei dieser kleinen Aufgabe helfen zu können, und sie sehnte sich verzweifelt danach, sich als nützlich zu erweisen. Es war ein wunderbares Gefühl, endlich Zugehörigkeit zu empfinden.

Obwohl Chreagach Mhor das einzige Zuhause war, das sie je gekannt hatte, und ihr bewusst war, dass ihre Clansleute sie liebten, hatte sie nie das Gefühl, wirklich nach Chreagach Mhor zu gehören, besonders nachdem ihr Cousin Broc weggegangen war. Danach hatte sie meistens allein in einer kleinen Kate gewohnt, wo sie sich um niemanden als sich selbst kümmerte. Ihr Bruder Cameron war nie lange da und wenn er einmal kam, war er oft von irgendetwas abgelenkt. Constance war immer ein Anhängsel, ein vergessenes Kind.

Aber *jetzt* war sie eine ordentlich verheiratete Ehefrau und sie beabsichtigte, die beste Frau zu sein, die Kellen sich jemals hätte erhoffen können. Wenn es nach Constance ginge, würde es ihrem süßen Ehemann an nichts fehlen und er würde den Augenblick, an dem er sie zur Braut genommen hatte, nie bereuen. In jener Nacht in der Scheune war er so süß gewesen. Er hatte sie die ganze Nacht nur geküsst. Aber am Morgen angesichts Iains Zorn war er für Constance eingetreten und hatte angeboten, sie zu heiraten, obwohl sie doch noch eine Jungfrau war. Später, als sie ihr Versprechen gegeben hatten, entdeckten sie die Freuden der Fleischeslust zusammen. Lächelnd tätschelte sie ihren flachen Bauch unter ihrem Umhang und betete, dass schon sehr bald auch in ihr ein kleines Baby wachsen würde.

Das Leben war heute gut!

Während sie ein wenig schneller wurde, dachte Constance an das Haus, das Aidan und Lìli ihnen geschenkt hatten – eine kleine, aber ordentliche Kate – und sie schwor, diese mit all der Liebe ihres Herzens zu füllen. Sie würde kochen und putzen, wie eine gute Ehefrau dies tun sollte, und sie würde die Kleidung ihres Mannes ausbessern. Sie hatte diese schon ordentlich in eine Truhe gestapelt und die Stücke, die noch ausgebessert werden mussten, lagen oben drauf. Sie würde lernen, eine Suppe zu kochen, die nicht bitter schmeckte, und sie freute sich auf den Tag, wenn sie auch für ihre eigenen kleinen Kinder Kleider nähen konnte. Sie betete, dass Lìlis Baby warten würde, bis sie die Hebamme geholt hatte. Also rief sie wieder nach Una.

Es war seltsam, dass die alte Frau in einer Höhle auf dem Hügel wohnte, aber auch nicht so gänzlich unbekannt. Constance wusste von einer Frau in Chreagach Mhor, die mit ihrem Vater in einer Höhle im Feenwald gewohnt hatte – bis zu dem Tag, an dem sie heiratete. Ihr Name war Seana. Ihr *uisge* war sowohl ein Fluch als auch ein Segen für die Menschen, je nachdem zu welcher Tageszeit man danach fragte. Und doch hatte auch Seana, als sie die Wahl hatte, die Höhle in Windeseile verlassen. Für Constance gab es nur wenig Gründe, überhaupt in einer Höhle zu leben, aber jedem das Seine.

Sie fand die Öffnung recht schnell und ging hinein, wobei sie die mit Vorräten gefüllten Kisten bemerkte. Sie war zwar neugierig, was darin sein mochte, aber heute hatte sie es viel zu eilig, um anhalten und nachsehen zu können. Die Leiter, von der Sorcha gesprochen hatte, war schnell gefunden und zügig stieg sie hinab. Aber zu ihrem Entsetzen bemerkte sie, dass Unas Grotte leer war.

Nebel stieg aus einer Öffnung unter dem Tisch der alten Frau auf. Verwundert, aber viel zu aufgeregt wegen des Babys, um zu überlegen, wohin das Loch führen könnte, sprang Constance von der Leiter und ging hin, um nachzuschauen, was sie wohl sehen könnte. Sie blickte hinunter in das Loch und entdeckte eine weitere Strickleiter. „Una?", rief sie zögerlich.

Ein Schauer der Angst lief ihr über den Rücken. Einen Augenblick lang überlegte sie, zurückzugehen, aber Lìli brauchte die alte Frau und Constance wollte ihre neue Schwiegermutter nicht enttäuschen. Es war ihr wohl bewusst, dass Lìli nicht ganz mit der Heirat einverstanden war, und so musste sie sich hier und heute beweisen.

Ganz sicher wäre da gar kein Seil, wenn es gefährlich wäre. Was für ein Angsthase sie doch war. Für das Wohl ihrer Ehe und um die Beziehung zu Kellens Mutter zu verbessern, kletterte sie in die Dunkelheit hinab.

„Una?"

Es gab immer noch keine Antwort, obwohl sie jetzt etwas Seltsames hörte – ein eigenartiges Grummeln wie das Geräusch eines hungrigen Bauches. Sie sah ein grünliches Licht in der Dunkelheit, das durch einen Spalt in der Wand fiel, einer Öffnung, durch die sie sich vielleicht quetschen konnte. Sie ging schnell hinüber und schob sich hindurch auf die andere Seite.

Dort, in einem höhlenartigen Raum, der von einem blassen Licht erleuchtet wurde, lag die alte Frau auf dem Boden neben einem Altar, auf dem sich ein sehr großer Stein befand. Constance rannte entsetzt zu ihr, weil es aussah, als wäre Una tot. Ihre Haut war ein wenig blau und ihre weißen Haare standen von ihrem

Kopf ab, als hätte sie mit ihrer Handfläche über ihren ganzen Kopf gerieben, sodass die Strähnen sich aufgerichtet hatten. Ihre Lippen waren auch blau – noch dunkler – und das eine Auge, das nicht von der Klappe bedeckt war, blieb verschlossen.

„Una?", rief sie leise und schüttelte die alte Frau vorsichtig an der Schulter. Ihr Körper war noch warm, als würde sie nur schlafen.

Trotz des Nebels, der sich außerhalb des Raums sammelte und in Unas Grotte aufstieg, war die Luft in dieser Kammer absolut klar und ruhig und angefüllt mit einer seltsamen Energie, die zu summen schien. Constance hatte das Gefühl, als würden Käfer über ihre Kopfhaut krabbeln und ihre Zähne in ihrem Schädel klappern.

Sie blinzelte verwirrt, als sie hoch zu dem dunklen glatten Stein auf dem Altar schaute. An den Seiten befanden sich Löcher, wo einst Griffe gewesen sein mussten, aber es war offensichtlich kein Gegenstand, der herumgeschleppt werden sollte. Eine Tafel war auf der einen Seite angebracht und da sie spürte, dass dies eine wichtige Entdeckung war, vergaß Constance das Baby in dem Moment, in dem sie sich streckte, um den Stein zu berühren. Ihre Finger strichen über die abgenutzten eingravierten Buchstaben. Ihr Bruder Cameron hatte sie lesen gelehrt und so wusste sie genau, was dort stand. Sie sprach die Wörter laut aus:

> Wenn die Schicksalsgöttinnen Fehler machen
> Und die Worte des Propheten vergeblich sind,
> Wo auch immer dieser heilige Stein von Alba gefunden wird,
> Die Linie derer von Alba regieren wird.

Die alte Frau kreischte wie eine *Banshee,* öffnete ihre Augen und sprang vom Boden auf. Constance schrie.

Mit einem furchtbaren übeltönenden Schrei streckte Una ihren Stab in die Höhe und stieß ihn dann krachend auf den Boden. Es gab einen Knall und ein Knacken und der ganze Raum erstrahlte in blendendweißem Licht.

KAPITEL SECHZEHN

Schmutziges ockergelbes Licht, das von dicken Talgkerzen und einer kleinen rauchigen Feuerschale stammte, die neben dem Stuhl des Königs qualmte, erfüllte die Kammer.

In dem Augenblick, als sie es ausgesprochen hatte, bereute Lianae ihre Worte schon wieder. Wenn es überhaupt möglich war, fühlte sie sich noch schmutziger als das verhasste Gewand, das sie immer noch trug – sogar schmutziger als der warme, abgestandene Rauch, der sich in ihren Nasenlöchern sammelte.

Möge Gott ihr vergeben, aber sie würde *niemals* zum Earl zurückkehren.

Die Stimmung in der Kammer wurde noch ernster. Alle fünf anwesenden Männer starrten sie über den Tisch hinweg an und keiner von ihnen zeigte – trotz der Gräueltat, die sie gerade offenbart hatte – auch nur ein gewisses Maß an Barmherzigkeit.

König David saß mit zusammengekniffenen Augen auf seinem Stuhl und tippte mit den Fingern auf die hölzerne Lehne, während er über ihre Anschuldigung nachdachte. „Und habt Ihr Beweise?" Sein Gesichtsausdruck war ernst, sein langes, schlankes Gesicht streng und seine Gesichtsfarbe fast so rot wie sein Bart.

Bis jetzt hatten sie sie mit Essen versorgt und zum größten Teil gut behandelt, aber Lianae war klug genug, um zu wissen, dass ihr Leben trotz dieser kleinen Höflichkeiten hier und heute entschieden wurde – mit einem Schnippen der langen Finger, die der König dazu benutzte, seinen Stuhl zu malträtieren. Er könnte sie einfach zum Earl zurückschicken – und warum sollte es ihn auch kümmern, was danach mit ihr geschah? Warum sollte es ihn interessieren, dass ihre Schwester von William FitzDuncan getötet worden war? *Von seinem Verbündeten, fürwahr.* Und doch war da etwas in den Augen des Königs, das Lianae hoffen ließ – eine Andeutung von Mitleid.

„Lianae ... habt Ihr Beweise?", beharrte der König.

Und die hatte sie in der Tat. Die Prellungen, die William ihr zugefügt hatte, waren so dunkel und schmerzhaft, dass ihr Zwillingsbänder seines Zorns geblieben waren. Dass er das, was er begonnen, nicht zu Ende gebracht hatte, lag allein an ein paar wenigen Minuten und dem vertrackten diplomatischen Geschick ihres Bruders – nur dafür konnte sie ihm dankbar sein, für sonst aber nichts.

Und doch war sie heute nicht hier, um den Earl anzuklagen.

Wenn sie entehrt wäre, würde FitzDuncan sie niemals zurücknehmen. Sein Stolz war zu groß, um so etwas zuzulassen, ob sie nun eine Prinzessin von Moray war oder nicht.

Sie hatte furchtbare Angst gehabt, dass der König es in Ordnung finden würde, dass ein Verlobter das kostete, was ihm gehören würde. Das Bündnis zwischen diesen zwei Männern, die beide König sein würden, war heikel und sie fürchtete, dass David einen besseren Grund brauchen würde, um sie vor William FitzDuncans Bett zu bewahren. Welchen besseren Grund gab es dann, als zu behaupten, dass ein anderer Mann sie entehrt hätte?

Und *eigentlich* hätte es der Wahrheit entsprechen sollen.

Sie hatte seit Lilidbrugh jede Nacht Keanes Bett geteilt. Es wäre für einen jeden einfach gewesen, zu glauben, dass ein so großer, starker Mann wie Keane gern die Aufgabe übernommen hatte, seinen Samen in ihr zu pflanzen.

Aber Lianae war so verzweifelt gewesen, ihrem eigenen Schicksal zu entgehen, dass sie gar nicht überlegt hatte, was dies für Keane bedeuten würde. Mit schuldvoller Miene sah sie Cameron an. Er würde wissen, dass ihre Behauptungen nicht ganz der Wahrheit entsprachen, doch wenn sie sich nicht als Lügnerin enttarnen wollte, konnte sie ihre Worte nicht wieder zurücknehmen. Auf Gedeih und Verderb musste sie nun dabei bleiben.

Lianae war zum Weinen zumute, sie schob ihren Stuhl vom Tisch weg und stand auf. Ihre Tränen waren echt. Sie musste nichts vortäuschen. Ihre Trauer war aufrichtig und der Geschmack auf ihren Lippen bitter – eine saure Mischung aus Schuld dem Mann gegenüber, dessen Ehre sie gerade angegriffen hatte, und der Erinnerung an das, was sie durch die Hände des Earls hatte ertragen müssen. Die Angst hinterließ einen noch schlechteren Geschmack in ihrem Mund und einen noch hässlicheren Makel an ihrem Herzen.

Sie rief sich ins Gedächtnis, dass eine Frau ihr Möglichstes tun musste, um zu überleben, und dann wanderten ihre Augen zu den anderen Anwesenden in der Kammer und kehrten schließlich zum König zurück. Sie bückte sich, um den Saum ihres Gewands zu heben und dem König die Verletzungen um ihre Knöchel – furchtbare dunkle Ringe, die selbst nach Tagen noch sichtbar waren – zu zeigen.

„Keane hat das gemacht?“, fragte der *Laird* von Keppenach. Er wandte den Blick ab und schaute erst zu Luc und dann zu Cameron MacKinnon. Sein Tonfall war ganz offensichtlich ungläubig und Lianae begann zu überlegen, wie gut Keane diesen Mann kannte. Abgesehen vom König, Luc und Cameron hatte sie nur wenig Ahnung, wer diese Leute hier waren. Aber sie verspürte plötzlich Furcht, denn sie sah den nicht gerade erfreuten Blick in Jaime Steorlings Augen, dessen Zorn sich gegen Lianae zu richten schien. Und doch nickte sie, da sie davon überzeugt war, dass dies ihre einzige Wahl war.

Wenn sie sich nicht verhört hatte, dann knurrte der König. Erschrocken trat Lianae einen Schritt zurück und in diesem Augenblick fühlte sie, wie wahre Angst ihr Herz ergriff.

Wenn der König ihr nicht glaubte, dass sie entehrt worden war, würde er sie vielleicht zu FitzDuncan zurückschicken. „Ich – ich bin über der Zeit“, fügte sie schnell hinzu.

Noch eine Lüge.

Es wurden immer mehr –die Lügen purzelten so schnell aus ihrem Mund, dass sie sich kaum noch alle merken konnte. Und doch blieb sie bei ihren Behauptungen. Zur Bekräftigung legte sie eine Hand auf ihren Bauch und beobachtete, wie die Augen des Königs wieder zu ihr und ihrem Bauch wanderten. Dem *Laird* von Keppenach entging ihre Geste auch nicht und er schaute zu seinem König, wobei er eine teuflische Augenbraue hob.

Der König wendete sich nun zu Cameron MacKinnon, um seinen Rat einzuholen, eher als den des *Lairds* von Keppenach oder Lianaes. „Ihr habt die letzten fünf Jahre eng mit dem Mann zusammengelebt, in den letzten paar Monaten ohne Unterbrechung. Ist Keane dún Scoti fähig, eine solche Tat zu begehen?“

Lianae konnte sehen, wie die Muskeln in Camerons Kiefer zuckten. Es war nicht zu erraten, was er sagen würde. Sie wusste, dass sich die beiden Männer uneins waren, aber sie spürte auch, dass er ihre Behauptungen missbilligte.

„Der Mann, den ich kenne, würde niemals einer Frau etwas zuleide tun." Er schüttelte den Kopf und widerlegte so Lianaes Behauptungen. Und er sah Lianae noch einmal voller Verachtung an.

Der hasserfüllte Blick hätte Lianae fast eingeschüchtert. Verwirrt und entmutigt wollte sie nun nichts mehr, als sich über den Tisch zu werfen und um Vergebung zu bitten – am meisten dafür, dass sie über seinen Freund gelogen hatte –, aber wenn sie dies nicht getan hätte, wäre sie vielleicht schon sehr bald tot. Wie ihre Schwester Elspeth.

Der Augen des Königs wanderten wieder zu Lianae. Er schaute sie sehr gezielt an. „Ich habe ihn unten im Kerker", setzte er sie mit stechendem Blick in Kenntnis.

Panik stieg in Lianae auf.

Keane?

Er war hier?

Jetzt?

„Ich könnte ihn für diese Angelegenheit hängen lassen", sprach der König weiter.

„Oh, nein!", rief Lianae. Verzweifelt schüttelte sie ihren Kopf. „Bitte nicht!", flehte sie. „Es war nicht seine Schuld, Euer Gnaden!" Und sofort fiel sie auf die Knie.

David schlug mit der Handfläche auf den Tisch, was ein schreckliches Getöse verursachte. *„Nicht seine Schuld?"*, brüllte er. „Wie könnt Ihr so etwas sagen, wenn Ihr ihn im gleichen Atemzug angreift?"

Heiße Tränen brannten in Lianaes Augen. *Bei allen Göttern! Alles ging gerade ganz gründlich schief.* Sie hatte Keane niemals schaden wollen.

„Er ist Euch gefolgt, um sich davon zu überzeugen,

dass Ihr in Sicherheit seid“, sagte der *Laird* von Keppenach. „Das ist wohl kaum die Handlungsweise eines Mannes, der die Dinge getan hat, von denen Ihr uns überzeugen wollt.“

Lianae schüttelte den Kopf. Sie konnte nicht sprechen, da ihr Hals wie zugeschnürt war. Tränen schossen ihr in die Augen.

„Er wartet nun auf das gerechte Urteil des Königs.“

Das gerechte Urteil?

Es gab keine Gerechtigkeit in dieser Welt! Sonst wäre ihr Vater noch am Leben. Sie musste die Worte an dem Knoten in ihrem Hals vorbeipressen. „Er hat mich freundlich behandelt, Euer Gnaden“, beichtete sie.

„Und doch hat er sich Euch aufgedrängt?“

Lianae schüttelte den Kopf erneut.

Der König warf seinen unheimlichen Blick nun auf Cameron. „Haben sie das Lager geteilt, so wie sie behauptet?“

Cameron nickte zögerlich.

„Und doch habt Ihr nicht geglaubt, dass er sie missbraucht hätte?“

Cameron schüttelte den Kopf mit viel mehr Überzeugung und Lianae war sowohl erleichtert wie auch zur gleichen Zeit entsetzt. Keane war unschuldig, aber das bewies, dass sie gelogen hatte.

„Erhebt Euch, Mädchen“, befahl der König mit donnernder Stimme.

Mit weit aufgerissenen Augen und verängstigt kam Lianae seinem Befehl sofort nach und erhob sich von ihren Knien.

Der *Laird* von Keppenach sprach wieder. „Wisst Ihr, was ich mit einem Mann täte, der sich meiner Frau aufdrängen würde?“

Schwer schluckend schüttelte Lianae nochmals den Kopf.

Der Zorn des *Lairds* von Keppenach war in jedem

Muskel seines Körpers deutlich sichtbar, einschließlich jener, die jetzt an seinem Hals zuckten. „Ich würde seinen Kopf sauber von seinem Rumpf abtrennen und ihm dann seinen Schwanz zwischen die Lippen schieben. Dann würde ich seinen Kopf als Festmahl für die Krähen auf einen Pfahl spießen."

Er ließ sie einen Moment über das schreckliche Bild nachdenken. Lianae konnte es nicht ertragen. Zwischen ihren Brüsten sammelte sich trotz der kalten Jahreszeit der Schweiß. In diesem Raum fühlte sie sich erdrückt und erstickt.

Einen Augenblick später merkte der König an: „Würdet Ihr das nicht so erwarten, Lianae?"

Halb nickend und halb kopfschüttelnd graute es Lianae vor dem Schicksal, das sowohl ihr wie auch Keane nun bevorstand – es war alles ihre Schuld. So oder so war es alles eine Farce. Wenn der König sie zu William zurückschickte, wäre das ihr Ende. Wenn er ihr glaubte, würde Keane gehängt werden oder müsste noch Schlimmeres erleiden. Sie dachte an seinen auf einen Pfahl aufgespießten Kopf und ... es verursachte ihr körperliche Übelkeit. Sie bedeckte ihren Mund mit der Hand und versuchte, nicht zu würgen.

Der König starrte sie aus zusammengekniffenen Augen an. „Lianae von Moray, was sollte ich *Eurer* Meinung nach mit Keane dún Scoti machen?"

Zuerst verstand sie den Namen, mit dem er ihn benannte, nicht. Im Augenblick des Schreckens war ihr dieser völlig entgangen.

Gewährt ihm Ehren.

Belohnt ihn mit Reichtümern.

Keane hatte es nicht verdient, dass sein Kopf auf einen Pfahl gespießt wurde!

Tränen rannen Lianae über die Wangen. Ihr Gesicht fühlte sich heiß an. „Euer Gnaden, es ist die Wahrheit.

Er hat mich nicht gezwungen“, gestand sie. „Ich lag freiwillig bei ihm.“

Zumindest das war zum Teil wahr.

Sie hatte schließlich sein Lager geteilt – war also freiwillig zu ihm gekommen.

König David schaute noch einmal zum *Laird* von Keppenach und blickte dann wieder Lianae an. „Wenn ich Euch meinen Arzt zur ... Untersuchung schicke, würde er mir bestätigen, dass Ihr keine Jungfrau mehr seid?“

Lianae errötete und sie schaffte es, trotz der Lüge zu nicken.

„Und Ihr behauptet, freiwillig bei ihm gelegen zu haben?“

Sie hatte das Gefühl, als würde sie gleich ohnmächtig werden. „Aye, Euer Gnaden.“

Der König wendete sich an Cameron. „Und was ist nun damit, MacKinnon? Stimmt dies?“

„Dass sie ein Kind von Keane erwartet? Woher soll ich das wissen, Euer Gnaden?“

Lianaes Herz machte einen schmerzhaften Sprung, während sie ihren Daumen betrachtete, der nach zwei Tagen nervösen Knabberns roh war. Sie war nicht in der Lage, sich der Verachtung in Camerons Blick zu stellen. Inzwischen würde er sie bestimmt hassen und er – mehr als alle anderen – würde sie als das erkennen, was sie war: eine Lügnerin.

Lange Zeit zögerte Cameron mit seiner Antwort, doch dann tat er es und nickte endlich. „Aye, sie haben zusammen geschlafen, aber ich habe nicht gesehen, dass sie mehr taten, als einander zu küssen.“

Lianaes Blick schnellte zu ihm, überrascht von seinem Eingeständnis.

Bei der Erinnerung an die süßen Küsse, die sie mit Keane geteilt hatte, und an die zärtlichen Momente, die sie für nichts in der Welt hergeben würde, schossen ihr noch mehr Tränen in die Augen. Und Cameron hatte offensichtlich zumindest einen davon beobachtet. *War es derjenige, den sie auf dem Lager geteilt hatten, als sie an dem ersten Morgen neben ihm wach geworden war? Oder derjenige unten am Bach, als sie ihm fast ihre Jungfräulichkeit angeboten hätte? Der keusche Kuss auf ihren Kopf, als er ihr Herz stahl?* Sie alle waren Beweis für Keanes guten Charakter und starken Willen, denn obwohl sie sich kühn in seine Arme begeben hatte, war er derjenige gewesen, der sie weggeschoben hatte...

Keane war der erste Mann, der für Herzflattern bei ihr gesorgt hatte – der sie so vertraut und doch so zärtlich behandelt hatte, ohne jegliche Spur von Lüsternheit.

Sollte sie ihm dies so zurückzahlen?

Die Stille im Raum war ohrenbetäubend. Die Finger des Königs begannen wieder die hölzerne Lehne seines Stuhls zu malträtieren. Das Geräusch, wie sie auf das Holz pochten, wuchs an Intensität, bis es so schnell war wie Lianaes Herzschlag.

Würden sie einen Mann für das, was sie behauptet hatte, hängen lassen?

Um es klarzustellen und sicherzugehen, dass sie Keane keinen Schaden zufügen würden, räusperte sich Lianae und sagte: „Ich wollte bei ihm liegen."

Und zumindest das entsprach der Wahrheit.

Mit jeder Faser ihres Körpers.

„Was ist mit Eurem Verlobten?", fragte David, der das Gefühl zu haben schien, sie erinnern zu müssen. „William FitzDuncan."

Lianaes Herz zog sich bei der Erwähnung des Earls schmerzhaft zusammen, Angst lähmte ihre Zunge. Allein ihre Augen hatten wohl laut genug gesprochen, denn der König seufzte und wischte angeekelt mit einer Hand über den Tisch. „In Ordnung." Er nickte der

Wache zu, die sie in den Raum gebracht hatte. „Begleitet Lady Lianae zu ihrer Kammer."

Lianae war keine *Lady*, sie war eine Prinzessin, aber im Augenblick fühlte sie sich nicht wie eine. Sie fühlte sich niederer als niedrig – eine Geißel auf dem Angesicht der Erde. *Eine Lügnerin. Ein Feigling.*

Sie hatte nur vorgehabt, sich als nicht heiratsfähig darzustellen, und dabei hatte sie die Ehre eines guten Mannes beschmutzt.

Verzweifelt wollte sie es wiedergutmachen, aber ihr Selbsterhaltungstrieb ließ sie schweigen, während die Wache sie aus dem Privatgemach hinausbegleitete. In der Halle schüttelte Lianae den Griff des Mannes ab und schaute unentschlossen in den Raum hinter sich.

Sprich jetzt oder schweig für immer, Lianae.

Keane ist unschuldig!, wollte sie rufen.

Aber sie tat es nicht. Sie stand nur da, als ein Bild ungebeten vor ihren Augen aufstieg – von Keane, wie er im Kerker auf seinen Tod wartete. In ihrem Kopf sah sie, wie er aus der Zelle und zum Gagen geführt und dann gehängt wurde, und sie wäre schuld an alledem.

Sie öffnete den Mund, um die Wahrheit zu sagen – egal, was dies für sie bedeutete –, aber die Tür zum Privatgemach schlug zu und bevor sie noch ein Wort sagen konnte, zog die Wache Lianae weg.

KAPITEL SIEBZEHN

Das pechschwarze Haar des Babys klebte glatt und glänzend an seinem winzigen Kopf. Wie das Feuer in der Schale spuckte er ein wenig und gab dann einen kehligen Schrei von sich. Sorcha hielt ihn ehrfürchtig in ihren Händen und streckte ihn in die Höhe. „Wir haben einen Jungen!“, verkündete sie.

Erschöpft ließ ihre Schwägerin ihren verschwitzten Kopf sinken und lächelte über das Geräusch ihres neugeborenen Sohnes. Wenn man nach seinem Schreien ging, waren seine Lungen in Ordnung.

Es war das erste Kind, bei dessen Geburt Sorcha geholfen hatte. Endlich – endlich – hatte Aidan einen Jungen – einen Sohn –, einen Erben von seinem eigenen Blut, der die Tradition der Hüter fortführen konnte. Auch wenn Kellen ein wunderbarer junger Mann war, so floss das Blut der Hüter doch nicht in seinen Adern. Aber in diesem Kind schon!

„Wie soll er heißen?“

„Alasdair“, sagte Lìli mit kaum hörbarer Stimme, nun da ihre Arbeit getan war.

Sorcha lächelte. „Verteidiger der Menschen ... eine sehr gute Wahl“, stimmte sie zu und schenkte Lìli ein

Augenzwinkern. „Wollen wir den Vater nun von seiner Qual erlösen?"

„Das ist nicht nötig", sagte Aidan, während er mit dem breitesten Grinsen, das Sorcha je an ihm gesehen hatte, durch die Schlafzimmertür schritt. „Ich garantiere euch, dass man den Schrei bis nach Edinburgh hören konnte!"

In der Tat, wer hatte dieses Geheul nicht gehört? Inzwischen sollten selbst Una und Constance das erfreuliche Geräusch vernommen haben, während sie den Hügel hinuntereilten. Lìli hatte einfach nicht mehr warten können, obwohl sie es versucht hatte. Das Kind hatte darauf bestanden, auf die Welt zu kommen, und Sorcha war da gewesen, um ihm dabei zu helfen.

„Ein Sohn!", rief Lìli trotz ihrer Erschöpfung.

Ihr Mann sah überrascht aus, als er in die blauen Augen seiner Frau sah. Er hatte gesagt, dass er sich über ein weiteres Mädchen freuen würde, aber wenn sein Gesichtsausdruck ein Indiz war, dann war er überglücklich. „Wirklich?" Sorcha fand, dass er sich anhörte, als müsste er tatsächlich weinen.

Lìlis Gesicht war vor Erschöpfung gerötet, aber sie nickte glücklich.

„Komm und schau", bat Sorcha ihren Bruder. Sie trug das Baby in ihren Armen und legte den Kleinen nun neben seine Mutter, wobei sie die Decken über beiden hochzog und um sie herum feststeckte, um sie warmzuhalten. Seine winzigen Fäuste öffneten und schlossen sich und seine Arme schlugen in die Luft wie bei einem winzigen Krieger, der bereit ist, die Welt zu erobern.

Mit wenigen Schritten war Aidan an der Seite seiner Frau und fiel an ihrem Bett auf die Knie. Sorcha ging beiseite, um ihrem Bruder die Gelegenheit zu geben, seine Frau zu herzen und sein neues Baby zu bewundern.

Aber Lìli umfasste ihre Hand und hielt Sorcha so in ihrer Nähe. Ihr Lächeln war voller Liebe. „Das hast du gut gemacht", sagte sie und berührte mit ihrer Hand Sorchas Arm.

Sorcha wischte ihre blutigen Hände an ihren Röcken ab. „Ja, das haben wir ganz sicher nicht Una zu verdanken", stichelte sie, obwohl sie lachte. „Obwohl ich ihr jetzt vielleicht sage, dass ihre nützliche Zeit der Vergangenheit angehört." Sie zwinkerte und lachte freundlich, obwohl sie sich etwas sorgte. „Ich frage mich, wo sie wohl bleibt", sagte sie laut und dachte an ihre Unterhaltung am Tag zuvor. Una war eigenartig gewesen und hatte wertvolle Gegenstände verschenkt. Auch war sie nicht zum Abendessen gekommen, noch nicht einmal, um Aidan bei seiner Rückkehr zu begrüßen.

Lìli lächelte, als könnte sie ihre Gedanken lesen. „Es würde mich nicht wundern, wenn sie getrödelt hätte, nur um dir deinen eigenen Wert vor Augen zu führen. Unterschätze deinen Anteil in dieser Angelegenheit nicht, liebe Freundin. Dein Neffe ist so stur wie sein Vater und wollte eine Zeitlang gar nicht herauskommen."

Aidan schaute hinunter zu seiner Frau und streichelte zärtlich ihre Wange mit der Rückseite seiner Hand. „Warum sollte er auch?" Er grinste lüstern. „Ich würde auch am liebsten alle meine Tage in deiner Blume verbringen."

Lìli errötete und Sorcha lachte, da sie sich inzwischen an die Leidenschaft ihres Bruders für seine schöne Frau gewöhnt hatte. Fürwahr, Aidan verhielt sich wie ein Trunkenbold. Dass er sich die Zeit genommen hatte, nach Süden zu reiten, um den MacKinnons zu helfen, hatte sie alle vollkommen überrascht, wenn man bedachte, dass er seine Frau zurücklassen musste. Und doch bemerkte Sorcha, dass er, so schnell er konnte, wieder zurückgekommen war. Außerdem hatte Una schließlich recht gehabt: Er brachte einen weiteren Mund mit, der gestopft werden musste. Und es dauerte zwar eine ganze Nacht, aber dann setzten bei Lìli mit der Rückkehr ihres Mannes tatsächlich die Wehen ein.

„Danke, Sorcha. Es ist gut, dass du der Aufgabe gewachsen warst", sagte Aidan und schaute sie über seine Schulter hinweg an. „Unas alte Beine scheinen sie immer öfter im Stich zu lassen. Sie braucht eine Woche, um herunterzukommen vom –"

Plötzlich erhob sich ein schreckliches Donnern. Es begann langsam und verstärkte sich dann zu einem Crescendo. Und auf einmal war das Geräusch ohne Vorwarnung so ohrenbetäubend, dass Alasdair zu schreien begann. Es war ein Krach, wie man ihn noch nie im Tal gehört hatte. Der *Crannóg* wackelte heftig. Draußen rutschte Schnee vom Dach und stürzte mit einem explosionsartigen Geräusch in den See. Der Boden bewegte sich unter ihnen.

Aidan und Lìli sahen einander entsetzt an und dann schoss ihr Mann vom Bettrand hoch, lief aus dem Zimmer und aus dem *Crannóg* auf den langen Steg, wo Ria und der Rest des Haushalts sich zusammengefunden hatten und zuschauten.

Asche regnete anstelle von Schnee vom Himmel. Aus dem Berg stieg Rauch auf und erschuf eine riesige Wolke in Gestalt eines Pilzes. Sorchas erster Gedanke galt Una und direkt danach dem jungen Mädchen, das hochgegangen war, um sie zu holen.

„Constance!", schrie Kellen und dann rannte ihr Neffe den Steg entlang und rief verzweifelt nach seiner Frau.

NACHDEM ER VIELE STUNDEN UNTEN IN DER ZELLE verbracht hatte, kamen sie, um Keane zu holen.

Der Geruch der feuchten Erde und die Vorstellung von Avelines verwesender Leiche hatten angefangen, an seinen Nerven zu zehren. Die Sonne begann schon wieder unterzugehen und die Zinnen warfen zahnartige Schatten in den Burghof ...

Lael klopfte den Schmutz vom Umhang ihres Bruders und nervte ihn mit Ratschlägen, während sie sich bemühte, mit ihm Schritt zu halten. „Verliere nicht die Fassung, Keane", ermahnte sie ihn. „Und sei nicht unhöflich. Denke daran, dass er *nicht* derselbe Mann ist, der einst unsere Cat gestohlen hat."

„Er ist genau derselbe Mann", stritt Keane. Er war nicht willens, die Sünden des Königs zu vergessen, nur weil er es geschafft hatte, den größten Teil Scotias auf seine Seite zu bringen.

Lael wischte etwas von seinem Rücken und es kam ihm so vor, als gäbe sie ihm für seine Behauptung einen Klaps. „Ach! Du hörst dich an wie Aidan! David hat sich als gerechter und weiser Mann erwiesen und tatsächlich ist es doch so, dass er sonst nicht so viele Herzen für sich hätte gewinnen können."

„Offensichtlich hat er wohl deins gewonnen." Keane hob eine Augenbraue und schaute seine Schwester abfällig an, ohne seinen Schritt zu verlangsamen. Wenn sie ihn hängen wollten, weigerte er sich, vor ihnen zu kriechen.

Lael war vernünftig genug, zu warten, bevor sie weitersprach. „Aye, nun ... Ich sehe ihn jetzt mit den Augen meines Mannes. Und aye, er ist der König von Scotia, ob nach Recht oder Macht – und du musst ihm vertrauen, so wie ich es tue."

Er ignorierte die Männer, die neben ihnen Schritt hielten und deren geknurrtes Missfallen, als er stehenblieb, um die Hand seiner Schwester zu ergreifen und

Laels lange Finger mit seinen zu umschließen. Sie waren nicht mehr so voller Schwielen, wie sie es von ihrem unermüdlichen Üben mit ihren Messern gewesen waren. Die Berührung ihrer Hand war ganz anders als beim letzten Mal, als Keane sie gehalten hatte. Sie war damals die Größere von ihnen beiden gewesen und seine älteste Schwester hatte einen schlaksigen Jüngling zurückgelassen, als sie nach Keppenach ritt und sich ihrem *Laird* und Bruder widersetzte, um zu tun, was ihr wichtig erschien. Er drückte seine Lippen an ihre Fingerknöchel und liebte sie für ihren kühnen und loyalen Geist, aber die Jahre hatten sie übermäßig verweichlicht. In ihren Augen glitzerten Tränen.

„Ich bin kein Kind mehr, Lael. Sollte ich die Fassung verlieren, werde ich die Konsequenzen tragen, aber mache dir deswegen keine Sorgen. Ich kann dir versichern, dass ich nicht den Wunsch habe, zu sterben."

Seine Worte trösteten sie nur wenig, wenn der besorgte Blick in ihren Augen ein Indiz war. Aber sie bedrängte Keane nicht noch einmal. Stattdessen nickte sie und akzeptierte, was er gesagt hatte.

Die Wachen zogen an seinem Ärmel und führten ihn über den Burghof. Sie taten dies jedoch wegen seiner Schwester mit Respekt. Dies war schließlich ihr Anwesen – durch das Recht ihres Ehemanns, der hier *Laird* war. Trotzdem warf Lael ihnen einen warnenden Blick zu und Keane konnte ein Lächeln kaum verbergen. Seine Schwester war eine Naturgewalt. Er beneidete Jaime ganz bestimmt nicht um sie. Ehrlich gesagt war Lael genau der Grund, warum er niemals geheiratet hatte. Denn sollten alle Frauen so stur, unabhängig und eigensinnig sein, würde er lange vor seiner Zeit an Überbelastung sterben.

Sie betraten die große Halle, die sich seit den Tagen, als Rogan *Laird* gewesen war, sehr verändert hatte – selbst seit letztem Jahr hatte sich viel gewandelt. Nun war die Burg größer und viel bescheidener. Außerdem hatten sie einen zweiten Wohnturm gebaut, um dem Zustrom an Burgbewohnern gerecht zu werden. Wie sein Vater vor ihm war Jaime Steorling ein berühmter Krieger, mit Fähigkeiten, die die Adligen für ihre Söhne begehrten. Zurzeit nahm er viele junge Zöglinge auf und seine Frau hatte sich sehr gut in ihre Rolle als Burgherrin gefügt. Jeder Mensch, der ihr begegnete, wurde mit einem Lächeln begrüßt. Aber heute konnte Keane sehen, dass jedes Lächeln gezwungen war. Er wusste, dass sie sich Sorgen machte.

An den Wänden ihrer Halle hingen Wandteppiche – keiner davon entsprach so recht Keanes Geschmack. Sie waren viel zu fromm in ihrer Art und er überlegte, ob sie nicht eher für David als für Jaime und Lael waren. Der König Scotias verbrachte recht viel Zeit in Keppenach, was wohl einer der Gründe war, warum Keane der Burg normalerweise lieber fernblieb.

Sie geleiteten ihn durch die Halle und am Podium vorbei, wo Jaime bekanntermaßen seine Strafgerichte abhielt. Dann marschierten sie mit ihm die Treppe zum Turm empor, die zu den privateren Räumen führte, zu Jaimes Privatgemach, wo Keane schon oft gewesen war – allerdings noch nie in Begleitung von Wachen. Vor der Tür entfernten sich ihre bewaffneten Begleiter und nur Lael stand an seiner Seite, als sich die Tür öffnete.

Im Zimmer saß David mac Maíl Chaluim auf einem Stuhl nahe des Kohlebeckens und halb vom Tisch abgewandt. Jaime stand auf, um ihn mit langem Gesicht zu begrüßen, wobei er ziemlich verkniffen lächelte. Er kam um den Tisch herum, klopfte Keane aber nicht wie sonst zur Begrüßung auf den Rücken. Stattdessen nahm er seine Frau am Arm und begleitete sie hinaus, während David Keane aufforderte, sich zu setzen.

Einen Augenblick lang blieb Keane starr stehen, wobei sein Stolz mit seiner Vernunft kämpfte. Das

Feuer im Becken flackerte unruhig durch den Luftzug von der geöffneten Tür. Es dauerte eine gewisse Zeit, bis er sich die Mühe machte, Cameron, der am Tisch saß, zur Kenntnis zu nehmen. Er tat es mit einem Nicken und zusammengebissenen Zähnen.

Außer den drei Männern war niemand sonst im Zimmer, aber vor den freien Stühlen stand eine Reihe halb leerer Krüge, was Keane glauben ließ, dass dort zuvor Leute gesessen und offensichtlich über sein Schicksal gesprochen hatten. Die einfache Tatsache, dass sie den Dienstmägden nicht erlaubt hatten, hereinzukommen und abzuräumen, sprach Bände. Jaime schloss die Tür hinter seiner Frau und Keane beobachtete, wie sein Schwager zurück an den Tisch kam und sich auf seinem Stuhl niederließ.

„Setzt Euch", sagte David mit einem bestimmteren Tonfall.

Trotz der ernsten Mienen war es ein zwangloses Umfeld. Keane hoffte, dass dies ein gutes Zeichen war. Und doch war hier etwas Ernstes im Gange, sonst hätte er sich niemals hinter Gittern wiedergefunden. Laels Ratschlag befolgend, hielt Keane den Mund, so schwer es ihm auch fiel.

„Wir haben heute ernste Vorwürfe gegen Euch gehört, Keane dún Scoti."

Keane knirschte bei der Verfälschung seines Namens mit den Zähnen. Er sah Cameron unheilvoll an, da er vermutete, dass die Vorwürfe, die der König gehört hatte, von ihm gekommen sein mussten. Aber anstatt wegzusehen, hielt Cameron seinem Blick stand.

„Wie bekennt Ihr Euch?", fragte der König.

Keanes Tonfall war voller Verachtung, auch wenn er versuchte, dies zu verbergen. „Es wäre hilfreich, zu wissen, was mir vorgeworfen wird."

Etwas in der Miene des Königs wurde weicher. „Und das wisst Ihr nicht?"

Keane merkte, wie er ungeduldig wurde. „Wenn ich es wüsste, hätte ich sicherlich nicht gefragt, *Euer Gnaden.*"

Der König verbarg ein Grinsen. „Als Junge habe ich dich immer gemocht, Keane dún Scoti. Du bist eher deiner Schwester als deinem Bruder ähnlich", sagte er. „In Ordnung."

Keane hielt sich mit einer Antwort zurück, da er das Kompliment nicht erwidern konnte. Er mochte keine Lügner und des Königs andauernde Verwendung seines dún Scoti-Namens schätzte er auch nicht besonders.

David machte eine herablassende Handbewegung. „Lasst uns das Geplänkel beiseitelassen", sagte er.

Keane blinzelte unbeeindruckt.

„Ihr seid angeklagt, eine Prinzessin von Moray entehrt zu haben."

Das war das Letzte, was Keane zu hören erwartet hatte. „Lianae?"

„In der Tat ... *Lianae.*"

„Und kommt diese Anklage von Lianae selbst –", er wendete sich zu Cameron hin, „oder sind es die Worte eines ehrgeizigen Emporkömmlings?"

„Es war Lianae", unterbrach Jaime ernsthaft, als er Keanes unausgesprochenen Vorwurf gegen Cameron MacKinnon bemerkte. „Cameron stand mit jedem Wort, das er gesprochen hat, an deiner Seite, Keane. Er ist hier und heute nicht dein Feind."

Erst jetzt sah Cameron weg, mit eindeutig verletzter Miene.

„Wer ist denn mein Feind?"

„Ich nicht", sagte Jaime.

Der König lächelte nur und Keane atmete tief ein. Er schüttelte den Kopf und versuchte, zu verstehen. „Lianae hat das gesagt?"

„In der Tat", sagte der König und trommelte weiter,

mit seinen langen, schlanken Fingern auf der Stuhllehne. „Natürlich war keiner von uns geneigt, ihr zu glauben, und nach einer gewissen Zeit widerrief sie ihre Behauptung. Und doch“, fuhr der König fort, wobei er Keane musterte, „gab sie auch zu, dass Ihr und sie aus freien Stücken beieinandergelegen habt, und das stellt ein Problem dar.“

Einen Augenblick lang war Keane sprachlos und nicht sicher, was er dazu sagen sollte. Direkt nach der Erleichterung, dass er vielleicht doch nicht gehängt werden würde, kam schließlich die einfache Erkenntnis, dass Lianae gelogen hatte. Er hatte sie nur an ihren Lippen sowie ihren Händen und Füßen berührt und außer dem Kuss selbst hatte ihm das andere nicht sehr viel Freude gemacht. Schließlich hatte er nur helfen wollen und stattdessen stand er nun hier und musste sich einer Untersuchung durch den König stellen...

„Wisst Ihr, das Problem ist, dass sie de Moray versprochen war.“

Ich bin nur ein einfaches Mädchen von Moray, hatte sie gesagt.

Keane fühlte, wie ihn die Wahrheit wie ein Schlag in die Magengrube traf. Obwohl Lianae nicht *darüber* gelogen hatte, verflucht sollte sie sein, dass sie ihre Worte so vorsichtig gewählt hatte, dass Keane ihre Verbindung zu dem Mann nicht vermutet hatte.

Und doch ... warum hatte er das nicht getan, so wie sie gekleidet war?

Die Zeichen waren alle sichtbar gewesen, aber er hatte es vorgezogen, zu glauben, dass sie eine Frau war, die sich noch in seiner Reichweite befand. Er hatte sie geküsst, als könnte sie die Seine werden. Immer wieder ballte er die Hand an seiner Seite zur Faust, entspannte sie und spannte sie dann wieder an

„Und dann ... ist da noch die Sache mit den Verletzungen ...“

Offensichtlich wollte David wissen, was Keane dazu zu sagen hatte, und als dieser gar nichts sagte, fuhr er selbst fort.

„Ich fürchte, ich weiß, wie sie die Verletzungen erhalten hat, und obwohl ich den Mann nicht erzürnen möchte – um des Friedens willen, wisst Ihr, und nicht, weil ich Angst vor ihm als Rivalen habe –, kann ich das Mädchen nicht guten Gewissens zu Moray zurückschicken."

Es dauerte einen weiteren Augenblick, bevor Keane den Mund öffnete, um zu sprechen, aber der König hob die Hand und gebot ihm, zu schweigen.

„Ihr habt schließlich bei ihr gelegen."

Das war keine Frage.

Weder Jaime noch Cameron sprachen zu seiner Verteidigung und Keane merkte, dass sie alle glaubten, dass er mit dem Mädchen geschlafen hatte, vor Gott und den Menschen. Der Gedanke machte ihn wütend, doch er hielt den Mund.

„Ihr habt jetzt eine Entscheidung zu treffen", sagte der König.

Wütend biss Keane die Zähne zusammen. „Was für eine Entscheidung soll das sein?"

„Heiratet das Mädchen."

Es wurde still im Raum. Keane schaute angeschlagen zu Jaime. „Ihr würdet mich eine Lügnerin heiraten lassen?", fragte er den König.

„Gefällt sie Euch nicht mehr, nun da Ihr bei ihr gelegen habt?", warf David sichtlich genervt ein.

Gefallen? Gefallen! Das war hier nicht die Frage. Selbst jetzt, hier in Jaimes Privatgemach und mit einer Geißelung seiner Ehre konfrontiert, rührte sich sein Schwanz bei der Erinnerung an ihren Kuss ... und den Duft ihrer Haare. Aber ob sie ihm gefiel, stand hier nicht zur Debatte!

David schlug mit der Handfläche auf den Tisch.

„Aber wisst Ihr, es ist nicht alles verloren. Ich mache Euch einen Vorschlag", sagte er. Und als Keane nicht sofort sprach, fuhr er fort: „Heiratet das Mädchen, erkennt die Vaterschaft für das Kind an und ich gebe Euch Dunràth als Gegenleistung."

Lianae erwartete ein Kind?

„Dunràth?"

Der König nickte zustimmend.

Wenn er ihm Dunràth gab, würde dies den potenziellen Konflikt mit de Moray nur noch vergrößern. „Moray ist immer noch ein unruhiger Ort", wandte Keane ein. „Es ist Euch vielleicht nicht bewusst, aber trotz Morays Schwur seid Ihr ganz nah dran, alles wieder zu verlieren, was Ihr im Fürstentum der Mormaer erreicht habt."

„Das ist genau der Grund, warum ich Euch einen Sitz in Moray geben möchte."

„Was ist mit den Söhnen des Óengus?"

Lianaes Brüder.

Die, nach denen sie gesucht hatte.

„Ich kann mich nicht mit den Söhnen des Óengus befassen, wenn wichtigere Angelegenheiten anstehen." David riss seine Arme hoch. „Habt Ihr nicht von Henrys Tod gehört?"

Keane nickte.

„Er war für mich mehr als nur mein Freund und viel mehr als nur mein Schwager. Er war ein Verbündeter. Mit seiner Unterstützung konnten wir den Frieden in Northumbria erhalten. Aber genau hier, müsst Ihr wissen, liegt mein Dilemma: Ich reite schon bald nach Carlisle und ich möchte den Norden nicht gänzlich in die Hände von de Moray geben – nicht, wenn ich weiß, dass er sich danach verzehrt, sich auf den Stein von Scone zu setzen. Versteht Ihr?"

Geschockt von dem unerwarteten Angebot, begegnete Keane Jaimes Blick.

„Steorling hat mir versichert, dass Ihr ein Ehrenmann seid, Keane dún Scoti, und ich habe Eure Schwester auch lieben gelernt. Nun denn ... ich könnte Euch hier und heute hängen. Oder ich kann Euch erheben und Euch Dunráth geben und Ihr könnt mir als Eurem rechtmäßigen König den Lehenseid schwören – wie es Euer Bruder schon vor Jahren hätte tun sollen."

Im Zimmer herrschte Schweigen.

Keane hatte sein ganzes Leben den dún Scoti-Namen verleugnet. Und hier und heute sollte er sich dem König anschließen und sich fortan als Schotte bezeichnen. Selbst unter Androhung des Todes würde Aidan sich dem König widersetzen. Aber es brachte niemandem etwas, würde man Keane für dieses Vergehen hängen, am allerwenigsten Lianae.

„Denkt nur einmal darüber nach", fügte David hinzu. „Ihr seid schließlich ein Mann, dessen Blut die Seele Scotias in sich trägt ... Eure Braut wäre eine Königstochter."

David mac Maíl Chaluim starrte ihn weiter an und beobachtete Keanes Reaktion. Obwohl dieser einfach nur dasaß und mit offenem Mund über den Vorschlag nachdachte – und ehrlich gesagt noch mehr über Lianae grübelte. Sie hatte ihn fälschlicherweise beschuldigt, aber unter seiner Empörung spürte er ihre tiefliegende Verzweiflung.

Hatte der Earl ihr die Zwillingsarmreifen verpasst? Hatte er sie schon missbraucht? Seinen Samen in ihren Bauch gepflanzt? Er war wütend um Lianaes willen – und für sich selbst. Noch nie in seinem Leben hatte er eine solche Flut widersprüchlicher Gefühle erlebt.

Er dachte an Lianaes süßes Gesicht an dem Morgen, als er neben ihr aufgewacht war, die Unschuld, mit der sie ihn umarmt hatte, und sein Blick wurde dunkel vor Zorn.

Direkt nach diesen verwirrenden Bildern, stellte er sich ihre Miene vor, wie sie genau hier in diesem Raum gestanden ... und *gelogen* hatte. *Den König von Schottland angelogen hatte. Jaime angelogen hatte.* Keanes Blick fiel auf seinen Schwager. *Und somit hatte sie auch seine Schwester angelogen.* Wusste Lael, dass Lianae ihn beschuldigt hatte, sie geschwängert zu haben? Wussten diese Männer denn nicht, dass es unmöglich war, so etwas nach nur zwei Tagen zu wissen? Wenn das Mädchen schwanger war, dann nicht von Keane. Er warf Cameron einen Blick zu. „Bleiben meine Männer unter meinem Kommando?"

Die dunklen Augen des Königs funkelten. „Alle außer Murdoch, der für Hochverrat hängen wird. Und ich werde Euch einhundert weitere geben, um Euren Sitz in Moray zu sichern."

Es war ein großzügiges Angebot – eines, das sicherlich auch mit der Sicherung der Interessen des Königs an Dunráth Castle zu tun hatte –, aber das war zu erwarten gewesen.

Keane dachte an Lilidbrugh und den Untergang seines Volkes, an die Prophezeiung, von der Una ihnen als Kinder erzählt hatte – an die letzten Worte, die sie zu ihm gesagt hatte, als er Dubhtolargg verließ. *Ich weiß, dass du wissen wirst, was zu tun ist, wenn die Zeit kommt...*

Keane sprach, bevor er sich selbst aufhalten konnte. „Ich werde das Mädchen heiraten", sagte er. „Und ich werde Dunráth Castle nehmen, aber ich möchte auch Lilidbrugh."

„Lilidbrugh?"

Es hallte als Echo im Raum wider: „Lilidbrugh!"

Der König verzog das Gesicht. „Bei Gott! Diesen armseligen Steinhaufen?"

„Aye", sagte Keane entschlossen und schaute den König direkt an, sein Kiefer angespannt vor Entschlossenheit. Und wieder folgte ein Schweigen, während der König über sein Gegenangebot grübelte.

„Eure Lehenstreue im Ausgleich für Lilidbrugh?“, fragte er nach einem nachdenklichen Augenblick.

„*Und* Dunráth“, beharrte Keane. Damit ihn auch wirklich keiner missverstehen konnte, sagte er mit tödlichem Ernst: „Meinen Lehenstreueschwur für Lilidbrugh und Dunráth, und dann werde ich Lianae von Moray heiraten und ihr Kind als mein eigenes anerkennen.“

„Und Ihr werdet mir einen echten Lehenstreueschwur leisten ... trotz allem, was Euer Bruder dazu sagen könnte?“

„Ich bin mein eigener Mann“, versicherte Keane.

David mac Maíl Chaluim lächelte wie eine Katze, die sehr geduldig darauf gewartet hatte, dass ihre Mahlzeit sich zu ihrem Spiel hervorwagte. „Dann ist es hiermit beschlossen“, bestätigte er zufrieden. „Nun“, sagte er gnädig, „lasst uns ein Festmahl für diese Feier vorbereiten!“

KAPITEL ACHTZEHN

Auf dem Altar hinter dem Podium flackerte ein Meer an Kerzen und ihr feierlicher Glanz tauchte das vordere Ende der Kapelle in ein goldenes Licht. Aber an diesem Tag spielten keine Lauten und Bratschen, es gab keine fröhlichen Stimmen. Es war ein ernstes Ereignis.

Lianae stand neben Keane vor dem Geistlichen des Königs und flehte darum, dass ihre Knie aufhören würden, unter ihrem Gewand gegeneinander zu schlagen. Zum ersten Mal seit Tagen fühlte sie sich sauber. Sie hatte es kaum abwarten können, sich das andere Gewand – das Elspeth gehört hatte – vom Leib zu reißen. Es hatte sie in jeder Sekunde, in der sie es getragen hatte, mit Gram erfüllt, obwohl es aufwendiger genäht gewesen war, als das, welches sie nun trug.

Dieses Gewand war einfach gearbeitet, aber aus blauem und goldenem Zindeltaft mit einer goldenen Borde am Halsausschnitt und an den Ärmeln und einem goldfarbenen Gürtel. Der Umhang war aus Samt und mit Minerva gefüttert. Lianae trug ihn zurückgeschlagen und mit einer goldenen Brosche am Hals zusammengehalten. Ihre geschundenen und verletzten Füße waren in hellblaue Seide gehüllt.

Keane war in Dunkelblau und Gold gekleidet und sah eher wie ein Prinz als ein einfacher Krieger aus. Sein glänzendes schwarzes Haar war hinten zusammengebunden und seine Hände hinter seinem Rücken gefaltet, als sollte ihn dies davon abhalten, Lianae an Ort und Stelle zu erwürgen.

Der Priester räusperte sich. „Wer steht hier, um heute verheiratet zu werden?"

Der König antwortete an dieser Stelle: „Keane dún Scoti und Lianae von Moray."

„Und wer gibt die Braut in die Ehe?"

„Ich", sagte der König.

Lianae schluckte ihren Kummer hinunter, denn sie hatte gehofft, dass diese Aufgabe ihrem Vater zufallen würde – und wenn schon nicht ihrem Vater, dann vielleicht ihren Brüdern. Die Gemeinde hinter ihnen war still, so still, dass sie das Tropfen des schmelzenden Schnees auf der Traufe hören konnte.

„Gibt es jemanden, der etwas dagegen einzuwenden hat, dass diese beiden vermählt werden?"

Keane räusperte sich, sagte jedoch nichts und Lianae hielt die Luft an, während sie beobachtete, wie die Kerzen in ihren Halterungen flackerten.

Keiner sprach auch nur ein Wort, aber sie hatte Visionen davon, wie der Earl durch die Türen der Kapelle stürzte. Oder vielleicht Keanes Schwester, die den König tränenüberströmt auf Knien anflehte. Nichts davon passierte jedoch. Der Raum blieb still und alle warteten, dass der Priester fortfuhr.

„Genug", polterte der König ungeduldig. „Es gibt niemand, der gegen diese Verbindung ist."

Der Geistlich räusperte sich. „In Ordnung", lenkte er ein. „Willst du, Keane dún Scoti, neu ernannter *Laird* von Dunràth, diese Frau als deine Ehefrau nehmen und mit ihr zusammen nach Gottes Gebot im heiligen Stand der Ehe leben? Wirst du sie lieben, trösten, ehren und für sie sorgen, in guten und in schlechten Tagen, und auf alle anderen verzichten und nur ihr treu sein bis zum Ende eurer Tage?"

Der Priester schaute Keane direkt an und als dieser nicht sofort antwortete, fragte er: „Willst du das tun?"

Die Antwort ihres Bräutigams war knapp. „Aye", erwiderte er.

Der Priester lächelte Lianae viel weniger nervös an. „Gut, Lianae von Moray, willst du diesen Mann als deinen Ehemann nehmen und mit ihm zusammen nach Gottes Gebot im heiligen Stand der Ehe leben? Wirst du ihm gehorchen und dienen, ihn lieben, ehren und für ihn sorgen, in guten und in schlechten Tagen, und auf alle anderen verzichten und *nur* deinem Ehemann, dem *Laird*, treu sein?"

Lianae erschien es, als würde der Priester sie mit seiner Frage anklagen. „Ich will", antwortete sie.

„Lauter, Kind, sodass alle es hören können!"

„Ich *will*", wiederholte sie und sprach die Worte deutlicher aus.

Der Priester grinste sie an und vermied Keanes Blick. „Gut, dann möge Gott, der gnädig und gerecht ist, diese Verbindung segnen und euch fruchtbar machen, damit ihr viele Söhne und Töchter hervorbringt, die Seinen Namen ehren werden."

„So soll es sein", sagte Lianae, als Keane schwieg.

„So soll es sein", sagte Keane knapp.

Lianae wandte sich zu ihrem neuen Ehemann und schwor sich, ihm niemals einen Grund zu liefern, dass er diesen Tag bereuen würde. Sie würde ihm eine gute Frau sein und seine Kinder gebären und sie würde ihn lieben bis ans Ende seiner Tage. Sie bat um sein Verständnis, flehte ihn mit den Augen an.

Verzeih mir, Keane.

Der Priester hielt eine kleine Reliquie hoch und bat sie beide, eine Hand darauf zu legen, um ihr Versprechen zu weihen. Lianae tat es und sie war sich des Gewichts von Keanes Hand deutlich bewusst, als er seine Hand auf ihrer platzierte.

„Da dieser Mann und diese Frau nun vor Gott und den Knochen des heiligen Petrus ihren Schwur gesprochen haben, sind sie ab jetzt Eheleute. Amen."

„Amen", sagte der König sehr hastig.

„Amen", wiederholten alle in der Kapelle.

„Amen", flüsterte Lianae.

Nur ein Mann sprach den letzten Segen nicht laut aus: Der Mann neben ihr.

Aber nun war es vollbracht und es war viel mehr, als sie zu hoffen gewagt hatte, wo sie doch nur gewollt hatte, dass ihr ein Leben unter der Tyrannei von William FitzDuncan erspart bleiben würde.

Ihr Mann teilte ihre Freude offensichtlich nicht. Er stand mit grimmiger Miene neben ihr und vermochte kaum, sie anzuschauen, trotz der schönen Gewänder, in die seine Schwester sie gekleidet hatte.

WELCHE VERBINDUNG HÄTTE PASSENDER SEIN KÖNNEN?

Ein Prinz der vergessenen Pikten und eine Tochter des eroberten Moray? Ihre Leute waren wie die von Keane die Letzten ihrer Art und schon allein dafür hätte er sie in seinem Bett willkommen geheißen. Und in seinem Heim ... und, aye, sogar in seinem Herzen. Aber ein Teil von ihm sehnte sich danach, all dem den Rücken zu kehren, selbst jetzt noch – der stolze Teil von ihm, der von ihren Lügen verletzt worden war.

„Ihr dürft jetzt den Friedenskuss mit Eurer Braut austauschen", verkündete der Priester.

Seine Braut.

Seine schöne, verräterische, lügende, hinterhältige Braut.

Den Friedenskuss?

Wie könnte jetzt jemals Frieden zwischen ihnen sein?

Lianae blickte ihn kühn an und stand so aufrecht, wie sie konnte. Obwohl sie nicht besonders klein war, reichte sie Keane nur bis zu den Schultern. Ihr rotgoldenes Haar war wie zwei seidene Kordeln geflochten und ihre Augen glänzten wie polierter Bernstein. Sie war eine sehr hübsche Braut – viel hübscher, als er es sich vielleicht ausgemalt hätte –, aber das tat hier nichts zur Sache.

Ihre Wangen hatten Farbe angenommen und sie biss sich nervös auf die Unterlippe, die dadurch leicht anschwoll und sich rötete. Und trotz Keanes Wut schien es, als würden ihre Körper sich ganz natürlich anziehen.

Sie standen jetzt so eng zusammen, dass er die Hitze, die aus ihrem Mund kam, spüren konnte. Ihr Duft verwirrte seine Sinne und doch hielt er sich noch zurück ... und wich ihr nicht von der Seite.

Erst heute Morgen hätte er alles gegeben, um sie nur noch einmal zu küssen, und wenn er es jetzt tat, würde er Lilidbrugh, Dunràth, einen Platz im Rat des Königs und eine hübsche neue Braut einheimsen.

Aber er zögerte, er wollte mehr...

Er wollte, was Aidan hatte – was Lael für sich entdeckt hatte. Er wollte das, wonach Cameron sich sehnte, und bis zu diesem Augenblick hatte Keane nicht gewusst, dass er es auch wollte.

Lianae stand da und wartete, knabberte nervös an ihrer Lippe und dann endlich zog er sie etwas ärgerlich an sich heran. Sie schluckte sichtbar und er hielt sie noch fester und wollte sie wissen lassen, was es bedeutete, gezwungen zu werden. Es würde ihr nur recht geschehen nach all den Lügen, die sie erzählt hatte. Aber er konnte sie nicht zwingen Und sie stellte ihn auch nicht auf die Probe. Sie schmolz in seine Umarmung hinein, wurde nachgiebig und erst dann beugte sich Keane herab und bedeckte ihren Mund mit seinem.

Ihr Geschmack war süß und berauschend.

Sie versprach ihm den Himmel und doch hatte sie ihn schon durch die Hölle geschickt.

Keanes Körper spannte sich an und für einen unchristlichen Moment vergaß er vollkommen, wo sie sich befanden. Sie standen wieder in den schneebedeckten Wäldern und ihre Hände klammerten sich an seine Taille. Der Geschmack der Mehlbeeren füllte seinen Mund und er unterdrückte ein Stöhnen, damit er nicht wie Saft zwischen ihre Lippen glitt. Seine Lenden wurden hart, als er sie so nahe bei sich spürte, und er sehnte sich danach, sein eigenes Verlangen zu leugnen – bis zu dem Zeitpunkt, wenn Lianae ihm in die Augen schauen konnte und die Wörter sprach, nach denen er sich so sehr sehnte.

Der Priester räusperte sich.

Der Kuss war bittersüß und Keane brauchte viel Willenskraft, aber dann löste er sich, wobei er zwangsläufig etwas von sich selbst zurückließ.

Der Blick des Priesters wanderte von Keane zu Lianae und dann verkündete er: „Was Gott verbunden hat, soll der Mensch nicht trennen."

Weder Mann ...noch Frau ...

Aber sie hatte schon ...

Keane brauchte Beistand und suchte den Blick seiner Schwester. In Laels vertrauten Augen, die gleichermaßen mit Hoffnung und mit Bedauern gefüllt waren, fand er, was er brauchte – bedingungslose und freigiebige Liebe. Bis er das in den Augen seiner Frau sah, würde er sein Herz wappnen. Ein Kuss hatte vielleicht sein Schicksal besiegelt, doch er würde ihm niemals die Hoffnung rauben.

Obwohl sie ihm viel zu fromm erschienen, war Jaime mit den Wandteppichen, die Lael für die große Halle bestellt hatte, zufrieden. Das dicke Material dämpfte die Lautstärke des Geschwätzes und der tiefe Rotton und das Gold gaben dem Raum, zusammen mit den neuen Kronleuchtern, Wärme und Heiterkeit, wovon das frisch vermählte Paar nichts verströmte.

Irgendwie hatte seine Frau es geschafft, den gesamten Haushalt in Gang zu setzen und ein Festmahl, das einem König würdig war, vorzubereiten. Sie servierte Jaimes Lieblingsnachtisch – ein Dessert namens *blancmanger,* das sie ihm bei ihrer eigenen Hochzeit erstmals kredenzt hatte. Und zu dem *blancmanger* trug sie Korinthenkuchen auf, Fasan, *brawn en peuerade,* leckeres Schweinefleisch in Weinsauce, *connynges en grauey* – Kaninchen in Brühe – und *dauce egre,* einen wunderbaren Fisch, der in einer süßsauren Zwiebelsauce gegart wurde. Es gab jede Menge warmes Brot, süßen Käse, Met und Bier. Das Einzige, woran Mangel herrschte, war Gelächter. Der Abend war ganz und gar zu ernst. Trotz der flackernden Kerzen, der Musik und den verteilten Bechern mit *uisge* glich die Stimmung in der großen Halle eher einem Begräbnis. Tatsächlich war er schon bei Hinrichtungen gewesen, die fröhlicher vonstattengegangen waren als dieses Fest. Die ganze Angelegenheit erinnerte ihn an eine andere Hochzeit von vor einigen Jahren – seine eigene.

Lianae stand pflichtbewusst neben ihrem Mann und ihre Miene war mürrisch und – nach Jaimes Einschätzung – scheinbar voller Bedauern.

Keane sah aus wie ein Mann, der an den Galgen statt zum Altar geführt worden war. Er lächelte nur wenig und wenn er es tat, dann zu Lael, um sie zu beruhigen. Manchmal war er neidisch auf die enge Beziehung unter den Geschwistern. Selbst nach so vielen

Jahren kannten Kenna und er sich kaum, obwohl sie unter seinem Dach lebte. Tatsächlich stand sie Lael näher als ihm.

Kenna hatte schon den ganzen Tag vor sich hingebrütet und nun schien es, als hätte sie die Feier gerne ganz gemieden. Er suchte gerade die Menge nach ihr ab, als seine Frau kam und an seinem Ärmel zupfte. Sie schlang ihren Arm um Jaimes und zog ihn zu sich heran. „Glaubst du, dass sie zurechtkommen werden?", fragte sie.

Er folgte ihrem Blick zum Podium und bemerkte die Disharmonie des Paares. „Ich weiß nicht. Ehrlich gesagt habe ich ihn noch nie so gesehen, so ..."

Hölzern. Stoisch. Still vor Wut schäumend.

„Unnachgiebig?"

In den letzten fünf Jahren hatte Jaime den Mann recht gut kennengelernt. Dank Keane hatte Jaime etwas beruhigter in die Schlacht bei Stracathro in Forfarshire ziehen können, da Keane in Keppenach bei Lael geblieben war. Er wusste, dass dies Keane von seinem Bruder entzweit hatte und die beiden kaum noch miteinander sprachen. Schon allein deshalb fühlte er sich verpflichtet, sich um Keanes Wohlergehen zu kümmern.

Lael seufzte laut und ihr Griff um seinen Unterarm verstärkte sich. „Fürwahr, ich wäre wütend, wenn ich nicht ein paar Momente mit dem Mädchen geteilt hätte, als ich ihr das Gewand brachte. Sie war wortkarg und doch war jeder zweite Satz *Wird Keane dies mögen?, Wird Keane das mögen?*. Das scheint mir viel Aufhebens um einen Mann, den sie doch nur anklagen wollte."

Jaime dachte einen Moment darüber nach und erinnerte sich an den wilden Blick in den Augen des Mädchens in seinem Privatgemach. „Ich glaube, sie hat nur versucht, sich zu retten."

„Sich zu retten?“ Lael sah zu ihm auf und hob dabei ihre hübschen Augenbrauen. „Vor was denn bloß?“

„Aye, nun, das ist die Frage.“ Er starrte hinunter auf seine Frau und wusste, welche Frage er ihr stellen würde, trotz seines Bedürfnisses, eine kleine Notlüge zu hören: „Hast du dich vor unserer Hochzeit auch so aufgeführt?“

„Wie Lianae?“ Lael lachte und sah ihn dann von der Seite an. „Nay, Ehemann!“

„Also wolltest du mich in keinster Weise erfreuen?“

Seine Frau lächelte ihn kokett an. „Ich möchte dich nicht wirklich daran erinnern, Liebling. Aber ich hätte dir damals viel lieber die Augen ausgekratzt.“

Jaime lachte ein wenig, als er merkte, dass sie wahrscheinlich die Wahrheit sagte. In jener Nacht vor so langer Zeit war wirklich nur Lüsternheit zwischen ihnen gewesen und zwar in erster Linie von ihm ausgehend. Seine schöne Frau hätte ihn am liebsten vom Kopf bis zu den Zehen aufgeschlitzt und ausgeweidet – und das hätte sie bei ihrem Können im Umgang mit Messern auch problemlos geschafft. Selbst nach all diesen Jahren war sie viel besser als die meisten seiner Männer und hatte noch nicht den Wunsch geäußert, ihre scharfen kleinen Spielzeuge beiseitezulegen. Obwohl sie inzwischen die Klingen viel geschickter verbergen konnte, wusste er, dass sie selbst jetzt eine heimlich unter ihrem Kleid trug, wo sie in einem weichen Etui aus Seide an ihren Knöchel geschnallt war. Das Etui war ein Geschenk von Jaime zu ihrem fünften Jahrestag gewesen, dem Tag, an dem er sie verlassen hatte, um im Norden in die Schlacht zu ziehen. Leider folgte seine älteste Tochter in ihren Fußstapfen. Möge Gott jedem Mann, der die Steorling-Frauen ärgerte, gnädig sein.

„Wo sind die Kinder?“, fragte er.

„Hier und da“, antwortete Lael und winkte nachlässig mit der Hand, zweifellos eine Komplizin in den Albereien seiner fehlgeleiteten Töchter.

Sie hatten vier – vier kluge kleine Sirenen, die alle eines Tages Männer in ihr Verderben locken würden – so wie ihre Mutter es mit ihm gemacht hatte. Aber er wäre verdammt, wenn er sein Leben nicht lieben würde. Sein Blick fiel wieder auf das frisch vermählte Paar und er dachte über das, was seine Frau gesagt hatte, nach.

Er hatte ein gutes Gefühl bei der letzten noch lebenden Tochter des Óengus und das war gut so. Denn angesichts von Keanes Verhalten bezweifelte er, dass er den König sonst in seinem Entschluss, sie in die Ehe zu zwingen, unterstützt hätte – was ihn inzwischen ein wenig verwirrte …

William FitzDuncan war ein klarer und aktueller Rivale um Scotias Thron. Laut Gesetz hätte er einen größeren Anspruch gehabt als selbst David. Dass David mac Maíl Chaluim Óengus' Tochter überhaupt an FitzDuncan gegeben hatte, war sicherlich ein Risiko gewesen und Keane hatte die Wahrheit gesagt: So aufgewühlt, wie Moray immer noch war, könnte FitzDuncan durch sein eigenes Geburtsrecht, das durch das königliche Blut seiner Moray-Braut noch gestärkt worden wäre, leicht einen größeren Anspruch auf den Thron erheben. Das Einzige, was für David sprach, war, dass die Menschen FitzDuncan nicht mochten. Doch andererseits verehrten sie die Söhne und Töchter MacBeths. Wenn man Lianae also einen starken Mann – wie Keane – gab, würden einige Menschen sich ihr ganz natürlich anschließen. Also gab man ihr jemanden, der das Blut hochverehrter Könige in die Verbindung brachte – was wieder auf Keane zutraf, obwohl die dún Scoti sich aus Schottlands Politik heraushielten. Dazu kam, dass Keane auch noch ein Pikte war – wenngleich seine Leute sich nicht mehr als solche bezeichneten. Er könnte zusammen mit Lianae in die Schlacht um den Norden ziehen ... und gewinnen. Wenn man außerdem bedachte, dass sie einen Mann in ihrem Kerker in Dunràth festhielten, der dies durchführen konnte ... nun, er verstand nicht, was David vorhatte ... und doch kannte er seinen König gut genug, um zu wissen, dass dieser keine Risiken einging. Was auch immer kommen mochte, David hatte es unter Kontrolle. Ach, Jaime hatte geschworen, dieses Geheimnis nicht seiner schönen Frau zu verraten und bei Gott, dies waren die Augenblicke, in denen er seine Stellung am meisten hasste. Aber seine Frau bemerkte seine grüblerischen Gedanken nicht.

Oben auf dem Podium wandte Lianae nur selten ihren Blick von Keane ab. Was auch immer er tat, sie tat es auch. Wenn er lächelte, lächelte sie auch, obwohl Keane ihre Anstrengungen überhaupt nicht bemerkte. Jaime schaute seine Frau wissend an. „Wenn du nur so fügsam wie sie gewesen wärst."

Lael lächelte zurück und ihre schönen grünen Augen glitzerten im Kerzenlicht und dieses Funkeln ließ ihn wünschen, dass sie allein wären. „Dann würdest du mich nicht sehr mögen, glaube ich."

Sie sahen einander bedeutungsvoll an und teilten ein intimes Lächeln. „Das stimmt, Liebling."

Die Eheleute schauten wieder zu dem frisch vermählten Paar und beobachteten Lianae, wie diese ihrem Mann beim Grübeln zusah.

„So verhält sich keine Frau, die ihren Mann verachtet, oder?"

„Und doch hat sie solche schrecklichen Lügen über meinen Bruder erzählt. Es lässt mich Böses erahnen. Keane ist von sich aus nicht kleinlich, obwohl er nicht gerade besonders offen und verzeihend ist, wenn man ihn verärgert hat."

„Aye, nun, ich habe trotzdem ein gutes Gefühl", räumte Jaime ein.

„Aye?" In ihrer Stimme lag Hoffnung.

„Hast du *diesen Kuss* nicht gesehen?"

„Wer hätte *diesen Kuss* übersehen können?"

„Aye, nun ...", versicherte er seiner schönen Frau, „Das war nicht das Zeichen eines Mannes, der seine Braut verabscheut. Ich schwöre, dass jeder Beobachter davon erregter wurde als ein räudiger Hund eine ganze Nacht lang."

„Selbst du?"

Jaime grinste lüstern. „Ich ganz besonders, Frau."

Der ganze Abend war eine Lüge.

Eine Täuschung.

Eine List.

Eine bittere Pille, die es zu schlucken galt.

Je mehr Keane darüber nachdachte, um so wütender wurde er.

„Schlafe mit ihr!", kamen die Rufe. „Schlafe mit ihr!" Die beharrlichen Schreie wurden lauter, unendlich viel lauter, zu einem ohrenbetäubenden Gebrüll, bis die Stimmen das Gebälk fast erzittern ließen.

„Lass sie bluten!"

„Schlafe mit ihr!"

Die Energie in der Halle war spürbar und je mehr die Leute tranken, umso mehr befeuerten sie ihr eigenes niederes Verlangen. Obwohl er darum kämpfte, bei Vernunft zu bleiben, war Keane nicht immun dagegen. Seit diesem Kuss waren seine Nerven angespannt und bereit, zu zerreißen, durch nur ein einziges Wort seiner verlogenen Frau. Aber sie blieb die ganze Zeit still und mürrisch und sah wie eine exquisite kleine Märtyrerin aus, die pflichtbewusst an seiner Seite stand. Selbst jetzt konnte er sie kaum ansehen, aber er fühlte ihre Gegenwart wie eine scharfe Klinge, die in der Seite seines Körpers gedreht wurde.

Als sich die Menge um sie zu scharen begann, gab er nach und hob seine schöne verräterische Frau hoch in seine Arme. Er trug sie aus der Halle, bevor die Menge beschloss, ihnen zu folgen. Vor Überraschung kreischend schlang Lianae ihre Arme um seinen Hals und hielt sich fest, während er sie über das Podium direkt zur Turmtreppe schleppte. Er machte sich nicht die Mühe, hinter sich zu schauen. Er vertraute darauf, dass Jaime die Gäste aufhalten würde, bevor sie die Stufen hinaufstiegen. Derbe Scherze waren im Treppenhaus zu hören, als klar wurde, dass die Gäste nicht als Zeugen des Beischlafs und des Blutens zugelassen werden würden. *Eine unangenehme Angelegenheit.* Es war die Tradition seiner Leute und vielleicht auch ihrer, aber er wollte keine Zeugen bei dem, was nun kommen würde, dabeihaben.

Seine Braut war weder eine Jungfrau noch seine kostbare Geliebte und er würde seinen Schwanz für diesen Hohn einer Verbindung nicht bewegen. Er war schließlich kein Tier, das sofort zur Züchtung bereit war – und er würde auch nicht den Dummkopf spielen.

Er trug Lianae mit eisigem Schweigen die Turmtreppe nach oben und je höher er stieg, desto mehr verblassten die Stimmen.

Er konnte fühlen, wie sich ihre Nägel in seinen Nacken eingruben – so fest hielt sie ihn.

Schließlich erreichten sie das Zimmer, das seine Schwester ihnen zugedacht hatte – dasselbe Zimmer, das er vor fünf Jahren bewohnt hatte, als er hier gelebt hatte, außer dass der Raum heute Abend mit einem gewissen Luxus ausgestattet war. Er drückte die Tür auf und setzte damit eine Vielzahl an Düften frei. Rosenblütenblätter. Geröstete Mandeln. *Wein* – des Königs Lieblingswein oder zumindest behauptete er das –, ein

Geschenk des Königs von Schottland und ausgewählt aus Henrys Kellereien in Lyons-la-Foret in Frankreich.

Keane war einen Augenblick lang schlecht gelaunt bei diesem Gedanken und überlegte, ob der *Wein* nicht vielleicht vergiftet war. *Ein tödliches Geschenk für Scotias verbleibende Söhne und Töchter.*

Käme das David nicht sehr zupass? Er könnte die Krone für sich selbst behalten, ohne Angst vor Vergeltung zu empfinden – nicht, dass Keane irgendein Interesse an Scotias verfluchter Krone hatte.

Dann wiederum wurde ihm klar, dass Jaime den Mann liebte, und er vertraute dem Urteilsvermögen seiner Schwester unbedingt. Sie sagte, dass sie den Mann inzwischen mochte – ganz andere Worte, als sie vor zehn Jahren von sich gegeben hatte.

Als sie drinnen waren, trat Keane die Tür zu und trug seine Frau in die gemütliche Kammer. Halb im Zimmer angekommen, stellte er sie auf den Boden – recht weit vom Bett entfernt – und ging direkt zur Karaffe mit dem *Wein.*

„Habe ich etwas getan, um dich zu verärgern?", fragte sie ungläubig.

Hatte sie etwas getan, um ihn zu verärgern?

Keane hustete, was zum Teil vom Lachen kam und zum Teil von etwas, das er nicht definieren konnte. Er schenkte sich einen Becher voll Wein ein und sah dann Lianae an. „Ehrlich? Du hast die Frechheit, so etwas zu fragen?"

KAPITEL NEUNZEHN

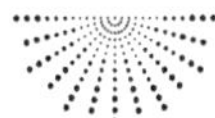

Erstarrt blieb Lianae stehen, sie war von dem harten funkelnden Blick ihres Mannes so getroffen, als wäre er eine tödliche Klinge. Sie mussten ihm inzwischen alles erzählt haben und vielleicht würde er sie nun für den Rest ihres Lebens hassen. Aber zumindest vertraute sie ihm insoweit, als dass er ihr nichts zuleide tun würde – was ihr schreckliches Schuldgefühl nicht wirklich erleichterte.

Vor was für eine Wahl war sie gestellt worden?

Einen unschuldigen Mann anzuklagen oder wie ihre Schwester Elspeth zu leiden?

Das war überhaupt keine Wahl gewesen.

Nun besaß er einen Titel und Ländereien– etwas, wofür er vielleicht dankbar hätte sein können, aber weder in seiner Haltung noch in seinem Blick war irgendeine Form der Dankbarkeit zu sehen. Wenn sie brennbar wäre, hätte das Feuer in seinen Augen sie leicht in Brand gesteckt.

Lianae fühlte sich unwohl unter dem musternden Blick ihres Mannes und wandte sich ab, um das riesige Bett zu inspizieren. Es war übergroß – und eher standesgemäß für einen König, mit aufwändigen goldenen Vorhängen, die wie Girlanden von einem reich verzierten dunklen Rahmen hingen. Das Bettzeug selbst war aus goldenem Samt. Sie ging zu dem goldenen Ungetüm hinüber und strich mit den Fingern über die weiche Decke, wobei sie staunte, was für ein gutes Dasein König Davids Grafen doch scheinbar führten. Im Gegensatz dazu hatten sie und ihre Familie recht einfach gelebt.

Bilder flackerten vor ihren Augen auf – von Elspeth in ihrer Hochzeitsnacht, den letzten Momenten ihres Lebens. Die Angst im Gesicht ihrer Schwester. Zunächst, als sie ihr Eheversprechen gab, und dann später, als sie auf dem Hochzeitsbett lag, mit den Verletzungen an ihrem Hals ... und den Laken voller Blut.

Lianae schluckte krampfartig und ihre Kehle war wie zugeschnürt, während sie darauf wartete, dass Keane den nächsten Schritt machte. Nun, da sie hier waren, wusste sie nicht, was sie tun sollte. Im Gegensatz zum Krach unten war das Zimmer unerträglich still. Und als es schließlich den Anschein hatte, als würde er überhaupt nichts sagen, wandte sich Lianae direkt zu ihm hin und fragte atemlos: „Soll ich mich für Euch ausziehen, mein *Laird?*“

„Nay!“ Er schaute sie angewidert an und schenkte sich noch etwas Wein ein, den er in einem Zug hinunterstürzte.

Lianae war verwirrt. „Aber ... der Beischlaf. Werden sie nicht erwarten –“

Eine dunkle Augenbraue hob sich bösartig. „Blut?“

Lianae nickte, woraufhin er dünnlippig lächelte und seinen Becher mit einem Knall auf dem kleinen Tisch absetzte. „Macht Euch keine Gedanken deswegen“, sagte er. „Dafür habe ich eine Lösung.“ Er kam auf sie zu, griff an seinen Gürtel und nach einem verzierten Dolch, den er dort in einer Scheide trug.

Liane keuchte und beim Anblick der blitzenden Klinge trat sie ängstlich einen Schritt zurück.

Er ging nur bis an das Fußende des Bettes und zog die Decken weg, sodass die weiße Bettwäsche darunter zum Vorschein kam, und dann streckte er seine Hand mit der Handfläche nach oben aus.

Forderte er sie jetzt auf, zu ihm zu kommen?

Wie konnte er erwarten, dass sie so einfach zu ihm kam, wenn er sie so zornig ansah? Seine grünen Augen funkelten so stechend wie der Stahl seiner Klinge. Er starrte sie einen Moment lang an und lächelte reuevoll, dann schnitt er sich mit der Klinge in die Hand, vollführte einen feinen, tiefen Schnitt über den Ballen unterhalb seines Daumens. Lianae schrie vor Entsetzen auf, als das Blut aus seiner Wunde in seine Handfläche floss. Dann drehte er diese um und ließ das Blut auf die weißen Laken tropfen.

„Wenn sie Blut wollen“, sagte er, „bekommen sie auch Blut. Aber wir beiden wissen genau, dass Ihr heute Nacht nicht für mich bluten werdet, *Mädchen von Moray.*“

CONSTANCE STAND AM EINGANG ZUR HÖHLE UND schrie, so laut sie konnte. Asche war in ihren Hals und ihre Nase gelangt und erschwerte ihr das Atmen. Der Berg um sie herum rumorte und sie fiel auf die Knie. „Hilfe!“, schrie sie und erstarrte vor Angst, wo sie kniete. „Zu Hilfe!“

Lachlann kam als Erster. Sein Wachposten war dem Berg am nächsten, aber Aidans Hauptmann konnte das Heulen des Mädchens wegen des Rumorens und dem Krach des zusammenstürzenden Berges kaum hören.

Una war irgendwo unten geblieben. Man konnte sich unmöglich vorstellen, wie jemand einer solchen Katastrophe aus den Tiefen des Gebirges entkommen konnte. Es waren nicht mehr viele Höhlen übrig und ihr Zugang war durch riesige, unbewegliche Felsbrocken, die dreimal so groß wie ein Mensch waren, blockiert.

„Das Licht", schluchzte Constance. „Ich habe ein Licht gesehen! Jetzt sehe ich es nicht mehr", schrie sie und brach in Tränen aus. Sie schlug ihre zitternden Hände vor das Gesicht. „Ich kann nichts sehen!", sagte sie immer wieder. „Ich kann nichts sehen!" Bis die Worte zu einer Litanei wurden.

„Ich kann nichts sehen!"

Todunglücklich begleitete Kellen seine untröstliche Frau in sein altes Zimmer im *Crannóg*, wo sie sich in Sicherheit befinden würde. Alle gesunden Männer versammelten sich auf dem Berg und räumten die Steine weg, so gut es ging, und zogen und zerrten unablässig an jenen, die sich nicht so leicht bewegen ließen.

Es gab nur noch einen Spalt, der kaum groß genug war, dass eine Fliege hindurch passte. Und obwohl er der *Laird* des Clans war, arbeitete Aidan am härtesten von allen, mit Tränen in den Augen, für die er sich nicht schämte. Es gab rings herum kaum Augen, die nicht gerötet waren, und kaum eine Wange ohne das Salz von Tränen darauf.

Es war eigentlich unmöglich gewesen, dem Steinregen zu entkommen – und doch hatte Constance es irgendwie geschafft. Bis Aidan nicht herausgefunden hatte, wie dies sein konnte, weigerte er sich, die Suche nach Una aufzugeben. Im Licht der Fackeln arbeiteten alle unermüdlich in den Abend hinein und immer mal wieder brach ein Mann zusammen, fiel verzweifelt auf die Knie und schluchzte ohne Zurückhaltung.

Der Schicksalsstein war eine halbe Wegstunde tief unter dem kalten, harten Boden vergraben Aber noch viel wichtiger: dies galt auch für ihre geliebte Una – für Aidan und seine Familie war sie die einzige Mutter, die sie je gekannt hatten. Die alte Frau hatte ihren Babys auf die Welt geholfen, wie auch fast jeder anwesenden Person. Sie hatte sich um ihre Verletzungen gekümmert, ihre alten Leute geehrt. Sie hatte Aidan und seinen Vater und dessen Vater vor ihm angeleitet. Sie hatte ihre Feinde verflucht, ihre Kinder unterrichtet und ihre Babys geliebt. Sie war mehr ein Teil des dún Scoti-Clans als jede andere lebende Person. Aber ihre Liebe für sie konnte sie nicht retten. Sie kam nicht mehr aus der Höhle heraus – nicht in jener Nacht und auch nicht am nächsten Morgen und schon bald wurde klar, dass Una verloren war.

Und trotzdem bewegte jeder verfügbare Mann Stein um Stein, suchte stur nach einem Eingang und fluchte jedes Mal, wenn sie eine Sackgasse erreichten.

Im Schnee und im gefrierenden Regen probierten sie alles – sie bemühten sich selbst, durch einen Spalt, den sie vor einigen Jahren geschlossen hatten, in die Höhle zu gelangen, aber dieser war nun auch nicht mehr passierbar. Ganz gleich, wo sie zu graben versuchten, sie machten nur geringe Fortschritte und stießen mit ihren Schaufeln auf harten Granit. Sie arbeiteten zwei lange Tage ohne Unterbrechung, bis ihre Hoffnung zu schwinden begann. Müde und hungrig und bis auf die Haut vom eiskalten Regen durchnässt, versammelten sie sich in der Halle des *Crannógs*, wo sie sich abwechselnd vor das Feuer stellten, um ihre gefrorenen Knochen zu wärmen. Von der harten Arbeit des Tages verschmutzt, leerte Aidan die Schränke, in denen der *uisge* aufbewahrt wurde, und stellte Krüge voll davon für alle hin. Die Stimmung war trübsinnig und sie hatten nur wenig Appetit auf Essen, aber der sinnesbetäubende *uisge* würde willkommen sein.

„Cha bhithidh a leithid ami riamh“, verkündete Lachlann nach einem Moment der Stille und hob seinen Becher zu Ehren Unas. *Eine wie sie wird nie wieder unter uns weilen.*

Aidan war noch nicht bereit, sie gehen zu lassen, aber auch er trank mit den anderen seines Clans auf sie, wenngleich seine Kehle zu eng war, um auch nur ein einziges Wort herauszubringen.

Sorcha hockte am Tisch, den Kopf auf ihren Armen abgelegt, und weinte leise. Mit geröteten Augen tätschelte Cailin die Schulter ihrer jüngsten Schwester. Lìli saß neben ihnen mit dem neugeborenen Kind im Arm – einem Kind, das Una niemals kennenlernen würde.

Mit abgeschürfter Haut an den Beinen und blutigen Fingern hatte sich Kellen in sein Zimmer zurückgezogen, um seine arme Frau, die immer noch nicht ihr Sehvermögen wiedererlangt hatte, zu trösten.

Keiner konnte Constances Erzählung wirklich verstehen, aber soweit man sie entziffern konnte, war sie in den Tunnel unter Unas Grotte gegangen, nachdem sie den Zugang offen gefunden hatte. Sie entdeckte Una betend auf dem Boden, neben dem Altar mit dem Stone von Scone. Sie sagte, dass sie den Text auf der Plakette laut gelesen hätte – eine Inschrift, die Aidan auswendig kannte.

Wenn die Schicksalsgöttinnen Fehler machen
Und die Worte des Propheten vergeblich sind,
Wo auch immer dieser heilige Stein von Alba gefunden wird,
Die Linie derer von Alba regieren wird.

Und dann explodierte das Licht, blendete das Mädchen und zerschmetterte die Höhlen wie Glas. Wie ihre geliebte Clansfrau war der Stein namens *clach-na-cinneamhain* nun für immer verloren. Es war einst das

Schicksal seiner Leute gewesen, aber nun würden sie nie wieder Hüter sein.

Er schluckte den Inhalt seines Bechers in einem Zug hinunter, knallte ihn dann auf den Tisch und schenkte sich wieder ein. Tränen standen in seinen vom Rauch geröteten Augen. „Lael, Cat und Keane müssen informiert werden", sagte er zu niemand Bestimmtem.

„Und Cameron", fügte Cailin hinzu. „Er weiß vielleicht gar nicht, dass seine Schwester unseren Bruder geheiratet hat."

Ein weiterer Augenblick qualvoller Stille.

„Wir senden einen Boten nach Keppenach", schlug Lìli vor. „Der Winter war bis jetzt recht mild. Der Weg ist im Moment noch passierbar."

„Ich gehe", bot Lachlann an.

„Ich komme mit", sagte der alte Fergus.

„Nur ihr beiden", stimmte Aidan zu, wobei er die Worte kaum herausbrachte. „Wir werden jedes Paar Hände für die weitere Suche brauchen."

Lìli sah ihn besorgt an und Tränen rannen ihre Wangen hinunter. „Aidan ... wir haben keinen Laut aus den unteren Höhlen gehört. Die Tunnel sind ja auch verschlossen, mein Liebling."

Sorcha hob den Kopf und sprach leise: „Sie kann nicht leben, ohne ..." Den Rest ihrer Worte verschluckte sie.

Der alte Fergus erhob sich und brachte einen weiteren Trinkspruch aus. „Wie war das noch, was sie oft gesagt hat?"

MÖGEN DIE, WELCHE UM UNS TRAUERN, UM UNS TRAUERN;
Und denjenigen, die nicht um uns trauern,
Möge Cailleach *ihre Herzen bekehren:*
Und wenn sie ihre Herzen nicht bekehren,

Dann sollen sie ihre Knöchel verdrehen,
Damit man sie an ihrem Humpeln erkennen kann.

„Auf uns“, prostete Lachlann mit kehliger Stimme, die sich wie ein Reibeisen anhörte.

„Was ist das, uns?“, fügte Sorcha traurig hinzu, stellvertretend für ihren jüngsten Bruder, der dies oft sagte.

Und Aidan beendete den Trinkspruch mit glasigen Augen und barscher Stimme. „Verdammt wenige“, sagte er. „Und sie sind alle tot.“

Der alte Fergus seufzte erschöpft. „Sie war dann wohl doch nicht Cailleach.“

Beim ersten Morgenlicht erhob sich Keane von dem Stuhl, auf dem er geschlafen hatte, und näherte sich dem Bett.

Sie hatte keine wirkliche Ahnung gehabt, was sie von ihrer Hochzeitsnacht erwarten sollte, aber das hier war es sicherlich nicht. Keanes Blick am Abend zuvor hatte ihr Fleisch zu Eis gefrieren lassen und sein Tonfall hatte sie fast zum Weinen gebracht und die Tränen hervorgerufen, die sie sich geweigert hatte zu vergießen. Während er in der langen Nacht in das Feuer gestarrt hatte, allein in der eiskalten Dunkelheit, hatte sie in dem Bett gelegen, das sie hätten teilen sollen, und hatte sich so weit entfernt wie möglich von dem Blutfleck zusammengerollt.

Einen Augenblick lang konnte Lianae *fühlen*, wie er dort stand, ein Schatten hinter ihren Lidern, aber sie traute sich nicht, ihre Augen zu öffnen, um zu sehen, was er tat. Er verharrte nur eine Sekunde, bevor er sich umwandte und zur Tür hinausging, und in seiner Abwesenheit erschien das Zimmer kälter und karger als zuvor.

Verwirrt und unsicher über das, was sie nun tun sollte, blieb sie im Bett liegen und zögerte, aufzustehen – schon allein, weil sie immer noch ihr verfluchtes Hochzeitskleid anhatte, da sie sich nicht die Mühe gemacht hatte, sich auszuziehen. Aber sie wollte es am heutigen Tag nicht noch einmal tragen. Für den Rest ihres Lebens hatte sie die Nase voll von Hochzeitskleidern!

Hatte sie sich getraut, auf mehr zu hoffen? Was konnte sie denn erwarten? Dass er über ihre vielen Lügen einfach hinwegsehen würde und verzückt genug war, sie als seine Frau zu lieben?

Ihre Lügengeschichten hatten ihn fast an den Galgen gebracht; es war kein Wunder, dass er sie so sehr hasste. Wenn auch nur irgendetwas anders gelaufen wäre, würde sie jetzt hier liegen und dem Krach vor ihrem Fenster lauschen, während sie auf den Henker warteten.

Aber nay. Irgendwie hatte sie gewusst, dass es nicht dazu kommen würde ... nicht wahr?

Sie musste es gewusst haben.

Als sie daran dachte, wie Keane sie noch vor zwei Tagen, als er unter dem wertvollen Mehlbeerbaum stand, angesehen hatte, fühlte sie ein Stechen in ihrem Herzen und wünschte sich verzweifelt, dass er so zu ihr zurückkäme, wie er damals gewesen war.

Würde er ihr niemals vergeben?

Jeder einzelne Kuss, den sie geteilt hatten, gab ihr einen Grund, dies zu glauben. Selbst der am Altar ... allein der Gedanke daran ließ sie zittern.

Nach einer langen Zeit klopfte jemand an die Tür und Lianaes Herz setzte einen Schlag aus. Sie setzte sich im Bett auf. „Herein", sagte sie.

Die Tür wurde geöffnet und eine hübsche junge

Frau schob ihr Gesicht durch den Türspalt. „Guten Morgen, Lianae. Ich bin Kenna – Jaimes Schwester."

Es war Lianae peinlich, in diesem Zustand erwischt zu werden – Tränen verschmiert und vollständig angezogen. Sie krabbelte aus dem Bett. „Oh, bitte ... tretet ein."

Die Frau lächelte und kam ins Zimmer. Lianae bemerkte die Ähnlichkeit fast sofort. Ihre Augen waren die gleichen wie die des *Laird*s von Keppenach – dieses seltsame Stahlblau.

„Die Dienerinnen werden gleich kommen", sagte das Mädchen. „Bis dahin habe ich Euch dies schon einmal mitgebracht."

In ihren Händen hielt sie einen Stapel gefalteter Gewänder – einen großzügigen Stapel. Erst verspätet schien das Mädchen zu bemerken, dass Lianae immer noch ihr Hochzeitskleid trug. Vor Überraschung wandte sie den Blick vom Bett ab, wobei sie übermäßig errötete. „Lady Lael möchte, dass Ihr Euer Hochzeitskleid behaltet", erklärte sie. „Und diese ...", sie zeigte, ohne Lianae dabei anzusehen, mit dem Kinn auf den Stapel, den sie in ihren Händen hielt. „Sie gehörten einst einer Lady, die sie kannte. Sie hat mir aufgetragen, Euch zu sagen, dass Aveline diese mit Euch hätte teilen wollen."

„Wer ist Aveline?"

Kenna zuckte mit den Schultern. „Ich kannte sie kaum", erwiderte sie. Und Lianae drängte sie nicht, weil ihr irgendetwas in der Miene des Mädchens sagte, dass sie nicht weiter darüber sprechen wollte. Kenna trat ein wenig nervös vor und legte die Kleidung auf die Matratze, wobei ihr Blick automatisch auf die Bettwäsche fiel, und als sie das Blut entdeckte, schien sie verwirrt und wandte ihre Augen wieder ab und schaute zum Stuhl an der Feuerstelle.

Wenn es möglich gewesen wäre, hätte Lianae

Keanes Wärme in dem Stuhl gespürt, bereit, ihr Versagen als Braut hinauszuschreien.

Während sie das Mädchen beobachtete, überdachte Lianae die Emotionen, die über ihr Gesicht huschten. Erleichterung vielleicht? „Ich nehme an, dass Ihr gut geschlafen habt?“

„Recht gut, danke.“

Ein wissendes Lächeln zeigte sich auf den Lippen der Frau. „Ich muss sagen, dass es unten kein Mädchen gibt, das nicht von *diesem Kuss* geschwärmt hat.“

Sie meinte den einen am Altar, begriff Lianae und versuchte, zu lächeln. Irgendwie schien der Gedanke daran ihre Laune zu verbessern. Er konnte sie doch kaum verabscheuen, wenn seine Lippen etwas anderes sagten.

„Ihr seid eine glückliche Frau“, bemerkte das Mädchen und ihr Lächeln war echt.

„Bewundert Ihr ihn?“ Es war nur eine zufällige Vermutung von Lianae und die Antwort der jungen Frau hätte ihr Schrecken einflößen können, doch es lag nichts in ihrem Ton oder ihrem Gesichtsausdruck, was Lianae hätte innehalten lassen.

Kennas Wangen röteten sich. „Das tue ich ... ähm, tat ich“, gab sie zu. „Aber das ist nicht wichtig. Leider hat Keane mich nicht einmal angesehen und schon gar nicht so, wie er Euch anschaut.“

„Mich?“, fragte Lianae. Ihre Finger wanderten durch den Stapel Gewänder, den Kenna auf das Bett gelegt hatte. Schließlich wählte sie das oberste, ein weiches, goldgelbes Wollkleid ohne Verzierungen.

„Ich würde meine Beine *und* meine Arme für einen einzigen, so gefühlvollen Blick wie diesen opfern“, beichtete das Mädchen. Und als es seufzte, kam dies aus den Tiefen ihrer Seele.

Lianae verbarg ein winziges Lächeln – nicht wegen Kennas Herzschmerz, sondern wegen ihrer eigenen aufkeimenden Hoffnung. Schließlich und endlich *musste* irgendetwas zwischen ihnen sein. Und was die Art ihrer Ehe betraf, so würde sie ihn auf ewig um Vergebung bitten, aber bevor sie das tun konnte, musste sie sein Wohlwollen erst wiedergewinnen. Sie schwor, dass sie Keane eine gute Frau sein würde, auch wenn die Anstrengung sie umbringen sollte. Irgendwie würde sie es wiedergutmachen. Und trotz allem, was passiert war, hatte sie mehr Hoffnung für die Zukunft als noch vor ein paar Tagen.

Aye, beschloss sie, als sie das neue Kleid auseinanderfaltete, es war an der Zeit, ihren frischgebackenen Ehemann zurückzugewinnen. Ob sie jemals ihre Brüder fand oder nicht, ihr Platz war jetzt an Keanes Seite. Sie hielt das Kleid an ihre Brust, um die Länge des Saums zu prüfen. „Es ist hübsch", sagte sie und blickte zu Kenna, um deren Bestätigung zu erhalten.

„Das wird sehr schön aussehen", sagte das Mädchen. „Die Farbe passt zu Euren Augen. Aber es ist zu lang!" Sie trat vor und wählte ein anderes aus – eins von weiter unten im Stapel. Dieses war hellgrün und ebenfalls aus Wolle, jedoch mit einem goldenen Gürtel. „Probiert dieses", meinte sie. „Es wird Euch am besten passen und die anderen bringen wir zusammen in Ordnung."

KAPITEL ZWANZIG

Keane verbrachte die nächsten paar Tage ausschließlich in Beratungen mit dem König – eine angenehme Ablenkung trotz der Themen, die besprochen werden mussten.

In Aidans Abwesenheit war er gebeten worden, den dún Scoti-Clan zu repräsentieren – ein Unterfangen, von dem er ihnen hätte sagen können, dass es vollends unnütz war. Aidan würde nichts von dem, was hier besprochen wurde, zustimmen. Sein Bruder würde Scotia nicht als seine hoheitliche Nation anerkennen und er würde auch nicht vor David als seinem König knien. Und doch erkannte Keane, je mehr er hörte, die Weisheit in den Worten David mac Maíl Chaluims. Dies zerriss ihn innerlich – ein Dilemma, das nichts Gutes für seine zukünftige Beziehung zu seinem Bruder verhieß. Nach und nach begann er zu verstehen, warum Lael den Mann akzeptiert hatte. Und obwohl er mit sich kämpfen musste, um seinen Eid zu erfüllen, so konnte er doch nach einem Tag als Zeuge des königlichen Rates den Mann nicht mehr als tobenden Verrückten sehen. Er war höflich, fair und bei jedem Wort, das er von sich gab, um das Wohlergehen seiner Bevölkerung bemüht. Selbst das Urteil, das er über Keane gefällt hatte – einen Sitz in Moray und eine Braut –, war viel großzügiger, als er es verdient hätte, wenn Lianaes Anschuldigungen auch nur im Entferntesten wahr gewesen wären. Ach, aber es hatte ihr Wort gegen Keanes gestanden und Keane hatte das Glück gehabt, Zeugen zu haben, die ihm einen guten Charakter bescheinigten. Sonst würde sein Kopf eine Pike zieren und Lianae wäre...

Bei William FitzDuncan ... der übrigens verdächtig abwesend vom Rat des Königs war. Doch er war nicht der Einzige, der noch fehlte. Broc Ceannfhionn war mit MacKinnon in Chreagach Mhor geblieben. Aber Broc würde aufgrund seines Treueschwurs zweifellos zu David kommen und MacKinnon hatte eine Nachricht geschickt, dass er Davids Feldzug in Northumbria unterstützen würde, solange dieser seinen Sohn als den rechtmäßigen Erben von Aldergh anerkannte. Man wurde sich einig. Und schließlich hatte David die Unterstützung aller anwesenden Adligen sicher und außerdem das Versprechen, dass er noch mehr Verbündete im Norden hatte.

In Verbindung mit Carlisle beabsichtigten sie nun, Wark, Alnwick und Norham zu sichern. Dafür würden sie innerhalb der nächsten zwei Wochen in die Schlacht reiten – so schnell, wie sie die notwendigen Truppen zusammenziehen und die Reise nach Süden antreten konnten. Stephen würde zu sehr damit beschäftigt sein, seinen Thron zu sichern. Es würde Monate dauern, bis er dem Norden seine Aufmerksamkeit würde schenken können. Bis dahin würde David ganz Northumbria für sich eingenommen haben.

Als sie die Planung der Einzelheiten für den gesamten Feldzug abgeschlossen hatten, war Keane mehr als bereit für eine Pause. Und doch warteten in seinem Zimmer Spannungen, die viel größer waren als jene, die er gerade hinter sich gelassen hatte – wenn dies überhaupt möglich war. Er erklomm die Turmtreppe und hoffte, dass Lianae anderweitig beschäftigt sein würde, denn er freute sich darauf, sich im Bett auszustrecken. Trotz aller Bequemlichkeit war der Stuhl doch ein armseliger Ersatz für eine richtige Schlafstätte.

Kenna und Lael hatten seine Frau beschäftigt und dafür war er ihnen dankbar, dennoch sehnte er sich danach, sie zu sehen – wenn auch nur für einen Augenblick. Er hatte keine Ahnung, *warum* dies so war. Sie war eine hinterlistige, kleine Füchsin, die sich ihren Weg in seine Gedanken gebahnt hatte. Er bereute den Tag, an dem er sie getroffen hatte.

Zu seiner Überraschung war das Zimmer gemütlich und warm, mit einem brennenden Feuerbecken und einem dampfenden Kräuterbad in der Mitte des Zimmers.

Lianae begrüßte ihn an der Tür mit einem Krug, von dem das Schwitzwasser perlte, in ihren Händen. „Ale?", fragte sie und hob das Gefäß. „Oder würdet Ihr warmen, gewürzten Met bevorzugen?" Sie zeigte mit der Hand auf einen kleinen Tisch neben seinem Stuhl, ihre Augen waren erwartungsvoll.

Keane hätte am liebsten gesagt, dass er nichts von beidem wollte, aber in diesem Moment war das Ale genau das, was er brauchte. Und das Bad war mehr, als er zu hoffen gewagt hatte.

„Ale ist gut", sagte er. Dann zog er seine Handschuhe aus und legte sie auf den Tisch, wobei er sich die Köstlichkeiten, die sie gesammelt hatte, ansah: Gebäck, winzige Kuchen, die mit Honig, Kräutern und Gewürzen bestrichen waren.

Ohne ein weiteres Wort schenkte Lianae ihm einen Becher voll Ale ein. Diesen reichte sie ihm und Keane nahm ihn an. Seine Schultern waren verkrampft und sein Körper schmerzte vor unterdrücktem Verlangen.

Sie war so schön, wie sie auch verräterisch war, entschied er. Nur, weil er sie nicht wollen sollte, hieß das nicht, dass er sie nicht wollte...

„Soll ich Euch baden?“, fragte Lianae sanft, als wenn sie ihm mit einem willigen Herzen dienen wollte, und er musste sich ins Gedächtnis rufen, dass sie eine sehr, sehr gute Lügnerin war. Wenn sie ihn umwarb, dann nur, weil sie etwas von ihm wollte. Was es war, konnte er weder erahnen, noch interessierte es ihn wirklich. Er würde sich nicht von ihr zum Narren halten lassen.

„Nay“, antwortete er mit weniger Entschlossenheit in seiner Stimme, als er gehofft hatte.

Stur, wie sie war, trat sie trotzdem vor. „Ich würde Euch helfen, Keane, wenn Ihr es mir nur erlauben würdet.“

Heute trug sie einfachere Kleidung – ein weiches grünes Wollkleid, das ihre Kurven zur Geltung brachte und unter dem sich ihre üppige Oberweite abzeichnete. Seine Augen verschlangen sie hungrig, denn er verzehrte sich nach ihrem Anblick. Schließlich hatte er sie zwei Tage lang nur gesehen, während sie schlief, da er in der Dunkelheit in das Zimmer gekommen war und es in dieser auch wieder verlassen hatte.

Keane kämpfte mit sich, um sich ihr zu verweigern. Er trank das Ale aus und stellte seinen Becher schweigend ab. Dann begann er sich vor der Feuerstelle auszuziehen. Er streifte das gefütterte Wams und sein Hemd ab und band danach seine Hose auf, wobei er sich nicht traute, die andere Person im Zimmer wahrzunehmen. Ohne die Kleidungsbarriere zwischen ihnen wäre dies sein Ende, denn selbst jetzt spürte er, wie sein Gemächt sich regte, allein bei dem Gedanken an sie beide in diesem Zimmer ... *ihrem Zimmer* ... in dem es von ihm erwartet worden war, dass er mit der Frau, die er geheiratet hatte, die Ehe vollzog.

Die Wärme, die er jetzt beim Ausziehen spürte,

hatte nur wenig mit der Glut in der Feuerstelle zu tun und er konnte sich schon fast vorstellen, wie seine Haut ähnlich wie das, was aus der Wanne aufstieg, dampfte.

Ohne ein weiteres Wort kletterte er in die große hölzerne Wanne und wandte seiner Frau den Rücken zu. Dann sank er in das Wasser hinein und war dankbar für die säubernde Wärme. Aber kaum hatte er den Kopf auf dem Wannenrand abgelegt, spürte er plötzlich Lianaes Finger in seinem Haar.

„Ich helfe Euch", bot sie ihm stur an.

Er schloss die Augen und schluckte seinen Protest hinunter, bevor er den Kopf wieder anlehnte und um Kraft betete. Als er nichts entgegnete, wertete sie dies als Zustimmung, um fortzufahren, und Keane spürte, wie das Blut in seinen Adern zu kochen begann. Er zog den Waschlappen über seinen Schoß.

Stumm nahm sie einen leeren Becher vom Tisch und tauchte diesen in das Wasser, wobei sie ihn bat, die Augen zu schließen, damit sie seine Haare einseifen könnte. Aber seine Lider waren bereits geschlossen und das wusste sie auch. Also veränderte er seine Position nur ein wenig, damit sie seinen Kopf abspülen konnte, ohne das ganze Zimmer unter Wasser zu setzen. Wenn sie so versessen darauf war, ihm zu helfen, dann konnte er es auch genauso gut zulassen.

Doch sein Herz schlug ein wenig schneller, während sie sich mit ihren Fingern durch seine langen Strähnen arbeitete und diese ganz nass machte, bevor sie die Seife aufnahm und seine Haare einschäumte. Ihre massierenden Finger auf seiner Kopfhaut fühlten sich himmlisch an. Er konnte sie hinter sich atmen hören – leise keuchend; er überprüfte seine eigene Atmung und versuchte, sich nicht vorzustellen, wie ihre schönen Brüste sich bei jedem einzelnen Atemzug hoben und wieder senkten …

. . .

Er war schön.

Sein Körper war straff und sein Bauch ebenso. Seine entblößten Arme waren fast so kräftig wie seine Oberschenkel. Gott möge ihr beistehen, Lianae konnte an nichts anderes denken, als ihn anzustarren.

Sie wollte unbedingt, dass Keane sie verstand. Schließlich hatte sie ihm keinen Schaden zufügen wollen. Er war mehr als jeder andere freundlich zu ihr gewesen und sie wollte ihm so sehr beweisen, dass sie eine liebende Ehefrau sein könnte – wenn er es nur zuließe. Außerdem wollte sie ihm erzählen, dass sie noch unberührt war, aber die Worte kamen ihr einfach nicht über die Lippen.

Anstatt sich über die Wahrheit zu freuen, würde er es für eine weitere Lüge halten? Denn das konnte sie nicht leugnen. Sie hatte seit dem Augenblick, als sie ihn traf, über fast alles gelogen und jetzt war es schwieriger, die Wahrheit zu sagen, als weitere Lügen zu erzählen.

Sein langes Haar war in ihren Händen wie tiefschwarze Seide. Sie stellte sich vor, wie er sich umdrehte, um sie anzuschauen – sie wahrlich anzusehen. So, wie sie war. Einfach nur eine Ehefrau, die sich wünschte, dass ihr Mann sie liebte und ihr verzieh, obwohl für den Augenblick sein Schweigen schon genug war.

Wie er sich so in der Wanne ausruhte, wirkte er einen Moment lang, als hätte er keinerlei Sorgen, und Lianae wollte am liebsten für immer sein Stirnrunzeln glätten und mit ihren Fingern über sein Kinn streichen. Während sie die Seife in seinem Haar aufschäumte, legte sie ihr ganzes Herzblut in die Aufgabe und wollte, dass er ihre Reue mit jedem Streicheln ihrer Finger spürte. Als sie mit seinen Haaren fertig war und er immer noch nicht protestiert hatte, bewegte sie sich zu seinen Schultern und massierte die Seife in seine Haut. Sein Körper war dunkel, eine Farbe, die man über ein ganzes Leben hinweg annahm und die auch nicht mit der Zeit verblasste.

Als sie bemerkte, dass er den Waschlappen weggezogen und über seinen Schoß gelegt hatte, streckte sie die Hand aus, um diesen zu ergreifen, aber Keane hielt ihre Hand fest.

„Nay", sagte er.

„Aber ..."

„Ich wasche mich selbst fertig."

Ihre Wangen brannten vor Enttäuschung. Liane ließ den Lappen los, stand auf und trat von der Wanne weg. „E-es tut mir leid", sagte sie, schluckte ihre Tränen hinunter und eilte aus dem Zimmer.

KEANE HÖRTE, WIE DIE TÜR GESCHLOSSEN WURDE, UND erst, als Lianae weg war, entfernte er das Tuch von seinem Schoß und knurrte seinen verräterischen Schwanz an. Er war bereit, ihr Kind als das Seine anzunehmen, aber er würde seinen Samen nicht mit dem von William FitzDuncan vermischen.

Jedoch konnte er seinen *alten Freund* jetzt nicht vernachlässigen. Die Spannung war unerträglich. So hart, wie er war, und nach so langer Verweigerung brauchte er nicht viel zu tun, um sich zu ergießen ... Und in dem Augenblick, als er es tat, sah er Lianaes Gesicht vor seinen Augen.

NICHTS, WAS SIE TAT, SCHIEN IHM ZU GEFALLEN.

Während ihr Mann sie mied, verbrachte Lianae den Rest der Woche mit Kenna und Lael und lernte von jeder der beiden Frauen. Sie war auf einem Landgut im harten Norden aufgewachsen, wo Männer und Frauen ihren Pflichten gemeinsam nachkamen, und lernte erst jetzt, wie man dasaß und nähte, und sie begann mit den Änderungen an ihren neuen Gewändern. Einige waren zu lang. Einige waren zu eng. Außer einem hatten alle einer jungen Frau aus dem Grenzland gehört – einer Tochter des *Lairds* von Teviotdale, die vor einigen Jahren gestorben war, auch wenn keine der anwesenden Frauen erpicht darauf schien, ihr die Umstände zu erklären.

Von Kenna erfuhr Lianae alles Wissenswerte über Laels geheimnisvollen Bruder. Es war seltsam, zuzuhören, wie das Mädchen über Keane sprach, denn Lianae hatte einen ganz anderen Mann kennengelernt – einen, der nicht so unnahbar war und der Lianae in dem Augenblick, als sie sich kennenlernten, unter seine Fittiche genommen hatte. Sie sehnte sich danach, dass genau dieser Mann zurückkehrte.

„Ich werde nie vergessen, wie ich ihn das erste Mal gesehen habe", berichtete Kenna mit geröteten Wangen. „Er war gerade erst angekommen und ich fand, dass er der Inbegriff männlicher Schönheit wäre, so dunkel und gutaussehend. Aber natürlich waren die Damen alle schon in dem Augenblick, als er durch die Tore ritt, halb verliebt in ihn."

Lael lachte. „Sprich bloß nicht von diesen Dingen im Beisein meines Bruders", verbot sie Kenna. „Er wird sonst eingebildet und Lianae muss noch mehr unter seiner Arroganz leiden."

„Ich finde ihn nicht arrogant", wandte Lianae ein.

Kenna lächelte. „Aye, nun, bis du kamst, hat Keane nur Dinge wahrgenommen, die aus Metall, Federn oder Pferdefleisch waren. Einen Tag hatte ich darüber nachgedacht, als Schild verkleidet mit Federn auf der Vorderseite und einem Pferdeschwanz hinten zum

Abendessen zu kommen." Die anwesenden Damen kicherten über das Bild.

Lianae hätte ihnen etwas anderes erzählen können, doch sie wollte nicht, dass Kenna sich schlecht fühlte. Sie hätte ihrem Mann viele Bezeichnungen geben können, aber unaufmerksam gehörte nicht dazu. Blind auch nicht. Und ebenso wenig leidenschaftslos. Obwohl sie ihre Ehe immer noch vollziehen mussten, wusste sie dies ganz genau, denn sie hatte die *Schwellung* unter seinem Waschlappen wohl gesehen. Ihr wurde heiß bei der Erinnerung daran.

Aber das Bad war vergebene Liebesmüh gewesen. Noch häufiger als zuvor kam er jetzt erst mitten in der Nacht ins Bett, wenn er glaubte, dass Lianae tief und fest schlief, und er stand sehr früh auf, lange bevor sie aufwachte. Sie ließ ihren Ärger an dem Tuch, an dem sie nähte, aus und stach ihre Nadel voller Zorn durch den Saum. Sie musste sich mit dem, was sie sagte, zurückhalten, denn Laels Töchter waren heute alle im Privatgemach anwesend.

Einige der Hofdamen waren Töchter benachbarter Lords. Andere wiederum waren die Ehefrauen von Jaimes Schutzbefohlenen und ein paar waren niedere Mägde, die der Lady von Keppenach dienten. Lael war scheinbar bereit, jede einzuladen, ob sie echte Ladys waren oder nicht. Alle waren in ihrem Privatgemach willkommen, wo das Feuer im Kamin brannte und Kerzen über ihnen funkelten. Ein schöner Teppich lag ausgebreitet auf dem Boden und riesige Kissen in hellen Farben lagen hier und da verstreut – ein Stil, der von den Reisen ihres Mannes in das Land der Sarazenen inspiriert war, wie Lael erklärte.

„Ich bin noch nie viel gereist", gab Lianae zu.

„Vielleicht wirst du es in Zukunft tun, nun da mein Bruder David die Treue geschworen hat", meinte Lael und lächelte, während sie ihre Nadel durch den Saum an einem von Lianaes neuen Kleidern stach.

„Vielleicht", erwiderte Lianae. Obwohl es derzeit eher so war, dass ihr Ehemann sie wahrscheinlich nach Dunràth zurückbringen und dort für immer sitzen lassen würde. *Allein.* „War Grün Lady Avelines Lieblingsfarbe?", fragte sie. Dies musste so sein, denn fast alle Gewändern wiesen einen Grünton auf.

„Aye, aber wenn du die Farbe nicht magst –"

„Oh, nay!", versicherte Lianae. „Sie sind alle hübsch und ich habe solche wie diese noch nie gesehen. Meine eigenen Kleider waren immer viel schlichter. Ich danke Euch für *alles,* was Ihr für mich getan habt, Mylady."

„Meine auch", gab Lael zu.

„Wie auch meine", fügte Kenna hinzu. „Aber es überrascht mich, dass Eure Kleider so schlicht waren, Lianae."

„Wieso?", fragte Lianae erstaunt.

„Ihr seid eine Prinzessin!", warf eine von Laels Hofdamen ein.

Lianae errötete. „Ach! Eine Prinzessin von *was?* Man muss Untertanen haben, um eine Prinzessin zu sein, und Moray ist nicht mehr das, was es einmal war."

Lael und Kenna schauten einander an. „Ich weiß, was Ihr meint", gab Lael seufzend zu. „Dubhtolargg ist es auch nicht."

Lianaes Nadel hielt inne und sie erinnerte sich plötzlich, wie König David ihren Mann genannt hatte: *dún Scoti.* „Dubhtolargg?"

Lael nähte weiter und nickte, als wäre ihre Offenbarung alltäglich gewesen.

Wie Lilidbrugh war Dubhtolargg ein Ort, über den man nur im Flüsterton sprach – die Bergfestung, die nach dem ermordeten König der südlichen Pikten benannt worden war. Man erzählte sich, dass bei Black Tolarggs Tod sein Blut als roter Strom in die Bergbäche floss und bis in den Bergsee, wo die Mutter des Winters in ihrer Höhle schlief. Sie kam hervor, um den gefallenen König zu betrauern, und ihre Tränen verwandelten das Tal in einen fruchtbaren Ort, der von dem rauesten Gelände, das der Menschheit bekannt war, umgeben wurde. An diesen Ort waren die letzten Pikten vor mehr als zwei Jahrhunderten geflohen und vermutlich dortgeblieben – in den roten Hügeln, die vom Blut Black Tolarggs rot gefärbt worden waren.

Lael war eine dún Scoti. Das erklärte auf jeden Fall ihre Farbe, denn sie war dunkler als die meisten Schotten – sowohl bei ihrer Haut wie auch bei ihren Haaren – und ihre Augen hatten ebenfalls diese seltsame grüne Farbe. Während sie darüber nachdachte, schob Lianae ihre Nadel durch den dicken Stoff ihres Gewands. Bei diesem bestimmten Kleid hatte sie den Ausschnitt angepasst, sodass er nicht die Wölbung ihrer Brüste preisgab. *Sollte ihr Mann sie doch ignorieren,* dachte sie zu sich selbst.

Kenna warf ihr einen wissenden Blick zu. Sie hatten sich trotz ihrer Verehrung desselben Mannes schnell angefreundet. Auch wenn sie versuchte, es zu leugnen, so konnte Lianae doch den Herzschmerz in Kennas Augen sehen, wenn sie über ihn sprach.

Plötzlich klopfte es an der Tür zum Privatgemach. „Ailis?", fragte Lael die kräftige Frau, die hinter der Tür erschien.

„Mylady ... ein Bote ist gekommen ..." Doch die unglückliche Dienerin konnte ihrer Herrin nicht in die Augen sehen.

„Wissen wir, wo er herkommt?"

Die Dienerin nickte und starrte dabei auf ihre Füße.

„Wer, Ailis? Sprich!"

Endlich schaute Ailis ihre Herrin an. „Ich sollte es nicht sagen, Mylady. Aber mein *Laird* Jaime bittet Euch, sofort zu kommen."

Lael sprang sogleich auf und befahl ihren Töchtern, dazubleiben. Dann eilte sie zur Tür hinaus und alle starrten ihr hinterher.

REITER ÜBERBRACHTEN DIE NACHRICHT VOM TOD EINER dún Scoti-Clansfrau.

Dankenswerterweise verweigerte Keane Lianae nicht die Möglichkeit, ihm in seiner Trauer beizustehen. Zusammen würden sie nach Dubhtolargg gehen und von da aus nach Norden, nach Dunràth in Moray, reisen. Lael und Jaime wollten sich auch auf den Weg machen, doch Jaimes Schwester wurde gebeten, zusammen mit Laels Töchtern in Keppenach zu bleiben. Da Elspeth tot war, würde Lianae die schwesterliche Gesellschaft schmerzlich vermissen, denn obwohl Keanes Schwester sich freundlich und nett verhielt, war sie doch lange nicht so umgänglich wie Kenna.

Der König beabsichtigte ebenfalls aufzubrechen, aber von Dubhtolargg würde er gen Süden nach Northumbria reiten anstatt gen Norden nach Moray. Während der König also verweilte, um seine Truppen für den Krieg vorzubereiten und seine restlichen Lehensmänner um sich zu sammeln, schickte er die trauernde Familie vor. Jaime Steorling blieb zurück, um den König in die Mounths zu begleiten, während Keane, Lael, Lianae und Cameron sowie die Boten Fergus und Lachlann mit der gebotenen Eile losritten.

Lianae schrieb die Eile auf Keanes und Laels Verlangen, in dieser Zeit der Trauer zu Hause bei ihrer Familie sein zu wollen. Aber sie ritten mit einer solchen mörderischen Geschwindigkeit und vergrößerten die Entfernung zwischen ihrer Gruppe und der des Königs immer mehr, als wollten sie sicherstellen, dass sie lange vor David mac Maíl Chaluim ankamen.

Auf dem Weg war Keane viel zu abgelenkt, um sich mit ihren Streitereien zu befassen. Er war weder zornig noch besorgt, sondern eher grübelnd, wobei er über lange Zeitspannen schwieg und Lianae sich wie eine Fremde unter ihren neuen Leuten fühlte.

Und doch war es ein besseres Schicksal, von Keane dún Scoti ignoriert zu werden, als das, was sie bei William FitzDuncan hätte erleiden müssen. Der Gedanke an das, was William ihr inzwischen hätte antun können, ließ sie erschaudern. Und doch ... sie wünschte sich, dass Keane sich nur einmal umwenden und sie ansehen würde ... In ihrem Blick lag eine Entschuldigung und sie betete von ganzem Herzen, dass er sie sehen würde.

Aber das tat er nicht. Und die Stimmung der Gruppe blieb bedrückt. Sie ritten durch Kiefernwälder und Täler, die durch steil abfallende Klippen schnitten. Als sie die Hügel endlich erklommen hatten, schlängelte sich der Weg bergab in ein von Schnee bedecktes Tal, das auf drei Seiten von Felsen umgeben war und auf der vierten von einem eisigen See begrenzt wurde. Als sie das Tal betraten, ertönte ein Hornstoß, der die Luft erfüllte.

Das war also endlich das legendäre Dubhtolargg.

Im Tal unten standen Reihe um Reihe steinerner Katen, deren Strohdächer von Schnee bedeckt waren, geschützt vor dem Wind und von kahlen Vogelbeerbäumen umgeben. Auf dem See befand sich eine riesige Insel, die durch einen langen hölzernen Steg mit dem Strand verbunden war.

Der Anblick des winzigen Dorfes, das wie ein Edelstein versteckt lag, raubte Lianae den Atem. Obwohl es wie eine Vision aus der Vergangenheit erschien, überkam sie ein unheilvolles Gefühl, als sie das Tal betrat ... Sie spürte etwas unbestreitbar Altes und Mächtiges.

Von ihrer Stellung am Hang konnten sie Keanes Clansleute sehen, die unten an einem lodernden Lagerfeuer standen. Aus dessen Mitte heraus zog der Rauch in den trostlosen Himmel. Lange bevor sie sich dem Dorf näherten, kam ihnen eine Gruppe entgegen, um sie willkommen zu heißen.

Lianae spürte ein nervöses Grummeln im Bauch und folgte ihrem Mann zu den Ställen, wo sie ihre Pferde abstellten und dann von dort zum Feuer am Strand gingen. Auf dem Weg gab es Umarmungen und weitere Tränen wurden vergossen, aber Lianae gehörte nicht zu denjenigen, denen diese Zuneigung zuteilwurde. Ihr Herz sehnte sich nach diesen Menschen, aber sie wartete ab und stand neben ihrem Mann wie eine gute, pflichtbewusste Ehefrau.

Plötzlich kam eine junge Frau, um Keane um den Hals zu fallen – ein schönes Mädchen mit hellrotem Haar. Die beiden umarmten sich so innig, als wäre das Ende der Welt nah.

Eifersucht stieg in ihr auf und Lianae sah weg, da sie den Anblick ihrer Umarmung nicht ertragen konnte. Sie dachte daran, wie er ihre verletzten Füße gehalten und sie so vorsichtig verbunden hatte, und sie musste schlucken angesichts des Verlusts seiner Zuneigung.

Was hatte sie nur getan?

Fürwahr, sie hatte sich gerettet, aber ihr Mann war dabei ihr gegenüber kalt geworden. Eine Traurigkeit – ähnlich wie der Kummer ihres Mannes – sickerte bis in Lianaes Knochen.

Einen Moment später löste sich die Frau von Keane und schmiegte sich an Cameron und als sie die beiden zusammen sah, war Lianae sofort beruhigt.

Die Umarmung des Mädchens mit Keane war inbrünstig und herzlich gewesen, aber ihre Umarmung mit Cameron war zärtlich und voller Sehnsucht. Lianae bemerkte, wie die Finger der Frau mit den Locken in Camerons Nacken spielten, und sofort suchte sie den Blick ihres Mannes.

Offensichtlich bemerkte auch Keane diese Geste, denn endlich wandte er sich zu Lianae um und lächelte sie zögerlich an – das erste Lächeln seit Wochen. Ihr Herz hüpfte schmerzlich in ihrer Brust.

Wenn man nach dem Gesichtsausdruck ihres Mannes ging, während er Cameron mit seiner Schwester beobachtete, traute sich Lianae zu hoffen, dass auch er sich nach mehr sehnte als nach dem Lehen, das er als Zahlung vom König erhalten würde.

Und dann war da noch Folgendes: Jeder andere Mann hätte die Bestechung des Königs angenommen und, um die Verbindung zwischen ihren Häusern zu sichern, Lianae inzwischen zum Beischlaf gezwungen. Keane hatte sie immer noch nicht berührt ... Und selbst jetzt hätte sie sich als ledig erklären können. Wenn sie es gewollt hätte, denn von Gesetzes wegen war sie immer noch eine unverheiratete Jungfrau.

Aber sie *wollte* wirklich Keanes Ehefrau sein.

Unglücklicherweise hielt er sie für entehrt und schlimmer noch, er vermutete, dass sie das Baby eines anderen Mannes unter dem Herzen trug. Noch eine Lüge – die schlimmste aller Lügen – und eine, die Lianae gerne richtigstellen würde.

Er stand jetzt in ihrer Nähe – sehr nah – und genauso gut hätten sie viele Wegstunden voneinander getrennt sein können. Lianae sehnte sich nach der leichtesten Berührung seiner Haut, deshalb bewegte sich näher zu ihm hin, und als die ersten Begrüßungen vorbei waren, nahm er die Frau beiseite und stellte sie Lianae vor.

„Cailin, begrüße meine Frau", sagte er ohne Umschweife.

Die Augen des Mädchens weiteten sich. Ihr Blick fiel auf Lianae. „Ehefrau?"

Nachträglich ergriff er Lianaes Hand, aber die Geste erschien der Form halber. „Lianae, dies ist meine Schwester Cailin. Sie wird sich um dich kümmern und ich werde dann gleich bei euch sein." Er beugte sich zu ihr herunter, um ihr einen keuschen Kuss auf die Stirn zu geben, und sie drückte ihr Gesicht gegen seine warmen Lippen, aber dann löste er sich und ging weg. Sie blieb mit seiner Schwester zurück.

Cameron folgte ihm auf den Fuß.

„Wo geht ihr hin?", rief Cailin ihnen hinterher. Als Keane nicht antwortete, wandte sie sich um und sah Lianae seltsam an.

„David kommt", sagte Lael und lief hinter ihnen her.

Cailin öffnete ihren Mund, um zu sprechen, schloss ihn aber dann wieder und sah zu, wie ihr Bruder und ihre Schwester von dannen gingen, wobei sie etwas zu verstehen schien, was Lianae verschlossen blieb. Obwohl sie sofort spürte, dass, was immer es war ... es hatte alles mit Davids unmittelbar bevorstehender Ankunft im Tal zu tun.

KAPITEL EINUNDZWANZIG

Der alte Fergus stand Wache an der Tür zum *Crannóg,* während alle anderen Männer um das Feuer standen und ihre kalten Finger wärmten. Die tanzenden Flammen warfen ein unbeständiges Licht auf die Gesichter rundherum. Im Schatten, in der Nähe des langen Tisches, wiegte Lìli ihr neugeborenes Baby und hörte beklommen der Unterhaltung zu. Zusammen mit dem älteren Lachlann hatten Aidan, Lìli, Sorcha, Cameron, Keane und Lael sich eingeschlossen, um über die Zukunft zu sprechen. Sorcha und Lael standen Arm in Arm und waren dankbar, einander nach so vielen Jahren wiederzusehen, aber ihre Aufmerksamkeit war auf ihre Brüder konzentriert. Seit zweihundert Jahren hatten die dún Scoti keine Aufmerksamkeit auf ihr Tal gezogen – aus gutem Grund – und jetzt war der König mit seinen Männern auf dem Weg hierher.

„Wie viele Ritter hat er bei sich?"

„Fünfhundert inzwischen." Cameron MacKinnon trug diese Information bei. „Er beabsichtigt, weitere zweihundert zu treffen, wenn wir das Tal verlassen, und der Rest wird in Northumbria zu uns stoßen."

Keane verstand mehr als jeder andere, dass die anstehende Konfrontation in Northumbria nicht Aidans Hauptsorge war. „Fünfhundert Männer des Königs werden sich *hier* versammeln?“, fragte sein Bruder mit Verärgerung in der Stimme. Sein Blick fixierte sich auf Keane, den er offensichtlich für verantwortlich hielt.

„Ich habe ihn ermutigt, auf die Reise zu verzichten“, sagte Keane. „Er bestand darauf. Was hätte ich tun sollen?“

Die beiden Brüder starrten sich an, Aidans Blick zornig und Keanes unnachgiebig. Er kannte die Befürchtungen seines Bruders, aber nach allem, was passiert war, was machte es jetzt noch aus?

„Wir wissen alle, dass David mac Maíl Chaluim nicht kommt, um sein Beileid zu bekunden“, meinte Aidan. „Also, sag mir, was will er dann?“ Er war inzwischen aufgebrachter, als Keane dies jemals erlebt hatte – noch schlimmer als an dem Tag, an dem Lael aus dem Tal geritten war. Seine ruhige Stimme konnte seinen Zorn nicht verbergen. Dieser war im Glitzern seines stählernen Blicks zu erkennen.

Der einzige Mann, vor dem Keane jemals gekniet hatte, war sein Bruder, aber dies war heute nicht der Fall. Cameron kannte diese Zaghaftigkeit irgendjemandem gegenüber von Keane nicht und da er einen Streit befürchtete, begab er sich daran, diesen zu zerstreuen. „Ich glaube, dass er Euch bitten will, am Feldzug teilzunehmen. Wenn wir in Northumbria siegreich sein wollen, brauchen wir so viele Männer wie möglich.“

Aidans Pupillen weiteten sich, als sie MacKinnons Cousin anschauten, bis seine grünen Augen mit einem schwarzen Schatten überzogen wurden. „Wir?“, fragte er vorsichtig.

„Aye“, antwortete Cameron.

Aidan konnte sich kaum noch beherrschen. „Northumbria interessiert mich *nicht*, das ist nicht *mein* Krieg", blaffte er.

Trotz all des Geschwätzes von Außenstehenden, dass Aidan ihre Frauen zu sehr verhätschelte, hatte Keane noch keinen Mann kennengelernt – einschließlich König David persönlich –, der sich im Angesicht von Aidans Zorn nicht in die Hose machte. Doch zum ersten Mal, seit sie sich vor vielen Jahren kennengelernt hatten, stand Cameron seinen Mann und trat Aidan aufrecht gegenüber. „Es ist auch nicht MacKinnons Kampf und doch habe ich gehört, dass er sich anschließen wird."

Aidan ging einen Schritt auf Cameron zu. „Nichtsdestotrotz habt *Ihr* in meinem Rat nichts zu suchen, Cameron MacKinnon."

„Aidan", warf Lael ein und trat zwischen sie, wobei sie eine Hand auf Aidans Brust legte, um ihn zurückzuschieben. „Beruhig dich", sagte sie. „Er ist unser Gast und wir haben schon genug verloren. Lass uns nicht streiten", flehte sie.

Aidan brauchte eine längere Zeit, um sich zu sammeln, aber als er Cameron dann wieder anblickte, lag neugewonnener Respekt in seinem Blick. „Chreagach Mhor ist zerstört", informierte er ihn nun etwas ruhiger. „Es wird Monate dauern, um das Verlorene wiederaufzubauen."

„Dazu kommt noch, dass Aldergh Castle durch FitzSimons Tod nun schutzlos ist. Und ich glaube nicht, dass mein Cousin es zulassen wird, dass das Erbe seiner Frau so einfach zurückgegeben wird. Er wird kommen."

„Aye, nun, das mag sein. Was Iain MacKinnon macht, ist Iain MacKinnons Angelegenheit. Ich werde keine guten Männer zur Verfügung stellen, um eine

Krone zu verteidigen, die wir seit mehr als zweihundert Jahren nicht unterstützt haben."

„Und außerdem sind wir in Trauer", warf Lìli mit sorgenvoller Stimme von ihrem Platz am Tisch ein. Sie wiegte ihr Kind und sah Keane flehend an, als wenn es seine Schuld wäre. Doch da war noch mehr und es machte keinen Sinn, zu verschieben, was gesagt werden musste.

„Ich habe vor, mich ihm anzuschließen", verkündete Keane.

Alle Blicke galten nun Keane. Er fühlte dies noch intensiver als die Hitze, die von der Feuerstelle aufstieg. Die Brüder starrten einander an und ihre grünen Augen trafen über den tanzenden Flammen aufeinander. Nur Lael hatte Aidan jemals so getrotzt – vor zehn Jahren – und allein sie konnte verstehen, was Keane fühlte, während er Aidans Blick aushielt und mehr als bereit war, seinen Mann zu stehen.

Er hatte David sein Wort gegeben und obwohl er eher ein dún Scoti als ein Mann des Königs war, hegte er schon lange den Verdacht, dass der alte Stein, der im Inneren ihres Hügels versteckt lag, sich als Fluch für seine Familie entpuppen würde – so, wie er ein Fluch für die Menschen war. Das Gemetzel war absehbar – wie für eine Fliege im Spinnennetz. Wenn es nach Keane gegangen wäre, hätten sie den Stein so tief im Berg vergraben, dass kein Mensch ihn je wiedergesehen hätte. Dass die Götter dies nun getan hatten, war ein Segen.

Das Schweigen hielt an.

„Und ... ich habe geheiratet."

Stille.

Cameron MacKinnon empfand die zunehmende Spannung als unangenehm, er verschränkte die Arme und starrte zu Boden, die Schwestern und Lìli schwiegen ebenfalls.

Aidan ließ ihn fortfahren, ohne ihn zu unterbrechen – oder vielleicht war er auch nur zu wütend, um zu sprechen. „Im Gegenzug habe ich David die Lehenstreue geschworen", erklärte Keane.

Die Entfernung zwischen den beiden Brüdern war noch nie greifbarer gewesen.

Keane wählte seine Worte mit Bedacht. „Ich bin nicht gekommen, um mit dir zu streiten, Aidan."

Die Muskeln in Aidans Kiefer zuckten und auch er verschränkte die Arme, als wenn er seine Reaktion auf die Nachrichten mäßigen wollte.

„*Warum* bist du dann gekommen?"

„Für Una. Sie war auch meine Verwandte."

Wieder wurde es still und die Spannung war so stark, dass man sie mit dem Messer hätte schneiden können. Sein Bruder sah Sorcha bedeutungsvoll an und nickte dezent in Richtung Cameron.

Sie verstand ihn sofort, nahm Cameron am Arm und zog ihn von der Feuerstelle weg. „Komm", säuselte sie süß. „Ich habe dir etwas zu erzählen ..." Damit schob sie ihn aus dem Zimmer und redete mit sanfter Stimme auf ihn ein. Keane hörte, wie sie im Weggehen miteinander sprachen, aber Aidan hatte noch nichts gesagt.

„Ich möchte wissen, was mit Una passiert ist", sagte Keane und schaute flehend zu Lìli. „Ich bin nicht den ganzen Weg hierhergekommen, um mich wegen David zu streiten."

Lìlis Augen füllten sich mit Tränen. „Constance hat sie gefunden", sagte sie und schaute schnell weg, da sie nicht weitersprechen konnte.

„Constance?"

„Camerons Schwester."

Keane runzelte die Stirn, es überraschte ihn, dass sie in Dubhtolargg war. Sein Bruder musste sie von Chreagach Mhor mitgebracht haben. Warum dies so war, konnte man ein anderes Mal besprechen, denn

Aidan hörte sich niedergeschlagen an, als er wieder sprach. Aber in seiner Stimme klang nicht mehr der Zorn von geradeeben mit.

„Das Mädchen hat mehr gesehen, als es sollte."

Keane wartete mit angehaltenem Atem. Noch nicht einmal sein Bruder würde so grausam sein und eine Frau wegen des heiligen Steins töten. Doch zum ersten Mal seit seiner Ankunft überkam Keane ein Gefühl der Angst, denn er merkte, dass er Camerons Schwester noch nicht zu Gesicht bekommen hatte. Und dann wurde ihm klar, dass Sorcha ihn weggeholt hatte, um ihm die Nachricht zu übermitteln. „Aidan? Was hat Constance gesehen?"

Niemand traute sich zu sprechen.

Ein Muskel zuckte in Keanes Kiefer. „Wenn dem Mädchen etwas passiert ist, hat Cameron das Recht, dies zu erfahren."

Eine ganze Zeitlang waren das Knistern und Knacken von altem Holz die einzigen Geräusche, die die unheimliche Stille durchbrachen. Sein Bruder schien im Augenblick nicht in der Lage zu sprechen. Plötzlich hob er eine zitternde Hand vor das Gesicht, als wollte er seine Trauer verbergen. Ein Dreitagebart verdunkelte die Haut um Aidans Kinn und plötzlich verstand Keane, was Unas Tod ihn gekostet hatte.

„Sie ist jetzt bei Kellen", erklärte Lìli und sie war diejenige mit der notwendigen Stärke, um zu erklären, was passiert war.

Soweit bekannt war, hatte Constance Una im Raum, mit dem Stein, unterhalb von Unas Grotte gefunden. Dort erspähte sie den Schicksalsstein und las die Worte auf der alten Plakette laut vor. Laut Constance hatte Una sie wie eine giftige Schlange angegriffen. Es gab eine hell leuchtende Explosion, gefolgt von einem fürchterlichen Donnerschlag und sie hatte keine Ahnung, wie sie aus den Höhlen herausgekommen war.

Aber dort hatte man sie gefunden, in der Kälte zitternd ... und erblindet. Una blieb unten. Jetzt war alles zerstört. Die obere Grotte, wo sie ihre Vorräte lagerten, Unas Grotte, wie auch die Höhle, wo sich der Stein befand. Alles lag nun unter mehreren Lagen an Schutt. Es war, als wenn der Berg in sich zusammengefallen wäre. Niemand hätte eine solche Katastrophe überleben können.

Keane hörte, wie sein Bruder nach Luft rang, und er war immer noch nicht in der Lage zu sprechen. „Ihr konntet die Leiche nicht bergen?"

Aidan schüttelte den Kopf und sah müder aus, als Keane ihn jemals zuvor gesehen hatte.

„Es war nicht möglich", berichtete Lìli.

Die Leichenbahre war nur Schein. Darauf lag eine Strohpuppe. Glücklicherweise war Fergus vorausgeritten und hatte Aidan vor der kommenden Truppe gewarnt. Sie wollten nicht, dass der König sich erkundigte, wo genau Una begraben lag. Es war besser, wenn sie nicht exakt wussten, was passiert war. Und so hatte Aidan Kellen angewiesen, Constance in ihrem Häuschen zu beschäftigen, solange der König sich im Tal aufhielt. Cameron durfte auch möglichst nichts über den Stein erfahren. Je weniger Leute davon wussten, umso besser, obwohl der Stein von Scone nun verschollen war. Weder Mensch noch Tier könnte ihn ausgraben und keiner wollte zusehen, wie es jemand versuchte. Nun, da Una fort war, schien es irgendwie, als wäre es der Wille der Götter, dass der Stein für immer verloren sein sollte.

„Was höre ich da? Du hast geheiratet?", fragte Aidan schroff.

„Eine Tochter von Óengus."

„Von dem Mormaer?" Aidan sah Keane ungläubig an.

„Aye. König David möchte *ganz* Scotia befrieden",

sagte Lael zur Verteidigung. „Er will das mit dieser Verbindung unterstreichen. Er hätte unseren Bruder ebenso gut hängen können, hat es aber nicht getan. Stattdessen möchte er ein Bündnis mit unseren Leuten eingehen, obwohl ihm dies schaden wird, sobald William FitzDuncan die Wahrheit erfährt."

Aidan fluchte leise und der Zorn stieg wieder in ihm auf. „Was sollte ich noch wissen, *Bruder*?"

Keane schaute mit harten, funkelnden Augen zu Aidan. Er war nicht bereit, schlecht über seine Braut zu sprechen, ob Lianae dies nun verdiente oder nicht. Sie stand jetzt gerade vielleicht nicht an seiner Seite und er traute ihr selbst im Moment nicht so ganz, aber er wagte zu hoffen, dass er dies eines Tages tun würde ... und selbst wenn sie das Kind eines anderen Mannes unter dem Herzen trug, würde außer Jaime und dem König kein Mensch je davon erfahren, solange Keane lebte. „Ich liebe sie", sagte er und merkte erst in diesem Augenblick, dass es stimmte.

Aidan runzelte die Stirn. Lael tat es ihm nach. Keane schaute sie beide an und wollte, dass sie ihn verstanden. Er dachte, dass er Lael hätte lächeln sehen, obgleich sie es mit einer Hand verbarg.

„Aber das sind doch erfreuliche Nachrichten!", rief Lìli. Sie sprang von der Bank auf und kam nach vorn. „Nicht wahr, Aidan?"

Aidans Kinn blieb angespannt und seine Augen funkelten so hart wie Diamanten.

„Aidan, bitte", flehte Lael.

Es blieb still in der Halle, während sie auf die Reaktion des *Lairds* von Dubhtolargg warteten. Endlich gab er nach. „Aye", erwiderte er. „Das sind gute Nachrichten. Wir heißen deine Braut aus Moray willkommen."

Nachdem er nun lange genug still gewesen war, räusperte sich Lachlann. „Ich unterbreche dieses Gerede von Liebe ja nur ungern, aber sollten wir nicht gehen und den Scheiterhaufen anzünden, bevor der König kommt?"

„ZÜNDET DEN SCHEITERHAUFEN AN! ZÜNDET DEN Scheiterhaufen an!"

Als Reaktion auf die panischen Stimmen ihrer Leute ließ Cailin dún Scoti Lianae am Strand zurück, um den Scheiterhaufen anzuzünden. Ihr Haar war so flammend rot wie das Feuer, das sie entfachen wollte. Sie stieg auf das Podest hoch und befahl, dass alle Fackeln angesteckt werden sollten. Dann nahm sie eine nach der anderen an und warf sie ohne Umschweife auf den Scheiterhaufen.

Als fünfhundert berittene Soldaten den Berg hinunterkamen, sahen sie ein Feuer über dem Wald, das wie auf einem knochentrockenen Getreidefeld wütete.

Lianae schob wegen der enormen Hitze ihren Umhang zurück über die Schultern, während sie zusah, wie die Flammen den Leichnam verschlangen und ihn verbrannten, als wäre er aus Stroh.

Aber warum würden sie eine Strohpuppe verbrennen?

Sie erinnerte sich an den Geruch von verkohltem Fleisch, als sie die Leiche ihres Vaters verbrannt hatten, und ihr wurde ohne jeden Zweifel klar, dass die alte Frau, von der sie gesprochen hatten, nicht auf dem Scheiterhaufen lag. Dennoch konnte man die Trauer, die Lianae unter diesen Leuten bemerkt hatte, nicht leugnen, denn es gab niemanden, der keine Tränen in den Augen hatte. Einige weinten unverhohlen und schienen untröstlich. Andere waren eher stoisch, hatten aber blutunterlaufene Augen, was ihren Kummer verriet. Und doch hatte sie sich noch nie einsamer gefühlt als unter diesen tieftraurigen Menschen.

Wer würde um sie weinen, wenn sie eines Tages starb?

Ewen und Graeme waren wahrscheinlich schon tot und in diesem Moment fühlte sie die Hoffnungslosigkeit auf sehr schmerzhafte Art und Weise. Sie hatte keinerlei Beweise, dass ihre Brüder die Schlacht von Stracathro in Forfarshire überlebt hatten. Elspeth war tot. Ihre Mutter – tot. Ihr Vater – tot. Ihr Bruder Lulach war im Grunde auch tot.

Lianae stand allein da und schaute dem brennenden Feuer zu, fasziniert von den züngelnden Flammen, und nach und nach wurden auf dem Berghang immer mehr Lagerfeuer entzündet.

Von dem Augenblick an, als sie im Tal angekommen waren, hatte sich eine Atmosphäre der Besorgnis unter den Bewohnern des verschlafenen Dorfes breitgemacht. Und nun, da David das Tal mit fünfhundert bewaffneten Männern betreten hatte, kam eine Stille über die Leute.

Sie verbargen etwas, aber Lianae wusste nicht, was – und doch, selbst wenn es ihr bekannt gewesen wäre, hätte sie es David um nichts in der Welt erzählt, denn sie fühlte sich den Leuten ihres Mannes viel zugehöriger als den Schotten. Wie die Leute von Moray waren diese dún Scoti in Gefahr, wie eine Kerze, die von der dunklen Nacht verschluckt wird, ausgelöscht zu werden.

David mac Maíl Chaluim hatte es fast geschafft, alle Clans zu vereinen, aber auf dem Weg zu seinem Ziel würden ihre Vermächtnisse verloren gehen. Anstatt sich von ihrem Anblick gestärkt zu fühlen, war die Armee des Königs eher wie eine Heimsuchung dieses Landes – eine Plage von Schotten mit betrunkenen, überlauten Stimmen, die den Toten der dún Scoti keinen Respekt entgegenbrachten. Und mitten drin stand das Zelt des Königs, eine aufwändige, seidene Struktur, die in Rot und Gold gestreift war. Bei alledem kam sich Lianae als Außenseiterin vor. Sie wusste intuitiv, dass, was auch immer diese Leute für sich behielten, etwas war, das sie nicht mit dem *König von Scotia* teilen wollten.

Sie hatte David schon so lange als ihren Feind angesehen. Ihr Vater war auf seinen Befehl hin abgeschlachtet worden. Und doch ... wenn der König gemerkt hatte, dass sie ihn in Bezug auf Keane gelogen hatte, so hatte er ihr doch zumindest die Freundlichkeit erwiesen, sie nicht zum Earl zurückzuschicken – ein Urteil, dass er vielleicht als gerechtfertigt angesehen hätte, denn William FitzDuncan war kein Mann, den man verärgerte. Stattdessen hatte er sie mit einem Mann verheiratet, der, wie sie inzwischen wusste, nicht vollends der Verbündete des Königs war. Laut Keanes Schwester Cailin, die behauptete, Keane am besten zu kennen, hatte ihr Mann die Uniform des Königs angezogen, weil die Umstände es ergeben hatten. Cailin war sich außerdem sicher, dass er niemals ein Land oder einen Titel angenommen hätte – wenn er nicht an eine größere Sache glauben würde.

An diese größere Sache musste Lianae gerade denken, obwohl sie sich nichts vormachte und nicht glaubte, dass es Liebe sein könnte. Sie war in Gedanken versunken und überlegte, was Keane dazu bewogen hatte, sie zu heiraten und so hörte sie nicht, wie sich ihr jemand näherte.

Sie erschrak, als sie eine weibliche Stimme hörte. „Es sind so viele“, sagte Aidans Frau und Lianae musste gar nicht fragen, was sie meinte ... es waren die Männer des Königs – die unzähligen Lagerfeuer, die in der dunklen Nacht leuchteten.

Lianae drehte sich zu der Frau, die Keanes älteren Bruder geheiratet hatte, und lächelte ihr zu. Im Augenblick war sie ohne ihr Kind unterwegs, obwohl dies das erste Mal seit ihrer Ankunft in Dubhtolargg war, dass sie Lìli ohne ihr Neugeborenes im Arm sah.

„Schläft das Kind?"

Sie war schön, mit kastanienbraunem Haar und extrem blauen Augen, die direkt in Lianaes Seele zu blicken schienen. „Aye, endlich. Es ist schon spät geworden."

Lianae wandte sich ab, um auf den Berghang zu schauen. „Ich warte ... noch", offenbarte sie, aber sie wollte nicht sagen, worauf.

Fürwahr, dass ihr Mann ihr endlich vergab.

„Natürlich", sagte die Frau. „Ihr seid frisch verheiratet."

Lianae wurde puterrot. „Oh, nay", protestierte sie. „Das ist es nicht."

Aber so war es. Ob ihr Mann nun mit ihr schlief oder nicht, sie hatte kein Verlangen danach, die Nacht allein in der ihnen zugewiesenen Kate zu verbringen. Es war wie ein Zwang, dass sie seine Nähe suchte, auch wenn sie nicht wusste, warum. Er war nun ihr Prüfstein – ihr Mittelpunkt.

Nur Keane machte noch Sinn in ihrer Welt. Sie hatte nur noch ihn und obwohl er ihr nicht gerade wohlgesonnen war, vertraute sie darauf, dass er sie beschützte.

Die Augen der Frau funkelten, während sie Lianae musterte, als wenn sie etwas wüsste, was Lianae noch unbekannt war. Aber sie konnte ja nicht ahnen, dass Keane nichts von ihr wissen wollte, und zwar zu Recht, denn Lianae hatte alles gründlich vermasselt.

Aber was hätte sie denn bloß anders machen können?

Sie wäre bestimmt nicht zum Earl zurückgekehrt!

Niemals.

Nichts, realisierte Lianae traurig. Sie hätte nichts anders machen können, denn wenn sie in irgendeiner

Weise anders gehandelt hätte, wäre dem König vielleicht nichts anderes übriggeblieben, als sie zum Earl zurückzuschicken. Sie schluckte ihre Trauer über die Wahrheit hinunter und schlang gegen die Kühle der Nacht ihre Arme um sich. Dabei starrte sie in Richtung der Berge.

„Er ist recht erfreut über Eure Heirat", bemerkte die Frau des *Lairds*.

Lianae schaute schnell in das Gesicht der Frau. Zuerst dachte sie, dass sie eine Frage stellte, denn dies konnte so nicht stimmen. „Keane?", fragte sie, als würde sie glauben, dass ein Irrtum vorlag.

Lìli nickte und eine ganze Zeit verging, in der Lianae einfach nicht wusste, wie sie reagieren oder was sie erwidern sollte. Sie öffnete den Mund, um zu sprechen, und schloss ihn wieder.

„Ich weiß, wie es ist, zwischen den Welten hin- und hergerissen zu sein", sagte die Frau und überraschte Lianae mit ihrem Verständnis.

Zwischen ihnen herrschte bereits eine gewisse Vertrautheit, obwohl Lianae sich diese Verbindung nicht ohne Weiteres erklären konnte. Sie fühlte die gleiche Vertrautheit mit Kenna und ein wenig bei Lael. Aber keine von ihnen durfte je erfahren, was Lianae getan hatte ... sonst würden auch diese sie sicherlich so verachten, wie Keane es tat.

„Als ich zuerst nach Dubhtolargg kam", erklärte Lìli, „habe ich mich gefragt, wie es das Schicksal zulassen konnte, dass ich den Mann heiraten sollte, dessen Leute meine bloße Existenz verfluchen."

„Aidan?", fragte Lianae überrascht.

Sie lächelte. „Aye. Die Leute meines Mannes haben mich einst verabscheut. Tatsächlich war es Una, die mir den bösen Blick zugeworfen hatte. Vielleicht hast du schon einmal vom Fluch Caimbeuls gehört?"

Lianaes Augen weiteten sich. Selbst im Norden hatten sie Geschichten darüber gehört, wie das Bergvolk Caimbeuls Tochter für seine Sünden verflucht hatte. Dies war also Lìleas MacLaren.

Lianaes Blick fiel auf den Scheiterhaufen. „Una war diejenige?"

Lìleas Hals verengte sich merklich. „Das war sie."

„Und trotzdem trauert Ihr um sie?"

Lìleas Augen füllten sich mit unvergossenen Tränen. „Mehr als Worte es ausdrücken können. Ihr seid eine Tochter des Óengus, nicht wahr?"

Lianae nickte. „Aye, aber er ist nun tot ... wie auch meine Mutter und meine Schwester ... Ich bin allein."

„Nay", widersprach Lìleas. „Nicht solange Ihr uns habt. Wir sind jetzt Eure Familie, Lianae. Die dún Scoti-Männer sind übertrieben loyal und ich kann Euch sagen, wenn Keane Euch wirklich liebt, wird es Euch an nichts mangeln, solange er an Eurer Seite steht."

Darauf erwiderte Lianae nichts, da sie nicht in der Lage war, die Dinge, die bereits passiert waren und ihre Ehe fast zerstört hatten, offenzulegen. Traurig wandte sie sich ab, um auf den Berghang zu blicken, wo unzählige Feuer flackerten ... wie Sterne, die auf die Erde gefallen waren.

Beide Frauen schwiegen. Nach einer gewissen Zeit sprach Lìleas weiter: „Ich möchte etwas mit Euch teilen, das Una einst zu mir sagte, als ich es am meisten brauchte. Sie sagte: *Traue deiner Intuition und bei allem, was du tust, tue es mit ganzer Seele.* Ich habe das Gefühl, dass Ihr diesen Rat in der nächsten Zukunft brauchen werdet, Lianae."

Lianae versuchte, ihre Tränen zu unterdrücken, und drehte sich blinzelnd zu ihr hin.

„Vertraut auf Euer Herz und nicht so sehr auf Euren Verstand", sagte Lìleas lächelnd und in ihren blauen

Augen stand etwas, das dafür sorgte, dass Lianae dies glauben wollte.

Und als sie sich dann umwandte, bemerkte sie, dass Keane hinter ihr stand, und ihr Herz hörte auf zu schlagen...

KAPITEL ZWEIUNDZWANZIG

Konfrontiert mit der Herausforderung seines Bruders hatte Keane die bedeutungsvollen Worte gesprochen und nun befürchtete er, dass sie der Wahrheit entsprachen.

Obwohl er sich so sehr danach gesehnt hatte, waren ihm nun Lilidbrugh oder auch Dunràth egal geworden. Lilidbrugh war nur eine brüchige Verbindung zu ihrer Vergangenheit, ein lang vergessenes Symbol der Geschichte seines Clans. Lianae war seine Zukunft … wo auch immer dies hinführte.

Aber konnte es Liebe ohne Vertrauen geben?

Nichtsdestotrotz war es jetzt an der Zeit, ihre Schwierigkeiten hinter sich zu lassen. In guten wie in schlechten Zeiten, Lianae war nun seine Frau und er musste lernen, der Frau, die er lieben wollte, zu vertrauen.

Lìleas sprach zuerst: „Wir waren erstaunt über den Anblick so vieler…"

„Auswärtiger?", entgegnete Keane und vervollständigte damit den Satz für seine Schwägerin.

Sie schauten sich an und dieser Blick sagte so viel – Dinge, die Lianae niemals wissen würde, Dinge, die er ihr nicht verraten würde, weil er ihr nicht genug vertraute.

Lìli schlang die Arme um sich, als Schutz gegen die Kälte. „Hättest du es jemals für möglich gehalten, dass Aidan dies zulassen würde?"

„Nicht in tausend Jahren."

Aber sie mussten ja auch den Schicksalsstein nicht mehr verteidigen. Was machte es noch aus, wer in das Tal kam, da der Stein nun nicht mehr in ihrer Verantwortung lag?

Lìli sah sie beide an und da sie das Gefühl hatte, dass Keane nicht wegen unnötigem Geschwätz gekommen war, verabschiedete sie sich sofort. „Ihr entschuldigt mich", sagte sie. „Ich bin sicher, dass ihr viel zu besprechen habt." Und ohne Keanes Antwort abzuwarten, ging sie zurück zum *Crannóg*, wo Aidan und die Kinder auf sie warteten. Für eine lange unbehagliche Zeit sah Keane der Frau seines Bruders nach und spürte, wie die Last der Welt sich auf seine Schultern legte.

Nicht nur war der Schicksalsstein verloren – seit mehr als zweihundert Jahren der einzige Grund für die Existenz seines Clans –, sondern er war auch heimgekommen, um die Frau zu beerdigen, die ihn seit seiner Geburt aufgezogen hatte. Und als wenn das alles nicht genug wäre, war seine Frau auch noch eine Lügnerin – und sie hätte ihn fast das Leben gekostet. Nach alledem war es nicht einfach, seinen verletzten Stolz zu ignorieren. Trotzdem streckte er seine Hand aus und lud Lianae ein, diese zu ergreifen. „Kommt", forderte er sie auf.

Einen Augenblick lang starrte sie ihn nur an, ergriff dann aber seine Hand und diese Berührung fühlte sich an wie ein Blitzschlag in Keanes Herz.

. . .

Er hatte seine Aufforderung recht überheblich formuliert, aber Lianae erkannte seine Verletzlichkeit in diesem Moment, schluckte ihre Beschwerde hinunter und reichte ihm die Hand. Ohne ein weiteres Wort zog er sie mit sich fort, weg vom Strand und dem Lagerfeuer. Auf dem Weg kamen sie an seiner Schwester Cailin vorbei, die in einer dunklen Ecke mit Cameron flüsterte.

Die Nachtluft war ziemlich kühl, aber die Hitze, die von Keanes Hand ausging, brachte ihre Handflächen zum Schwitzen. In ihrer Brust verspürte sie ein unruhiges Gefühl. „Ich nehme an, dass es schön für Euch ist, Eure Leute wiederzusehen, wenn auch unter widrigen Umständen?"

Keane nickte, sagte aber nichts weiter dazu und Lianae sehnte sich danach, mehr über den Mann zu erfahren, den sie geheiratet hatte. Sie staunte über die Größe seiner Hand und stellte ihn sich als Kind vor. „Steht Ihr Eurem Bruder Aidan sehr nahe?"

„Aye", sagte er und schwieg dann wieder. Der überwältigende Klang dieses Wortes zerrte an Lianaes Herz. War dies, wie es nun zwischen ihnen sein würde? Sie vermisste seine lockere Neckerei – und sogar die arrogante Krümmung seines schönen Lächelns.

Sie näherten sich der ihnen zugewiesenen Kate und Lianae hatte Mühe, Schritt zu halten. „War Una allseits geliebt?", fragte sie und suchte mehr nach Worten, als sie sich anstrengte, mit ihm gleichauf zu bleiben.

Er drückte ihre Hand fast unmerklich, als wollte er sie bitten zu schweigen. „Das war sie."

Ach! Lianae hätte alles unternommen, um zu ändern, was sie getan hatte – alles, außer sich William FitzDuncan hinzugeben. Fürwahr, aber dafür konnte sie keine Reue aufbringen – nicht wenn ihre Lügen ihr dies hier eingebracht hatten … Aber was war *dies*?, schalt sie sich selbst.

Und wohin brachte er sie jetzt?

Keane verhielt sich an diesem Abend anders als zuvor und das verursachte ein erwartungsvolles Flattern in ihrem Inneren, während sie sich der Kate näherten.

Sie versuchte, mit seinen langen, eiligen Schritten mitzuhalten und überlegte, was sie noch sagen könnte, um ihre Wunden zu heilen. „Nun, mein herzliches Beileid für Euren Verlust, Keane."

„Mir tut es auch sehr leid. Sie war wie eine Mutter für mich", sagte er und änderte dann sofort das Thema. „Ihr lauft immer noch vorwiegend auf dem linken Fuß, Lianae."

Ohne Warnung hob Keane sie hoch in seine Arme und brachte sie so leicht zum Schweigen. Sie konnte kaum atmen und schon gar nicht mehr sprechen, als er sie über die Schwelle in die Behausung trug und dann die wenigen Schritte zum Bett.

In der Kate selbst war es warm und gemütlich. Lianae hatte in Erwartung ihrer Rückkehr das Feuer brennen lassen. Sie hatten viele Stunden im Sattel gesessen und waren bei ihrer Ankunft erschöpft gewesen und bereit sich auszuruhen.

In einer Ecke stand ein kleiner Tisch mit zwei einfachen Stühlen. Auf der anderen Seite war eine Pritsche mit einem weiteren kleinen Tisch. Auf diesem befanden sich ein leerer Krug und eine Schüssel.

Ohne ein Wort setzte Keane sie auf der Liege ab – ein viel schmaleres Bett, als sie es in Keppenach geteilt hatten – und begann wieder einmal ihre Füße zu untersuchen, indem er ihr einen Schuh nach dem anderen auszog. Sie schmerzten noch, aber lange nicht mehr so schlimm wie zuvor, denn Lael hatte ihr ein Paar robuster Stiefel gegeben.

Während er vor ihr kniete und die Sohlen ihrer Füße inspizierte, überlegte Lianae, wo und wie sie schlafen würden. Auf diesen Stühlen konnte er unmöglich schlummern und das Bett war so schmal im Vergleich zu demjenigen, das sie zurückgelassen hatten, dass sie übereinander würden liegen müssen, damit es passte.

Der Gedanke ließ ihr Herz einmal aussetzen, obwohl sie viel enger zusammen auf Keanes Feldlager geschlafen hatten. „Mir geht es gut“, versicherte sie ihm.

Und so war es tatsächlich. Im Vergleich zu vor ein paar Tagen ging es ihr wirklich recht gut. Abgesehen von dem mörderischen Tempo an diesem Tag, einem Ehemann, der sie kaum beachtete, einer toten Schwester und schon lange verschollenen Brüdern, ging es Lianae richtig gut.

Aber während sie Keane beobachtete, wie er sich um ihre Füße kümmerte, bemerkte sie, dass dies nicht die Handlungen eines Mannes waren, der seine Frau verabscheute, und diese Erkenntnis ließ ihr Herz ein wenig schneller schlagen ...

„Es verheilt“, sagte er sanft. „Ihr müsst es sauber halten. Morgen werde ich Lìli bitten, eine Salbe herzustellen.“

„Sie muss sich wegen mir keine Mühe machen“, sagte Lianae außer Atem. Ihre Füße waren wahrlich ihre letzte Sorge. „Ich weiß, dass sie viel zu tun hat.“

Daraufhin sah ihr Mann auf und runzelte die Stirn. „Ihr verhaltet Euch nicht gerade wie eine Prinzessin“, sagte er.

Lianae hob die Augenbrauen und konnte sich eine Antwort nicht verkneifen. „Aye, nun, abgesehen von Eurem Übereifer tut Ihr das auch nicht gerade.“

„Ach, Mädchen, falls Ihr es noch nicht bemerkt haben solltet, ich bin *keine* Prinzessin.“

Sie bemerkte erst verspätet, was sie gesagt hatte, und erstickte fast vor Lachen.

„Ihr seid ein keckes Weib“, warf ihr Mann ihr vor,

aber wenn ihm dies nicht gefiel, so war nichts davon zu erkennen – zumindest nicht, wenn man nach den Lachfältchen ging, die sich um seinen sinnlichen Mund bildeten.

Lianaes Herz zog sich bei der Rückkehr seiner guten Laune ein wenig zusammen.

Sie war furchtbar einsam und wollte es nicht mehr sein. Mit ihren Lügen hatte sie alles kaputt gemacht ... und trotzdem schaffte er es, ihr Freundlichkeit und Zuneigung entgegenzubringen.

„Ich könnte Euch auch in Wirklichkeit eine Ehefrau sein“, sprudelte es aus ihr heraus, wobei sie sich selbst überraschte mit ihrer Bitte – denn es war in der Tat eine Bitte.

Sie war noch Jungfrau, doch das bedeutete nicht, dass Lianae nicht wusste, wie ein ordentlicher Beischlaf vor sich ging. Sie würde dafür sorgen, dass ihre Ehe ordnungsgemäß vollzogen wurde, obwohl er weiterhin glaubte, dass sie das Kind eines anderen Mannes unter dem Herzen trug. Sie wollte ihm so gern sagen, dass dies nicht stimmte. Aber sie wusste nicht, wie – zumindest nicht mit dem Mund. Beim Gedanken daran, diese Worte auszusprechen, wurden ihre Wangen puterrot. Sie wollte nicht, dass er sie wieder so anschauen würde wie in ihrer Hochzeitsnacht – als wenn sie beschmutzt wäre. Nay ... er sollte sie wieder so ansehen, wie er es getan hatte, als sie sich kennenlernten ... so, wie er sie jetzt anblickte.

Aber die Wärme in seinem Blick verschwand in dem Augenblick, als sie diese wahrnahm.

Keane ließ ihren Fuß los und setzte an, sich zu erheben.

Lianae ergriff seinen Arm und flehte ihn schweigend an, nicht zu gehen.

. . .

Mehr als alles andere wollte Keane bleiben ... sie wieder küssen ... und es gab noch eine tiefere Sehnsucht, die nicht erfüllt werden konnte – nicht jetzt.

Noch nicht.

Nicht solange sie das Kind eines anderen Mannes in sich trug.

Es durfte für ihn keinen Zweifel geben, wessen Kind sie bekam. Er würde FitzDuncans Sohn aufziehen, aber er würde die Wahrheit nicht durcheinanderbringen. Wenn er jetzt mit Lianae schlief, würde er sich einbilden, dass das Kind von ihm sein könnte, und das konnte er nicht tun.

„Bitte", flehte sie ihn an und er konnte das Verlangen in ihrem Gesicht sehen. Die unverhüllte Bitte zerrte an seinem Herzen. Er sagte sich, dass sie ja schließlich seine Frau war, und wenn sie beim Earl hätte sein wollen, hätte sie niemals vor dem König gelogen.

Stattdessen hatte sie Keane in ihre Geschichten verwickelt und ihm Dinge vorgeworfen, die er nur begehrt hatte – und aye, in seinem Kopf war er all dieser Dinge schuldig. Er *hatte* an jenem Morgen in Lilidbrugh mit ihr schlafen wollen.

Wem machte er hier etwas vor?

Er wollte auch jetzt bei ihr liegen. Und dieser Blick ... er ließ ihn glauben, dass sie alles aus dem gleichen Grund getan hatte, aus dem er sie jetzt küssen wollte...

Weil sie ihn begehrte.

Er konnte die Wahrheit in ihren Augen erkennen. Und plötzlich konnte Keane sich nicht mehr zurückhalten – nicht, wenn sie ihn mit diesen bernsteinfarbenen Augen anschaute. Er gab seinem Verlangen nach und legte eine Hand an ihre Wange, wobei er schon fast wollte, dass Lianae sie wegschob. Aber sie tat es nicht. Stattdessen legte sie die Arme um seinen Hals und Keane beugte sich zu ihr, um ihre Lippen für sich einzunehmen. Sie erwiderte seinen Kuss ... auf so süße Art und Weise ... und ihm fiel kein Grund mehr ein, warum er hätte aufhören sollen...

Aber nay ... nay ...

Das Verlangen kämpfte mit seinem Stolz. Wenn er jetzt mit ihr schlief, würde er immer darüber nachdenken, ob das Baby nicht von ihm sein könnte...

„Lianae", flehte er und ihm wurde klar, dass er nicht selbst zum Erguss kommen musste, um seine Frau zu beglücken. Er konnte ihr das, wonach sie sich sehnte, geben. Und später, viel später, wenn er am See allein war, würde er sich selbst befriedigen und sich dabei an den Geschmack ihrer Lippen und das seidene Gefühl ihrer Haare erinnern...

KAPITEL DREIUNDZWANZIG

Da es ihr nicht möglich war, die Worte zu sagen, gab es für Lianae nur noch einen Weg, ihre Unschuld zu beweisen. Sie fühlte sich wie eine Dirne, als sie das Mieder ihres Kleids ein Stück aufnestelte und ihre Brüste freilegte, sodass ihr Mann diese anschauen konnte. Dabei suchte sie nach einem Beleg in seinem Blick, dass er sie immer noch begehrte...

„Du bist schön", flüsterte Keane und sie keuchte vor Freude, als er ihr Kleid ganz öffnete und seine warme Hand auf ihre Brust legte.

„Du bist schön", wiederholte er. „Weißt du, was ich dir geben möchte?"

Lianae nickte.

„Möchtest du mich haben, Lianae?"

Lianae schluckte. „Aye", antwortete sie. Um sicherzugehen, dass er auch weitermachte, legte sie sich zurück auf das Bett und zog ihn mit sich, wobei sie ihn an der Jacke ergriff, damit er nicht weggehen konnte. Und dann traute sich Lianae etwas, woran sie im Traum noch nicht gedacht hatte ... Sie schob ihre Hand zwischen sie beide und umfasste ihn *an dieser einen Stelle,* wie er ihre Brust gehalten hatte.

„Ach“, stöhnte er und sein Körper erschauderte gewaltig. Seine Männlichkeit pulsierte gegen ihre Handfläche.

Er zog ihre Hand weg und Lianae wölbte sich ihm entgegen, eine kühne Einladung, die mehr einer Kurtisane geziemte als einer Jungfrau oder Ehefrau. Aber sie war nicht prüde. Und weltfremd war sie auch nicht. Sie hatte ihre Eltern belauscht, oben in deren Zimmer, wenn sie sich ohne Zurückhaltung geliebt hatten. Obwohl sie ihren Gedanken nur selten freien Lauf ließ, konnte sie sich schon manchmal bildlich vorstellen, wie es sein müsste, verheiratet zu sein. Doch jetzt war sie es und niemand konnte sie für das, was sie tun wollte, beschämen …

„Lianae“, flehte er und sie folgte seinem Beispiel, legte ihre Hände an seine Hüfte, wo sie sich frei bewegen konnten … um seinen gestählten Körper, seine Hüften und seine Brust zu erforschen.

Dann ergriff er ihre Hände und hielt sie oberhalb ihres Kopfes fest, wobei er ihre Fäuste öffnete, sodass ihre Handflächen aufeinanderlagen. „Du bist wie eine Blume“, murmelte er, „die sich in der Wärme der Sonne öffnet. Ich werde deine Blütenblätter weit öffnen“, flüsterte er, „und jedes einzelne lieben.“

Lianae zitterte unter dem Versprechen in seinem Blick.

„Zeige mir ...“

Keane war ein ausgehungerter Mann, der vor ein großes, üppiges Festmahl gesetzt wurde, aber die Speise, mit der sie ihn locken wollte, hatte zuerst einem anderen Mann gehört. Und doch, wie ein Verräter drückte sein Schwanz gegen seinen Bauch und war gierig nach allem, was sie ihm geben würde. Nach so langer Zeit ohne eine Frau war er schon fast gekommen, als sie ihn so kühn berührte, und dann wieder, als sie ihren Körper flehend dem seinen entgegen gebogen hatte.

Eines Tages würde er ihr die Freuden offenbaren, die sie in seinen Armen erwarteten, aber er wollte ihren Körper nicht mit dem Kind eines anderen Mannes teilen. Doch in diesem Zustand konnte er sie jetzt auch nicht verlassen, denn das wäre grausam.

Er versuchte verzweifelt, den Nebel der Lust aus seinem Kopf zu schieben, und ließ eine Hand unter ihren Rock gleiten, wobei er nach dem süßen Fleisch darunter suchte. Er fand sie feucht und bereit und der weiche, fließende Nektar entmannte ihn erneut. Vorsichtig schob er einen Finger in ihren Körper und teilte die seidenen Blütenblätter. Es dauerte einen benebelten Augenblick, bis er bemerkte, auf was er da stieß ... und dann noch einen weiteren, um das warme Gerinsel von Blut an seinen Fingern zu erkennen. Wie ein Mann, der in der Schlacht verwundet worden war und sich nun in Schockstarre befand, zog Keane seine Hand zurück und starrte auf den hellroten Fleck, der in seine Handfläche tröpfelte.

Die gezackte Wunde unter seinem Daumen – jene, die er sich in ihrer Hochzeitsnacht selbst zugefügt hatte – war bereits verheilt. Er war wie vor den Kopf geschlagen. „Du bist noch Jungfrau?“, fragte er nicht wenig überrascht.

Lianae nickte mit hochroten Wangen. Aber wenn Keane ihr wehgetan hatte, war in ihrem Gesichtsausdruck nichts davon zu sehen. Er schaute noch einmal auf ihre vollen, schönen Brüste, die ähnlich wie ihre Wangen eine fiebrig-rosa Farbe hatten, und auf ihre geweiteten Pupillen, die ihre bernsteinfarbenen Augen verdunkelten. In diesem Moment wusste er, dass er weder sich noch Lianae diese Nacht verweigern würde. Vor Verlangen zitternd stand er auf und zog sich aus, wobei er besitzergreifendem zum Bett blickte. „Von diesem Tag an gehörst du mir, Lianae von Moray."

Lianae nickte.

„Ich möchte es dich sagen hören", forderte er und warf sein Hemd zu Boden.

„Ich gehöre dir", flüsterte Lianae.

Er war schön – eine goldene Statue, seine Haut leuchtete im Glanz des Feuers. Er streifte seine Hose ab, dann stand er nackt und ohne Scham vor ihr und seine grünen Augen waren voller Versprechen, die sein Körper erfüllen würde.

Heute Nacht sollte nichts zwischen ihnen stehen. Sie würde ihm gern alles geben, was sie hatte ... Da sie sich verzweifelt danach sehnte, sich ihrer Kleidung zu entledigen, schlüpfte Lianae aus ihrem Kleid und legte sich dann wieder auf das Bett. Er sah ihr dabei zu und seine grünen Augen glänzten wie Juwelen.

„Was mein ist, gehört mir", sagte er ruhig. „Ich würde töten, um es zu verteidigen."

„Ich gehöre dir", wiederholte Lianae erneut.

Etwas wie wilde Befriedigung überzog das Gesicht ihres Mannes und Lianae hielt die Luft an, als er sich auf sie legte und sich in ihren Körper schob. Instinktiv schlang sie ihre Beine um ihn und empfing ihn voller Eifer als ihren Liebhaber.

Sie schmiegte ihr Gesicht an seine Wange. „Aber wenn ich dein bin", traute sie sich in sein Ohr zuflüstern, wobei sie an seinem Ohrläppchen knabberte, „dann gehörst du mir, mein Prinz."

„Aye", wiederholte er und zog seine Hüften zurück. „Aye", sagte er noch einmal. „Ich bin dein." Und dann stieß er so tief in sie, dass Lianae ihn bis zu ihrer Brust spürte. Ein Schmerz, der so intensiv war, dass er schon fast wieder Freude bereitete, ließ sie aufschreien und doch hielt sie mit ihm mit, als ihre Körper sich vereinten und in perfekter Harmonie bewegten.

Keane stöhnte wild vor Lust, während er seine Braut als die Seine behauptete.

Er liebte sie, bis sie nicht mehr konnten, und danach lagen sie zusammen in dem schmalen Bett, nackt und ohne Scham, und ihre Haut glänzte golden im Licht des Feuers. Er erkundete jeden Zentimeter ihres Körpers, prägte sich das Gefühl von Lianae in seinem Gedächtnis ein und löschte alle anderen aus seinem Herzen und seiner Erinnerung. Wenn er sie bald verlassen musste, sollte sie einen Teil von ihm nach Norden mitnehmen...

Sein Baby, fürwahr.

Sie war vielleicht nicht schwanger gewesen, als sie hier ankamen, aber sie würde es sein, wenn sie gingen, und dieser Gedanke erfreute ihn sehr – mehr als er es vermutet hätte. Bevor sie vor Schwäche einschlafen konnte, zog er sie noch einmal an sich, denn nun, da sie ihm allein gehörte, war er unersättlich.

IN DEN DARAUFFOLGENDEN TAGEN BRUMMTE DAS Bergdorf vor Aktivität.

Die dún Scoti-Männer warteten ungeduldig, denn sie wollten zurück zu den Höhlen, um noch einmal zu versuchen, Unas Leiche zu bergen. Aber solange der König bei ihnen war, traute sich niemand, die Grotte auch nur zu erwähnen. Der Scheiterhaufen befand sich geschwärzt und halb abgebrannt am Strand, ein verkohltes hölzernes Skelett, das stehengeblieben war, um sie an ihren Verlust zu erinnern. Und immer noch kam keine Una den Hügel herunter.

Sie war tot.

Bei Sonnenaufgang am dritten Tag kam ein Aufruf des Königs. Keanes Bruder wurde zu ihm ins Zelt eingeladen. Aidan lehnte dies ab, stimmte aber zu, den König an einem ehrwürdigeren Ort zu treffen – an dem Felsen, den sein Volk Clach Tolargg nannten, zu Ehren ihres gefallenen Vorfahren Black Tolargg. Seine Leute glaubten, dass die Felsen von Göttern zurückgelassen worden waren, und je gewaltiger der Fels, desto größer die spirituelle Verbindung. Also hielten sie ihre Ratssitzungen am mächtigsten von allen ab – und taten dies seit dem Tag, an dem seine Leute zum ersten Mal in das Tal gekommen waren. Und wenn sie über die Zukunft ihres Clans sprechen würden, konnte Aidan dies nur an einem Ort tun, wo er von seinen Ahnen geleitet werden würde – wo er der Frau, die ihn seit dem Tod seines Vaters beraten hatte, am nächsten sein konnte. *Una.*

David mac Maíl Chaluim verabscheute es, Befehle von einem unbedeutenden König wie Aidan dún Scoti entgegenzunehmen. Dennoch stimmte er dem Ersuchen zu. Sie trafen sich vormittags, während die Frauen das Frühstück vorbereiteten. Keane lehnte sich gegen Clach Tolargg und beobachtete das Treffen in der Hoffnung, dass er nicht gezwungen sein würde, einzugreifen.

Sein Platz war immer an der Seite seines Bruders gewesen, aber nun, da er eine Frau hatte, wollte er sie auch behalten. Die Entscheidungen waren nicht mehr ganz so eindeutig. Wenn er aber mit dem Rücken zur Wand stand und sein Schwert ziehen müsste, würde er nicht das Blut seines Bruders vergießen …

Der König kam mit fünf Soldaten seiner Leibwache und mit Jaime – seinem Hauptmann. Aber wenn man berücksichtigte, dass Jaime mit Lael verheiratet war, schien seine Rolle in dieser Besprechung unklar – ebenso wie Keanes.

Lael war heute auch anwesend, weil kein Mann den Mut aufbrachte, sie wegzuschicken, ebenso wie Lachlann und Fergus, die beide zu Aidans Ratsältesten gehörten.

David mac Maíl Chaluim war nicht mehr der übereifrige König, der er gewesen war, als Aidan und er sich das erste Mal trafen, und trotz seines dickköpfigen Stolzes herrschte ein gewisser Respekt zwischen den beiden Männern. Mit einundfünfzig war Davids Leibesmitte etwas fülliger geworden und sein Haar mehr grau als schwarz, aber seine dunklen Augen waren gerissen und zielstrebig. „Ich möchte, dass Ihr an dem Feldzug in Northumbria teilnehmt", sagte er ohne Umschweife. „Ich kann jeden guten Mann gebrauchen. Carlisle wird meinen Männern die Tore öffnen, aber Stephen wird nach Norden reiten, sobald er hört, dass ich die Grenzstadt eingenommen habe."

„Wie ich bereits sagte ... Ich werde meine Männer nicht für Schlachten hergeben, die uns nichts angehen."

Die Ruhe des Königs konnte seine Wut kaum verbergen. „Seit wann geht Euch der Frieden des Königs nichts an, Aidan dún Scoti?"

„Ich bin *kein* Schotte", erwiderte Aidan. „Ich habe Euch dies schon einmal erklärt und doch besteht Ihr darauf, meine Leute als Eure Untertanen zu beanspruchen. Wir sind keine dún Scoti!"

„Was seid Ihr dann?"

Ri gegen *Righ Art* – unbedeutender König gegen Hochkönig – sie starrten einander mit geballten Fäusten an und keiner war willens, nachzugeben. Nicht viele würden verstehen, wie wenig Macht David in diesem Tal hatte – gegen seinen Bruder und *Laird*. Nur Jaime und Lael konnten es möglicherweise verstehen – aber Jaime lange nicht so gut. Seine Leute hatten sich bewusst aus Scotias *politiks* herausgehalten und nichts würde seinen Bruder jemals seine Meinung ändern lassen – nicht nach so langer Zeit.

„Mein Platz ist *hier* … in diesem Tal."

Keane spürte die Spannung, die von seiner Schwester ausging, und trotz ihrer damenhaften Kleidung erkannte er mehr als jeder andere die Kriegerin unter dem Gewand. Er könnte wetten, dass sie unter ihren Röcken ein Messer versteckt hatte ... die Frage war nur, wen würde sie mit diesem angreifen, wenn es zum Äußersten käme? Sie hatte vier Kinder mit Jaime Steorling und Jaime hatte David die Lehenstreue geschworen.

Ebenso wie Keane ...

Für einen kurzen schrecklichen Augenblick wünschte er sich in seine Jugendzeit zurück, als die Dinge noch einfacher und die Wahlmöglichkeiten klarer gewesen waren. Keane stieß sich von Clach Tolargg ab in der Hoffnung, eine Katastrophe zu verhindern, und verkündete: „Ich werde an meines Bruders Stelle gehen."

Aidan schaute ihn voller Verachtung an.

Lael hätte dies vor zehn Jahren vielleicht auch getan, aber der Blick, den sie ihm nun schenkte, war eher erleichtert. Wäre sie ein Mann gewesen, hätte sie wohl die gleichen Worte wie er gesprochen.

Weil sie ihren Mann liebte.

So wie Keane Lianae zu lieben begonnen hatte.

Der König ließ seine Knöchel knacken und streckte die Sehnen an seinem Nacken, während er über Keanes Angebot nachdachte. „Es war ohnehin geplant, dass du mitkommst, Keane, aber wenn Aidan auch zustimmt und er mich als rechtmäßigen König über ganz Scotia anerkennt, will ich es dabei belassen." David mac Maíl Chaluim wollte nicht ohne einen kleinen Sieg aus dem Tal aufbrechen und vorsichtigere Worte waren noch nie gesprochen worden. Er verlangte nicht, dass Aidan vor ihm kniete, und er wusste, dass eine solche Aufforderung vergebens sein würde. Er wünschte sich einfach, dass Aidan ihn als König Scotias anerkannte – einer Nation, zu der Aidan sich nicht zugehörig fühlte.

Unter den Anwesenden befand sich niemand, der diesen Krieg der Willensstärken nicht verstand. Nach langem Schweigen seufzte sein Bruder. „In Ordnung", stimmte er zu und war sich seiner Worte sehr wohl bewusst. „Ich werde Euch als rechtmäßigen König über Scotia anerkennen."

Bevor sie eine Vereinbarung treffen konnten, sprach Keane noch einmal: „Ich bitte nur darum, dass ich meine Frau persönlich nach Dunràth begleiten darf."

„Nay", erwiderte der König und schüttelte den Kopf. „Dafür ist keine Zeit. Wenn Ihr mir dienen wollt, dann reitet Ihr an meiner Seite aus dem Tal."

Keane ballte seine Hand zur Faust. „Nay! Ich werde nicht zulassen, dass *meine Frau* ohne Begleitung und Schutz im Norden umherirrt." In erster Linie dachte er daran, sie vor Männern wie William FitzDuncan zu schützen. Wenn der Kerl seine ihm nun angetraute Frau anrührte, würde er ihn vom Hals bis über den Bauch ausweiden.

„Wir haben schon viel zu viel Zeit verschwendet", wandte der König ein.

Keane befand sich auf unsicherem Terrain und doch konnte er diese Anordnung nicht akzeptieren. *„Ihr* habt Eure Zeit verschwendet, *Euer Gnaden. Ich* bin hierhergekommen, um meine Verwandte zu betrauern, und fürwahr, keiner hat Euch eingeladen, das Tal mit uns zu betreten."

David mac Maíl Chaluims Gesicht wurde erst rot und dann violett. Die Barmherzigkeit, die Keane zuvor in dem Mann gesehen hatte, ging angesichts der zornigen Miene verloren. Sie waren sich uneins. Dies galt auch für ihre Interessen. Lianae war nicht wie Lael. Sie war keine Kriegerin. Bis tief in ihre Seele war sie eine Dame, auch wenn sie etwas kratzbürstig sein mochte. Was nützten ihm eine Burg oder Ländereien, wenn er seine Frau verlor?

„Ich bringe sie hin", verkündete Lael.

„Lael?" Dieses einzige Wort wurde wie mit einer Stimme von jedem anwesenden Mann ausgerufen: Von Jaime, dem König, Aidan und auch Keane.

„Aye, ich!" Beleidigt richtete Lael sich zu ihrer vollen Größe auf und schien unbeeindruckt von der Welle der Ablehnung. „Es gibt keine dún Scoti-Frau, die Eure Männer nicht ausstechen könnte." Diese Erklärung richtete sie an den König. *„Ich* werde Lianae zusammen mit Cailin und Sorcha begleiten. Gebt mir nur einen Eurer Männer mit, es muss noch nicht einmal der Beste sein – das wird mir reichen. Dann kann mein Bruder guten Gewissens mit Euch gen Süden reiten."

Der König schwieg unberührt.

Lael blieb beharrlich. „Wollt Ihr ihm, Eurem Krieger, den Seelenfrieden verweigern, Euch unbeschwert zu dienen, Euer Gnaden? Oder wollt Ihr, dass er dauernd an seine schwangere Frau denkt, während Ihr Euch selbst schützen müsst?"

Auch nach diesem Ausbruch blieb es weiterhin still.

Am Berghang war Geschwätz zu hören, als die Männer aufstanden, um zu frühstücken, aber hier am alten Fels von Clach Tolargg traute sich niemand zu sprechen oder sich gegen sie zu stellen.

„Lael", sagte Jaime und wollte sie zur Vernunft bringen.

Seine Schwester wandte sich zu ihrem Mann um und schaute ihn bezwingend an. „Komme nicht auf die Idee, gegen mich zu sprechen, Jaime. Ich *bin* deine geliebte Frau, aber lange bevor ich deine Frau wurde, war ich ein dún Scoti-Mädchen. Ich bin mehr als geübt und manchmal übertreffe ich sogar dich!"

Dies war eine Herausforderung, die kein Mann gerne hörte.

Wütend schob Lael ihren Umhang über die Schultern und marschierte von dannen. Erst als sie weg war, begannen die Männer nervös zu lachen und der König brach sein Schweigen und beichtete, während er sich am Kopf kratzte: „Diese Frau macht mir eine Heidenangst. Ihr seid ganz schön mutig, Jaime", verkündete er, woraufhin die anwesenden Männer verunsichert lachten.

Aber Keane war noch nicht besänftigt. „Wird Lianae in Dunràth sicher sein, wenn sich FitzDuncan dem Feldzug nicht anschließt?"

Der König schaute Keane mit einem Funkeln in den Augen an. „Ich bin nicht so hirnlos, als dass ich *irgendeine* wichtige Festung ohne eine ausreichende Anzahl von Männern zurücklasse, um sie zu verteidigen." Und Keane hegte wenig Zweifel, dass er mit *sie* nicht Lianae meinte. „Ich werde Eurer Lady ein Schreiben mitgeben, um sicherzustellen, dass meine Männer ihre Befehle befolgen. Die bessere Frage ist doch … Ist Dunràth sicher, wenn Eure Frau das Kommando hat, Keane dún Scoti?"

Trotz der letzten paar Tage, konnte Keane Lianae nicht verteidigen oder Partei für sie ergreifen – nicht nach allem, was passiert war. Aber seine größte Sorge galt ihrer Sicherheit.

„Würdet Ihr meinen Bruder mit einer Frau verheiraten, die in einem Atemzug ihre Familie und den König verraten würde?", fragte Aidan herausfordernd.

Der König dachte einen Moment nach und antwortete dann: „Nay."

„Das wäre dann beschlossen", stimmte Jaime zu. „Lael begleitet Lianae nach Norden und wenn es Euer

Gnaden gefällt, werde ich Luc mitschicken. Der Mann ist überaus loyal."

„So soll es sein", sagte der König. „Habt eine gute Zeit, solange es noch geht. In zwei Tagen reiten wir nach Northumbria."

KAPITEL VIERUNDZWANZIG

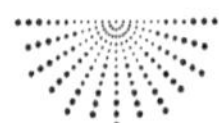

Es war bereits der erste Januar und doch war die Mutter des Winters noch nicht endgültig angekommen. Es war ungewöhnlich warm für die Mitte des Winters und es war leicht, sich ins Bett zu verziehen, insbesondere für jene, die dort nicht allein sein würden.

Später an jenem Abend legten Jaime und Lael die Waffen ab ... wie auch ihre Kleider, Schuhe, Hosen und Gambesons und ließen alles auf dem Boden liegen.

Draußen am Hang ging der Krach weiter – mit den lauten Stimmen der Betrunkenen, derben Witzen und Gelächter –, aber in dem Zimmer, das die beiden Liebenden teilten, gab es nur Geflüster, das von Herzen kam.

Jaime fuhr mit den Fingern durch die Haare seiner Frau. „Versprich mir, dass du vorsichtig bist, mein Liebling."

„Mach dir keine Sorgen, Jaime. Meine Leute sind schon durch das nördliche Land gestreift, lange bevor die Schotten kamen. Du weißt sehr wohl, dass ich auf mich aufpassen kann", versicherte Lael ihrem Mann.

Aber er war noch nicht besänftigt. Zärtlich strich er ihr das Haar aus dem Gesicht. „Ich werde nicht da sein, um sicherzustellen, dass andere erkennen, was du mir bedeutest, und du würdest mich zu einem Leben der Vergeltung verurteilen, wenn ich dich verlieren würde. Ich bitte dich, auf dich aufzupassen, meine schöne Frau."

Es war schwierig, wütend auf ihren Mann zu sein, wenn er sie so ansah. „Hab keine Angst. Ich werde zu dir zurückkommen, wenn du mir das Gleiche versprichst: Du wirst zu mir zurückkehren." Erst jetzt wurde es ihr wirklich bewusst: Nach fünf Jahren größerer Spannungen im Land würde ihr Mann nun wieder in den Krieg ziehen, wie es schon immer seine Art gewesen war „Ich sage dir, wenn Frauen die Welt regieren würden, gäbe es kaum Blutvergießen."

Jaime hob eine Augenbraue, als wenn er ihr nicht glauben würde. „Würdet ihr einander an den Zöpfen ziehen, bis der Feind aufgibt?"

Trotz ihrer Verärgerung verwarnte Lael ihn lachend: „Ich ziehe gleich an *deinem* Zopf!" Sie streckte die Hand unter die Bettdecke.

Jaime entfernte sich aus der direkten Reichweite seiner Frau. „Warum, glaubst du, trage ich keine Zöpfe, Frau? Außerdem kannst du so etwas nicht behaupten, da du doch genauso stürmisch wie jeder Mann bist. Du hast in deinen zweiunddreißig Jahren genug Blut vergossen."

„Nur wenn ich dazu gezwungen wurde", behauptete Lael süß.

„Und wie oft bist du dazu gezwungen worden?"

Lael legte ihren Kopf auf dem Kissen ab und verdrehte die Augen. Während andere Männer sich eher darum sorgten, ob ihre Frauen mit anderen Männern schliefen, interessierte ihren Mann nur, wie viele sie bereits getötet hatte. Sie schaute an die Decke, sah dem Schattenspiel des Feuers zu und versuchte, eine ehrliche Antwort zu finden.

An dem Tag, als ihr Vater gestorben war, hatte sie wohl mindestens einen getötet, obwohl sie erst zehn gewesen war. Es hatte einige Männer gegeben, die in ihr Tal hatten eindringen wollen, und sie hatte ihr Schwert gegen sie geschwungen – aber Aidan hatte die tödlichen Stöße erteilt. Zwei Männer hatte sie in der Nacht, als Rogan MacLaren die Frau ihres Bruders entführen wollte, auf dem Bergrücken getötet. Das machte also drei. Und dann noch einmal drei an jenem Tag, als man sie gefesselt und geknebelt aus dem Kerker unter Keppenach holte. Und dann natürlich all die Männer, denen sie am Tag davor in der Schlacht gegenüberstand hatte, bevor man sie an den Galgen führte. „Ich weiß es nicht", offenbarte sie. „Und du?"

Jaime lag da, die Hände im Nacken verschränkt, und starrte an die Decke. „Ich weiß es nicht", gab er bereitwillig zu. „Ich habe schon vor langer Zeit aufgehört zu zählen." Er seufzte erschöpft. „Was sagst du dazu, wenn wir versuchen würden, kein Blut mehr zu vergießen?"

Lael drehte sich zu ihm und legte ihren Kopf auf die Brust ihres Mannes. „Das ist kein Versprechen, von dem wir schwören können, es zu halten. Du wirst König Stephen Northumbria entreißen und ich werde bald nach Dunràth reiten."

Ob Norden oder Süden, überall gab es Unruhen. Im Norden sorgte der Earl von Moray im Auftrag des Königs für Frieden, aber wenn er sich jemals entscheiden sollte, seinen Eid zu brechen ... nun, er war ein rechtmäßiger Anwärter auf den Thron und zu guter Letzt würde der Mächtigere das Land regieren.

Lael war wegen Unas Tod am Boden zerstört, doch der Verlust des Steins hätte zu keinem besseren Zeitpunkt kommen können, denn David hatte zwar das Schwert des Königs in seiner Hand, aber wenn es jemals bekannt würde, dass er auf dem falschen Stein sitzend gekrönt worden war ...

Aus genau diesem Grund hatten sie Constance von den Gästen ferngehalten, damit sie nicht versehentlich das Geheimnis der Hüter verraten konnte.

Aber Lael wollte über solche Dinge im Moment gar nicht nachdenken, nicht wenn neben ihr ein süßerer Sieg hier im Bett zu erringen war. Lächelnd kletterte sie auf ihren Mann – nackt und stolz, seine Geliebte zu sein. Jaimes blaue Augen durchbohrten sie wie ein Pfeil ins Herz.

Sie beugte sich vor, um ihn liebevoll zu küssen, wobei sie nicht einen Augenblick für selbstverständlich erachtete. Wer wusste schon, was morgen sein würde. „Ich liebe dich", flüsterte sie in seinen Mund, als seine Hände nach ihren Brüsten griffen.

„Ich liebe dich", erwiderte er und in ihrer Umarmung verschmolzen ihre Körper zu einem.

Die vergangenen beiden Tage waren wie ein Traum, von dem Lianae sich wünschte, dass er jemals enden würde.

Es blieben nur noch wenige Stunden, bevor die Männer des Königs das Tal verlassen sollten, und sie wartete ungeduldig auf Keanes Rückkehr in die Kate. Sein Bruder hatte ihn wieder bei Sonnenaufgang geweckt und Lianae hatte kaum Zeit gehabt, mit ihm zu sprechen, bevor er ging.

Seit er weg war, erfüllte eine tiefe Angst ihr Herz, dass sie ihn niemals wiedersehen würde, denn Stephen würde das Grenzland niemals so einfach aufgeben. Ein Teil von ihr betete, dass Aidan dún Scoti ihm die Sache ausreden würde – oder ihm befehlen würde, nicht zu gehen –, obwohl sie doch wusste, dass dies nicht möglich war. Keane hatte David die Treue geschworen. Und selbst wenn er Dunràth und Lilidbrugh einbüßen wollte, war Lianae ebenso ein Teil des Handels. Dann würde er auch sie verlieren. Und er würde des Hochverrats angeklagt werden, da er ja David die Treue geschworen hatte.

Sie lief in der kleinen Kate mit ihrem einen Zimmer auf und ab und strich neugierig mit den Fingern über die Möbel, wobei sie über ihre Gastgeber nachdachte. Das Haus war sehr ordentlich ohne auch nur das geringste Staubkorn und die Asche in der Feuerstelle war bereits weggefegt. In einer der Kisten fand sie einen Stapel ordentlich gefalteter Kleider und in der anderen befand sich Männerbekleidung. Augenscheinlich schienen die Bewohner ihr Heim zu schätzen und doch waren sie so großzügig, es den Gästen zu überlassen. Vielleicht könnte Lianae ihnen als Dank einen ihrer Steine dalassen? Trotz des traurigen Anlasses hatten sie sie mit offenen Armen aufgenommen.

Während Lianae darauf wartete, dass Keane von der Ratssitzung mit seinem Bruder zurückkehrte, löste sie den seidenen Beutel von ihrem Gürtel und brachte ihn zum Tisch. Sie setzte sich auf einen der Stühle, um den Knoten zu lösen, dann weitete sie die Öffnung und leerte den Inhalt auf dem Tisch aus. Es waren noch fünf Zaubersteine da.

Besaßen diese überhaupt einen Wert, wenn nicht der ganze Satz, der aus zwölf Steinen bestand, vollständig war? Lianae hatte keine Ahnung. Und doch war dies alles, was sie geben konnte...

Jeder der Steine hatte eine ähnliche Markierung – zwei Monde mit einem Blitz dazwischen. Sie drehte einen nach dem anderen um und erfühlte die tiefgeschnitzten Markierungen. Das Werkzeug für ein solches Kunstwerk war ihr nicht bekannt, da man eine feinere Nadel gebraucht hätte als diejenige, mit der sie

Avelines Kleider umgenäht hatte, und außerdem hätte sie scharf wie eine Rasierklinge sein müssen, um durch den Quarz wie durch Butter zu schneiden. Während sie die feine Handwerkskunst bestaunte und sämtliche Steine auf dem Tisch untersuchte, dachte sie darüber nach, dass sie Keane im Frühling bitten würde, sie mit nach Lilidbrugh zu nehmen, um nach dem Rest zu suchen. Selbst wenn sie Uhtredas Zaubersteine nicht dazu benutzen konnte, um für Nachrichten über ihre Brüder zu bezahlen, konnte sie diese doch verkaufen, um das Herrenhaus neu zu möblieren. Nach so langer Zeit ohne Kronvasall oder Burgherrin würde Dunràth Vorräte bitter nötig haben …

Es klopfte an der Tür. Erschrocken warf Lianae die Steine wieder in den Beutel und zog die Kordel zu. „Herein", sagte sie.

„Entschuldigung", sagte ein junges Mädchen. Sie war kaum mehr als ein Kind.

Etwas aufgeregt versteckte Lianae den Beutel in ihrem Schoß. „Kann ich dir behilflich sein?"

Das Gesicht des Mädchens wurde ernst. „Bin ich zum falschen Haus gekommen?"

„Ich – ich weiß es nicht", erwiderte Lianae und erst dann bemerkte sie, dass das Mädchen sie noch nicht direkt angeschaut hatte. *Weil sie nicht sehen konnte.* Ein weiterer Beweis dafür kam, als sie hinter der Tür einen groben Stock hervorholte und damit auf den Boden vor ihr klopfte. „Es tut mir leid", sagte das Mädchen und sie klang, als sei sie im Begriff, in Tränen auszubrechen. „Ich mir wollte nur frische Kleidung holen."

Lianae sprang von ihrem Stuhl auf und warf den Beutel auf den Tisch. „Lass mich dir helfen", sagte sie und eilte zu dem Mädchen. „Du solltet nicht allein sein!", schimpfte Lianae, aber das war waren die falschen Worte, denn das süße Mädchen fiel auf die Knie und begann dort auf dem Boden zu weinen.

„Ich wollte eine gute Ehefrau sein", weinte sie und Lianae kniete sich neben sie.

Sie rieb dem Mädchen mit einer Hand über den Rücken und versuchte vergeblich, es zu trösten. „Ist schon gut", murmelte sie. „Alles wird gut ..."

SIE HIESS CONSTANCE. ABER LIANAE HATTE GAR KEINE Zeit, um über die fantastische Geschichte, die sie ihr erzählt hatte, nachzudenken. Denn als sie das Kind in ihrem frischen Kleid und durch das Gespräch etwas beruhigter an deren Ehemann übergeben hatte, kam Keane, um sich von Lianae zu verabschieden. Er küsste sie süß und mit schwerem Herzen und Lianae folgte ihm zum Berghang, wo fünfhundert berittene Krieger auf den Aufbruchsbefehl des Königs warteten.

David mac Maíl Chaluim hatte sich bereits an das vordere Ende des Zugs platziert und seine Fahnen in Rot und Gold waren die einzigen Farbtupfer unter dem trostlosen grauen Himmel. Silberne Kettenhemden und Langschwerter blitzten am Hügel, während einige Männer sich noch beeilten, ihre Habseligkeiten einzusammeln und ihre Pferde bereit zu machen.

Verzweifelt versuchte Lianae, die letzten Augenblicke zu verlängern und klammerte sich noch an Keane, als dieser bereits auf seinem Pferd saß. Es war ihr zuwider, ihn gehen zu lassen.

Sie hatte furchtbare Angst, dass sie ihn niemals wiedersehen würde. Es gab noch so Vieles, was sie gern gesagt hätte, aber bei einer so großen Menge an Ohren, die mithörten, schwieg sie. Sie hatte ihre Wange an seinen Oberschenkel gelehnt und er streckte die Hand nach unten, um Lianaes Gesicht am Kinn zu sich nach oben zu neigen. „Mach dir keine Sorgen. Lael wird dich sicher nach Hause bringen und ich werde schon bald wieder bei dir sein."

„Versprich es mir!", flehte Lianae.

Er legte seine behandschuhte Hand auf ihren Scheitel und drückte ihren Hinterkopf zärtlich. „Lianae, meine Schwester ist so fähig wie ein Mann und wenn du erst einmal in Dunràth bist, hast du den Erlass des Königs. Hab keine Angst, mein Liebling."

Mein Liebling ...

Dies waren die süßesten Wörter, die Lianae jemals vernommen hatte. Aber es passierte alles viel zu schnell. Sie hörte schreiende Stimmen in ihrem Kopf. Es war unerträglich für sie, dass er sie jetzt verließ. Sie wollte ihn anflehen, dazubleiben, aber ein Hornstoß brachte sie zum Schweigen.

„Keane", weinte sie leise und griff nach seiner Hand. Seine grünen Augen zwangen sie, jetzt zu sprechen oder auf immer zu schweigen, doch die Wörter blieben in Lianaes Hals stecken. Sie war von ihren eigenen Gefühlen verwirrt und starrte hoch in die funkelnden Augen ihres Mannes.

Und dann, allzu schnell, hatte sie die Gelegenheit vertan. Ein Bote aus der ersten Reihe rannte den Hang hinunter. „Es geht los!", rief er. „Aufstellung einnehmen! Aufstellung einnehmen!"

Zögerlich, das konnte sie in seinen Augen sehen, löste Keane Lianaes Finger von seiner Hand und spornte sein Pferd an. Er wandte ihr nun den Rücken zu, als er die Nachhut von Davids Zug vorantrieb. Lianae spürte die Trennung so deutlich, als wenn man ihr den Arm abgehackt hätte. Ihr Hals war zu geschwollen, um zu sprechen, und als die Truppen weggeritten waren, erschien ihr das Tal trostlos, der Berghang zertreten und verwüstet, mit verbrannten Flecken im schmutzigen Schnee. Selbst die Luft roch verbrannt.

Keane schaute sich nur einmal um, winkte Lianae

kurz zu und dann nicht mehr. Sie hatte keine Ahnung, wie lange sie anschließend noch dastand. Aber die Truppen des Königs waren nicht mehr zu sehen, als Lael kam, um sie von dort wegzuziehen, damit sie ihre Satteltaschen für die Reise nach Norden packen konnten. Schweren Herzens ließ sie es zu, dass Lael sie wegführte.

Der größte Teil von Lianaes Habseligkeiten – das Wenige, was sich als solche bezeichnen ließ – war bereits von Keppenach voraus nach Dunràth geschickt worden. Sie hatte bis auf Kleidung zum Wechseln und dem Beutel voller Steine nur wenige Dinge in ihren Satteltaschen mitgebracht. Alles, was sie in ihrem Leben vor Keane besessen hatte, war nun verloren – an ihren Bruder Lulach und dessen Frau gefallen. Sie würde ganz von Neuem anfangen, aus der Asche der Vergangenheit wieder aufsteigen.

Schließlich entschied sich Lianae dagegen, Constance einige ihrer Zaubersteine zu geben, denn das arme Mädchen konnte sie ja nicht einmal sehen, um sie wirklich zu schätzen. Später einmal, wenn sich die Gelegenheit bot, würde sie Constance ein neues Kleid nähen. Und vielleicht fand sie auch jemanden, der dem Mädchen einen weiteren Stab fertigen könnte, damit es sich besser zurechtfand.

Bis dahin musste ein einfaches Dankeschön reichen. Allzu oft war das Leben nicht gerecht. Das hatte Lianae schließlich schon am eigenen Leib erfahren. Mit dreiundzwanzig hatte sie bereits genug Prüfungen und Verluste erlebt. Und obwohl sie sich durch ihre Lebensumstände als gestählt ansah, war sie wohl kaum auf die dún Scoti-Schwestern vorbereitet, die ihrer Kleidung nach zu urteilen wesentlich abgehärteter schienen, als Lianae es jemals sein könnte.

Sie waren mit Waid bemalt, in ähnlichen Mustern

wie Keane, und wie erfahrene Kämpferinnen gekleidet, ganz wie Boudicca, die Königin des Iceni Volks aus grauer Vorzeit. So damenhaft sie sich auch in Keppenach gab, nun war Lael wie verwandelt: ausgerüstet wie ein wilder Krieger und von oben bis unten mit Leder, Fell und Messern bekleidet. Sie trug Waid auf ihren Wangen und auf der Stirn und ihr dichtes schwarzes Haar war zu Zöpfen geflochten, damit ihre seidigen Locken ihr in einer Schlacht nicht im Weg wären. Sie hatte ihre seidenen Kleider gegen Leder getauscht und um die Griffe ihrer Messer waren Häute gebunden, damit sie bei Kälte nicht an den Fingern festfroren und das Blinken des Metalls vor dem Feind verborgen blieb. Im Gegensatz zu den Engländern, die silberne Kopfbedeckungen und glitzernde Kettenhemden trugen, verstanden die echten Schotten intuitiv, dass ein Mann beziehungsweise eine Frau eins sein musste mit dem Land, um in den Mounths zu überleben. Laels Anblick ließ Lianae heimlich lächeln und einen Augenblick wünschte sie sich, dass sie auch so mutig wäre.

Wenn sie und alle anderen Frauen von Moray sich mit den Männern zusammengetan hätten, wären sie zehntausend Menschen gewesen. Aber ihr Bruder hatte einst gesagt: „Frauen führen keine Armeen!", als er Lianae dabei erwischte, wie sie das Schwert ihres Vaters bewunderte. „Das ist nur in deiner Vorstellung, Lianae! Wie das Auftürmen der Berge, denn du glaubst doch nicht, dass Cailleach sie Stein um Stein hat fallen lassen, oder?"

„Aye, aber es könnte so gewesen sein!", erwiderte Lianae.

Und sie hörte wieder die ruhige Stimme ihrer Mutter, die sie erinnerte: *Zwischen Himmel und Erde gibt es mehr Dinge, als Menschen für möglich halten, Lianae. Alles ist möglich – alles.*

Sogar die Liebe eines Mannes für eine Frau, die er nie hätte bekommen sollen.

Lianae musste versuchen, dies zu glauben.

Von Dubhtolargg aus betrug die Entfernung zwar nur sechzig Meilen Vogelfluglinie, aber sie würden gebirgiges Gelände mit dichten Wäldern und schnellen, schäumenden Bächen zu überwinden haben. So weit im Norden würde es keine Gast- oder Wirtshäuser mehr geben und niemand erwartete den Komfort eines Bettes entlang des Weges. Zumindest hatte Lianae dieses Mal ein Pferd und ein gutes Paar Schuhe.

Insgesamt waren sie sechs Reiter und die Frauen saßen auf schneeweißen Stuten, die für das Terrain wie gemacht waren. Lael lobte die Tugenden der schlanken und robusten Tiere. Sie verhielten sich nicht wie die *Schlachtrösser,* welche die Normannen ritten und deren Augen blutdürstig waren, sondern behielten ihren Verstand im Gefecht. Lianae betete, dass sie dies nie würde bezeugen müssen. Und obwohl Lael geprahlt hatte, sie bräuchte nur einen Mann dabeizuhaben, hatte Aidan darauf bestanden, dass Lachlann auch mitkam. Es würde ihm ein ruhigeres Gefühl geben, wenn er wusste, dass sein Hauptmann, dem er vertraute, sie begleiten würde, um seine Schwestern zu beschützen. Auf dem Rückweg würde Luc zusammen mit Lael direkt nach Keppenach reiten und Sorcha und Cailin würden sich von Lachlann in die Mounths begleiten lassen.

„Bleibt im Schatten der Klippen“, riet Aidan und hielt Laels Pferd am Zügel zurück. Er blickte bedeutungsvoll zu Lachlann. „Meidet die alte Straße und bleibt im Wald, bis ihr ein Stück nördlich des Speys seid.“

Lael grinste ihren Bruder an. „Mach dir keine Sorgen, Aidan. Wir passen gut auf deinen Hauptmann auf und du solltest dir eher Sorgen um den Dummkopf machen, der uns aufhalten will.“

Lianae konnte das wohl glauben, denn Lael war furchterregend im Sattel.

Aidan ließ die Zügel los, tauschte noch einen bedeutungsvollen Blick mit Lachlann und bedachte Luc mit einem Abschiedsgruß. Dann wandte er sich zu Lianae. „Euer Vater war ein guter Mann“, sagte er.

Lianae nickte. „Das war er und ich danke Euch.“

Es stand Aufrichtigkeit in den Augen des Mannes. „Ich wünschte, Ihr wärt zu einer erfreulicheren Zeit gekommen, Lianae von Moray, obwohl wir erwarten, Euch bald wiederzusehen.“

„Ich freue mich auf diesen Tag“, erwiderte Lianae. „Und ich danke Euch für Eure Gastfreundschaft, *Laird*.“

Aidan streckte die Hand aus, um ihr Pferd an der Mähne zu tätscheln. „Dies war Unas Stute, auch wenn sie nicht einmal auf ihr ritt“, sagte er. „Sie wird Euch gute Dienste leisten.“

„Danke“, wiederholte Lianae und fügte hinzu: „Mein herzliches Beileid für Euren Verlust.“

„Und von uns für den Euren.“

Lianae schossen Tränen in die Augen.

„Ich bitte Euch nur, auf meinen Bruder aufzupassen.“

Unabhängig von den Spannungen zwischen den beiden konnte Lianae die Zuneigung in seinem Blick erkennen. Sie nickte, aber ihr Hals war zu eng, als dass sie hätte sprechen können.

Mit Cailin, Sorcha, Lachlann und Luc an ihrer Seite übernahm Lael die Führung aus dem Tal. Lianae winkte Keanes Bruder zum Abschied und nach einem letzten Blick auf den Berg, der Una zum Schicksal wurde, folgte sie den anderen.

KAPITEL FÜNFUNDZWANZIG

Dunràth war so gar nicht wie die geschmacklosen normannischen Bauwerke, die entlang der südlichen Grenze Scotias entstanden waren. Keine Mauer umgab diese Küstenstadt, wobei der Turm selbst auf einem *Hügel* in der Nähe von *An Cuan Moireach* errichtet worden war, über einem Netzwerk robuster Tunnel, die zum Strand hinunterführten. Lianae wusste davon, obwohl man sie nicht sehen konnte. Seit Jahrhunderten hatten die Fürsten von Moray so die Küste, die von der launischen Nordsee geformt worden war, genutzt.

Das Herrenhaus stand hoch oben auf dem Hügel und war von Häusern aus Flechtwerk und Lehm mit schneebedeckten braunen Reetdächern umgeben. Es war an einen einzelnen Turm aus Findlingen und Mörtel angefügt, dessen Stil in vielen Gegenden im Norden zu finden war.

David mac Maíl Chaluims Fahne mit dem ungestümen Löwen in Rot und Gold wehte vom Dach. Die Fahne entsprach in der Größe ihrer eigenen und war eine Erinnerung daran, dass unabhängig von ihrer Geschichte an diesem Ort ihre Zukunft vom regierenden König von Scotia bestimmt werden würde.

Aber von klein auf war dies Lianaes Heimat gewesen. Sie spürte, wie ihre Stärke zurückkehrte, als der Reiterzug das Ziel der Reise erreichte.

Als die Gesellschaft durch Dunràth ritt, begannen die Kirchenglocken zu läuten, was die Dorfbewohner aus ihren Häusern hervorlockte. Die Leute winkten, als Lianae vorbeikam. Manche hielten auch einfach in ihrem Tun inne und starrten nur. Sie waren schon ein seltsamer Anblick mit drei für den Krieg gekleideten Frauen, einem vierschrötigem Highlander und einem Lowlander, der ein normannisches Kettenhemd trug.

Vermischt mit dem salzigen Sprühnebel des Meeres lag noch ein Hauch von grünem Bewuchs über dem Heidemoor, obwohl dieses von einem Mantel aus Schnee bedeckt war. Zu dieser Jahreszeit war es nicht ungewöhnlich, Schneetreiben selbst unter einem hellblauen Himmel zu sehen. Und Ailginshire befand sich unweit, nicht mehr als einen halben Tagesmarsch entlang der Küste entfernt.

Der Lehnsmann von Dunràth war ein Mann von Moray gewesen und Lianaes Vater treu ergeben, aber auch er war an jenem Tag bei der Schlacht von Stracathro in Forfarshire gestorben. Es war ein Glück, dass das Schicksal sie hierhergebracht hatte, zu Leuten, die sicherlich eine Tochter des Óengus willkommen heißen würden.

Auch wenn der Ort recht einfach sein mochte, erfüllte Dunràth sie mit Ehrfurcht. Es war zwar nicht Ailginshire, doch es gehörte nun ihr, und in ihrer Satteltasche trug sie die Schlüssel zur Burg und einen Erlass des Königs, dass sie den Befehl über die Garnison hatte, um die Sicherheit ihrer Leute zu gewährleisten.

Ihre Leute – sogar mehr noch als Keanes.

Sie versuchte, nicht an ihren Mann, der in einem weiteren hoffnungslosen Krieg kämpfte, zu denken, deshalb übernahm Lianae nun die Führung und galoppierte den Berg hinauf. Und je höher sie kam, desto mehr konnte sie von Moray überblicken. Sandstrände und Fischerhütten, die wie Punkte am Horizont lagen, soweit das Auge reichte. Das fruchtbare, schneebedeckte Moor und die blaugrauen Delfine, die in Küstennähe auftauchten.

Als Lianae drei Jahre alt gewesen war, hatten sie einen Wal gefunden, der im flachen Gewässer des inneren Moray Firth gestrandet war. Die Nachbarn hatten sich die Beute geteilt und das Fett des Wals hatte ihre Häuser noch mehrere Jahre lang beleuchtet. Der Anblick ihrer Heimat raubte Lianae den Atem und wenn man danach ging, wie Keanes Schwestern staunten, waren auch sie sofort von der Gegend angetan.

Weder Cailin noch Sorcha oder Lael hatten jemals die Nordsee mit ihren grünen Augen erblickt und Lianae erfüllte ein Hauch von Stolz, während der kalte Wind durch ihr goldenes Haar fegte.

„Hier kommt die Lady von Dunràth!“, verkündete Luc allen. „Mach Platz“, befahl er einem kleinen Jungen mit einer Ziege.

Lianae und die dún Scoti-Schwestern lächelten einander an, denn Luc hatte sich angewöhnt, seine Brust stolz aufzuplustern und er schien recht verliebt in Sorcha zu sein.

„Macht Platz für Eure neue Herrin“, rief er, als sie sich dem Gipfel des Hügels näherten. „Es ist die Herrin von Dunràth, die Ihr hier seht!“

Keanes drei Schwestern umringten Lianae beschützend, aber dies war kaum notwendig. Lianae war zu Hause. Es gab keine Tore, die sie hätten aussperren können. Daher stieg sie vor der Halle vom Pferd, wo zwei bewaffnete Männer standen und den Eingang bewachten.

„Ich bin Eure neue Herrin“, verkündete sie und sprach einen großen, schlanken Mann mit seidigem weißem Haar an. Er war kein Normanne, aber auch kein Schotte und sie erkannte den treuen Diener des früheren Lehnsherrn.

Seine blauen Augen waren scharf und müde, aber es war ein Funke der Wiedererkennung in ihnen zu sehen. „Lianae von Moray“, sagte er und ergriff ihre Hand. „Willkommen, Mylady“, begrüßte er sie mit Tränen in den Augen. „Willkommen!“

Die Stadt Carlisle war auf den Ruinen einer alten römischen Festung errichtet worden und diente als strategisches Bollwerk für Schottland. William Rufus hatte sie gebaut und David hatte die Absicht, sie zu halten und zu Scotias südlichster Hauptstadt zu machen. Dieser Wunsch war verständlich, denn selbst wenn die Grafschaften sich nicht miteinander im Krieg befanden, waren die Banditen im Grenzland eine Belastung für David. Er plante, die Kontrolle über sie und die neue Kathedrale zu erlangen.

Dreitausend Mann marschierten bei Sonnenaufgang auf die Stadt zu, die nur schlecht auf eine Belagerung vorbereitet war, und daher wurden ihre Tore schnell geöffnet. Von dort entsandte David mac Maíl Chaluim Stoßtruppen im Namen von Kaiserin Matilda, um Wark, Alnwick, Norham und Newcastle einzunehmen. MacKinnon würde innerhalb der nächsten zwei Wochen Aldergh besetzen. Erst als Carlisle gesichert war, nahm David Keane an die Seite und erzählte ihm die Neuigkeiten über Lianae. Seine Worte ließen Keane erschauern.

Er eilte aus dem Hof des Königs und ließ einen angesäuerten Monarchen zurück. Auf dem Weg zu den Ställen sagte Keane zu Cameron: „Wir reiten nach Moray, *jetzt*!“

„Mit Davids Zustimmung?"

Keane blickte Cameron mit entschlossener Miene an. „Ich werde mit oder ohne gehen!" Fürwahr, wenn sie ihm gesagt hätten, was Lianae in Dunràth entdecken würde, hätte er sie *niemals* allein gehen lassen.

Mit angemessener Eile rief Keane die ihm versprochenen Männer zusammen – nur sieben an der Zahl. Vierzig mehr würden folgen, sobald David sie erübrigen konnte. Der Rest erwartete ihn in Dunràth – allesamt unter Lianaes Befehl!

Wütend befestigte er seinen Sattel, während Cameron zuschaute. „Was ist, wenn sie sie gefunden hat?"

„Ich weiß nicht, was Lianae tun wird, aber *du wusstest es – du wusstest es,* verdammt. Und doch hast du nichts gesagt – *warum*?"

„Ich werde keine Schwüre mehr brechen", erwiderte Cameron einfach.

Trotz Keanes Zorn verstanden beide Männer, was Cameron damit meinte. Er kämpfte darum, ein ehrenhaftes Leben zu führen, um sein Ansehen in den Augen der Welt, in Aidans und besonders in denen von dessen Schwester wiederherzustellen.

Aber diese eine Sache musste Cameron noch lernen: Wenn man nicht für diejenigen kämpfte, die man liebte, für wen zum Henker kämpfte man dann?

„Scher dich zum Teufel", sagte Keane und drehte sich auf dem Absatz um. „Bleib hier und kämpfe für *deinen König*", befahl er ihm.

„Ich werde mitkommen –"

„Nay!", schrie Keane. „Ich werde nicht mit einem Mann reiten, dessen Treue ich hinterfragen muss." In einer leichten Bewegung stieg er auf Beithir. Seinen Männern befahl er: „Los!"

Selbst wenn sie Tag und Nacht ohne Pause ritten, würden sie Moray bestenfalls in sieben Tagen erreichen.

Es war ihm gleichgültig, ob Cameron ihn nun begleitete oder nicht. Wutentbrannt führte Keane seine Männer durch Carlisles offene Tore. Als der letzte Mann über die Brücke geritten war, hörte er das Ächzen von Metall, als das Fallgitter heruntergelassen wurde. Er blickte nicht zurück.

DIE DÚN SCOTI-SCHWESTERN BLIEBEN NUR EIN PAAR Tage in Dunràth – lang genug, damit ihre Pferde sich ausruhen konnten und sie selbst ein paar Nächte Schlaf bekommen hatten. Aber sie verließen Dunràth nicht, bevor Lianae sie nicht an den Strand begleitet und dafür gesorgt hatte, dass sie ihre Zehen in die eiskalte Brandung tauchten. Sie beschwatzte sie, im Sommer zurückzukehren, wenn sie das warme Wetter genießen könnten. Lael sprach davon, ihre Töchter mitzubringen und vielleicht auch Kenna zu schicken. „Es wird ihr guttun, einmal von Keppenach wegzukommen“, meinte Lael.

Lianae freute sich, das zu hören. Sie hatte sich seit Jahren nicht so wohlgefühlt. Tatsächlich gab es nichts, worüber sie sich hätte beschweren können, abgesehen von den Übelkeitsanfällen, die sie sich nicht erklären konnte. Vor ihrer Abreise fragte Cailin sie: „Bist du vielleicht schwanger, Lianae?“ Über diese Möglichkeit hatte sie noch gar nicht nachgedacht. Trotz ihrer Lügen über Keane dem König gegenüber, hatte Lianae sich nicht wirklich damit befasst, wie schnell es doch passieren könnte. Sie und Keane hatten jeden Augenblick in Dubhtolargg damit verbracht … *sich näher kennenzulernen*. Also war es durchaus möglich und der Gedanke daran erfreute sie.

Ein Kind?

Mit Keane.

Wie das ihr Leben verändern würde. Obwohl sie nicht weit entfernt war, machte sie sich keine Sorgen über die Möglichkeit, dass sie Lulach oder William FitzDuncan wiedersehen könnte, denn sie besaß den Erlass des Königs und hatte einen Prinzen von Scotia an ihrer Seite. Sie hatte so etwas nie zum Ziel gehabt, denn FitzDuncan war schließlich ein Königssohn. Aber Keane dún Scoti – bescheiden wie er war – besaß den zehnfachen Wert eines FitzDuncan.

Tatsächlich hegte sie nur wenig Zweifel, dass die dún Scoti, hätte Keanes Bruder nicht *Clach-na-cinneamhain* verloren – und sie war sich ziemlich sicher, dass es der *Stein des Schicksals* war –, allein mit diesem Wissen einen verheerenden Schaden hätten anrichten können. Wenn ihr Verdacht sich bewahrheitete, dann war König David niemals auf dem richtigen Stein gekrönt worden. Daher wäre seine Krönung nicht unantastbar. Sollte *irgendjemand* dies herausbekommen, hegte Lianae nur geringe Zweifel, dass es ein Rennen zum Tal geben würde, um den echten Stein wiederzufinden und einen neuen König zu krönen. Und dafür gab es eine ganze Reihe von Anwärtern, die alle ein größeres Recht auf die Nachfolge hatten als David mac Maíl Chaluim, einschließlich William FitzDuncan, Aidan dún Scoti und ihrem Bruder Graeme.

An dem Tag, als die Schwestern Dunràth verließen, war Lianae äußerst versucht, sie wegen des Steins zu befragen und wegen des Unfalls, der Constance hatte erblinden lassen. Aber obwohl sie sich in der Zwischenzeit sehr viel nähergekommen waren, hatten die dún Scoti-Schwestern eine Art an sich, die einen von solchen Fragen abhielt. Denn auch wenn sie normale Geschwister mit lieblichen, frisch gewaschenen Gesichtern zu sein schienen, waren sie dies definitiv nicht.

Alle drei umarmten Lianae, als sie auf ihre weißen Pferde stiegen, und selbst bevor sie überhaupt richtig im Sattel saßen, schauten sie ernst drein und hielten sich aufrecht. Einmal mehr waren sie bereit für den Krieg.

„Ihr!", sagte Lael zu Lianaes Verwalter. Der Mann sah sofort verängstigt aus. „Passt auf Eure Herrin auf", befahl sie ihm vom Sattel aus und der alte Mann nickte schnell.

Lächelnd verschränkte Lianae die Arme und kämpfte gegen eine weitere Welle von Übelkeit an. Fürwahr, Cailin hatte wohl recht. *Ein Kind.* Der Gedanke daran verursachte Lianae Herzschmerzen. Ein Kind, aber was war, wenn sein Vater niemals zurückkommen würde? Sie hatte Keane nun seit Wochen nicht gesehen, doch sie rief sich ins Gedächtnis, dass sie den Erlass des Königs besaß. Und sie hatte Balloch, den alten Verwalter.

Aber so wollte sie nicht denken. Es war noch viel Arbeit vor der Rückkehr ihres Mannes zu erledigen: Sie musste eine Bestandsaufnahme des Proviants machen und herausfinden, wie viel noch bis zur Frühjahrspflanzung übrig sein würde. Sie musste das Herrenhaus von oben bis unten schrubben und es wie ein liebevolles Zuhause aussehen lassen. Sie musste sich Beschwerden anhören und Brot backen. Sie musste eine Personenzählung vornehmen und sich um Tiere kümmern. Und am wichtigsten war, dass sie ein Kinderzimmer einrichten musste.

Der alte Verwalter würde ihr helfen, aber sie glaubte, dass er von allen am glücklichsten über die Abreise der dún Scoti-Schwestern sein würde. Auch wenn der Mann ihr größter Verbündeter in Dunràth zu sein schien, war er doch so ängstlich wie eine Kirchenmaus.

Natürlich waren Abschiede niemals leicht und Lianae hatte schon mehr erlebt, als ihr lieb war, aber es war nur recht und billig, dass sie weggingen. Lael musste zu ihren Töchtern zurück und Cailin und Sorcha wurden im Tal erwartet.

„Gute Reise, meine Schwestern! Möge Cailleach euch gnädig sein und Rückenwind schenken."

„Und du, Lianae ... pass auf dich auf", sagte Lael und schaute jeden ihrer Wachposten der Reihe nach an und musterte dann noch einmal den Verwalter mit einem scharfen, schneidenden Blick. Um ihre Worte zu unterstreichen, legte Lael eine Hand an ihr Schwert und nickte jedem Mann furchteinflößend zu.

Lianae versuchte, nicht über die Blicke, die die Wachen austauschten, zu lachen. Sie mochten vielleicht Angst vor den Schwestern haben, aber Lianae selbst fürchtete sich nicht.

Sie hatte mehr als fünfzig Männer, die ihr allein per Erlass des Königs dienten. So lange sie wachsam war, würden diese mehr als ausreichen, um das Herrenhaus zu verteidigen. Als eine Tochter des Óengus wusste sie, dass jeder einzelne Dorfbewohner bis hin zum kleinsten Kind zu den Waffen greifen würde, um sie zu verteidigen. Schon bald nach der Abreise der Schwestern hatte sie die Gelegenheit, ihre Theorie zu testen. Ein Gesandter kam in Begleitung von Reitern, welche die blaue und silberne Fahne FitzDuncans trugen.

Lianae steckte bis über beide Ohren in den Wirtschaftsbüchern, denn sie konnte lesen und wollte sie vor der Rückkehr ihres Mannes in Ordnung bringen. Ihr Vater hatte sich nie um die Buchhaltung gekümmert. Das Führen der Bücher war die Aufgabe ihrer Mutter gewesen. Der alte Verwalter erschien in Lianaes Privatgemach und stand mit weit aufgerissenen Augen da. „Lady Uhtreda bittet Euch um eine Audienz, Mylady."

Als sie den Namen hörte, spannten sich Lianaes Schultern an. „Lady Uhtreda?"

War sie gekommen, um ihre Steine zurückzuholen?

Der Verwalter nickte, als könnte er ihre Gedanken lesen. Aber nay, er konnte nicht wissen, dass sie diese hatte ... außer Keane wusste niemand, dass sie die Zaubersteine besaß. Lianae runzelte die Stirn. „Kommt sie allein?"

„Nay, Mylady. Sie kommt in Begleitung von sechs von FitzDuncans Wachen."

„Aber nicht FitzDuncan selbst?"

„Nay, Mylady."

Lianae entspannte sich ein wenig, legte die Feder auf dem Tisch ab und schob die Wirtschaftsbücher zur Seite, wobei sie sich ins Gedächtnis rief, dass sie fünfzig Männer hatte – und ein Haus voller Diener, die dem alten Moray-Lehensherrn treu waren. Noch nicht einmal FitzDuncan würde es wagen, sich über den Erlass des Königs hinwegzusetzen. Sie war nun die Gutsherrin und sie hatte nicht vor, sich von ihm in ihrem eigenen Haus einschüchtern zu lassen. Auf jeden Fall besaß Lianae die Mehrzahl der Steine nicht mehr und sie sah sich nicht in der Pflicht, vor einer Frau, die ein Ungeheuer wie William FitzDuncan großgezogen hatte, Rechenschaft abzulegen. „Lasst sie eintreten", erlaubte Lianae.

„Seid Ihr sicher, Mylady?"

Lianae richtete sich noch mehr auf ihrem Stuhl auf. „Macht Euch keine Sorgen, Balloch. Wenn sie versucht, mich herauszufordern, ist es genauso, als würde sie sich gegen ihren rechtmäßigen König wenden. Führt Lady Uhtreda in meine Halle."

„In Ordnung, Mylady", gab Balloch zögerlich nach, aber dann blieb er stehen und öffnete den Mund, als wollte er noch etwas sagen. Es war ein Anblick, an den sie sich schon recht gut gewöhnt hatte, denn der Mann schien immer im Begriff zu sein, Lianae noch etwas erzählen zu wollen Doch er schloss den Mund wieder und verließ den Raum.

Lianae ließ ihn gehen und lief selbst los, um sich umzuziehen.

Obwohl sie eher Wolle als Seide gewöhnt war, wollte sie Lady Uhtreda mit ihrer Kleidung etwas demonstrieren. *Sie* war nun die Herrin von Dunràth und Lianae wollte auch so aussehen, wenn sie ihrer Klägerin gegenübertrat. Einen Augenblick lang überlegte sie, den kleinen seidenen Beutel zurückzulassen, aber da Lianae sie sonst immer bei sich trug, wollte sie die Zaubersteine auch jetzt nicht unbewacht lassen, noch nicht einmal in ihrem eigenen Haus. Sie befestigte den Beutel an ihrem Gürtel und machte sich auf den Weg in die große Halle.

Lady Uhtreda war einst die Gemahlin eines Königs gewesen. Ihr Vater Gospatric war der Graf von Northumbria, aber Lianae war eine Tochter von Moray – die wahre Moray-Erbin.

Sie betrat die Halle in einem von Aveline von Teviotdales geänderten Kleidern – einem samtenen Überkleid in Blassrosa mit einer weißen Bluse darunter und einem vergoldeten Gürtel – und fand die Frau mit dem Pferdegesicht ruhig und ohne ihre Wachen am Tisch sitzend vor. Sie saß allein da und blinzelte unschuldig beim Anblick Lianaes.

Im Kontrast dazu waren mindestens vier von Lianaes Wachen anwesend – zwei an den Türen zur Halle und jeweils einer an den Enden von Lianaes langem Tisch. Lianae war überrascht, dass die Lady ohne ihren verhassten Sohn gekommen war, und ging zum Tisch hin, wo sie sich gegenüber der älteren Dame niederließ.

„Was führt Euch nach Dunràth, Lady Uhtreda?“

Lianae konnte der Frau nicht so ganz die Ehrerbietung entgegenbringen, die deren Titel eigentlich erforderte. Es verursachte ihr mehr Magenschmerzen als der Haggis, den sie an diesem Morgen zu sich genommen hatte – und sie sehnte sich nach dem Mehlbeerentee ihres Mannes.

Uhtreda lächelte hinterhältig mit verschleierten Augen. Lianae musste zugeben, dass sie für eine ältere Frau noch schön war, mit ihrem dunklen Haar und den hellblauen Augen, obwohl sie nun mehr Falten im Gesicht hatte, als Lianae sich erinnern konnte. Sie trug ihr langes Haar zu Zöpfen geflochten und mit goldenen Schleifen, wie es bei jungen Mädchen üblich war. Ihr Kleid war sehr fein genäht und mit winzigen Goldfäden durchwoben. „Ich hatte Besuch von einem alten Weib, das eine Klappe über einem Auge trug“, erzählte sie schließlich.

„Was hat irgendeine alte Frau mit mir zu tun?“, fragte Lianae. Die Steine an ihrem Gürtel schienen schwerer zu werden.

Uhtredas Augen funkelten wissend. „Nun, sie war auf der Durchreise zur Insel Skye“, erzählte sie.

„Und?“

„Sie versicherte mir, dass ich den Rest meiner Steine zurückholen könnte ... von *Euch*.“

Lianae stockte der Atem bei dieser offenen Herausforderung und die beiden Frauen sahen einander abschätzend über den Tisch hinweg an. Lianae spürte, wie der Dolch gegen ihren Oberschenkel drückte, aber Uhtreda verlor nicht die Beherrschung und aus ihrem Tonfall war auch keine Unterstellung herauszuhören.

Einen Augenblick später griff die Frau nach einem kleinen Beutel an ihrer Taille, einem Säckchen, das Lianaes ähnelte, und Lianae hörte das Zischen von Stahl, der aus der Scheide gezogen wurde, als sie nach dem Beutel griff.

Lianae hob die Hand, um die Wache zu beruhigen, als Uhtreda das Säckchen von seiner Spange nahm. In Ruhe und ohne die bewaffneten Männer zu beachten, öffnete Uhtreda den kleinen Beutel und warf den Inhalt auf Lianaes Tisch.

Entsetzt starrte Lianae darauf.

Vor ihr lagen sieben Steine; einige waren auf ihrer Vorderseite gelandet und zeigten zwei Monde mit einem Blitz dazwischen. Es war genau das gleiche Symbol wie auf den Steinen, die Lianae verloren hatte. Nachdem sie Lianaes Blick erwidert hatte, drehte die Frau die Zaubersteine langsam, einen nach dem anderen, um, bis auf allen die fein geätzten Monde auf ihren Rückseiten zu sehen waren.

Es waren die gleichen Steine.

Sogar der seltene weiße Quarz hatte genau die gleiche Farbe.

Aber das war unmöglich, denn Lianae hatte die anderen sieben Zaubersteine im Gestrüpp bei Lilidbrugh unter einem Berg aus Schnee verloren.

Es dämmerte nun und Lianae musste noch die Kerzen in der Halle anzünden. Uhtredas Zaubersteine schienen mit dem gleichen blassen Licht zu glühen, an das sie sich von den Ruinen von Lilidbrugh erinnerte – nur ein Hauch, ein ganz klein wenig.

Als würden sie nochmals schwerer wiegen, spürte sie die fünf Steine, die an ihrem Gürtel befestigt waren ... als wenn sie sich mit den Steinen auf dem Tisch wiedervereinigen wollten. Unsicher legte Lianae eine Hand an den Beutel an ihrem Gürtel und hob das Gesicht.

Die beiden Frauen starrten einander an.

Uhtreda lächelte wieder, aber dieses Mal war es ein erschöpftes Lächeln, das weder kalt noch grausam war, jedoch auch nicht warm und liebevoll. Sie erschien einfach müde – wie eine Frau, die schon seit Langem die Launen der Männer ertragen hatte. „Seht ... sie hat mir diese Steine gebracht“, erklärte sie, „und sie versicherte mir, dass *Ihr* mir den Rest zurückgeben würdet.“ Sie berührte eine Rune nach der anderen. „Seht Ihr diese Markierungen?“ Sie tätschelte die Steine über den Monden und diese schienen leicht zu zittern, wie winzige Lebewesen. „So fein geätzt. Von dieser Art gibt es keine weiteren mehr. Diese hier wurden von Taranis, dem Gott des Donners, persönlich gebrandmarkt.“

„Und wer ist diese Frau, die behauptet, dass ich Euch Eure Steine zurückgeben würde?“, fragte Lianae, nicht willens die Steine in ihrem Besitz herzugeben. Wenn es tatsächlich stimmte, dass sie etwas Besonderes waren, gefiel ihr der Gedanke, sie in die Hände FitzDuncans fallen zu lassen, gar nicht.

Lady Uhtreda zuckte mit den Schultern. „Man sagt, sie trage viele Namen. Manche nennen sie die große weiße Hexe. Andere bezeichnen sie als die Eine. Und einige wiederum haben sie Cailleach gerufen.“ Sie kniff die Augen zusammen und sah direkt in Lianaes Seele. „Meine Großmutter kannte sie unter einem anderen Namen ...“

„Und welcher war das?“

Uhtredas Grinsen offenbarte gerade, weiße Zähne. „Bei meinen Leuten war sie als ... Merlin bekannt. Sie war es, die meinem Urgroßvater Uhtred behilflich war, seine Position als Graf von Bamburgh wiederzuerlangen. Ich bin nach ihm benannt worden, wisst Ihr?“

Ihre Augen suchten nach einem Beweis für die Steine und so blickte Uhtreda über den Tisch auf Lianaes Beutel. „Man will sie in seiner Nähe spüren, nicht wahr?“

Lianae klopfte mit ihren Fingern auf den Tisch. „Lady Uhtreda, wenn Ihr glaubt, dass ich Euch Unrecht getan habe, warum seid Ihr dann allein und ohne die Unterstützung Eures Sohnes gekommen? Ich bin überzeugt, würde William zu den Waffen rufen, könnte er Dunràth in nur einem Tag überwältigen.“

„Mein liebes Kind, ich habe keinerlei Illusionen hinsichtlich meines Sohnes. Jede vernünftige Mutter kennt den Wert ihrer Männer. William ist nicht fähig zu regieren und sein Vater war es auch nicht."

„Und doch habt Ihr ihn geheiratet?"

Uhtreda zog eine Augenbraue hoch. „So wie Ihr jemanden, den Ihr nicht lieben solltet, geheiratet habt?"

Lianae schluckte die Worte, die sie so gerne ausgesprochen hätte, herunter. Ihre Gefühle für Keane gingen Uhtreda nichts an.

„Da habt Ihr Glück gehabt. Nicht alle Frauen haben das Glück, aus Liebe zu heiraten", sagte Uhtreda. „Und bei einer solchen Paarung, wisst Ihr, wird die Frau möglicherweise als zänkisches Weib gebrandmarkt."

Aus Höflichkeit wandte Lianae den Blick ab, denn auch sie hatte manchmal schlecht über die Lady gesprochen. Nicht viele waren Uhtredas böser Zunge entkommen – einschließlich Lianae und ihrer Schwester. Dies ärgerte sie mehr um ihrer schönen Schwester willen, denn diese war nun tot. Lady Uhtreda hatte sich vehement gegen die Hochzeit gewehrt, aber erst jetzt überlegte sie, was wohl der Grund dafür gewesen war. Vielleicht hatte sie noch weitere Informationen über ihren Sohn. Oder vielleicht war sie auch nur zänkisch, aber im Augenblick war sie weder zänkisch, noch unfreundlich und der Blick in ihren Augen zeigte Mitleid.

„Ich wette, dass mein Sohn Eurer Schwester nicht absichtlich Schaden zufügen wollte", sagte Uhtreda. „Er wurde mit dem gleichen Leiden wie sein Vater geboren. Um es auf geschmacklose Art zu sagen, keiner von beiden war in der Lage ... ohne eine gewisse Art von Vorspiel seinen Samen abzuspritzen. Ich fürchte, dass Bhrìghde Eurer Schwester Elspeth gnädig war."

Cailleach war die Mutter des Winters und Bhrìghde war ihre Sommer-Schwester, deren Lächeln Pflanzen nur durch ihre Wärme wachsen ließ. Aber noch nicht einmal Bhrìghde konnte ihre Schwester von den Toten erwecken. Lianaes Herz zog sich zusammen.

Bevor sie ihr Herz verschließen konnte, behauptete die Frau: „Ich habe als Gegenleistung für meine Steine ein Geschenk für Euch ... Neuigkeiten."

Die ältere Frau beobachtete sie und musterte Lianaes Mimik.

„Ich nehme an, dass Ihr die Tunnel unter Eurer Burg noch nicht besucht habt?"

„Nay", antwortete Lianae. Bislang hatte sie keinen Grund dazu gehabt. Sie wurden vorwiegend von den Männern benutzt, denn sie waren dunkel und tief und zu gefährlich, als dass eine Frau allein dorthin gehen sollte. Sie dienten vorwiegend als Zugang zum Meer und als Kerker...

„Warum sollte ich Euch vertrauen?"

Uhtreda zuckte mit den Schultern. „Falls es einen Unterschied macht: Ich komme, ohne dass William davon weiß."

„Aber nicht ohne seine Männer?"

Die alte Frau zuckte wieder mit den Schultern. „Es gibt Leute, die ein Interesse daran haben, dass das Fürstentum Mormaer wieder seinen rechtmäßigen Platz erhält. Ich würde es mich nicht trauen, allein zu reisen." Ihre Augen leuchteten hell und durchbohrten Lianae mit ihrer unbeschreiblichen Intensität, während sie das Kinn hob und an ihrer Nase heruntersah. Wenn es irgendetwas gab, was Lianae an ihren Sohn erinnerte, dann war es diese Geste.

„Euer Geschenk?", bat Lianae.

Uhtredas Finger stachen in die Luft in Richtung Lianaes Beutel. „Meine Zaubersteine, wenn es Euch nichts ausmacht, und dann werde ich es Euch sagen ..."

Schließlich waren nur noch fünf da.

Was nützte einer ohne den Rest?

Ihre Neugier war entfacht und Lianae lehnte sich

zurück, um über das Angebot nachzudenken. Erst als sie merkte, dass es gar kein Angebot war, dass ihre Neugier den Wert ihrer paar verbliebenen Steine hatte, löste sie das Säckchen von seiner Klammer und legte es auf den Tisch. Uhtreda griff sofort danach und ihre langen, schlanken Finger zogen die Seide in ihre Handfläche.

Einen Augenblick lang drückte sie den Beutel nur mit stiller Zufriedenheit im Gesicht und seltsamerweise schien es, dass einige der Müdigkeitsfalten aus ihrem Gesicht verschwunden waren...

KAPITEL SECHSUNDZWANZIG

Lianae merkte, dass die Wachen ihr den Zugang lieber verweigert hätten. Die Schlüssel der Burgherrin vor sich her schwingend, erzwang sie sich den Weg an zweien von ihnen vorbei, nahm dann eine der Fackeln aus ihrer Halterung an der Wand und stieg in die uralten Tunnel unter Dunràth hinab. *Allein.* Wenn nicht schon bekannt war, was sie dort erwartete, so wollte sie keine Zeugen bei ihrer Entdeckung.

Trotz des Lichtscheins ihrer Fackel war es dunkel und kalt und der Salzgeruch hing in der feuchten Luft. Selbst die Wände waren durchnässt und das Wasser hatte den Felsen verfärbt und eine uralte weiße Kruste hinterlassen. An ihren Beinen spürte sie die eisige Zugluft, aber sie zog ihren Umhang fester um sich und ging mutig weiter nach unten. Irgendwo hinter den Mauern hörte sie die Brandung, die wütend gegen die Klippen schlug. Auf dem Weg begegnete sie einem weiteren Posten, aber in dem Augenblick, als Lianae ihn ansah, flüchtete er, bevor sie auch nur ein Wort sagen konnte – *weil er es wusste.*

Sie war die Tochter ihres Vaters, sagte sie sich, eine Tochter von Moray. Sie würde sich von Thronräubern nicht einschüchtern lassen. Was auch immer da unten auf sie wartete, sie hatte keine Angst.

Sie schwang die Fackel noch einmal vor sich, atmete tief ein und stieg weiter abwärts. Eine Ratte rannte an ihren Füßen vorbei, erschreckte sie und Lianae schrie kurz auf, aber noch nicht einmal die Angst vor Ungeziefer konnte sie jetzt aufhalten. Wenn man ihr gesagt hätte, dass sie Wikinger Krieger am Ende ihrer Reise treffen würde, hätte Lianae sich trotzdem geweigert, umzukehren.

Sie hörte ein Knirschen unter ihren Füßen und spürte das Krachen von Knochen. Die Überreste eines weiteren kleinen Nagetiers lagen auf ihrem Weg.

Wenn es stimmte, was Uhtreda sagte, dann war alles im Inbegriff sich zu verändern … vor allem mit Lianaes Wissen über den Schicksalsstein.

Trotz ihrer verblüffenden Einsichten wusste noch nicht einmal Uhtreda etwas über den verlorenen Stein von Scone. Und doch ... wenn Lianae diese Geheimnisse verriet, wenn sie die Worte laut aussprach, wäre ihr Leben mit Keane bereits beim nächsten Atemzug verloren. Ach, sie musste das Wohl Schottlands und nicht nur ihr eigenes Wohlbefinden oder das ihres Kindes berücksichtigen.

Ungefähr auf halbem Weg kam Lianae an eine Gabelung und jeder der beiden Tunnel führte weiter hinunter in die Dunkelheit...

Welchen Weg sollte sie nehmen?

Weiter, immer weiter, beschloss sie und wählte den dunkleren der beiden – denjenigen, der die tiefsten Geheimnisse versprach. Angesichts der abgestandenen kalten Luft hielt sie den Atem an, während sie sich an Spinnweben und fauligem Gestank vorbei bewegte.

Was würde Óengus tun?

Endlich kam Lianae zu einer Einbuchtung im Tunnel, wo vier Zellen in die Steinmauern gearbeitet worden waren. Jede war mit einer schweren Eisentür verschlossen.

Hier klang sogar das Geräusch des Ozeans durch die dicke Erdschicht gedämpfter. Lianae atmete scharf ein, dachte an Keane und Tränen schossen ihr in die Augen. Sie nahm den Schlüsselbund der Burgherrin von ihrem Gürtel und fand den Schlüssel, der die Zellentüren öffnen konnte.

Drei der Türen waren bereits aufgeschlossen und standen ein wenig offen, aber die vierte war fest verriegelt gegen das, was sich auf der anderen Seite befand …

Die Stäbe waren zu weit oben angebracht, um hineinzuschauen, aber Lianae wusste, dass dies die richtige Zelle war.

Sie hielt die Luft an, als sie den Schlüssel in das alte, verrostete Schloss steckte und ihn schnell umdrehte, bevor sie es sich anders überlegen konnte. Sie erwartete fast, dass die Personen auf der anderen Seite beim Drehen des Schlüssels durch die Tür gerast kommen würden, aber das war nicht der Fall. Lianae hatte irgendwie das Gefühl, dass sie genauso die Luft anhielten wie sie … Sie legte eine Hand auf das kalte Eisen und drückte die Tür auf. Und da stand er nun.

Graeme.

Verprügelt und halb verhungert mit einem ausgemergelten Gesicht, das schmutziger als ein Schornstein war, stand ihr Bruder da und starrte sie aus blutunterlaufenen Augen an.

SOGAR DIE BÄUME WEINTEN.

Sie durchlebten gerade einen seltsamen Winter, der viel wärmer war als jeder, an den Sorcha sich erinnern konnte. Es war, als hätte die Mutter des Winters sie für immer verlassen.

Manchmal vermisste sie Una mehr, als sie es ertragen konnte, aber der Aufenthalt weg von Dubhtolargg hatte sie etwas von ihrer Trauer abgelenkt.

Sorcha mochte Lianae. Und diese einfache Tatsache, bewies, dass ihr Bruder einen Fehler beging, indem er sie alle so abgeschieden im Tal hielt. Die meisten Menschen waren gleich, ganz egal, woher sie kamen. Schließlich würden schlussendlich die Körper aller Menschen zusammen in der Erde begraben liegen und diese düngen und eine neue Generation würde kommen und vergehen.

„Wir sind alle nur auf der Durchreise in diesem Leben", hatte Una einmal gesagt.

Flüchtige Atemzüge durch vergängliche Lungen. Es gibt ein unsichtbares Leben, das uns erträumt ... eines, das unser Schicksal kennt...

Während sie dasaßen und die Pferde an einer breiten Stelle im Bach tränkten, kramte Sorcha den Kristall, den Una ihr gegeben hatte, aus ihrer Satteltasche und musterte ihn auf ihrer Handfläche.

Una war solch eine eigenartige Frau gewesen und manchmal hatte Sorcha Dinge in ihrer Grotte beobachtet, die unerklärlich waren – wie die jetzige Farbe ihrer eigenen Augen. Eines war blau und eines grün, doch sie hatte es nur bemerkt, weil Ria gefragt hatte. Tatsächlich hatte sich Sorcha nach dem Vormittag in Unas Grotte verändert gefühlt – aber die Veränderung war nicht so offensichtlich wie die Farbe ihrer Augen.

Sag mir, was du siehst ...

Sorcha hörte die Stimme der alten Frau selbst jetzt wie ein zärtliches Flüstern, das durch die alten Bäume strich, und sie untersuchte weiter den Kristall in ihrer Hand, den milchweißen Stein, der einst Unas Stab geschmückt hatte – der strafende Stab, der nur allzu oft ihre Schädel getroffen hatte. Und doch erinnerte

Sorcha sich liebevoll an sie, wobei ihr die Tränen in die Augen schossen.

Nur du kannst den bruadar entschlüsseln...

Sie mussten inzwischen in der Nähe von Lilidbrugh sein; Sorcha spürte es in ihren Knochen – ebenso wie Unas Kristall aus ihrer Tasche nach ihr gerufen hatte.

Lael hatte versprochen, auf dem Heimweg anzuhalten und die alten Ruinen zu erkunden. Sie gehörten nun Keane, aber Una hatte oft vom Geburtsort ihres Clans erzählt – von den hellen Steintürmen, die einst hoch über die Kiefern ragten, und von dem gepflasterten Burghof, der aus weißem Quarz gemacht war, das auf dem Land in der Nähe von Loch Ness gesammelt und von dort hergeschafft worden war. Es war der gleiche Stein, der auch als kalter Stein bekannt war und von den Seligen zur Heilung von Krankheiten verwendet wurde und um den Toten Frieden zu bringen. Sie waren von den Feen verzaubert worden und man sagte, dass sie wie Lilien auf dem Wasser schwimmen würden.

Der Springbrunnen in Lilidbrugh war einst mit einer solchen Menge dieser Steine gefüllt gewesen, dass sie ausreichte, um jedem Menschen in Scotia Segnungen zukommen zu lassen. Aber leider wollte die weiße Stadt wohl nicht gefunden werden, denn sie hatten schon den halben Tag vergebens gesucht und Lael wurde langsam ungeduldig. Ihre Töchter warteten zu Hause auf sie.

Während sie an Laels Töchter dachte, musterte Sorcha den kleinen Kristall in ihrer Hand. Er war aus dem gleichen leuchtenden Stein wie Unas *keek stane*, nur etwas kleiner. Er passte gut in ihre Handfläche und sah ein wenig so aus wie der auf Unas Tisch – derjenige, in den Sorcha geschaut hatte an dem Tag, bevor die alte Frau starb. Der *keek stane* war nun verloren – wie auch der Schicksalsstein –, aber an Unas Todestag hatte Sorcha diesen kleineren auf ihrem Bett gefunden. Es war, als hätte Una ihn dort zurückgelassen ... als Geschenk.

Wie das Buch.

Der Zusammenbruch des Berges war nicht von Menschen verursacht worden. Die Götter selbst hatten es für angebracht gehalten, Una und ihre Grotte sowie den Stein von Scone in einer göttlichen Bewegung zu sich zu nehmen. Nur *das hier* war geblieben …

Ihre älteste Schwester, die mit vier Mädchen unter ihrer Obhut neuerdings viel besorgter war, kam zurück, um die Zügel an Sorchas Pferd zu prüfen. „Was ist das?", fragte sie.

„Unas Kristall."

Wässrige Sonnenstrahlen berührten ihn und das Glas schien in Sorchas Hand zu blinken.

Neugierig kam Cailin auch herbeigelaufen. „Der von ihrem Stab?"

„Aye."

„Una hat ihn dir gegeben?", fragten beide Schwestern gleichzeitig. Una hatte den verdammten Stab aus Eschenholz niemals aus der Hand gelegt und der Gedanke, dass sie den Stein aus dem Griff gebrochen hätte, war undenkbar ... und doch musste sie es getan haben, denn hier lag er nun.

„Wann hat sie ihn dir gegeben?", fragte Lachlann. „Ich habe sie in der Nacht, bevor sie starb, mit dem Stab gesehen. Ich hatte die letzte Wache auf dem Berg."

Sorcha zuckte mit den Schultern. „Ich habe ihn auf meinem Bett gefunden ..."

Für einen Augenblick, solange die Pferde tranken, blickten sie alle in den Kristall, den Sorcha in ihrer Hand wiegte, wobei sie ihn vorsichtig vor- und zurückrollen ließ. Dann hielt sie inne, erstarrte und blickte in ihn hinein. Aber keine ihrer Schwestern sah, was Sorcha erblickte, und Lael und Cailin waren schon bald gelangweilt und gingen weg. Cailin blieb bei Luc stehen und unterhielt sich mit ihm.

„Ich finde, wir sollten aufhören zu suchen", meinte Lael.

„Oh, nay! Du kannst ja gehen", erwiderte Cailin. „Wegen uns musst du nicht hierbleiben."

Sorcha blinzelte und untersuchte den Kristall weiter, wobei sie den anderen kaum zuhörte.

„Ich werde euch nicht alleinlassen", erwiderte Lael in einem schnippischeren Tonfall. „Wenn ich gehe, geht ihr auch – alle beide. Ich werde Aidan keinen Grund liefern, mich aufzugeben, versteht ihr?"

„Es ist nicht deine Aufgabe, dich um mein Wohlbefinden zu kümmern", wandte Cailin ein. „Ich bin eine erwachsene Frau! Es sind ja auch nur noch knapp zwanzig Meilen bis zum Tal. Lachlann und ich werden Sorcha nach Hause begleiten!"

„Nur über meine Leiche", stritt Lael. „Wenn ich gehe, geht ihr auch. Hier gibt es nichts für uns."

Ähnlich wie der *keek stane* in Unas Grotte leuchtete der Kristall in Sorchas Hand plötzlich auf. Es wurde still im Wald und der Nebel um sie herum schien tief in den Stein hineinzufließen. Im Inneren des Kristalls begannen sich Formen zusammenzufügen und Sorchas Herz schlug ein wenig schneller. Fasziniert betrachtete sie die sich verändernden Formen genauer.

„Nun?", fragte Cailin.

„Was ist mit dir, Sorcha?", erkundigte sich Lael. „Du siehst aus, als hättest du einen Geist gesehen. Und überhaupt, was zum Teufel ist mit deinen Augen passiert?", fragte sie, als hätte sie erst jetzt in dem aus dem Kristall kommenden Licht, die unterschiedlichen Farben bemerkt.

Aber Sorcha konnte ihren Blick nicht losreißen. Sie sah wieder den gleichen hochragenden Turm – den sie bereits in Unas *keek stane* gesehen hatte. Doch jetzt erkannte sie ihn viel besser.

Weil sie dagewesen war.

Dunràth.

Sie erblasste. Dort in ihrem Kristall vor dem Burghügel und dem Turm wütete ein blauer, vierbeiniger Vogel, aus dessen Schnabel Blut tropfte ... und dann war da noch ein verwundeter, blutender Wolf … *Keane würde wohl der Wolf sein.* Während Sorcha noch versuchte, den Sinn der Bilder zu erkennen, wusste sie bereits, dass es die Wahrheit war. Der vierbeinige Vogel ... es war das Wappen William FitzDuncans.

Mit blassem Gesicht schaute Sorcha ihre Schwestern an. „Wir müssen schnell zurück nach Dunràth!"

Hör auf dein Herz und nicht auf deinen Kopf.

Unas Worte hallten in Keanes Schädel wider. Sein Verstand sagte ihm, er müsste bei seinem König bleiben und kämpfen, aber sein Herz gebot ihm zu gehen.

Mit einer Handbewegung konnte er alles verlieren: Lianae. Dunràth. Lilidbrugh und vielleicht selbst seine Clansleute, wenn Lianae sie verraten hatte. Und wofür das alles? Für eine Gelegenheit, unter einem König, den seine Leute nie anerkannt hatten, seine eigene Burg zu besitzen?

Aber nay, das war nicht der Grund.

Er hätte alles für Lianae getan – für die Frau, die sein Herz besaß.

Er war bereit gewesen zu lügen, die Sünden eines anderen Mannes anzunehmen und seinen besten Freund zu meiden – denn in Wahrheit hätte Cameron Dunràth an seiner statt erhalten sollen. Wenn Keane nur nicht das Kommando über ihre Männer übernommen hätte. Und trotzdem hatte Cameron an seiner

Seite ausgeharrt. Die größte Sünde dieses Mannes war es gewesen, die Neuigkeit zurückzuhalten, dass Lianaes Brüder in Dunràth auf ihr Urteil warteten, und dies war auch, warum Murdoch geflohen war.

Keane konnte nicht glauben, dass Lianae ihn aus Liebe erwählt hatte. Jetzt brauchte sie nur noch ihre aufrührerischen Brüder zu befreien, ihnen die Schlüssel für Dunràth zu übergeben und dann hätten diese eine Festung, von der aus sie eine neue Rebellion gegen den König anzetteln könnten. Es war unmöglich, vorherzusagen, was dann passieren würde, denn halb Moray war Óengus, dem Mormaer Fürst, selbst über den Tod hinaus treu.

Seit fünf Jahren hatte David das Land mit Gewalt gehalten. Warum sollte er nun das Königreich von Moray gefährden? Der König hatte seine Schachfiguren auf dem Brett bewegt, diesen *Laird* mit jener Dame verheiratet und so eher assimiliert als erobert, obwohl seine Armeen immer größer wurden. Aber eigentlich sollte er inzwischen wissen, dass man Highlander nicht unterwerfen konnte. Selbst im Tod würden die Söhne des Óengus ihn noch plagen. Es sei denn...

Und plötzlich wurde es ihm klar...

Es war ein Test.

Ein Test, bei dem Lianae nicht versagen durfte.

Sie besaß die Schlüssel für Dunràth und Davids Erlass. David mac Maíl Chaluim hatte sie wohlwissend in die Hände seiner Frau gelegt und er musste gewusst haben, dass sie ihre Brüder finden würde – und was dann?

Hatte er Männer bereitstehen, um die Rebellion zu zerschlagen? Wollte er Lianae benutzen, um die Rebellen aufzuspüren? Rüstete sich selbst jetzt in diesem Augenblick FitzDuncan, um unter dem Befehl des Königs gegen Dunràth zu reiten?

Ach, aber das eine Puzzlestück, das David nicht

hatte vorhersehen könnten, war der Schicksalsstein. Und es war Keane klar, dass Lianae Bescheid wusste. Er hatte die Wahrheit in ihrem Gesicht gesehen an dem Tag, als er aus dem Tal weg geritten war.

Aye, sie wusste Bescheid.

Würden ihre Brüder ihm bei seiner Ankunft einen Pfeil durch sein Herz schießen? Würden sie dem neuen *Laird* von Dunràth die Tore öffnen? Würde Lianae die Schlüssel von Dunràth freiwillig hergeben? Würden sich die Männer des Königs gegen sie stellen, wenn sie den falschen Weg wählte? Sie hatte fünfzig gute Männer zu ihrer Verfügung, aber wie viele davon waren David loyal und wie viele hielten Óengus die Treue?

Ich bin nicht so hirnlos, als dass ich irgendeine wichtige Festung ohne eine ausreichende Anzahl an Männern zurücklasse, um sie zu verteidigen, erinnerte er sich an Davids Worte. Und er wusste intuitiv, dass dies stimmte.

Voller Herzschmerz galoppierte Keane etwas schneller. Er konnte es jetzt schon riechen – die salzige Wildheit des Ozeans – und er trieb Beithir immer schneller an, ungeduldig, seine Frau zu sehen. Und er wollte wissen, ob sein Leben so leicht vernichtet werden konnte, wie der Schicksalsstein aus ihrer Reichweite entfernt worden war.

„Reiter, Mylady!“

Lianae sah von den Wirtschaftsbüchern auf, die sie nun seit zwei Tagen durchsah. Wenn sie sich nicht täuschte, gab es Diskrepanzen in der Buchhaltung. Kinneddar hatte ganze Wagenladungen an Vorräten beschlagnahmt. Sie hatte keine Ahnung, was dies bedeutete, aber sie traute es FitzDuncan zu, die Geldtruhen und Speisekammern sämtlicher Güter unter seiner Kontrolle zu leeren. „Tragen sie die königliche Fahne?“

Balloch schüttelte den Kopf. „Wenn sie eine Fahne tragen, Mylady, dann können wir diese nicht erkennen.“

Lianae drehte die Feder in ihrer Hand. Sie war es nicht gewöhnt, solche Entscheidungen zu treffen und jetzt war der Moment der Wahrheit gekommen. Sie konnte lesen und schreiben und die Bücher so gut wie jeder Mann führen, aber konnte sie Dunràth gegen Eindringlinge halten?

Hier gab es keine hohen Schutzwälle, hinter denen man sich verstecken konnte, keine Dächer, von denen man Geschosse abfeuern konnte. Das Herrenhaus stand hoch genug auf dem Burghügel, sodass Männer, die von der drei Fuß hohen Mauer, die den Bergfried umgab, schossen, zwar einen Vorteil hätten – aber nur für *sehr* kurze Zeit. Es blieb lediglich eine kleine Frist zur Vorbereitung, wenn sie um das, was ihnen gehörte, kämpfen und die Burg halten wollten. Selbst wenn sie es gewollt hätten, es war zu spät, um Reiter nach Kinneddar zu schicken, und es war nicht sicher, dass FitzDuncan ihnen überhaupt helfen würde. Schließlich konnte auch er da draußen sein und sie würde nicht zulassen, dass sie das, wofür sie so sehr gerungen hatte, nun verlor.

„Die Männer sollen sich bewaffnen!“, befahl sie dem Verwalter. „Die Frauen und Kinder in das Herrenhaus. Ruft alle sofort zusammen.“ Wenn die Angreifer den Burghügel nicht erklommen, würden sie den Graben in Brand setzen, um sich zu schützen. „Geht und sagt meinem Bruder Bescheid – schnell!“, drängte sie Balloch.

„Aye, Mylady!“

Beim Kreuz, wenn Lael und ihre Schwestern sich für den Krieg rüsten konnten, war sie auch dazu fähig!

Lianae war verpflichtet, ihre Leute zu beschützen und so rannte sie hoch in das Zimmer des Burgherrn, um dessen Rüstung anzulegen. Sie bestand nur noch aus einem Wams aus gekochtem Leder und einem Hemd, das allerdings das Wappen von Dunràth trug, sodass ihre Männer sie in der Schlacht leicht erkennen würden.

Sie wusste nur wenig darüber, wie man ein Schwert schwang, aber sie würde es trotzdem versuchen – wenn auch nur, um ein Zeichen der Stärke zu setzen. Sie versuchte, das schwere zweischneidige Langschwert von der Wand zu heben und es fiel mit einem mächtigen Knall zu Boden, wobei es Löcher in denselben hackte. Lianae schimpfte leise vor sich hin, ließ das Schwert einfach liegen und fluchte, dass es verrotten möge. Dann nahm sie wieder ihre kleine vertraute Klinge in die Hand, die sie am Bett abgelegt hatte.

Sie eilte an die kalte Feuerschale und tauchte ihre Finger in die Asche. Es war nicht das Gleiche wie Waid, aber es musste reichen. Sie strich mit zwei Fingern über ihre Wangen und ihre Stirn, dann rannte sie in den Burghof, wo sie ihren Männern befahl, ihr Pferd zu bringen.

Möge Cailleach ihr gnädig sein, sie würde schon bald wissen, wie gut Unas Stute mit Blut und Schweiß umgehen konnte. Aber dann, noch bevor sie auf das Pferd stieg, spähte sie einer plötzlichen Eingebung folgend hinunter zum Burghügel, um die sich nähernde Schar zu mustern.

Am Fuß des Hügels kamen zwanzig Männer ohne Fahne aus dem Wald geritten und stürzten sich auf eine kleinere Truppe, die aus acht Reitern bestand. Sie erkannte den Anführer jener acht sofort. Er hatte pechschwarzes Haar und trug einen schwarzen Mantel auf seinem schneeweißen Pferd.

Keane.

Nachdem er so schnell aus Carlisle geflohen war, hatte Keane die Hälfte der ihm versprochenen Männer zurückgelassen. Er war nur schlecht darauf vorbereitet, doppelt so vielen Männern, wie er selbst hatte, auf dem Schlachtfeld zu begegnen. Aber die Angreifer kamen nicht vom Burghügel, bemerkte er, während er sein Schwert aus der Scheide zog und sich zwischen seine Männer und die Angreifer stellte, um etwas Vorbereitungszeit für seine Leute zu schinden. Er konnte nur mehr Sekunden erkämpfen, denn sie griffen Keane einer nach dem anderen an.

„Für den *Laird*!", riefen seine Männer und sammelten sich zum Kampf.

„Für den *Laird*!"

Der Zusammenprall von Schwertern erklang in der Dämmerung. Metall traf auf Metall. Schwert auf Axt. Axt auf Schwert. Männer stießen Schlachtrufe in den Himmel aus und Keane spürte, wie kalter Stahl sich in seine Schulter bohrte...

„Für den *Laird*!"

„Für den *Laird*!"

Die dún Scoti-Schwestern ritten wild entschlossen durch den Kiefernwald und spornten ihre Pferde zur Schlacht an, als sie den Ruf zu den Waffen hörten. Luc und Lachlann waren ihnen dicht auf den Fersen. Sie erreichten das Gewühl, als der Kampf begann.

Es gab keine Fahnen, aber Lael musste nicht wissen, wessen Blut sie vergießen musste, um ihren Bruder zu verteidigen. „Zu Keane!", rief sie, zog ihr Großschwert aus seiner Scheide und ergriff eine neun Zoll lange Klinge von ihrem Gürtel.

Im Steigbügel stehend nahm Cailin ihre Armbrust und legte den Schaft an ihre Schulter.

Mit einem Racheschrei zog Sorcha ihr Schwert.

Gemeinsam stießen die dún Scoti-Schwestern den Schlachtruf ihres Volkes aus. Mit Waid bemalt und bereit, für ihren Bruder zu sterben, schlossen sie sich dem Gefecht zu Füßen des Dunràth-Hügels an.

Bei allen Göttern im Himmel – bei jedem einzelnen –, Keane war noch nie so erleichtert gewesen, drei Frauen zu sehen! Er erkannte den Schlachtruf seiner Vorfahren und grinste, denn der Klang war aus dem Mund einer Frau nicht weniger beängstigend. Dann hörte er auch Lachlanns Schrei und wusste, dass sich der Ausgang des Kampfes ändern würde.

Wenn er schon von der Ankunft seiner Schwestern überrascht war, so waren es die Angreifer umso mehr und ihr Schockmoment war ihr Niedergang. Keane tötete einen und dann einen weiteren, als Lael an ihm vorbei galoppierte und noch einen fällte.

Sein Arm war bereits blutüberströmt und das behinderte ihn dabei, sein Schwert zu schwingen. Er biss die Zähne zusammen und kämpfte darum, die Kontrolle über die schwere Klinge zu behalten. Mit Lachlann auf einer Seite und Lael auf der anderen kämpften sie gemeinsam und parierten jeden Schlag. Cailins Pfeile zischten an ihnen vorbei. Im Gegensatz zu Keanes Jagdbogen war ihre Armbrust für den Krieg gemacht. Jeder ihrer Pfeile fand sein Ziel mit einem dumpfen, tödlichen Geräusch. Er hatte bereits zwei seiner Männer verloren, bevor dreißig Krieger den Burghügel hinabmarschierten und dann noch zehn weitere die Feinde umzingelten und von hinten angriffen. „Für den *Laird* von Dunràth!“, riefen sie mit einer Stimme.

„Für den *Laird*!“

Wie Ratten vor dem Licht flohen die Angreifer in die Wälder.

Ganz plötzlich war die Schlacht vorbei. Aber innerhalb weniger Minuten waren mehr als zwanzig Männer getötet worden – auch einige seiner eigenen. Der Schnee war übersät mit Leichen und mit Blut befleckt. Keane stieg vom Pferd und sah nach seinen gefallenen Leuten. Nur einer der Angreifer lebte noch. Er zog den Mann hoch auf die Füße und schubste ihn zu Lachlann. Der Hauptmann seines Bruders hielt dem Mann ein Messer an die Kehle, bevor dieser auch nur einen Schritt gehen konnte. „Wirf ihn in den Kerker“, befahl er. „Finde heraus, wer die Scheißkerle geschickt hat und warum.“

Und dann wandte er sich um und sah sie.

Seine Frau.

Auf einem schneeweißen Pferd ähnlich denen, die seine Schwestern ritten, trabte sie mit zehn weiteren Männern im Gefolge den Burghügel hinab. Sie trug einen schweren Gambeson über einem hellgrünen Kleid und diese Kombination stand ihr gar nicht. Trotzdem war sie wunderschön anzusehen. Überwältigt von seinen Gefühlen und der Erleichterung steckte Keane sein Schwert zurück in die Scheide und lief zu ihr. Es war ihm gleichgültig, dass seine Männer – und seine Schwestern – möglicherweise Zeuge werden würden, wie ein erwachsener Mann weinte. Er ging, um seine Moray-Braut zu begrüßen. Sie glitt aus dem Sattel in seine Arme und er schwang sie glücklich herum, wobei er sie mit seinem Blut bedeckte.

Es schien ihr nichts auszumachen. Ihre bernsteinfarbenen Augen waren wässerig. „Du bist verletzt!“, rief sie.

„Nay, Lianae, jetzt bin ich wieder ganz“, erwiderte er und merkte erst in diesem Moment, dass dies die

Wahrheit war. Sie war der Teil, den er am meisten in seinem Leben vermisst hatte.

Lianae weinte ungeniert und durchnässte seinen blutbefleckten Mantel mit ihren Tränen. „Willkommen zu Hause", schluchzte sie und umarmte ihn stürmisch. „Willkommen zu Hause, mein Prinz!"

„Ach, mein Liebling ... was ist denn ein Prinz ohne seine Prinzessin?", fragte er und stellte sie auf ihre Füße. Dann fiel er auf ein Knie, blutig wie er war. „Von diesem Tag an, Lianae von Moray, schwöre ich dir die Treue ... den Kindern, die wir zusammen haben werden, und dem Land, das uns gehört und dem wir dienen."

Weinend streckte sie die Hand nach ihm aus und ihre Finger verschmierten Blut und Schweiß über sein bärtiges Gesicht, aber es war die zärtlichste Berührung, die Keane jemals erlebt hatte. „Mein Herz ist dein, mein *Laird* von Dunràth", erwiderte sie. „Ich liebe dich von ganzem Herzen. Und wenn du es schaffst, mir zu verzeihen, werde ich deine treue Frau sein."

„Ich hatte dir schon verziehen, bevor ich abgereist bin", gab Keane zu und das stimmte. Schon beim ersten Kuss hatte er gewusst, dass sie die einzige Frau in seinem Leben sein würde. Er wusste, dass er ihr vertrauen musste, um sie zu behalten, und um ihr zu vertrauen, musste er sie lieben.

Die Menschen jubelten laut, doch weder Lianae noch Keane hörte sie. Als sie sich wieder küssten, versank die Welt um sie herum ... ein letzter Kuss, um das Schicksal zu ändern.

EPILOG

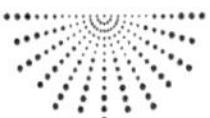

DUNRÀTH CASTLE, 1137

Einige Menschen würden sagen, dass Lianae das Königreich von Moray zum Greifen nah hatte und es dann verworfen hätte.

Aber Lianae hatte für sich selbst so viel mehr an jenem Tag gewonnen. Mit einem Stoßgebet, dass sie die Liebe über alles andere wählen würde, hatte David mac Maíl Chaluim mit viel Risiko gespielt und triumphiert.

Ebenso wie sie.

Rückblickend war alles nur ein kalkuliertes Wagnis gewesen, denn David mac Maíl Chaluim musste etwas bemerkt haben, das Lianae und Keane zu dem Zeitpunkt entgangen war.

Aber David musste auch gewusst haben, dass Lianae es niemals zugelassen hätte, dass ihr Bruder gehängt würde. Und eines Tages wollte sie den König fragen, warum er ihrem Bruder so viel Gnade hatte zuteilwerden lassen, wo doch sein eigener Bruder Edgar seinen Onkel Donald geblendet hatte und ihn für ein ähnliches Vergehen als Küchenjunge in die Küchen verbannt hatte.

Nun da sie darüber nachdachte, überlegte sie, war genau dies vielleicht der Grund. Denn man erzählte sich, dass Davids Bruder Edgar als unglücklicher Mann gestorben war, von seinem Gewissen aufgefressen für das, was er seinen eigenen Familienangehörigen angetan hatte. Man konnte über ihn sagen, was man wollte, aber David mac Maíl Chaluim war schlauer als das. Er eroberte weniger mit dem Schwert als mit dem Verstand.

Der Wind zerrte an Lianaes Röcken und zerzauste ihr Haar. Es war Sommer und die Winterkälte war längst vorbei, aber wie das Land selbst so konnten auch die Winde in den Highlands nicht gezähmt werden. Sie bliesen, wie es ihnen gefiel, und wenn ein Mann die Wildheit des Nordens nicht annehmen konnte, dann lag es ihm einfach nicht im Blut. Lianae reckte das Gesicht in den Wind und genoss das Streicheln Gottes.

Ihr Bruder Ewen war leider tot – er war kurz nach seiner Ankunft in Dunràth einem Fieber erlegen. Mit Graemes Hilfe hatte sie sein Grab an eine Stelle hoch oben auf den Hügel unter einen Vogelbeerbaum verlegt. Sie konnte nicht behaupten, zu wissen, warum David Graeme verschont hatte, aber sie war ihm trotzdem deswegen dankbar – und ihr Bruder besaß außerdem keinen Kampfeswillen mehr.

Sie ging weiter zum Strand und wiegte ihren zehn Monate alten Sohn in ihren Armen. Sie hatte ihn Angus genannt, nach ihrem Vater. Er gurrte niedlich, als sie an den Strand kam, wo Keane mit der Arbeit an einem neuen Boot beschäftigt war, und sie drückte Angus fest an sich.

Keane hatte gesagt, dass er schon immer das Fischen hätte lernen wollen, und nun war er am Meer, das ihn mehr herausforderte als der See in Dubhtolargg, und fand große Freude an dem Gedanken, mit seinem Sohn zu segeln – aber erst, wenn Angus alt genug war, solange es nach Lianae ging. Bis dahin musste er sich mit ihrem ältesten Bruder zufriedengeben.

Sie winkte den Männern zu und Angus sagte deutlich: „Pa-pa!“

„Aye!“, rief sie und freute sich über das erste Wort ihres Sohnes.

Dick und glücklich, wie er sein sollte, klatsche Angus in seine knubbeligen kleinen Hände.

„Da ist dein Papa! Hallo, Papa!“, sagte sie und winkte Keane erneut zu.

Wie zur Antwort blies der Nordwind den salzigen Duft in ihre Nase und Lianae atmete tief ein, während sie zum Wasser ging, wie so viele der Frauen von Dunràth es seit Jahrhunderten gemacht hatten.

Sie hatte ihre Zaubersteine nie wiedergesehen, aber sie brauchte sie auch nicht.

Uhtredas Sohn war eine grausame Schlange, aber niemand konnte beweisen, dass er es gewesen war, der Keane am Fuß des Hügels von Dunràth aufgelauert hatte, und so diente er David weiter als der Earl de Moray und stritt ab, etwas mit dem Verrat zu tun gehabt zu haben. Der Mann, den sie gefangen hatten, starb später an seinen Wunden und so lebten sie mit einer Schlange in ihrer Mitte, die sie aber fern von sich hielten.

Ihr Bruder Lulach war nur einmal gekommen. Auch wenn der Verlust ihrer Familie ihre Freude dämpfte, so hatte sie doch Graeme. Und sie hatte Keane ... und die Zukunft ihres Clans hier in ihren Armen...

„Pa-pa!“, sagte Angus noch einmal.

„Pa-pa“, wiederholte Lianae lächelnd.

ANMERKUNG DER AUTORIN

Liebe Leserinnen und Leser!

Wenn Sie diese Serie verfolgt haben, werden Sie vielleicht einige Namen aus der Geschichte wiedererkennen, am ehesten MacBeth (in der Literatur wird er Macbeth geschrieben), der von Shakespeare ziemlich herabgesetzt wurde, obwohl er den meisten Überlieferungen zufolge ein ziemlich weiser König war, der Schottland siebzehn friedliche Jahre lang regierte. Dagegen war Duncan I. von Schottland vermutlich ein selbstsüchtiger Mann, dessen sechsjährige Herrschaft als König dem Land weder Frieden noch Ruhm einbrachte. Die Lords im Norden rebellierten gegen ihn wegen seinem Einmarsch in Northumbria und er wurde bei einem Scharmützel bei Bothgouanan von MacBeth getötet.

Vielleicht sind Ihnen auch noch ein paar andere Namen aufgefallen, wie Merlin (nun, warum könnte *er* nicht eine *sie* sein?), und wenn sie ein echter Geschichtsfan sind, kennen Sie Uhtreda, welche die Ururenkelin von Uhtred dem Kühnen war – oder von Uhtred von Bebbansburg, wenn Sie sich *The Last Kingdom* anschauen.

Magie war unbestreitbar ein Teil der schottischen

Kultur und der Stein von Scone wurde selbstverständlich an Schottland zurückgegeben, nachdem er jahrhundertelang unter dem englischen Thron lag, aber es *gibt* eine gegensätzliche Legende und vielleicht, nur vielleicht ... Ich hoffe, dass Ihnen Reihe *Die Hüter des Steins* Spaß gemacht hat, und beim Lesen glauben Sie vielleicht, wenn auch nur für einen Augenblick ... dass es so passiert sein könnte. Das nächste Buch ist für Januar 2017 geplant, aber dieses Buch wird uns in eine ganz andere Richtung bringen – mitten in König Stephens Rebellion.

Tanya Anne Crosby

GÄLISCHES / SCHOTTISCHES WÖRTERBUCH

Eingefügt für mehr Lesegenuß. Bei den hier nicht aufgeführten gälischen Wörtern ergibt sich die Bedeutung aus der Geschichte an sich. Suchen Sie nach den gälischen Wörtern, die kursiv im Text zu finden sind.

Am Monadh Ruadh: die Cairngorms, aber wörtlich genommen die roten Hügel im Gegensatz zu Am Monadh Liath, den grauen Hügeln.

Arisaid: die Damenversion des echten großen Kilts, wurde in früheren Zeiten eher als Umhang getragen, da der karierte schottische Stoff erst viel später in der schottischen Geschichte aufkam.

Aurochs: große wilde Rinder, die heute ausgestorben sind.

Bean sìth: Todesfee

Beltane: Feiertag am 1. Mai, um den Sommeranfang zu feiern.

Ben: Berg

Borderland: das Grenzland zu England im Süden Schottlands

Breacan: Kurzform von breacan-an-feileadh, oder echter großer Kilt

Brollachans: Ghule

Chief oder Chieftain: Nachfahre des Clanbegründers und Repräsentant des Clans nach außen

Clan: der erweiterte Familienverbund in Schottland

Claymore: ein in Schottland im Mittelalter übliches Schwert

Corries: Berge oder Hügel

Crannóg: hölzerne Behausungen, die den Pikten als Wohnung dienten und oft direkt über einem Gewässer gebaut wurden.

Dwale: ein Getränk, das aus Nachtschatten und Belladonna gemacht wurde und oft für die Anaesthesie verwendet wurde.

Highlander: eine Person, die aus den schottischen Highlands im Norden stammt oder dort wohnt.

Keek stane: ein Sehstein oder eine Kristallkugel

Laird: Landbesitzer in Schottland, ausgestattet mit einigen feudalen Rechten. Gehört zum niederen untitulierten Landadel.

Loch: ein See

Lowlander: eine Person, die in den Lowlands im Süden Schottlands wohnt oder von dort stammt.

Mo chreach: Ausruf zum Ausdrücken von Überraschung oder Enttäuschung

Mormaerdom: gälischer Name für das Königreich von Moray

Mormaer: gälischer Name für den Fürsten einer Provinz

Outlander: eine Person, die nicht aus irgendeinem Teil Schottlands kommt.

Quintain: Teil der Trainingsausrüstung für das Lanzenstechen; oft geformt wie ein Mensch.

Reiver: ein Räuber oder Plünderer an der englisch-schottischen Grenze

Sassenach: schottische Bezeichnung eines Engländers oder einer Engländerin

Scotia: Schottland, auch als Alba bekannt

Sluag: Gott der Unterwelt

Targe: ein runder Schild zur Verteidigung

The Mounth: eine Hügelkette am südlichen Ende von Strathdee im Nordosten Schottlands

Trews: enganliegende karierte Hosen

Uisge-beatha: Whisky, wortwörtlich bedeutet es das Wasser des Lebens.

Vin aigre: Essig oder saurer Wein

Woad: ein Färbemittel, das aus der Waidpflanze gewonnen wurde.

EBENFALLS VON TANYA ANNE CROSBY

Die Frauen der Highlands

Eine Frau für MacKinnon

Lyons Geschenk

Ein unverhoffter Antrag

Unbezähmbare Herzen

Die Magie der Highlands

Neue Hoffnung für MacKinnon

Die Hüter des Steins

Es war einmal eine Highland-Legende

Highland Fire

Das Schwert des Königs

Für den Laird

Anthologien & Novellen

Mit Herz und Hündin

Eine Bescherung für den Herzog

Romantischer Spannungsroman

Der Zunge Gewalt

Du sollst nicht lügen

ÜBER DIE AUTORIN

Tanya Anne Crosbys Romane waren auf vielen Bestsellerlisten, einschließlich der New York Times und USA Today, zu finden. Sie ist am besten bekannt für Geschichten voller Gefühl und Humor und nicht ganz perfekter Charaktere bekannt. Ihre Romane werden von Lesern wie auch von Kritikern in den höchsten Tönen gelobt. Sie lebt im Norden Michigans mit ihrem Mann, zwei Hunden und zwei launischen Katzen.

Weitere Informationen:
www.tanyaannecrosby.com
www.tanyaannecrosby.com

www.ingramcontent.com/pod-product-compliance
Lightning Source LLC
Chambersburg PA
CBHW051006180726
48291CB00006B/1996

* 9 7 8 1 9 4 7 2 0 4 3 3 1 *